올랜도

ORLANDO

올랜도
VIRGINIA WOOLF

버지니아 울프　신혜연 옮김　　　　　　　　　　　　　　　*서 사 원*

비타 색빌 웨스트에게

CONTENTS

서문	*8*
제1장	*13*
제2장	*74*
제3장	*135*
제4장	*172*
제5장	*252*
제6장	*293*
옮긴이의 말	*366*

ORLANDO

서문

 이 책을 쓰는 동안 많은 벗의 도움을 받았다. 그중에는 고인이 된 이도 있고, 너무 유명해서 감히 이름을 밝힐 수 없는 이도 있지만, 글을 읽고 쓰는 사람이라면 누구라도 영원히 빚지지 않을 수 없는, 디포와 토머스 브라운 경, 스턴, 월터 스콧 경, 매콜리 경, 에밀리 브론테, 드 퀸시, 그리고 월터 페이터를 가장 먼저 언급하지 않을 수 없다. 생존해 있는 벗들도 나름대로 유명하지만, 생존해 있다는 바로 그 이유로 고인이 된 벗들보다는 경외감이 덜하다. 내가 특별히 빚을 진 사람은 C.P. 생어 씨다. 부동산에 대한 그의 법률 지식이 아니었다면 이 책을 결코 쓸 수 없었을 것이다. 또한 시드니-터너 씨의 폭넓고 특별한 학식 덕분에 나는 통탄할 만한 실수를 면할 수 있었다. 아서 웨일리 씨의 중국어 지식도 큰 도움이 되었다(그의 도움이 얼마나 컸는지는 나만이 안다). (J. M. 케인스의 부인인) 마담 로포코바는 가까이에서 직접 러시아어를 교정해주었다. 얕으나마 내가 가진 미술에 대한 이해와 지식은, 바로 타의 추종을 불허하는 로저 프라이 씨의 공감과 상상력 덕분이다.

다른 부분에 있어서는 조카인 줄리언 벨 씨의 가혹하고도 매우 예리한 비평의 덕을 보았다. M. K. 스노든 양은 해러깃과 첼트넘 기록 보관소에서 지칠 줄 모르고 조사에 임해주었다. 비록 책에 활용되진 않았으나 매우 고된 작업이었다. 다른 친구들도 구체적으로 설명하기 힘들 정도로 다양한 방식으로 도움을 주었지만, 이름을 언급하는 것만으로 만족해야 할 듯하다. 앵거스 데이비드슨 씨, 카트라이트 부인, 재닛 케이스 양, (엘리자베스 시대 음악에 관한 귀한 지식을 나누어 준) 버너스 경, 프랜시스 비렐 씨, 동생 에이드리언 스티븐 박사, F. L. 루커스 씨, 데즈먼드 매카시 부부, 누구보다 영감을 주는 비평가인 형부 클라이브 벨 씨, G. H. 라이랜즈 씨, 레이디 콜팩스, 넬리 복솔 양, J. M. 케인스 씨, 휴 월폴 씨, 바이올렛 디킨슨 양, 에드워드 색빌웨스트 남작 영식, 세인트 존 허친슨 부부, 덩컨 그랜트 씨, 스티븐 톰린 부부, 오톨린 모렐 씨와 레이디 오톨린 모렐, 시어머니인 시드니 울프 부인, 오스버트 시트웰 씨, 마담 자크 라베라, 코리 벨 대령, 발레리 테일러 양, J. T. 셰퍼드 씨, T. S. 엘리엇 부부, 에셀 샌즈 양, 낸 허드슨 양, (오랫동안 소설 작업을 도와준 소중한) 나의 조카 쿠엔틴 벨, 레이먼드 모티머 씨, 레이디 제럴드 웰슬리, 리턴 스트레이치 씨, 세실 자작 부인, 호프 멀리스 양, E. M. 포스터 씨, 해럴드 니컬슨 남작 영식, 그리고 언니 버네사 벨……. 목록이 너무 길어질 조짐이 보이는 데다 이미 저명한 분들로 넘쳐난다. 이들을 언급하는 일이 내게는 더할 나위 없이 즐거운 추억이지만 독자들에게는 불가피한 기대감만을 줘 이 책 자체에 실망하게 만들 테니, 늘 정중하게 대해준 영국 박물관과 기록 보관소 직원들, 그리고 아무도 줄 수 없는 도움을 준 조카 안젤리카 벨 양, 더불어 변함없이 인내심을 가지고 내 작업을 도와준 남편에게 감사를 전하는 것으로 이 글을 끝맺을까 한다. 이 책에 담긴 엄청난 양의 역사적 지식은 그 정확도가 어떻든 모두 남편에게 빚을 지고 있다. 마지막으로, 내가 그만 이름과 주소를 잃어버리고 만, 미국의 한 신사분께 감사를 전하고 싶다. 그는 문장 부호, 식물 정보, 곤충 정보, 지리 정보, 그리고 나의 이전 저작의 연대표를 관대하게도 아무 대가 없이 바로잡아주었다. 이번에도 아낌없이 도움을 주시리라 믿는다.

버지니아 울프

소년 시절의 올랜도

제1장

그는(옷차림으로 성별을 구분하기 힘든 시대이긴 했어도 지금 그의 성별은 의심할 여지없이 남자이므로 '그'라고 칭하기로 한다), 서까래에 매달려 흔들거리는 무어인의 머리통에 칼을 휘두르고 있었다. 푹 꺼진 뺨과 코코넛 껍질에 난 털처럼 거칠고 메마른 머리카락 한두 가닥을 제외하면, 그 머리통은 색도 모양도 낡은 축구공처럼 보였다. 그것은 올랜도의 아버지, 아니 어쩌면 할아버지가 이방의 땅 아프리카에서 달빛 아래 갑자기 마주친 어느 덩치 큰 이교도의 머리를 내리쳐 그 어깨에서 떨어뜨린 것이었다. 그 머리통은 이제 자신을 죽인 바로 그

영주의 거대한 저택에 매달려, 이방 저방을 드나들며 쉴 새 없이 불어오는 미풍에 끊임없이 부드럽게 흔들리고 있었다.

올랜도의 선조는 아스포델로스 꽃이 가득한 들판[1]과 황야, 불가사의한 강물이 흐르는 들판에서 말을 타고 달리며 무수한 어깨에서 다양한 색깔의 머리를 베었다. 그리고 그 머리통들을 가져와 서까래에 매달았다. 올랜도는 자신도 그러리라 맹세했다. 하지만 겨우 열여섯 살, 선조들처럼 아프리카나 프랑스에서 말을 달리기에는 너무 어렸다. 할 수 있는 일이라고는 어머니와 정원의 공작새들에게서 몰래 벗어나 자신의 나락방으로 와서 칼로 허공을 찌르고 쑤시고 가르는 것뿐이었다.

가끔은 묶어놓은 끈을 자르는 바람에 머리통이 바닥에 굴러떨어져 다시 매달아야 할 때도 있었다. 기사랍시고 손이 거의 닿지도 않는 곳에 힘겹게 머리통을 매달 때면, 그 적은 쪼그라든 검은 입술로 의기양양한 미소를 짓곤 했다. 머리통은 언제나 이리저리 흔들렸다. 그의 방은 꼭대기 층에 있었는데, 저택이 워낙 커서 바람마저 그 안에 머물며 여름 겨울 할 것 없이 불어댔기 때문이다. 사냥꾼들의 모습을 짜넣은 초록색 아라스 직물 벽걸이도 끊임없이 흔들렸다.

올랜도의 가문은 처음부터 귀족이었다. 그의 선조는 안개

---

[1] 망자의 영혼이 머무는 곳. 백합을 닮은 아스포델로스 꽃이 핀다고 전한다.

속에서 나타났을 때 이미 머리에 작고 둥근 관을 쓰고 있었다. 방 안 바닥에는 검은 막대 모양의 그림자와 노란색 바둑판무늬가 어른거리고 있었다. 혹시 햇빛이 스테인드글라스 창의 거대한 문장紋章을 통과하며 만들어낸 것일까? 지금 올랜도는 문장 속 표범의 노란색 몸통 한가운데 서 있었다. 창을 열기 위해 창턱에 손을 얹자, 그의 손은 곧바로 나비 날개처럼 붉은색, 푸른색, 노란색으로 물들었다. 상징을 좋아하고 그것을 해석하는 특별한 능력이 있는 사람이라면, 올랜도가 창을 열었을 때 그의 맵시 있는 다리와 멋진 몸, 튼튼한 어깨에는 모두 문장에서 나온 다양한 색조의 빛이 드리워져 있지만, 얼굴은 오로지 태양 그 자체의 빛을 받아 빛나리라는 것을 짐작할 수 있을 것이다. 그보다 감정을 그대로 드러내는 얼굴은 찾기 어려울 터, 그를 낳은 어머니는 얼마나 행복하고 그의 생애를 기록하는 전기 작가는 얼마나 더 행복할까! 그의 어머니는 결코 속태울 일이 없을 것이고, 전기 작가는 소설가나 시인의 도움이 필요치 않을 것이다. 그는 틀림없이 업적에서 업적으로, 명예에서 또 다른 명예로, 관직에서 관직으로 나아갈 것이다. 서기가 그 뒤를 따를 것이며, 무엇을 바라든 그들은 결국 최고의 자리에 이를 것이다.

올랜도는 딱 봐도 그런 출세 가도를 달릴 만한 사람이었다. 발그레한 뺨은 복숭아처럼 솜털로 덮여 있었고, 입술 위에는 그보다 약간 짙은 솜털이 나 있었다. 살짝 벌어진 자그마한 입술 사이로는 정교하게 자리 잡은, 아몬드처럼 흰 치아가 보였다. 짧고 날카로운 콧날은 무엇의 방해도 받지 않은 채 화살처럼 곧게 뻗어 있었다. 머리카락은 검었고, 자그마한 귀는 머리 가까이에 붙어 있었다. 하지만 아, 이마와 두 눈을 언급하지 않고는 결코 그의 아름다움을 다 말했다고 할 수 없으리라. 아아, 이마와 눈 없이 태어나는 사람은 세상에 거의 없지만, 창가에 선 올랜도를 보면 곧바로 그의 눈이 물방울 맺힌 제비꽃 같다고 생각하게 된다. 가뜩이나 큰 눈은, 그득 차오른 물기로 인해 더 크게 보이는 듯하다. 이마는, 아무것도 새기지 않은 메달 같은 양쪽 관자놀이 사이에 대리석 돔처럼 솟아 있다. 그 눈과 이마란, 보는 순간 열광하지 않을 수 없다. 그의 눈과 이마를 직접 보면, 모든 훌륭한 전기 작가들이 못 본 척하고 싶어 하는 수천 개의 거슬리는 부분도 받아들이게 된다.

때로는 어떤 광경이 그를 심란하게 만들기도 했다. 이를테면, 초록색 옷을 입은 아름다운 여인, 즉 그의 어머니가 하녀인 트위체트를 거느리고 공작새들에게 먹이를 주기 위해 걸어 나오는 모습 말이다. 하지만 상상력을 자극하는 광경도 있었으니, 그것은 바로 새와 나무 같은 것들이었다. 해지는 저녁 하늘과 둥지로 돌아가는 까마귀들의 모습은 더없이 죽음을 갈망하게 했다. 이 모든 장면과 정원에서 들리는 망치질 소리, 나무 패는 소리가 나선형 계단을 타고 올라와 그의 널찍한 머릿속을 헤집어 열정과 감정을 폭발시켰다. 훌륭한 전기 작가라면 누구라도 혐오할 만한 상황이다. 그렇지만 이야기를 계속하자. 올랜도는 천천히 시선을 창에서 거두고 책상에 앉았다. 그리고 평생, 매일, 같은 시간에 같은 일을 하는 사람들이 그렇듯이 반은 무의식적으로 〈에설버트: 5막짜리 비극〉이라고 적힌 공책을 꺼냈다. 그리고 낡고 얼룩진 거위 깃털 펜을 잉크에 담갔다.

이윽고 올랜도는 시를 열 쪽 이상 써 내려갔다. 달필임은 분명했지만, 내용은 관념적이었다. 그가 쓰는 극시[2]는 악과 범죄, 비극으로 이루어져 있었으며, 도저히 존재할 수 없는 땅을 다스리는 왕들과 왕비들이 등장했다. 그들은 끔찍한 음모에 좌절하기도 하고, 고결한 감정에 휩싸이기도 했다. 극 속의 대사는 모두 그의 평소 말투와 달리 유려하고 감미로웠다. 아직 열일곱 살도 되지 않은 그의 나이와 16세기가 지나려면 아직 몇 년이 남았다는 점을 고려하면, 그 시는 꽤 놀라운 것이었다. 마침내 그가 쓰기를 멈추었다. 젊은 시인이라면 누구나 그렇듯이, 그 역시 자연을 묘사하던 중이었다. 초록을 직접 눈으로 보고 그 색조를 정확히 표현하고 싶었다(이런 면에 있어서 그는 누구보다 대담했다). 때마침 창문 아래 자라고 있던 월계수 덤불이 눈에 띄었다. 물론, 그것을 본 후에는 더 이상 글을 쓸 수 없었다. 자연에서의 초록과 문학에서의 초록은 완전히 다르기

---

2   희곡 형식으로 쓰인 시.

때문이다. 자연과 문학은 애초에 상극 관계인지, 둘을 한데 묶어놓으면 서로를 갈기갈기 찢어버린다. 지금 올랜도가 보고 있는 초록색도 그가 쓰고 있는 시의 운율을 망치고 박자를 흐트려 놓았다. 게다가 자연은 나름대로 술책을 부린다. 일단 창밖으로 꽃 사이를 날아다니는 벌이나 하품하는 개, 지는 해를 보게 되면, '내가 앞으로 몇 번이나 지는 해를 볼 수 있을까'와 같은(너무 익숙해서 적을 가치도 없는) 생각을 하게 되고, 그러면 펜을 놓고 외투를 챙겨 성큼성큼 방에서 나가다가 화려한 서랍장에 발이 걸려 넘어지고 마는 것이다. 사실 올랜도는 행동이 조금 굼뜬 편이었다.

그는 아무도 마주치지 않기 위해 조심했다. 정원사인 스터브스가 산책로를 따라 걸어오고 있었다. 올랜도는 그가 다 지나갈 때까지 나무 뒤에 숨었다가 정원의 담장에 난 작은 문으로 빠져나왔다. 그는 마구간과 개 사육장, 양조장, 목공장, 세탁장은 물론 수지 양초 만드는 곳과 소 도축하는 곳, 편자 만드는 곳, 남자용 가죽조끼 꿰매는 곳을 모두 피해서(이 집은 다양한 기술업에 종사하는 사람들이 모여 있는 마을 같았다), 눈에 띄지 않게 대정원[3]을 가로질러 언덕으로 가기 위해, 고사리 우거진 오솔길로 들어섰다. 아마도 인간의 기질은 서로 간에 밀접한

---

3 영국 귀족이나 지방 유지의 저택을 에워싸고 있는, 연못이나 숲이 있는 사유지.

관계가 있는 듯하다. 하나의 기질에는 다른 기질 하나가 꼭 같이 따라다닌다. 여기서 전기 작가는 행동이 굼뜬 기질이 고독을 좋아하는 기질과 종종 짝을 이룬다는 사실에 주목할 수밖에 없다. 서랍장에 발이 걸려 넘어진 올랜도는, 자연스럽게 한적한 곳과 광막한 경치, 그리고 자신이 항상, 영원히, 언제까지나 혼자라는 느낌을 좋아했다.

오랜 침묵 끝에, 그는 마침내 이 전기에서 처음으로 입을 열어 나직이 말했다.

"드디어 혼자로구나."

그는 사슴과 들새들이 놀랄 정도로 아주 빠르게 걸었다. 고사리와 산사나무 덤불을 헤치며 오르막길을 오르던 그는 참나무 한 그루가 서 있는 꼭대기에 다다랐다. 매우 높은 곳이었다. 얼마나 높았는가 하면, 잉글랜드의 열아홉 개 주(州)가 내려다보일 정도였다. 맑은 날에는 서른 개, 날씨가 아주 좋은 날이면 마흔 개까지도 내려다볼 수 있었다. 파도가 끊임없이 밀려오고 나가는 영국 해협이 보일 때도 있었다. 강과 그 위를 미끄러지듯 오가는 유람선, 바다로 나가는 대형 선박, 쿵 하는 대포의 둔탁한 발포 소리와 함께 연기를 내뿜는 함대는 물론 해안가의 요새와 초원 곳곳에 자리한 성도 볼 수 있었다. 이쪽의 감시탑과 저쪽의 요새, 그리고 올랜도의 아버지가 소유한 것과 비슷한 거대한 저택도 몇 개 보였다. 그 저택들은 성벽으로 둘러싸여 마치 골짜기에 자리 잡은 하나의 마을처럼 모여 있었다. 동쪽으로는 런던의 첨탑과 도시가 내뿜는 연기가 보였다. 바람 방향이 맞을 때면 하늘과 바로 맞닿은 곳 구름 사이로 스노든산의 험악한 바위투성이 봉우리와 톱니 같은 산마루가 그 거대한 위용을 드러내기도 했다. 올랜도는 잠시 멈춰 서서 하나하나 꼽아보며 응시했다. 그러다가 깨달았다. 그건 아버지의 집이라는 것을. 삼촌의 집도 있었다. 나무들 사이로 보이는 세 개의 근사한 탑은 숙모의 소유였다. 관목이 무성한 황야와 숲은 다 그들의 것이었다. 꿩과 사슴, 여우, 오소리, 나비까지도 마찬가지였다.

그는 한숨을 푹 내쉬며 참나무 발치의 땅바닥 위에 몸을 던지듯 털썩 주저앉았다(그 정도로 그의 움직임은 격했다). 덧없이 흘러가는 여름의 이 모든 무상함 속에서, 그는 기분 좋게 땅의 단단함을 느꼈다. 참나무의 단단한 뿌리가 그에게는 마치 땅의 등뼈처럼 느껴졌다. 잇따라 떠오르는 이런저런 이미지들 속에서, 그 뿌리는 자신이 타고 다니는 훌륭한 말의 등이 되기도 하고, 요동치는 배의 갑판이 되기도 했다. 사실, 단단하기만 하면 뭐든 괜찮았다. 정처 없이 떠도는 마음을 붙들어 맬 무언가가 필요했다. 가슴 한구석을 뒤흔드는 마음, 매일 저녁 이맘때쯤 산책을 나설 때마다 흥취 어린 사랑의 기운으로 가득 차오르는 것 같은 마음을. 그는 그 마음을 그 참나무에 붙들어 맸다. 그곳에 누워 있으면, 그의 내면과 주변의 부산스러움이 차츰 고요하게 가라앉았다. 작은 잎사귀들은 나무에 가만히 매달려 있었고, 사슴은 움직임을 멈췄으며, 흐릿한 여름날의 구름은 제자리에 머물렀다. 올랜도의 팔다리가 대지 위에서 점점 무겁게 내려앉았다. 꼼짝도 하지 않고 가만히 누워 있으니 사슴이 조금씩 가까이 다가왔다. 떼까마귀들은 그의 주위를 선회했으며, 제비들은 획 내리꽂듯 날아왔다 날아가서는 공중을 빙빙 돌았다. 잠자리들은 쏜살같이 그를 스쳐 지나갔다. 마치 그의 몸 주위로 여름날 저녁의 풍요로움과 사랑의 행위들이 거미줄처럼 얽히는 느낌이었다.

한 시간 정도 지났을까. 해가 빠른 속도로 저물면서 흰 구름이 붉은색으로 변하고 언덕은 보랏빛, 숲은 자줏빛, 계곡은 검은빛으로 물들어가는 그때, 나팔 소리가 들려왔다. 올랜도는 벌떡 일어났다. 고막을 찢을 듯한 그 소리는 골짜기 쪽에서 들려오고 있었다. 저 아래 어두운 곳, 치밀한 계획하에 조성된 미로, 성벽으로 둘러싸인 마을. 바로 골짜기에 자리한 자신의 거대한 저택 한가운데에서 들려오는 소리였다. 그가 그쪽을 바라보고 있는데, 하나의 나팔 소리가 더 강렬한 다른 소리와 함께 반복되고 또 반복되더니, 일순간 조금 전까지 어두웠던 곳에 어둠이 사라지고 빛이 가득 찼다. 분주히 오가는 불빛들은 호출을 받은 하인들이 복도를 따라 급히 오가는 것인 듯했고, 아주 환하게 반짝이는 불빛들은 아직 도착하지 않은 손님들을 맞이하기 위해 텅 빈 연회장에서 타오르는 불빛들인 듯했다. 아래로 내려갔다 손짓하듯 흔들리고 가라앉았다가 다시 떠오르는 불빛들은 아마도 하인들 손에 들린 불빛들인 듯했다. 그들은 최대한 품위 있게 허리를 굽히고 무릎을 꿇었다 일어나며 위대한 여왕을 맞이했다. 그런 다음 마차에서 내린 그녀를 성 안으로 호위했다. 마차들이 정원에서 방향을 돌렸다. 말들은 깃털 장식이 달린 머리를 치켜들었다. 여왕의 행차였다.

올랜도는 더 이상 보고 있지 않았다. 그는 언덕을 뛰어 내려갔다. 그리고 쪽문을 지나 나선형 계단을 부리나케 뛰어 올라갔다. 방에 들어간 그는 스타킹을 벗어 한쪽 구석에 던지고, 가죽조끼는 맞은편에 벗어 던졌다. 그는 머리를 물에 적시고, 손을 닦고, 손톱을 깎았다. 그리고 6인치밖에 되지 않는 거울과 타다 남은 양초 한 쌍에 의지해가며, 진홍색 반바지와 레이스로 된 깃, 태피터로 만든 조끼로 갈아입고, 겹겹이 핀 달리아만큼 커다란 장미 모양 리본이 달린 신발로 갈아신었다. 마구간 시계로 채 10분도 되지 않는 시간 안에 이루어진 일이었다. 준비가 끝났다 얼굴이 상기되었다. 흥분되었다. 그런데 이미 너무 늦어버렸다.

그는 자신이 알고 있는 지름길을 통해 수많은 방과 계단들을 지나 5에이커(약 6,120평) 정도 떨어진 저택 반대편의 연회장으로 향했다. 하지만 절반쯤이나 갔을까. 집 뒤편 하인들이 거주하는 숙소에서 걸음을 멈췄다. 스튜클리 부인의 응접실 문이 열려 있었다. 여주인의 시중을 들기 위해 방을 떠나면서 열쇠를 다 들고 간 게 틀림없었다. 그런데 거기, 하인들의 식탁에 약간 살이 찌고 초라한 행색의 남자가 큰 맥주잔을 옆에, 종이를 앞에 두고 앉아 있었다. 올이 굵고 거친 갈색 옷차림에, 옷깃도 더러웠다. 손에 펜을 쥐고 있었지만, 글을 쓰고 있지는 않았다. 머릿속으로 생각을 이리저리 굴리면서 그것이 마음에 드는 형태나 탄력을 갖출 때를 기다리는 듯했다. 독특한 질감의 초록색 돌처럼 생긴 둥글고 흐릿한 두 눈은 한곳에 고정되어 있었다. 그는 올랜도를 보지 못했다. 서둘러 가던 중이었지만, 올랜도는 걸음을 완전히 멈추었다. 이 사람은 시인인가? 시를 쓰고 있는 건가? 시와 시인에 대해 누구보다 엉뚱하고 우스꽝스럽고 터무니없는 생각을 품고 있던 올랜도는 이렇게 말하고 싶었다.

"제발 말해주시오, 세상 모든 것에 대해."

하지만 나를 보지도 않는 사람에게 무슨 수로 말을 건단 말인가? 나를 바라보기는커녕 동화 속 식인 도깨비와 사티로스[4], 아니 어쩌면 저 깊은 바닷속을 생각하고 있을지도 모르는 사람에게 무슨 수로? 올랜도는 그대로 서서 그 남자를 가만히 바라봤다. 그는 펜을 손가락 사이에 넣고 이리저리 돌리며 시선을 고정한 채 사색에 잠겨 있었다. 그러다 불쑥, 아주 빠르게 여섯 줄 정도를 끄적이고는 고개를 들었다. 그걸 본 올랜도는 수줍음에 그만 줄행랑을 치고 말았다. 허둥지둥 간신히 연

---

4 그리스 신화에 나오는 반인반수 모습의 정령들.

회장에 도착한 올랜도는 무릎을 꿇고 고개를 숙이며, 가까스로 장미수가 담긴 그릇을 위대한 여왕에게 바쳤다.

그는 너무 수줍은 나머지 장미수에 담근 여왕의 반지 낀 손밖에는 보지 못했다. 하지만 그거면 충분했다. 인상적인 손이었다. 둥근 보주orb[5]나 홀secptre[6]이라도 쥔 것처럼 늘 둥글게 구부리고 있는 그 손은 야위었고 손가락이 길었다. 신경질적이고 까다롭고 병색이 느껴지는 손, 명령하는 손, 치켜들기만 해도 누군가의 목이 날아가는 손이었다. 그는 추측했다. 그 손의 주인은 아마도 장뇌camphor[7]로 방충 처리한 모피 보관실 냄새가 나는 늙은 몸, 하지만 온갖 비단과 보석으로 호화롭게 치장한 몸일 거라고. 아무리 꼿꼿한 자세로 앉아 있어도 좌골신경통에 시달리고 있을지 모른다고. 놀라서 움찔하는 법은 절대 없지만 수천 가지의 두려움을 안고 있을 거라고. 그리고 여왕의 눈은 밝은 노란색일 거라고.

그가 이 모든 걸 느끼는 동안, 호화로운 반지들이 장미수 속에서 잠깐 반짝이는가 싶더니 갑자기 뭔가가 그의 머리를 눌렀다. 그 때문에 그는 역사가들에게 유용할 만한 건 하나도 눈에 담지 못했다. 그리고 사실 그의 머릿속은 어두운 밤과 타

---

5   왕권을 상징하는 구슬 모양의 장식품. 상단에 십자가가 달려 있다.
6   왕권을 상징하는 지팡이 모양의 상징물.
7   녹나무에서 추출한 물질로, 방충제로도 쓰인다.

오르는 양초들, 초라한 시인과 위대한 여왕, 고요한 들판과 시중드는 하인들의 소란스러움 등 상반되는 것들이 가득 차 있어서 아무것도 보이지 않았다. 오직 그 손만 보였다.

마찬가지로, 여왕 역시 올랜도의 머리만 보았다. 하지만 올랜도가 손 하나를 가지고 위대한 여왕의 몸은 물론 그녀의 모든 속성, 즉 그 괴팍함과 용기, 노쇠함, 공포를 추측해낼 수 있었듯이, 분명 머리만으로도 그 못지않게 풍부한 추측이 가능할 터였다. 그것도(웨스트민스터 사원에 있는 밀랍 인형에 표현된 것처럼) 항상 눈을 크게 뜨고 있는 귀부인이 호화로운 의자에서 내려다보고 있는 머리라면 충분히 그러고도 남을 만했다.

길고 곱슬곱슬한 머리카락과 그녀의 앞에 지극히 공손하고 순결하게 숙인 머리는, 그 어떤 젊은 귀족 청년의 것보다 반듯하게 땅을 딛고 선 근사한 다리와 보랏빛 눈동자, 순수한 마음, 충성심, 남자다운 매력을 암시하고 있었다. 전부 그 나이 든 여자가 가질 수 없는 것들이었고, 그래서 그만큼 좋아하는 것들이었다. 그녀는 나이에 비해 일찍 늙어가고 있었고, 주름지고 허리가 굽어가고 있었다. 귀에서는 늘 대포 소리가 울렸다. 눈앞에는 늘 방울진 독극물이 반짝였고 뾰족한 단검이 어른거렸다. 식탁에 앉아 귀를 기울이면 영국 해협에서 총소리가 들려왔다. 여왕은 두려웠다. 저것은 저주인가, 속삭임인가? 그녀를 둘러싼 어두운 배경을 생각할수록, 그것과 대조적인 순수함과 단순함이 여왕에게는 무엇보다 소중했다. 전해

내려오는 이야기에 따르면, 바로 그날 밤, 올랜도가 깊이 잠들었을 때, 여왕은 마침내 대주교의 소유였다가 왕의 소유가 된 그 거대한 수도원을 올랜도의 부친에게 증여한다는 양피지 문서에 공식 서명했다고 한다.

올랜도는 밤새도록 아무것도 모른 채 잠을 잤다. 자면서 여왕에게 입맞춤을 당한 줄도 몰랐다. 여자의 마음이란 알 수 없는 것. 그녀의 입술이 닿았을 때 올랜도가 자기도 모르게 움찔해서였는지 여왕은 이 젊은 사촌(두 사람은 같은 혈통이었다)에 대한 기억을 생생하게 간식하게 되었다. 어쨌든, 이 조용한 시골에서의 생활이 아직 2년이 채 되지 않았을 때, 올랜도가 겨우 스무 편의 비극과 열두 편의 역사 소설, 그리고 스무 편 정도의 소네트[8]를 완성했을 무렵, 화이트홀 궁전으로 와서 여왕의 시중을 들라는 전갈이 왔다.

"왔구나, 나의 순결한 사촌이여!"

길고 폭이 넓은 복도 저쪽에서 자신을 향해 걸어오고 있는 올랜도를 바라보며 여왕이 말했다(엄밀히 따져서 더는 순결하다는 말이 어울릴 나이가 아니었지만, 올랜도는 늘 순수해 보였고 어쩐지 평온한 분위기를 풍겼다).

"가까이 오라."

그녀가 불가에 꼿꼿이 몸을 세우고 앉은 채 말했다. 그리

---

8   14행을 1연으로 하는 서정시의 한 형식.

고 그를 한 걸음 떨어진 곳에 세워두고 위아래로 훑어보았다. 며칠 전 어느 날 밤에 추측했던 모습을 지금 눈앞에 보이는 실제 모습과 맞춰보는 것이었을까? 자신의 추측이 맞았다는 걸 확인하려는 것이었을까? 여왕은 올랜도의 두 눈과 입, 코, 가슴, 허리, 손을 재빨리 훑어보았다. 여왕은 눈에 띄게 입술을 실룩거렸다. 시선이 다리에 이르자 크게 웃음을 터트렸다. 올랜도의 모습은 고결한 신사 그 자체였다. 하지만 내면은 어떨까? 여왕은 마치 영혼이라도 꿰뚫어 보려는 듯 노란 매의 눈을 반짝이며 올랜도를 바라보았다. 청년은 여왕의 시선을 견뎌냈다. 그는 다마스크 장미처럼 얼굴을 붉혔다. 강인함과 우아함, 사랑의 기운과 어리석음, 시와 젊음. 여왕은 책을 읽듯 그를 읽었다. 그러더니 갑자기 손가락에서 반지를 빼어(여왕의 손가락 관절은 약간 부어 있었다) 올랜도에게 끼워주며 그를 재무 담당자 겸 집사로 임명했다. 그다음에는 관직에 임명됐음을 증명하는 사슬을 목에 걸어주었다. 그리고 무릎을 꿇으라 명령한 뒤, 다리의 가장 가느다란 부분에 보석으로 장식된 가터 훈장[9]을 매주었다. 그 이후로 그의 앞을 가로막는 것은 아무것도 없었다. 여왕의 공식 행차 시에는 마차 문 쪽에 타고 함께 이동했으며, 스코틀랜드에 있는 불행한 여왕에게 슬픈 소식을

---

9 영국 여왕이 왕족과 공직자에게 개인적으로 수여하는 영국 최고 권위의 훈장.

전하는 사절로 파견되기도 했다.[10] 폴란드 전쟁에 참전하기 위해 그가 배에 오르려 하자, 여왕은 그를 불러들였다. 그의 부드러운 살이 찢기고 그 곱슬곱슬한 머리카락이 먼지 속에서 뒹구는 건 여왕으로서는 생각만으로도 괴로운 일이었다. 여왕은 그를 곁에 두었다. 승리를 노래하며 런던 탑에서 축포가 터지고 자욱한 화약 연기 때문에 뿌옇게 된 하늘 아래, 사람들의 재채기 소리와 환호하는 소리가 창문 아래에서 울리자,[11] 여왕은 시녀들이 (너무나 지치고 늙은) 자신을 눕혀준 방석들 사이로 그를 끌어당겼다. 그 바람에 얼굴이 파묻힌 그는 놀라고 말았다. 한 달 동안 옷도 갈아입지 않은 여왕에게서는 온 세상의 온갖 냄새가 풍겼다. 그는 어린 시절 어머니의 모피를 보관해둔, 오래된 수납장에서 맡아본 냄새와 비슷하다고 생각했다. 여왕의 격한 포옹에 반쯤 숨이 막힌 그가 몸을 일으켰다. 여왕이 나직이 말했다.

"나의 승리는 바로 이것이로다!"

바로 그 순간, 엄청난 소리와 함께 폭죽이 터지면서 여왕의 뺨이 새빨갛게 물들었다.

그 늙은 여인은 올랜도를 사랑한 것이었다. 일반적인 방

---

[10] 실제로 엘리자베스 여왕은 사촌인 토머스 색빌을 사절로 보내 메리 여왕에게 처형 소식을 전했다.

[11] 1588년, 스페인 무적함대를 무찌른 기념으로 런던 탑에서 축포를 쏘았던 일을 묘사하고 있다.

식은 아니지만 남자를 볼 줄 아는 여왕은 그를 위해 화려하고 엄청난 앞날을 계획했다. 저택 여러 채와 땅이 그에게 주어졌다. 그는 여왕의 노년을 함께 할 아들이자 노쇠한 그녀의 팔다리, 쇠락하는 몸을 기댈 참나무였다. 여왕은 빳빳한 양단 옷을 입고 벽난로 가에 똑바로 몸을 세우고 앉아, 이런 약속과 다정한 듯하면서도 기이하도록 고압적인 말들을 낮고 거친 목소리로 늘어놓았다(두 사람은 지금 리치먼드 궁전에 머물고 있었다). 벽난로는 아무리 장작더미를 높이 쌓아도 여왕을 따뜻하게 해주지 못했다.

그러는 동안, 몇 달에 걸친 기나긴 겨울이 시작되었다. 공원의 나무마다 서리가 내려앉았다. 강물도 느리게 흘렀다. 눈이 땅을 덮고 검은 벽널을 댄 방마다 그림자로 가득하고 공원에서 수사슴들이 울던 어느 날, 여왕은 보았다. 암살자라도 들이닥칠까 두려워 늘 열어두는 문틈으로, 첩자가 있을 것이 우려되어 늘 곁에 두는 거울 속에서, 한 청년이(설마 올랜도인가?) 한 소녀에게(이 뻔뻔스러운 계집애는 도대체 누구란 말인가?) 입 맞추는 모습을. 여왕은 황금 자루가 달린 칼을 뽑아 힘껏 거울을 내리쳤다. 요란한 소리와 함께 유리가 산산이 부서져내렸다. 사람들이 달려왔다. 여왕은 부축을 받으며 다시 의자에 앉았다. 하지만 그 후로 고통에 시달리며 남자의 배신에 신음했다. 그녀의 시대가 끝나가고 있었다.

올랜도가 잘못한 건 맞다. 하지만, 그렇다고 우리가 올랜도를 탓해야 할까? 당시는 엘리자베스 시대였다. 당시의 도덕률은 지금 우리의 것과는 달랐다. 시인도, 기후도, 심지어 채소마저 달랐다. 짐작할 수 있듯이 날씨 자체, 즉 여름과 겨울의 더위와 추위도 완전히 그 성질이 달랐다. 눈부시고 사랑스러운 낮은 육지와 물처럼 밤과 완전히 구분되었다. 노을은 훨씬 붉고 강렬했으며, 새벽의 서광은 더 하얗게 빛났다. 그때는 지금의 새벽녘 어스름과 사라지지 않고 머무는 땅거미를 아무도 알지 못했다. 비는 맹렬하게 쏟아지거나 아예 한 방울도 내리지 않았다. 태양은 떴다 하면 작열했고, 아니면 아예 얼굴을 감추어 어둠만이 가득했다. 시인들은 그들이 원래 하던 습관대로 이런 현상을 숭고한 언어로 바꾸어, 어떻게 장미가 시들고 꽃잎이 지는지 아름답게 노래했다. 순간이란 아주 짧고 그 순간이 지나면 모두가 잠드는 기나긴 밤이 찾아온다고 그들은 읊었다. 패랭이와 장미를 계속 싱싱하게 보존하기 위해 온실 같은 인위적인 방법을 쓰는 건 그들의 방식이 아니었다. 더 전진적이고 불확실한 지금 이 시대의 메마른 복잡함과 모호함을 그들은 알지 못했다. 전부 다 격렬했다. 꽃은 활짝 피었다가 금세 졌다. 해도 떴다가 바로 졌다. 연인들은 사랑하고 헤어졌다. 시인들은 시를 썼고, 젊은이들은 그것을 실행에 옮겼다. 소녀들은 장미였고, 그들이 아름답게 피어나는 계절은 꽃처럼 짧았다. 해가 지기 전에 꺾어야 했다. 낮이 짧은 데다가 그 낮이 전부였기 때문이다. 그러니 땅 위에는 아직 눈이 쌓여 있고 복도에서는 여왕이 경계의 눈초리로 보고 있어도, 올랜도가 당시 분위기, 시인, 그 시대가 이끄는 대로 창가의 꽃을 꺾었 대도, 우리는 그를 비난할 수 없다. 그는 젊었고, 소년 같은 매력이 있었다. 그는 그저 본능이 명하는 대로 따른 것뿐이었다. 그 소녀에 관해서는, 우린 그녀의 이름만 짐작할 뿐 엘리자베스 여왕만큼이나 아는 게 없다. 아마 도리스나 클로리스, 아니면 델리아, 또는 다이애나[12]가 아니었을까. 올랜도가 쓴 시에 차례로 등장하는 이름들이었다. 마찬가지로, 그녀는 궁녀일 수도 시녀일 수도 있었다. 올랜도의 취향은 매우 광범위해서, 그는 정원의 꽃들만 좋아한 것이 아니라 야생화와 잡초에도 항상 매료되었다.

여기서 전기 작가로서 솔직히 밝히자면, 그에게는 한 가지 기이한 특성이 있었는데, 그의 먼 조상 중 어느 할머니가 작업복 차림으로 우유 통을 들고 다니던 사람이었다는 사실이 그 기이한 특성을 설명할 수 있을지 모르겠다. 말하자면 켄트 지방 또는 서식스 지방의 흙 알갱이 몇 알이 맑고 순수한 노르망디 출신의 체액에 섞인 것이었다. 그는 갈색의 흙과 귀족의 푸른 피가 섞이는 것이 좋다고 생각했다. 확실한 건 그가 늘 낮은 계급의 사람들과 어울리기를 좋아했다는 사실이다. 특히 문학적 소양이 있으면서도 종종 넘치는 기지로 그것을 감추고

---

[12] 당시의 사랑 시에 주로 등장했던 이름들이다.

있는 이들과는 마치 혈연 간의 공감대라도 있는 것처럼 즐겨 어울렸다. 인생의 이 시기, 즉 머릿속이 시의 운율로 가득하고 잠자리에 들 때까지 기발한 비유를 떨쳐내지 못하던 이때, 궁정의 여인들보다 여관집 딸의 뺨이 더욱 생기 넘쳐 보였고, 사냥터지기 조카딸의 재치가 더 날카롭게 느껴졌다. 그래서 올랜도는 목에 걸린 별과 무릎에 묶인 가터 훈장을 회색 망토 아래 숨긴 채, 밤이면 종종 와핑 올드 스테어스[13]와 야외 술집에 나가기 시작했다. 그곳의 모래투성이 골목과 구기장, 모든 수수한 건축물들 사이에서, 그는 앞에 맥주잔을 놓고 앉아 선원들의 이야기를 들었다. 스페인 본토에서 보고 겪은 고난과 공포, 잔인함에 대해서, 그리고 누가 어떻게 발가락을 잃고 코를 잃었는지에 대해서. 말로 하는 이야기는 글로 적힌 이야기처럼 결코 세련되거나 그럴듯하지 않았다. 특히 올랜도는 그들이 연달아 부르는 아조레스 제도의 노래를 듣기 좋아했다. 그들이 노래하는 동안 그곳에서 데려온 앵무새들은 그들의 귀걸이를 쪼거나 그 탐욕스러운 부리로 손가락에 낀 루비 반지를 톡톡 두드리곤 했으며, 주인 못지않게 상스러운 욕설을 쏟아내곤 했다. 여인들도 앵무새들에게 질세라 행동이나 말투가 대담하고 자유로웠다. 그들은 올랜도의 무릎에 걸터앉아 목에 팔을 두른 채 그가 걸치고 있는 두꺼운 망토 아래 뭔가 범상치

---

[13] 템스강과 연결된 계단형 선착장.

않은 게 감춰져 있으리라 짐작하며, 올랜도라는 사람은 물론 그 안의 진실을 캐내려고 꽤 열을 올렸다.

　기회가 없는 것은 아니었다. 강은 이른 시간부터 늦은 시간까지 바지선과 나룻배, 그리고 온갖 배들로 떠들썩했다. 인도 제국으로 떠나는 멋진 배들이 매일 항해에 나섰다. 이따금 정체불명의 텁수룩한 남자들을 태운 검게 그을고 낡을 대로 낡은 배들이 힘겹게 기어와 정박했다. 해가 지면 여자든 남자든 배 위에서 희롱하고 놀 기회를 놓치지 않았고, 서로의 품에 안긴 채 보물이 든 자루 사이에서 곤히 잠들었다는 소문이 돌아도 아무도 눈살을 찌푸리지 않았다. 실은, 올랜도와 수키, 컴벌랜드 백작에게도 그런 일이 닥쳤다.

　더운 날이었다. 그들은 격렬하게 사랑을 나누고, 루비 자루 틈에서 잠이 들어버렸다. 그날 밤늦은 시간, 재산의 상당 부분을 스페인 투기사업에 건 백작이 혼자 등불을 들고 전리품을 확인하기 위해 왔다. 그는 통 하나를 불로 비추어 보다가, 깜짝 놀라 욕설을 내뱉으며 뒷걸음질 쳤다. 그 통에는 두 사람이 뒤엉켜 잠들어 있었다. 본래 미신을 잘 믿는 성정인 데다 많은 죄를 지은 탓에 양심의 가책을 느끼고 있던 백작은 두 사람을 유령으로 착각했다(그들은 빨간 망토를 둘둘 감고 있었으며, 수키는 올랜도의 시에 나오는 만년설만큼이나 희디흰 가슴을 드러내고 있었다). 백작은 물에 빠져 죽은 선원들의 유령이 자신을 꾸짖기 위해 무덤에서 튀어나온 줄 알고 덜컥 겁을 먹었다. 그는 성호를 그으며 참회했다. 쉰 로드Sheen Road에 여전히 줄지어 서 있는 빈민 구호소들은 그 순간 그가 느낀 극심한 공포가 남긴 가시적 산물이다. 그곳의 가난한 노파 열두 명은 차를 마시며 머리 위를 덮을 지붕을 마련해준 그 귀족 나리를 밤이면 밤마다 칭송하니, 보물선에서 이루어진 은밀한 사랑 덕분이 아니면 뭐겠는가. 그러니 도덕률 같은 건 그냥 넘어가도록 하자.

하지만 이내 올랜도는 이런 생활 방식의 불편함, 복잡하고 지저분한 이곳의 거리뿐만 아니라 이곳 사람들의 미개한 태도에 신물이 났다. 우리와는 달리, 엘리자베스 시대 사람들은 범죄와 빈곤을 매력적으로 여기지 않았다. 책으로 배운 지식에 대해 요즘 사람들처럼 수치심을 느끼지도 않았고, 지금과 달리 도축업자의 아들로 태어나는 것이 축복이며 글을 읽지 못하는 것이 미덕이라는 생각도 하지 않았다. 우리가 '삶'과 '현실'이라고 부르는 것이 어느 정도는 무지와 야만스러움과 관계되어 있음을 그때는 상상조차 하지 못했다. 아니, 실제로 이 둘을 이르는 단어조차 존재하지 않았다. 올랜도는 '삶'을 추구하느라 그들과 어울린 것이 아니었다. '현실'을 추구하느라 그들을 떠난 것이 아니었다. 하지만 제이크가 어떻게 코를 잃었고 수키가 어떻게 순결을 잃었는지 수십 번 듣고 나자, 올랜도는 그 계속되는 반복에 조금 지치기 시작했다(그들에게 감탄스러울 정도로 흥미진진하게 이야기를 풀어내는 재주가 있었다는 점만큼은 인정한다). 코는 한 가지 방법으로만 잘릴 수 있고, 처녀가 순결을 잃는 것 또한 다른 방법이기는 해도 한 가지뿐이기 때문이다(적어도 그는 그렇다고 생각했다). 반면, 예술과 과학은 그의 호기심을 깊이 자극하는 다양성이 있었다. 그것들을 늘 행복한 기억으로 간직하고 있던 올랜도는 야외 술집과 구기장에 자주 가던 발길을 끊고 회색 망토를 옷장에 넣었다. 그리고 목에는 반짝이는 별을 걸고 무릎에는 빛나는 가터 훈장을 단 채, 다시 제임스 왕의 궁전에 모습을 드러냈다. 올랜도는 젊고, 부유하고, 인물도 좋았다. 그는 그 누구보다도 크게 환대받았다.

분명한 건 실제로 많은 귀부인이 그에게 호의를 보일 준비가 되어 있었다는 점이다. 적어도 세 명의 여인, 즉 클로린다와 파빌라, 에우프로시네가 올랜도와의 혼인 문제로 대놓고 이름이 거론되었다. 올랜도의 소네트에도 등장하는 이름들이었다.

순서대로 소개하자면, 클로린다는 다정하고 상냥한 여인이었다. 사실 올랜도는 6개월하고도 보름 동안 그녀에게 홀딱 빠져 있었다. 하지만 그녀는 속눈썹이 흰색이었고 피를 보면 견디지 못했다. 토끼 구이 요리가 아버지의 식탁에 오른 걸 보고 기절할 정도였다. 사제들에게서도 많은 영향을 받아서 가난한 이들에게 주기 위해 속옷을 아껴 입었다. 그리고 마음대로 올랜도의 죄를 바로잡으려고 해서 올랜도를 넌더리 나게 만들기도 했다. 결국 올랜도는 결혼 이야기를 물렀다. 얼마 지나지 않아 그녀가 천연두로 사망했을 때도 그는 별로 유감스러워하지 않았다.

다음으로 혼담이 오갔던 파빌라는 완전히 다른 유형의 여인이었다. 서머싯셔에 사는 한 가난한 신사의 딸이었던 그녀는 오직 근면함과 재빠른 눈치 덕에 궁전에서 일하게 되었다. 그리고 뛰어난 승마술과 맵시 있는 발등, 우아한 춤 솜씨로 찬사를 들었다. 하지만 어느 날 그녀는 자신의 비단 스타킹을 찢었다는 이유로 올랜도의 창문 바로 아래서 스패니얼 한 마리를 거의 죽도록 매질하는 일을 저지르고 말았다(파빌라에게는 스타킹이 몇 개 없었고, 그나마도 대부분 거친 모직 스타킹이었다는 말을 해두는 편이 공정할 것 같다). 열렬한 동물 애호가였던 올랜도는 이제야 파빌라의 치열이 고르지 않고 앞니 두 개가 안으로 오그라든 옥니인 것을 알아채고는, 그것이 비뚤어진 성정과 잔혹한 기질의 확실한 증거라면서 바로 그날 밤 파빌라와의 결혼 약속을 영원히 파기해버렸다.

세 번째 여인인 에우프로시네는 그때까지 그가 가장 진심으로 열정을 불태운 상대였다. 아일랜드의 네스먼느 가문 줄신이었던 그녀는 올랜도의 가문만큼이나 오래되고 뿌리 깊은 족보를 가지고 있었다. 에우프로시네는 아름답고 화려했으나 조금 차가웠다. 이탈리아어를 능숙하게 구사했으며, 치열이 완벽한 윗니를 가지고 있었지만 아랫니는 살짝 변색되어 있었다. 무릎에는 늘 휘핏[14]이나 스패니얼을 앉혀놓고 자기 접시에 있는 흰 빵을 먹였고, 버지널[15] 연주에 맞춰 감미로운 노래를 부르기도 했다. 옷차림에 지나치게 신경을 많이 써서, 정오가 되기 전에 옷을 다 입은 적이 한 번도 없었다. 간단히 말해, 그녀는 올랜도 같은 귀족에게는 완벽한 아내감이었다. 혼사 이야기도 꽤 진행되어 양측의 변호사들은 계약 조항과 과부 급여[16], 증여 문제와 부동산, 보유 재산 등 엄청난 자산이 다른 자산과 결합하기 전에 필요한 모든 일을 처리하느라 분주했다. 그러던 중, 영국 기후의 특징 그대로 느닷없이, 극심한 대한파[17]가 닥쳤다.

이 한파는, 역사가들의 말에 따르면, 이곳 섬나라를 덮쳤던 추위 중 가장 심했다고 한다. 하늘을 날던 새들이 그대로 공중에서 돌처럼 얼어 땅으로 떨어져내렸다. 노리치에서는 어느 젊은 시골 처녀 하나가 평소처럼 건강한 모습으로 길을 건너다가 얼음처럼 차가운 칼바람을 맞고는 사람들 눈앞에서 갑자기 가루가 되어 한 줌의 먼지처럼 지붕 너머로 흩날려가는 모습을 지나가던 사람이 목격하는 일도 있었다. 양과 소의 폐사율 또한 어마어마했다. 주검이 얼어붙어 침대 시트에서 떼어낼 수 없는 지경이었고, 돼지가 길에서 꼼짝없이 떼로 얼어 죽은 광경을 맞닥트리는 건 흔한 일이었다. 들판에는 움직이

---

14 그레이하운드와 비슷하게 생긴 사냥개.
15 16~17세기 영국에서 유행한 건반 있는 발현 악기로, 하프시코드와 비슷하다.
16 남편 사후, 처의 부양을 위해 설정하는 부동산.
17 1608년 1월, 영국과 유럽을 강타했던 한파.

던 동작 그대로 얼어붙은 양치기며 쟁기질하는 일꾼들, 말 무리와 새 쫓는 꼬마 아이들로 가득했다. 모두 한순간에 강타당해 누군가는 한 손을 코에 가져간 채로, 또 누군가는 술병을 입에 가져다 댄 채로 얼어붙었다. 또, 바로 코앞의 생울타리에 잔뜩 배가 부른 듯 앉아 있는 까마귀에게 돌을 던지려다 팔을 치켜든 상태로 얼어붙은 아이도 있었다. 추위가 얼마나 매서웠던지 때로는 일종의 석화 작용이 뒤따르기도 했다. 더비셔 일부 지역에 바위가 급격히 늘어난 이유가, 화산 분화 때문이 아니라(분화 같은 건 일어나지도 않았으므로) 운 나쁜 여행자들이 문자 그대로 서 있던 자리에서 돌로 변했기 때문이라 추정되었다. 교회는 이 문제에 관해 거의 도움을 줄 수 없었다. 이런 유골에 신의 가호를 빌어주는 지주들도 일부 있었지만, 대부분은 이것들을 토지 경계표나 양이 털을 긁는 데 쓸 기둥, 또는 형태만 괜찮으면 소 여물통으로 사용하고 싶어 했다. 그리고 대체로 오늘날까지 이런 용도로 훌륭하게 사용되고 있다.

시골 사람들이 극도의 빈곤에 시달리고 다른 나라와의 교역 활동이 침체된 와중에도, 런던은 그 어느 때보다 화려한 축제를 즐겼다. 궁전은 그리니치에 있었고, 새 국왕은 대관식을 기회로 시민들의 환심을 사려 했다. 왕은 깊이가 20피트(약 6미터) 이상, 그리고 양쪽으로 폭이 6~7마일(약 10킬로미터)이 넘도록 얼어붙은 강을 쓸고 닦고 장식하게 했고, 사비를 들여 정자와 미로, 음료 가판대 등을 갖춘 공원이나 유원지처럼 꾸미게

했다. 자신과 궁정 신하들을 위한 공간은 궁전 출입구 바로 맞은편에 마련되었다. 비단 밧줄을 걸어서 일반인의 출입을 막은 그곳은 즉시 영국에서 가장 화려한 사교계의 중심지가 되었다.

수염을 기르고 목에 주름 장식을 단 위대한 정치가들이 왕실을 위해 설치한 천막의 진홍색 차양 아래에서 정무를 처리했다. 군인들은 근사한 타조 깃털로 장식하고 군 표식을 달아놓은 천막에서 무어인을 정복하고 터키를 몰락시킬 계획을 세웠다. 해군 제독들은 손에 잔을 든 채 저 멀리 지평선을 바라보기도 하고 북서항로와 스페인 무적함대 이야기를 늘어놓으며 좁은 통로를 오갔다. 연인들은 검은담비 모피를 깐 긴 의자 위에서 서로를 희롱했다. 왕비와 시녀들이 밖으로 나올 때면, 얼어붙은 장미들이 소나기처럼 쏟아져내렸다. 다채로운 빛깔의 풍선들이 공중에 가만히 떠 있었다. 여기저기서 삼나무와 참나무를 장작 삼아 거대한 모닥불을 피웠다. 소금을 후하게 뿌린 덕에 초록과 주황, 보라색 불꽃이 피어올랐다. 하지만 불길이 아무리 맹렬해도 이상하리만치 투명하고 강철만큼 단단한 얼음을 녹이기에는 열기가 충분치 않았다. 얼음이 정말 얼마나 투명한지, 몇 피트 아래 여기저기에 얼어붙은 알락돌고래와 가자미가 보일 정도였다. 기절한 듯 가만히 누워 있는 장어 떼도 보였다. 하지만 죽은 건지, 아니면 다만 움직임을 멈췄을 뿐 온기만 주면 다시 살아날 수 있는 상태인지, 철학자들은 갈피를 잡을 수 없었다.

약 20패덤(약 36미터)[18] 깊이까지 얼어붙은 런던 브리지 근처에서는, 난파된 나룻배 한 척이 아주 선명하게 보였다. 지난 가을 강바닥에 가라앉은 이 배에는 사과가 가득 실려 있었다. 서리Surrey 쪽에 있는 시장으로 과일을 싣고 가던 배였다. 그 위에는 체크무늬 숄에 부풀린 치마 차림의 한 노파가 무릎 위에 사과를 잔뜩 올려놓은 채 무슨 일이 있어도 손님을 응대하고야 말겠다는 듯한 모습으로 앉아 있었다. 하지만 푸른 빛이 도는 입술은 진실을 말해주고 있었다. 그 모습은 제임스 왕이 특히 즐겨 보는 광경이었다. 그는 신하들을 무리로 이끌고 와 함께 구경하곤 했다. 간단히 말해서, 낮에 이보다 더 멋지고 유쾌한 구경거리는 어디에도 없었다. 하지만 축제의 흥겨움이 절정에 다다르는 건 밤이었다. 얼어붙은 세상은 깨지지 않은 채로 계속되었다. 밤은 완벽하게 고요했다. 하늘에는 달과 별이 다이아몬드처럼 단단하고 변함없는 빛을 발하고 있었다. 신하들은 플루트와 트럼펫의 아름다운 선율에 맞춰 춤을 췄다.

올랜도는 사실 쿠랑트와 라볼타[19]를 가뿐하게 추는 편은 아니었다. 서투르고 어색했다. 그는 이런 화려한 외국 춤보다 어릴 때 고향에서 추었던 평범한 춤을 훨씬 좋아했다. 실은 올

---

18   1패덤은 약 1.8미터에 해당한다.
19   르네상스 시대에 유행했던 춤.

랜도가 1월 7일 저녁 6시경, 카드리유인지 미뉴에트인지가 끝나 발을 모으는 순간, 모스크바 대사의 천막에서 나오던 여자인지 남자인지 모를 어떤 사람이 그의 시선을 빼앗았다. 러시아식의 헐렁한 튜닉과 바지 차림이라 도무지 성별을 알 수 없었다. 올랜도는 잔뜩 호기심이 일었다. 이름과 성별은 알 수 없었지만 중간 정도의 키에 몸매가 무척이나 호리호리했다. 초록빛이 도는 생소한 털이 가장자리에 장식된, 옅은 회색빛이 도는 섬세한 벨벳 옷을 입고 있었다. 하지만 이런 사소한 것들은 그 사람이 온몸으로 뿜어내는 엄청난 매력에 가려져 잘 보이지도 않았다. 지극히 극단적이고 화려한 이미지와 은유들이 그의 머릿속에서 얽히고설켰다. 그 짧은 3초 동안 올랜도가 그녀를 보며 떠올린 이미지는 멜론과 파인애플, 올리브 나무, 에메랄드, 눈 속의 여우였다. 올랜도는 자신이 그녀에 대해 들어본 적이 있는지, 만나본 적은 있는지, 아니면 본 적이라도 있는지, 그게 아니라면 혹시 그 세 가지 전부 해당하는지, 알 수가 없었다(이야기 중에 멈출 수는 없지만 잠깐 언급하자면, 그가 떠올린 이 이미지들은 그가 느낀 것을 극단적으로 단순화한 것으로, 대부분 그가 어린 소년이었을 때 좋아했던 것들이었다. 그의 감각은 단순한 만큼 지극히 강렬했으므로, 굳이 이야기를 멈추고 그런 이미지들을 떠올린 이유를 찾아볼 필요는 없을 것 같다).

그는 그 멜론이자 에메랄드, 눈 속의 여우를 열광하며 뚫어지게 바라보았다. 그리고 그 청년이(이런, 그는 남자임이 틀림없었다. 여자라면 저토록 빠르고 힘차게 스케이트를 탈 수는 없을 테니까) 거의 발끝으로 서서 그의 옆을 빠르게 지나치는 순간, 올랜도는 그가 자신과 같은 성별이라는 사실, 그러니 그를 안을 수 없다는 사실에 그만 머리를 쥐어뜯고 싶은 심정이 되었다. 그때 그 스케이터가 가까이 다가왔다. 다리와 손, 몸짓은 남자의 것이었지만, 입은 어떤 남자에게서도 보지 못한 것이었다. 가슴 또한 어떤 남자에게서도 볼 수 없는 것이었다. 깊은 바닷속에서 건져 올린 것 같은 눈도 남자의 것이 아니었다. 마침내 그 정체불명의 스케이터가 멈춰 섰다. 그리고 시종들의 팔에 매달린 채 발을 질질 끌며 지나가던 왕에게 지극히 우아한 몸짓으로 허리 숙여 인사하더니 그 자리에서 꼼짝도 하지 않았다. 손만 내밀면 닿을 듯했다. 그는, 여자였다. 올랜도는 그녀를 가만히 바라보았다. 몸이 떨려왔다. 갑자기 더워졌고, 또 순식간에 추워졌다. 여름 공기 속으로 뛰어들 수 있다면 그러고 싶었다. 발밑에 도토리가 있다면 밟아서 깃이키고 싶었다. 너도밤나무든 참나무든 닥치는 대로 뽑아서 던지고 싶었다. 하지만 그럴 수는 없었으므로 그는 입을 앙다물었다가, 뭔가를 물려는 사람처럼 살짝 벌렸다가, 마침내 입에 문 듯 다시 앙다물었다. 레이디 에우프로시네가 그의 팔에 매달렸다.

그 낯선 여인은 나중에 알고 보니 삼촌 아니면 아버지인 러시아 대사 일행을 따라 대관식에 참석하기 위해 온 마루샤 스타닐롭스카 다그마르 나타샤 일리아나 로마노비치 공주였다. 그 러시아인들에 관해서는 거의 알려진 바가 없었다. 모피 모자를 쓰고 수염을 멋지게 기른 그들은 거의 말없이 앉아서 검은 액체를 마시다가 간간이 얼음 위로 뱉곤 했다. 영어를 할 줄 아는 사람은 아무도 없었다. 그나마 몇 명이 프랑스어를 조금 할 줄 알았으나 당시 영국 궁정에서는 프랑스어를 거의 사용하지 않았다.

올랜도가 공주와 안면을 트게 된 건 어느 한 사건을 통해서였다. 그들은 주요 인사들을 접대하기 위해 커다란 차양 아래 차려놓은 큰 식탁 맞은편에 앉아 있었다. 공주 양옆에는 두 젊은 귀족이 자리했다. 한 사람은 프랜시스 비어 경이었고, 다른 한 사람은 머리[20] 백작이었다. 우습게도, 공주는 곧 두 사람을 곤혹스럽게 만들었다. 둘 다 나름대로 훌륭한 귀족이었지만, 프랑스어에 관한 지식은 갓 태어난 아기 수준에 불과한 탓이었다. 정찬이 시작될 무렵 공주가 프랑스어로 "Je crois avoir fait la connaissance d'un gentilhomme qui vous était apparenté en Pologne l'été dernier(지난여름 폴란드에서 한 신사분을 만났는데, 당신 친척인 것 같아요)" 또는 "Lá beauté des dames de la cour d'Angleterre me met dans le ravissement. On ne peut voir une dame plus gracieuse que votre reine, ni une coiffure plus belle que la sienne(영국 궁정의 여인들은 참 아름답군요. 특히 여왕님은 어느 귀부인보다 우아하고 머리 모양도 아름답

---

[20] 스코틀랜드 북동부의 옛 주(Moray).

네요)"라며 황홀하도록 우아한 말투로 머리 백작에게 말을 건네자, 비어 경과 머리 백작은 둘 다 무척이나 당황해 어쩔 줄을 몰랐다. 한 사람은 과장된 몸짓으로 공주에게 고추냉이를 덜어주는가 하면, 다른 한 사람은 뜬금없이 휘파람으로 개를 부르더니 뼈다귀를 가지고 희롱했다. 이런 모습에 공주는 웃음을 참지 못했다. 수퇘지 머리와 속을 채운 공작새 요리 너머로 공주와 눈을 마주친 올랜도도 함께 웃음을 터트렸다. 하지만 웃고 있는 중에도 그의 입술은 놀라움으로 얼어붙었다. 과연 자신이 지금까지 사랑했던 건 누구이며 무엇이었던가. 그는 복잡하게 교차하는 감정을 느끼며 자문했다. 그리고 대답했다. 늙은 여자, 그것도 뼈와 거죽만 남은 여자였다. 뺨에 붉은 칠을 한 창녀들은 너무 많아서 일일이 셀 수도 없을 정도였고, 흐느끼는 수녀도 있었으며, 산전수전을 다 겪고 거친 말투를 쓰는 투기꾼도 있었고, 온갖 레이스를 휘감고서 고개를 까닥이며 격식이란 격식은 다 차리는 그런 여자들도 있었다. 그에게 사랑이란 그저 무미건조하고 지루한, 타다 남은 재에 지나지 않았다. 그가 사랑을 통해 느낀 기쁨의 맛에는 풍미랄 것이 전혀 없었다. 그는 자신이 어떻게 하품 한 번 하지 않고 그런 사랑을 해올 수 있었는지 놀라웠다. 그녀를 보고 있으니 걸쭉했던 피가 녹고, 혈관을 차갑게 채우고 있던 얼음이 포도주로 바뀌었다. 물이 흐르고 새가 노래하는 소리가 들리기 시작했다. 혹독한 겨울 풍경을 깨고 봄이 찾아왔다. 그의 남성성이 깨어났다. 그는 손에 칼을 쥐고, 폴란드인이나 무어인보다 더 위험한 적에게 겨누었다. 그는 깊은 물에 뛰어들어 바위틈 사이로 피어난 위험한 꽃을 보았다. 그는 그것을 향해 손을 뻗었다. 그러면서 아주 열정적인 소네트 하나를 읊고 있을 때, 공주가 말을 건넸다.

"소금 좀 주시겠어요?" 순간 그는 얼굴이 새빨갛게 달아올랐다.

"기꺼이 드리지요, 공주님." 그가 완벽한 억양의 프랑스어로 대답했다. 다행히도 그는 프랑스어를 모국어처럼 구사했다. 어머니의 하녀에게서 배운 것이었다. 하지만 그에게는 차라리 그 언어를 모르는 편이, 그 목소리에 대답하지 않는 편이, 그 눈빛에 끌리지 않는 편이 나았을 것이다.

공주는 계속해서 물었다. 자기 옆에 마부처럼 앉아 있는 촌뜨기들이 누구인지, 자신의 접시에 그들이 부어놓은 구역질 나는 액체의 정체가 무엇인지, 영국에서는 개와 사람이 같은 식탁에서 밥을 먹는지, 식탁 맨 끝자리에 앉아 있는, 머리를 5월제 장식 기둥[21]처럼 세워 올린 우스꽝스러운 사람이 정말 왕비가 맞는지, 그리고 왕은 늘 저렇게 군침을 질질 흘리며 좋아하는지, 그리고 저 멋쟁이들 가운데 누가 조지 빌리어스[22]인지

---

21 꽃, 리본 등으로 장식한 기둥으로 행사 때 사람들이 그 주위를 돌며 춤을 춘다.
22 제임스 1세의 총애를 받아 초대 버킹엄 공작이 된 인물.

등등. 올랜도는 이런 질문을 듣고 처음에는 조금 당황했지만, 공주가 워낙 장난꾸러기처럼 능글맞고 익살스럽게 묻는 바람에 웃음을 터트리지 않을 수 없었다. 주위 사람들의 멍한 얼굴을 보니 다들 한 마디도 알아듣지 못하는 게 분명했다. 그래서 그는 공주만큼이나 자유롭게, 그리고 공주처럼 완벽한 프랑스어로 대답했다.

이렇게 하여 두 사람의 친밀한 관계가 시작되었다. 이는 곧 궁정의 스캔들이 되었다. 올랜도가 그 모스크바 여자에게 예의상 필요한 정도를 넘은 관심을 보이는 것이 사람들 눈에 띄었다. 그는 그녀의 곁을 거의 떠나지 않았고, 다른 사람들은 전혀 알아듣지 못하는 두 사람의 대화는 활기가 넘치다 못해 얼굴이 빨개지고 웃음을 동반하기 일쑤여서 아무리 둔한 사람이라도 그들이 무슨 이야기를 나누고 있는지 알아챌 수 있을 정도였다. 무엇보다 올랜도의 변화는 놀라웠다. 그렇게 활기찬 모습은 처음이었다. 하룻밤 사이에 그는 덜자란 소년처럼 서툴던 행동거지를 벗어던졌다. 여자들이 있는 방에 갈 때마다 테이블 위의 장식품을 절반은 떨어트리곤 하던 어설픈 풋내기에서, 어느새 우아함과 정중함을 갖춘 귀족 신사가 되어 있었다. 그는 그 모스크바 여자(다들 그녀를 그렇게 불렀다)에게 손을 내밀어 썰매에 태워주었고, 그녀에게 춤을 청했으며, 그녀가 떨어트린 물방울무늬 손수건을 주워주는 등, 최고의 귀부인을 사랑하는 신사라면 마땅히 서둘러 행할 것으로 기대되는 여러 가지 의무를 다했다. 그런 그의 모습에 나이 든 사람들의 침침한 눈이 다시 반짝거렸고 젊은이들의 심장은 더 빠르게 뛰었다. 하지만 그런 두 사람의 모습 뒤에는 어두움이 드리워져 있었다. 노인들은 어깨를 으쓱했고, 젊은이들은 손으로 입을 가린 채 키득거렸다. 올랜도에게 다른 약혼자가 있다는 건 모두가 아는 사실이었다. 레이디 마거릿 오브라이언 오데어 오라일리 티르코넬(이것이 소네트에서 에우프로시네라고 칭한 그녀의 정식 이름이었다)의 왼손 두 번째 손가락에는 올랜도가 준 화려한 사파이어 반지가 끼워져 있었다. 그의 관심을 받을 최우선권은 그녀에게 있었다. 하지만 그녀가 자신의 옷장에 있는(수십 장이나 되는) 손수건을 전부 빙판 위에 떨어트렸는데도 올랜도는 절대 허리를 굽혀 주워주지 않았다. 썰매에 탈 때 그가 손을 잡아주기를 기다리며 20분이나 서 있었지만 결국 흑인 하인의 손을 빌려 타는 것에 만족해야 했다. 스케이트를 탈 때는 다소 서툴렀음에도 불구하고 아무도 팔을 잡고 격려해 주지 않았고, 결국 심하게 넘어졌는데도 아무도 그녀를 일으켜 세워 주거나 속치마에 묻은 눈을 털어주지 않았다. 본래 냉담한 데다 쉽게 성을 내지 않는 성격이었고, 대부분의 다른 사람들과 달리 그깟 외국인 여자가 자신에게서 올랜도의 애정을 빼앗아 가지는 않을 거라 믿었던 레이디 마거릿이었지만, 그녀조차 결국 마음의 평화를 거스르는 일이 벌어지고 있음을 의심하게 되었다.

실제로, 날이 갈수록 올랜도는 점점 애써 감정을 숨기려 하지 않았다. 이런저런 변명을 늘어놓으며 식사를 마치자마자 자리를 떠나거나, 스케이트를 타고 카드리유[23]를 추려는 사람들 무리에서 슬그머니 사라지곤 했다. 그러고 나면 어느새 그 모스크바 여인도 사라지기 일쑤였다. 하지만 무엇보다 궁정 사람들을 분개하게 만들고 가장 민감한 영역, 그들의 허영심에 상처를 입힌 건 그 두 사람이 종종 강의 공공 구역과 왕궁을 구분 짓기 위해 비단 줄을 쳐놓은 울타리 밑으로 미끄러지듯 넘어가 일반 군중 사이로 사라지는 모습이 목격된다는 점이었다. 그건 공주가 갑작스럽게 발을 구르며 '날 다른 곳으로 데려가 줘요. 나는 당신네 영국인 패거리가 정말 싫어요.'라고 소리치곤 했기 때문이다. 사실 그 패거리란 영국 왕궁 자체를 의미하는 것이었다. 공주는 더 이상 참을 수 없었다. 그녀의 말에 따르면, 왕궁에는 호기심 가득한 눈초리로 사람의 얼굴을 뜯어보는 노파들과 발을 아무렇지 않게 밟아내는 선방진 젊은이들이 가득했다. 모두 악취를 풍겼고, 다리 사이로는 개들이 뛰어다녀서 마치 동물 우리에 갇혀 있는 기분이라고 했다. 러시아에는 강폭이 10마일(약 16킬로미터)은 되는 강이 있어서 종일 6마리의 말을 나란히 달려도 사람 하나 보기 힘들다고

---

[23] 네 쌍의 남녀가 사각형의 대열을 이루며 추는 프랑스 춤.

했다. 게다가 공주는 런던 탑과 그곳의 호위병들, 템플바[24]에 걸린 반역자들의 머리와 시내의 보석 가게들을 둘러보고 싶어 했다. 올랜도는 그녀를 시내로 데려가 호위병들과 반역자들의 머리를 보여주고, 왕립 거래소에 데려가 그녀가 마음에 들어 하는 건 뭐든 사주었다. 하지만 이걸로는 충분하지 않았다. 두 사람은 점점 더 누구의 관심도 시선도 닿지 않는 은밀한 곳에서 종일 함께 있고 싶어졌다. 그래서 런던으로 돌아가는 길 대신 다른 방향을 택했다. 그들은 곧 사람들에게서 벗어나 얼어붙은 템스강이 넓게 펼쳐진 곳으로 빠져나왔다. 그저 물 한 통을 긷기 위해 헛되이 얼음을 내리치거나 불피울 때 쓸 나뭇가지와 낙엽을 긁어모으는 늙은 시골 아낙네들과 바닷새들뿐, 그 외에 살아 있는 것이라고는 하나도 보이지 않았다. 가난한 사람들은 자기 오두막에 처박힌 채 밖으로 나오지 않았고, 그보다 형편이 나은 사람들은 온기와 유흥거리를 찾아 도시로 몰려가 있었다.

올랜도와 사샤는 강을 독차지했다(사샤는 올랜도가 그녀를 줄여 부르는 이름으로, 어릴 때 그가 길렀던 러시아 여우의 이름이었다. 눈처럼 하얗고 부드러웠지만 강철같은 이빨을 가지고 있었는데, 어느 날 그를 심하게 무는 바람에 그의 아버지가 죽여버렸다). 스케이팅과 사랑으로 뜨거

---

[24] 웨스트민스터 사원과 옛 시티 오브 런던 사이에 있었던 아치형의 관문으로, 교수형을 당한 반역자들의 머리를 쇠창살에 꽂아 전시해두곤 했었다.

워진 그들은 외진 곳, 노란 고리버들이 둘러싸고 있는 강둑에 몸을 던졌다. 올랜도는 큼지막한 모피 망토를 두른 채 공주를 감싸안고서 처음으로 사랑의 기쁨을 알았노라고 속삭였다. 절정의 순간이 끝나자, 두 사람은 황홀경에 빠져 나른한 상태로 얼음 위에 누웠다. 올랜도는 과거의 연인들에 관해 이야기하며, 그녀에 비하면 모두 나무토막이나 거친 삼베 자루, 타고 남은 재나 마찬가지라고 했다. 사샤는 그의 열정에 웃음을 터트리며 사랑을 나누기 위해 다시 한번 그의 품속으로 파고들었다. 그들은 자신들의 뜨거운 사랑의 열기에도 얼음이 녹지 않는 것에 놀랐다. 그리고 자신들처럼 얼음을 녹일 자연스러운 방법이 없어 차가운 쇠도끼로 얼음을 깨부수어야 하는 노파를 불쌍히 여겼다. 그런 다음 그들은 검은색 담비 털 망토를 두른 채 태양 아래 존재하는 모든 것을 이야기했다. 풍경과 여행, 무어인과 이교도들, 이 남자의 수염과 저 여자의 피부, 사샤가 식사할 때 직접 먹이를 주는 쥐, 고향 집 복도에서 늘 바람에 펄럭였던 아라스 직물 벽걸이와 어떤 얼굴, 깃털 이야기까지. 무엇이든 대화 소재가 되었다. 두 사람 사이에는 지나치게 사소해서 못 할 이야기도, 지나치게 대단해서 못 할 이야기도 없었다.

그 순간 갑자기 올랜도에게 우울함 비슷한 감정이 찾아왔다. 다리를 절름거리며 얼음 위를 걸어가는 노파 때문일 수도 있고, 그냥 아무 이유 없이 찾아온 것일 수도 있었다. 그는 고개를 떨군 채 얼어붙은 강물에 얼굴을 대고 들여다보며 죽음을 떠올렸다. 행복과 우울은 종이 한 장 차이라던 철학자[25]의 말이 옳았다. 철학자는 그 둘이 쌍둥이 형제라며, 결국 모든 극단적인 감정은 광기와 동류라는 결론을 내렸다. 그러면서 진정한 교회(그의 관점에서는 재침례 교파)에서 위안을 구하라고 말했다. 그곳이야말로 세상이라는 바다를 표류하는 이들에게 유일한 피난처이자 항구이자 정박지라면서 말이다.

"모든 건 결국 죽음으로 끝나지."

올랜도가 똑바로 몸을 세워 앉으며 그늘진 얼굴로 말했다 (그의 마음은 이런 식으로 삶과 죽음을 격렬하게 오가며 그 중간 어디에도 머물지 못하고 있었다. 그러므로 이 전기 작가 또한 멈출 수가 없고, 다만 가능한 한 빨리 그 무모하고 열정적이고 어리석은 행동과 갑작스레 튀어나오는 과장된 어구에 보조를 맞추는 수밖에 없다. 이 시기에 올랜도가 제멋대로 지껄이고 있었다는 건 부인할 수 없는 사실이니까).

"모든 건 결국 죽음으로 끝나."

올랜도가 얼음 위에 똑바로 몸을 세워 앉으며 말했다. 하지만 영국인의 피가 전혀 섞이지 않은 사샤는, 그리고 일몰은 더 길고 새벽은 덜 갑작스레 시작되며 종종 어떻게 끝내야 할지 몰라 문장을 끝내지 않은 채로 남겨두는 러시아에서 온 사

---

[25] 로버트 버턴(Robert Burton, 1577~1640). 영국 목사 겸 문필가이자 고전학자로, 『멜랑콜리의 해부(The Anatomy of Melancholy)』를 썼다.

샤는, 말없이 그를 응시했다. 어쩌면 속으로 비웃었는지도 모르겠다. 그녀의 눈에는 올랜도가 어린아이처럼 보였을 테고, 결국 그녀는 아무 말도 하지 않았다. 점점 몸 아래 얼음 바닥이 차갑게 느껴지기 시작했다. 그 냉기가 싫었던 사샤는 그를 다시 일으켜 세우며 너무나 매혹적으로, 너무나 재치 있게, 그리고 너무나 지혜롭게 물었다. 얼어붙은 강물이든, 다가오는 밤이든, 절름거리는 노파든 뭐든, 그만 다 잊고 자신이 무엇을 닮았는지 말해보라고 말이다(하지만 불행히도 다 프랑스어였다. 프랑스어는 번역 과정에서 그 풍미를 잃기로 악명 높지 않던가). 올랜도는 수천 개의 이미지를, 그것들을 떠올리게 했던 여자들만큼이나 진부해진 것들을 헤집어 봤다. 하얀 눈, 크림, 대리석, 체리, 희고 반투명한 대리석, 아니면 황금으로 만든 현? 전부 다 아니었다. 그녀는 여우 같았다. 아니, 올리브 나무 같았다. 높은 곳에서 내려다보는 파도 같았다. 에메랄드 같았다. 아직 구름이 걷히지 않은 초록빛 언덕 위의 태양 같았다. 영국에서 보고 들은 것 가운데 그녀를 표현할 만한 말은 없었다. 자신의 언어를 샅샅이 훑었지만 다 마음에 들지 않았다. 그에게는 다른 풍경, 다른 언어가 필요했다. 사샤를 표현하기에 영어는 지나치게 솔직했고, 지나치게 노골적이었으며, 지나치게 감미로웠다. 아무리 솔직하고 도발적으로 들려도 그녀의 말에는 뭔가 숨은 의미가 있었고, 아무리 대담해도 그녀의 행동에는 뭔가 감춰진 것이 있었다. 에메랄드에 숨겨진 초록 불꽃, 언덕에 가려진 태양이 그러하듯이. 겉으로는 맑고 투명한 듯 보여도 그 안에는 종잡을 수 없는 불꽃이 자리하고 있었다. 그 불꽃은 보이는 것 같다가도 사라져버리기 일쑤였다. 그녀는 결코 영국 여인들처럼 한결같은 빛을 내지 않았다. 이때 문득 레이디 마거릿과 그녀의 속치마를 떠올린 올랜도가 사샤를 낚아채 얼음 위로 썰매를 마구 지치며, 그 불꽃을 쫓겠노라고, 그 보석을 향해 뛰어들겠노라고 맹세를 늘어놓기 시작했다. 그가 헐떡이며 입 밖으로 내뱉는 말들은 절반쯤은 고통을 쥐어짜 시를 쓰는 시인의 열정에서 비롯된 것이었다.

그러나 사샤는 아무 말도 하지 않았다. 올랜도는 사샤에게 한 마리 여우, 올리브 나무, 초록빛 언덕이라고 말했다. 그리고 자신의 가족사를 모두 들려주었다. 자기 집안은 영국에서 가장 유서 깊은 가문 중 하나이며, 선조들이 카이사르와 함께 로마에서 건너왔고, 지붕 있는 1인용 가마를 타고(로마의 주요 도로인) 코르소 거리를 지나다닐 권리를 누렸음을, 이는 왕가의 혈통을 가진 이들에게만 주어지는 특권이었음을 강조했다(우스꽝스럽게도 그는 이를 오만할 정도로 맹신하고 있었다). 그러더니 잠시 말을 멈추고는 사샤에게 물었다. 집은 어디에 있는지, 아버지는 누구인지, 형제는 있는지, 왜 홀로 삼촌을 따라 여기에 왔는지. 하지만 그녀가 선뜻 충분한 대답을 내놓았음에도 불구하고 어쩐지 둘 사이에는 어색함이 자리 잡았다. 처음에 올랜도는 그녀의 지위가 본인이 기대했던 만큼 높지 않은 모양이라고 의심했다. 혹은, 본국 사람들의 야만적인 모습을 부끄럽게 생각하는 게 아닐까 생각했다. 들은 바에 따르면 모스크바의 여인들은 수염을 기르고 남자들은 허리 아래 하반신이 털로 덮여 있다고 했기 때문이다. 게다가 남녀 할 것 없이 추위를 막기 위해 쇠기름을 바르며, 손으로 고기를 찢어 먹고, 영국 귀족이라면 가축우리로도 쓰지 않을 헛간에서 산다고 했다. 그는 사샤에게 대답을 강요하지 않고 참았다. 하지만 깊이 생각해보니, 그런 이유로 침묵할 리 없다는 결론이 나왔다. 사샤의 턱에는 수염이라고는 보이지 않았고, 몸에는 벨벳과 신주를 두르고 있었으며, 예의 바른 태도 또한 분명 가축용 헛간에서 자란 사람의 것이라 볼 수 없었기 때문이다.

그렇다면, 대체 사샤는 무엇을 숨기고 있는 것일까? 불현듯 강렬한 의혹이 밀려들었다. 마치 기념비 아래를 받치던 모래가 저절로 꺼지면서 전체가 무너져 내리는 것과 같았다. 갑자기 극도의 고통이 그를 사로잡았다. 그는 격렬한 분노에 휩싸였다. 사샤는 어떻게 그를 진정시켜야 할지 알 수 없었다. 어쩌면 진정시키고 싶지 않은 것인지도 몰랐다. 어쩌면 그녀는 모스크바 사람들이 가진 이상한 기질대로, 그가 분노하는 것이 좋아 고의로 자극한 것인지도 몰랐다.

이야기를 계속해보자. 그날 그들은 평소보다 멀리 스케이트를 타러 나갔다. 그들이 도착한 곳에는 강 한가운데에 배들이 정박한 채로 얼어붙어 있었다. 그중에는 러시아 사절단의 배도 있었는데, 길이가 몇 야드나 되는 색색의 고드름이 주렁주렁 달린 제일 큰 돛대에는 쌍두독수리가 그려진 깃발이 휘날리고 있었다. 바로 그 배에 사샤가 두고 온 옷이 있었다. 그들은 배가 비어 있는 줄 알고 갑판으로 올라가 옷을 찾기 시작했다. 자신의 과거를 돌이켜볼 때 혹여나 어떤 선량한 시민이 그들보다 먼저 이곳을 은신처로 삼았더라도 올랜도는 놀라지 않았을 것이다. 그런데 정말로 그렇게 되었다. 두 사람이 안쪽으로 깊이 들어가려던 순간, 어느 멋진 청년이 밧줄 뭉치 뒤에서 뭔가를 하고 있다가 모습을 드러냈다. 그는 러시아어로 뭐라고 말했는데, 듣자 하니 자신은 이 배의 선원이며 공주가 물건 찾는 걸 도와주겠다는 말 같았다. 그는 한 덩이 양초에 불을 붙이더니 공주와 함께 갑판 아래로 사라졌다.

시간이 흘러갔다. 올랜도는 자신만의 꿈에 사로잡혀 오직 삶의 기쁨만을 생각했다. 자신의 보물, 그녀의 특별함, 그리고 그녀를 완전히, 그리고 영원히 자신의 것으로 만들 방법에 대해서만 생각했다. 그러기 위해서는 극복해야 할 장애물과 어려움이 있었다. 사샤는 꽁꽁 얼어붙은 강과 야생마, 그리고 서로의 목을 베는 남자들이 있는 러시아에서 살 작정이었다. 사실 그는 러시아의 침엽수와 눈 덮인 풍경, 호색과 살육의 습성이 마음에 들지 않았다. 스포츠와 나무를 심는 즐거운 시골 생활을 포기하고, 직위도 내려놓고, 모든 경력을 포기하고, 토끼 대신 순록을 사냥하며, 백포도주 대신 보드카를 마셔야 하는

어린 시절의 러시아 공주

것도 마찬가지였다. 이유 없이 소맷자락에 칼을 숨기고 다니고 싶지도 않았다. 하지만 그는 그녀를 위해서라면 이 모든 것은 물론 이보다 더한 일도 감수할 작정이었다. 레이디 마거릿과의 결혼식이 일주일 뒤였지만, 이제 와서 그녀와 결혼한다는 건 말도 안 되는 일이었으므로 거기에는 신경조차 쓰지 않았다. 레이디 마거릿의 친척들은 훌륭한 신붓감을 버렸다며 그를 욕하고 친구들은 고작 러시아 여자와 아무짝에도 쓸모없는 눈 때문에 남 부럽지 않은 미래를 포기하느냐며 조롱할 게 뻔했지만, 사샤를 생각하면 그런 건 하나도 중요하지 않았다. 어둠이 찾아오면 곧바로 배를 타고 러시아로 떠날 작정이었다. 그는 곰곰이 생각에 잠긴 채 갑판을 오르내리며 계획을 세웠다.

그 순간 저 멀리 서쪽에 세인트 폴 대성당의 십자가에 태양이 오렌지처럼 걸려 있는 풍경이 눈에 들어왔다. 그는 퍼뜩 정신이 들었다. 태양은 피처럼 붉은빛을 내뿜으며 빠르게 지고 있었다. 거의 저녁 시간이 다 된 게 틀림없었다. 사샤는 지금까지 돌아오지 않고 있었다. 불현듯 불길한 예감에 사로잡힌 그는 그녀에 대한 확신이 흐려지는 걸 느끼며 그들이 사라진 배 선창 안쪽으로 뛰어 들어갔다. 어둠 속에서 궤짝과 오크 나무통 사이를 더듬더듬 나아가던 끝에, 한쪽 구석에 앉아 있는 그들의 모습이 흐릿하게 눈에 들어왔다. 아주 잠깐, 사샤가 그 선원의 무릎 위에 앉아 그에게로 몸을 숙이는 모습이 환영처럼 나타났다. 둘이 껴안는 걸 본 순간, 올랜도는 분노 때문에 마치 온통 붉은 구름이 낀 듯 눈앞이 흐려졌다. 그가 비통함에 울부짖는 소리가 배 전체에 울려 퍼졌다. 사샤가 두 사람 사이로 몸을 던져 끼어들지 않았더라면 그 선원은 단검을 꺼내기도 전에 목이 졸려 죽었을지도 모르는 일이었다. 그때, 올랜도가 금방이라도 죽을 것처럼 토하기 시작했다. 그들은 올랜도를 바닥에 눕힌 후 브랜디를 먹여 의식을 되찾을 수 있게 도와주었다. 마침내 올랜도가 기운을 차리고 갑판 위에 쌓아 놓은 자루 더미 위에 앉았다. 사샤는 여전히 현기증에 시달리는 그의 눈앞을 여우처럼 우아하게 오가며 자신은 절대 그에게 상처가 될 행동을 하지 않았다면서 달콤한 말과 비난을 번갈아 퍼부었다. 올랜도는 자신이 본 게 진짜였는지 의심스러워지기 시작했다. 촛불의 일렁임 때문이었을까? 그림자가 흔들려서 그렇게 보였던 걸까? 사샤는 궤짝이 너무 무거웠다고, 그래서 옮기는 걸 그 선원이 도와주고 있었던 것뿐이라고 말했다. 순간 올랜도는 그녀의 말을 믿을 뻔했다. 분노 때문에 자신의 눈이 멀어 내심 가장 두려워하고 있던 상황을 헛것으로 본 것일 수도 있었다. 누가 아니라고 장담할 수 있겠는가. 하지만 뒤이어 그녀가 자신을 기만하고 있다는 생각이 든 그는 더 격한 분노에 휩싸였다. 사샤는 얼굴이 창백해지더니 갑판에 쿵쿵 발을 구르며 그날 밤으로 떠나겠다고 소리쳤다. 그러면서 만일 로마노비치 가문의 딸인 자신이 저런 천한 선원의 팔에 안긴 게 정말이라면 신이 죽음을 내려도 달게 받겠다고 소리쳤다. 사실, 두 사람이 함께 있는 장면을 떠올려보니(그로서는 정말 쉽지 않은 일이었지만), 그 털북숭이 바다 야수의 팔에 그녀처럼 여린 생명체가 안겨 있는 모습을 그린 자신의 천박한 상상력에 격분하지 않을 수 없었다.

그 야수는 몸집이 거대했다. 맨발로 섰는데도 키가 6피트가 4인치(약 193센티미터)에 달했으며, 귀에는 철사 고리를 달아 품위라고는 찾아볼 수 없었다. 그의 용모는 마치 굴뚝새나 울새가 날아가다 잠깐 내려앉은 짐마차용 말 같았다. 올랜도는 그만 항복하고 그녀의 말을 믿기로 했다. 그리고 그녀에게 용서를 구했다. 하지만 그들이 다시 다정하게 배에서 내리고 있을 때, 사샤가 사다리 위에 멈춰 서서 넓은 뺨을 가진 그 황갈색 야수를 다시 불러 러시아어로 인사와 농담, 애정 어린 말들을 건넸다. 올랜도는 한 마디도 알아들을 수가 없었다. 하지만 그녀의 어조에 담긴 뭔가가 올랜도에게 어느 날 밤의 광경을 떠올리게 했다(이는 러시아어의 자음 문제일 수도 있었다). 그때 그녀는 바닥에서 주운 양초의 한쪽 끝을 남몰래 갉아먹고 있었다. 정말이었다. 그 양초는 분홍색이었고, 금박이 입혀져 있었다. 왕의 식탁에 올라간, 정제된 기름으로 만든 고급 양초였다. 사샤는 그것을 갉아먹고 있었다. 그녀의 손을 잡고 얼음 위로 이끌면서 속으로 그는 혹시 그녀에게 천하고 더럽고 상스러운 뭔가가, 시골 무지렁이들에게서나 볼 수 있는 뭔가가 있는 게 아닌가 하는 생각이 들었다. 그리고 지금은 갈대처럼 날씬하지만 마흔이 되면 꼴사나울 정도로 뚱뚱해질지도 모른다고, 지금은 한 마리 종달새처럼 명랑하지만 그 나이가 되면 무기력해질지도 모른다고 상상했다. 하지만 다시 런던을 향해 스케이트를 타고 가는 동안 그가 가슴에 품고 있던 그런 의심은 다 녹아버렸다. 마치 큰 물고기에게 코를 꿰어 마지못해 물속으로 끌려 들어가는 듯한 느낌을 받았다.

그날 저녁은 놀랍도록 아름다웠다. 해가 지자 런던의 둥근 원형 지붕들과 첨탑들, 포탑들, 뾰족한 작은 탑들이 맹렬하게 타오르는 붉은 황혼의 구름을 배경으로 검게 솟아올랐다. 그 가운데에는 채링크로스의 세공된 십자가와 세인트 폴 대성당의 돔, 런던 탑의 육중한 사각 건물도 있었다. 끝부분만 제외하고 마치 나뭇잎이 다 떨어진 작은 숲처럼 보이는 것은 템플바 쇠꼬챙이에 꽂힌 죄수의 목이었다. 그때 웨스트민스터 사원의 창문에 불이 켜지며, (올랜도의 상상 속에서) 마치 천국의 방패처럼 다채로운 색으로 타올랐다. 이제 서쪽 전체가(또다시 올랜도의 상상 속에서) 마치 천사 군단이 천국의 계단을 끝없이 오르내리는 황금빛 창문처럼 보였다. 그들은 줄곧 깊이를 알 수 없을 정도로 짙은 허공 속에서 스케이트를 타는 느낌이었다. 얼음은 이제 아주 파랗게 변해 있었고 아주 유리처럼 매끄러웠다. 그들은 점점 더 빨리 런던을 향해 속도를 냈다. 하얀 갈매기들이 주위를 맴돌며 그들의 스케이트가 얼음을 가르는 것과 똑같은 속도로 공기를 갈랐다.

사샤는 마치 그를 안심시키려는 듯 평소보다 더 다정하고 더욱 사랑스럽게 굴었다. 과거의 삶에 대해서는 거의 이야기하지 않는 그녀였지만, 지금은 러시아에 있을 때 겨울이면 대초원을 가로지르며 울부짖는 늑대 울음소리를 들은 일을 들려주며, 그의 앞에서 세 번이나 늑대 울음소리를 흉내 냈다. 올랜도는 고향 집에 눈이 왔을 때 보았던 사슴들 이야기를 들려주었다. 그리고 사슴들이 온기를 찾다 대형 홀로 잘못 들어오는 바람에 노인이 양동이에 죽을 담아 먹인 이야기도 해주었다. 그러자 그녀는 그를 칭찬했다. 동물에 대한 그의 사랑과 그의 친절함, 그리고 그의 다리에 대해서. 그는 그런 그녀의 칭찬에 황홀해졌다. 그리고 비록 상상이긴 했지만, 그런 그녀를 품위 없는 선원의 무릎에 앉히고 뚱뚱하고 무기력한 마흔 살 중년 여자로 만들었던 일이 떠올라 부끄러웠다. 그래서 차마 그녀를 칭찬할 적당한 말을 못 찾겠다고 말했다. 하지만 곧바로 그녀가 봄날의 푸른 잔디와 빠르게 흐르는 시냇물 같다는 생각이 떠올랐다. 그는 그 어느 때보다 그녀를 꽉 안고서 강을 절반이나 가로지를 만큼 크게 원을 그리며 돌았다. 갈매기와 가마우지도 함께 돌았다. 결국 사샤가 숨을 헐떡이며 멈춰 섰다. 그리고 한참을 그러고 있다가 조금 진정된 후 그에게 말했다. 그는 마치 노란 전구와 백만 개의 촛불을 켠(러시아에서 볼 수 있는) 크리스마스트리 같다고. 거리 전체를 밝힐 수 있을 만큼 눈부시게 밝다고. (그녀의 말을 해석하자면) 빛나는 뺨과 짙은 곱슬머리, 검붉은 망토 때문에 마치 몸 안에 램프라도 켜놓은 듯 광채로 빛난다는 의미였다.

그 순간 올랜도의 뺨에 어린 붉은색을 제외한 모든 색이 사라졌다. 밤이 온 것이다. 황혼을 물들였던 오렌지빛이 사라지자 뒤이어 횃불과 모닥불, 여기저기 켜놓은 등화, 그리고 강변을 밝히고 있는 여러 장치가 놀랍도록 눈부시게 환한 빛을 내뿜었다. 그리고 아주 기이한 변화가 일어났다. 전면부를 하얀 석재로 마감한 교회와 귀족의 대저택들이 마치 허공에 뜬 것처럼 선과 파편들로 보이기 시작했다. 특히 세인트 폴 대성당은 금빛 십자가 외에는 아무것도 보이지 않았다. 웨스트민스터 사원은 줄기만 남은 회색 나뭇잎처럼 보였다. 하나같이 빈약하고 변형된 모습이었다. 두 사람은 축제가 열리고 있는 곳으로 갔다. 소리굽쇠를 때리는 듯한 깊은 저음이 들려왔다. 그 소리는 점점 커지다가 결국 북새통이 되었다. 이따금 폭죽이 공중으로 솟구쳐 오를 때마다 큰 환호성이 뒤따랐다. 짐짓 어마어마한 군중과 떨어져서 강의 수면 위를 각다귀들처럼 빙글빙글 돌고 있는 사람들이 눈에 들어왔다. 겨울밤의 짙은 암흑이 어둠 속 야외 공연장 같은 이 멋진 원형의 공간을 감싸듯이 서서히 내려앉았다. 어둠 속으로 폭죽이 꽃처럼 하늘을 수놓았다. 폭죽이 그리는 모양은 초승달 같기도 했고, 뱀 같기도 했고, 왕관 같기도 했다. 폭죽이 잠시 멈추면 사람들은 입을 벌린 채 잔뜩 기대감을 안고 기다렸다. 불꽃이 번쩍하면 숲과 저 멀리 보이는 언덕이 그 순간 여름날처럼 푸르게 보였다. 하지만 그다음에는 다시 겨울과 캄캄한 어둠이 찾아왔다.

이즈음 올랜도와 공주는 왕실 구역에 가까워져 있었다. 하지만 비단 밧줄에 거의 닿을 정도까지 밀어닥친 어마어마한 군중으로 인해 그들은 앞으로 나아갈 수가 없었다. 하지만 둘만의 시간을 끝내기도 싫고 자신들을 지켜보는 날카로운 시선도 마주치고 싶지 않았던 두 사람은 그냥 재단사와 그 조수, 생선 장수, 말 장수, 야바위꾼, 굶주린 학자, 머릿수건을 쓴 하녀, 오렌지 파는 소녀, 마구간지기, 술 취하지 않은 시민, 음란한 술집 작부, 군중이 모여 있는 바깥에서 시끄럽게 소리 지르며 사람들의 발 사이를 기어다니는 누더기 차림의 거지들과 함께 그곳에 머물렀다. 그야말로 런던 거리의 온갖 별 볼 일 없는 인간군상들이 거기에 다 모여 있었다. 그들은 서로 시시덕거리고, 거칠게 서로 밀치고 다투며, 주사위를 던지거나 점을 치고, 밀치고 간지럽히고 꼬집었다. 여기서는 배꼽이 빠지도록 웃음을 터트렸고, 저기서는 침울함에 시무룩했다. 어떤 사람들은 잔뜩 입을 벌린 채 멍하니 있는가 하면, 어떤 사람들은 지붕 위의 갈까마귀처럼 품위라고는 찾아보기 힘들었다. 하지만 모두가 자신의 지갑이나 신분이 허락하는 한도 내에서 다양하게 차려입고 있었다. 이쪽에는 모피와 고급 모직옷을 걸친 사람들이, 저쪽에는 넝마를 걸친 채 겨우 행주를 동여매어 발을 빙판으로부터 보호하는 사람들이 있었다. 사람들이 가장 혼잡하게 모여 있는 장소는 간이 무대 앞이었다. 거기서는 〈펀치와 주디〉[26] 인형극 비슷한 공연이 상연되고 있었다. 한 흑인이 팔을 흔들며 고래고래 소리를 지르고 있었다. 그리고 한 여인이 흰옷을 입고 침대에 누워 있었다. 공연은 거칠었다. 배우들은 층층대를 위아래로 뛰어다니다 발이 걸려 넘어지기도 했고, 관중은 발을 구르고 휘파람을 불었다. 그러다 지루해지면 빙판 위로 오렌지 껍질을 집어던졌고, 그러면 개가 득달같이 나타나 물고 갔다. 하지만 그들이 구사하는 놀라운 말과 우아하게 오르내리는 선율이 마치 음악처럼 올랜도의 마음을 뒤흔들었다. 그들은 혀를 민첩하게 움직이며 아주 빠른 속도로 말했다. 그걸 보니 와핑의 야외 술집에서 노래하던 선원들이 떠올랐다. 의미 없는 말들조차 그에게는 포도주처럼 느껴졌다. 하지만 이따금 어떤 대사 하나가 심장 깊은 곳을 찢을 듯 빙판 너머로 그에게 다가왔다. 그 무어인이 광분하면 올랜도는 자신이 광분하는 것처럼 느껴졌고, 그 무어인이 침대에 누운 여인의 목을 조르면 마치 자신이 사샤를 죽이는 느낌이 들었다.

마침내 공연이 끝났다. 온 사방이 어두워졌다. 그의 얼굴

---

[26] 아내인 주디와 늘 싸우는 펀치에 대한 이야기를 들려주는 영국 전통 인형극.

에 눈물이 흘러내렸다. 하늘을 올려다보니 그곳에도 오직 암흑뿐이었다. 결국 모든 걸 덮는 건 파멸과 죽음뿐이라고, 그는 생각했다. 인간의 운명은 무덤에 묻히며 끝나고, 결국 벌레 먹이가 되는 것이 다라고.

> 이제 곧 엄청난 일식과 월식이 일어나
> 태양과 달이 그 빛을 잃으면 지구가 깜짝 놀라
> 입을 딱 벌리겠군—[27]

이 말을 하는 순간, 어느 창백한 별 하나가 그의 기억 속에서 떠올랐다. 그날 밤은 캄캄했다. 칠흑 같은 어둠이었다. 하지만 그들이 기다려온 밤, 그들이 도망치기로 계획했던 밤이 바로 이런 밤이었다. 그는 모든 걸 기억해 냈다. 때가 온 것이었다. 그는 격정에 휩싸여 사샤를 끌어안으며 그녀의 귀에 대고 낮은 소리로 속삭였다. 'Jour de ma vie!(내 인생의 최고의 날이야!)'. 그들만의 신호였다. 두 사람은 자정에 블랙프라이어스 근처의 한 여관에서 만나기로 했다. 거기에 말이 기다리고 있었다. 도주를 위한 모든 준비가 끝났다. 그래서 두 사람은 일단 헤어져 각자의 천막으로 돌아갔다. 아직 한 시간을 더 기다려야 했다.

---

[27] 셰익스피어 《오셀로》 5막 2장.

올랜도는 자정이 되기 훨씬 전부터 기다리고 있었다. 칠흑같이 어두운 밤이라 누가 바로 옆으로 다가오기 전까지는 보이지 않았는데, 그건 아주 잘된 일이었다. 게다가 지극히 고요했다. 반 마일 떨어진 곳의 말발굽 소리나 아이의 울음소리도 들릴 정도였다. 올랜도는 작은 안뜰을 서성이다가 자갈길을 규칙적인 발걸음으로 딛는 말발굽 소리나 여자의 치맛자락 스치는 소리가 들릴 때마다 여러 번 가슴을 부여잡았다. 하지만 그저 늦게 집으로 돌아오는 상인이거나 그다지 순수하달 수 없는 일로 돌아다니는 여인일 뿐이었다. 그들이 지나가고 나자 거리는 더욱 고요해졌다. 곧 도시의 가난한 이들이 사는 좁고 저저분한 구역의 아래층에서 타오르던 불들이 위층의 침실로 이동하더니 하나씩 꺼지기 시작했다. 이 주변의 가로등은 기껏해야 몇 개뿐이었고, 그나마도 야간 경비원의 부주의로 새벽이 오기 훨씬 전에 꺼지는 경우가 종종 있었다. 그러면 어둠은 전보다 더 깊어졌다. 올랜도는 손에 들고 있는 등불의 심지를 살펴보고, 안장을 고정하는 뱃대끈도 살펴보고, 권총을 장전하고, 권총집도 살펴보았다. 그리고 더 이상 살필 것이 없을 때까지, 이 모든 과정을 적어도 열두 번은 반복했다. 자정까지는 아직 20분 정도가 남아 있었지만, 그는 차마 여관으로 들어갈 수가 없었다. 여주인은 이 시간까지도 몇몇 뱃사람들에게 셰리 와인과 값싼 카나리아 포도주를 제공하고 있었고, 선원들은 그곳에 자리 잡고 앉아 신나게 노래를 부르기도 하고, 드레이크와 호킨스, 그렌빌[28]에 관한 이야기를 나누기도 했다. 그러다 벤치에서 굴러떨어져 그대로 모래 깔린 바닥을 뒹굴며 잠을 잤다. 올랜도의 부풀고 흥분한 마음에는 차라리 어두운 곳이 나았다. 그는 발소리가 들릴 때마다 귀를 기울였다. 들리는 소리마다 무슨 소리일지 추측했다. 누군가 술에 취해 고성을 지르거나 또 가련한 누군가가 어떤 고통으로 인해 짚 더미에 기대어 울부짖는 소리가 들리면, 나쁜 징조인 것 같은 마음에 가슴이 내려앉았다. 하지만 사샤에 관해서는 두려울 게 없었다. 사샤의 용기는 그 어떤 모험도 별일 아닌 것으로 만들어버렸다. 그녀는 남자처럼 망토와 바지, 부츠를 신고 혼자 올 것이다. 그녀의 발걸음은 너무나 가벼워서 이 고요함 속에서도 거의 들리지 않을 것이다.

그래서 그는 어둠 속에서 계속 기다렸다. 그런데 갑자기 뭔가가, 부드러우면서도 무거운 무엇이 얼굴을 때렸다. 초조하게 기다리고 있느라 극도로 예민해져 있던 올랜도는 깜짝 놀라 손을 칼에 가져다 댔다. 타격은 이마와 뺨에 열두 번이나 날아들었다. 건조하고 추운 날씨가 너무 오래 계속되고 있었기 때문에, 올랜도는 잠시 후에야 그것이 빗방울이라는 사실을 깨달았다. 그의 얼굴을 때린 건 흩날리는 빗방울이었다. 비는 처음에는 천천히, 신중하게 한 방울씩 떨어졌다. 하지만 곧

---

[28] 스페인과 맞서 무적함대를 격파한 영국 해군 영웅들.

여섯 방울에서 60방울, 뒤이어 600방울로 바뀌더니 곧바로 하나의 물줄기가 되어 세차게 쏟아져 내리기 시작했다. 마치 단단하게 굳었던 하늘이 그대로 커다란 분수가 되어 통째로 쏟아져 내리는 것 같은 기세였다. 5분 만에 올랜도는 온몸이 흠뻑 젖어버리고 말았다.

그는 급히 말들에게 덮개를 씌운 다음, 여관 출입문의 가로대 밑으로 들어가 비를 피했다. 그 어느 때보다 공기가 탁했다. 쏟아지는 비로 인해 습기와 소음이 너무 심해서, 사람이든 짐승이든 발소리가 전혀 들리지 않았다. 길에는 곳곳에 커다란 웅덩이가 생겨 통행이 힘들어 보였다. 하지만 이것이 그들의 도주 계획에 어떤 영향을 주리라고는 거의 생각하지 못했다. 그의 감각은 온통 자갈길에 집중되어 있었다. 그는 오직 사샤가 등불의 불빛에 환히 빛나는 모습으로 나타나기만을 기다렸다. 이따금 어둠 속에 사샤가 빗줄기에 휘감겨 있는 모습이 보이는 듯했다. 하지만 그 유령은 곧 사라졌다. 갑자기 끔찍하고 불길한 소리, 공포와 두려움이 가득한 소리가 들려왔다. 올랜도는 온몸의 털이 곤두서는 느낌이었다. 세인트 폴 대성당이 자정을 알리는 첫 번째 종을 친 것이었다. 종소리는 무자비하게도 네 번이나 더 이어졌다. 연인들의 미신에 따라, 올랜도는 여섯 번째 종이 칠 때는 그녀가 오리라 생각했다. 하지만 여섯 번째 종소리가 울려 퍼지고, 일곱 번째, 여덟 번째 종소리가 울려 퍼졌다. 불안한 그의 귀에는 그 종소리들이 처음에는 죽음과 재앙을 예고하는 소리로 들렸다가 그다음에는 선포하는 소리로 들렸다. 하지만 열두 번째 종소리가 울리자 그는 자신의 운명이 정해졌음을 알았다. 아무리 이성적으로 이유를 찾아봤자 소용없는 일이었다. 사샤는 늦게 오는 것일 수도 있었고, 누군가의 방해로 못 오고 있는 걸 수도 있었고, 길을 잃은 걸 수도 있었다. 하지만 올랜도의 열정적이고 다정한 마음은 진실을 알고 있었다. 속속 다른 시계들도 잇따라 울리기 시작했다. 온 세상이 그녀의 배신을 알리며 그를 조롱하는 듯했다. 그의 내면에 은밀히 자리 잡고 있던 오랜 의심이 노골적으로 쏟아져 나왔다. 그는 떼 지어 꿈틀거리는 뱀들에게 연달아 물린 기분이었다. 갈수록 더 센 독이 그를 공격했다. 그는 비가 우레처럼 쏟아지는 가운데 문간에 그대로 꼼짝도 하지 않고 서 있었다. 시간이 갈수록 무릎에서 힘이 빠졌다. 폭우가 쏟아지고 있었다. 쏟아지는 빗소리가 마치 대포 쏘는 소리 같았다. 참나무들이 쪼개지고 끊어지는 듯한 굉음이 들려오기도 했다. 찢어지는 듯한 비명, 인간의 것이 아닌 끔찍한 신음도 들려왔다. 하지만 올랜도는 세인트 폴 성당의 시계가 두 시를 알리는 종을 칠 때까지 꼼짝도 하지 않고 서 있었다. 그러다 끔찍한 아이러니를 느끼며 이가 다 드러나 보일 정도로 크게 외쳤다.

"내 인생 최고의 날이로구나!(Jour de ma vie)"

그는 등불을 집어던졌다. 그리고 말에 올라타 어디로 가는지도 모르는 채 내달리기 시작했다. 이성을 잃은 그는 어떤 맹목적인 본능에 이끌려 바다로 이어지는 강둑을 달렸다. 평소와 달리 갑자기 동이 트고 하늘이 옅은 노란빛으로 바뀌더니 비가 거의 그쳤다. 그는 자신이 와핑 근처의 템스강 강둑 위에 와 있음을 깨달았다. 그의 눈앞에 놀라운 광경이 펼쳐져 있었다. 석 달이 넘는 시간 동안 돌처럼 단단하고 두껍게 얼어 마치 영원히 녹지 않을 것만 같던, 화려한 도시 하나가 통째로 자리했던 강은, 이제 격렬하게 흐르는 누렇고 거친 물살이 되어 있었다. 밤사이 강이 다 녹은 것이었다. 마치 저 아래 화산 지역에서 유황 온천이 솟아(많은 철학자가 같은 견해를 보였다) 강을 뒤덮었던 얼음을 격렬하게 깨부순 다음 그 거대하고 육중한 파편들을 휩쓸어버린 것만 같았다. 세차게 흘러가는 물살은 바라만 보고 있어도 어지러울 정도였다. 사방이 요란하고 혼란스러웠다. 강에는 얼음덩어리가 여기저기 떠다니고 있었다. 볼링징치럼 넓고 집채만큼 높은 덩어리도 있었고, 남자들이 쓰는 모자 정도의 크기밖에 되지 않는 덩어리도 있었다. 하지만 대부분 괴상하게 일그러진 모양이었다. 얼음덩어리들이 대열을 이루어 흘러가면서 앞을 가로막는 것들을 다 집어삼키고 있었다. 강은 마치 고문당한 뱀처럼 소용돌이치고 꿈틀거리며 얼음 파편들 사이를 돌진해갔다. 파편들이 강둑에서 강둑으로 내동댕이쳐지면서 부두와 교각의 기둥에 부딪히는 소리가 들려왔다.

하지만 무엇보다 끔찍하고 공포스러운 것은, 밤새 얼음덩어리 위에서 발이 묶인 인간들이 떠내려가는 모습이었다. 그들은 극도의 정신적 고통 속에서 몸부림치며 어쩔 줄 몰라 했다. 물살에 몸을 던지든 얼음 위에 그대로 머물든, 그들의 운명은 명백했다. 때로는 이런 불쌍한 생명체들이 꽤 큰 무리를 지어 떠내려오기도 했는데, 무릎을 꿇고 있는 이들도 있었고 아기에게 젖을 먹이는 여인들도 있었다. 성경을 큰 소리로 읽고 있는 듯한 노인도 있었다. 나중에는 얼음 위에서 홀로 자신의 좁은 집 주위를 배회하는 고독하고 가엾은 사람도 보였다. 아마도 그의 운명이 가장 끔찍할 것 같았다. 바다로 휩쓸려가면서 어떤 이들은 헛되이 도움을 청하며 앞으로 다르게 살겠다는 터무니없는 약속을 하기도 하고, 죄를 고백하기도 하고, 신이 자신의 기도를 들어주기만 한다면 제단에 봉헌하겠다는 맹세를 하기도 했다. 공포에 넋이 나간 상태로 꼼짝도 하지 않고 앞만 쳐다보며 앉아 있는 사람들도 있었다. 입고 있는 옷으로 보아 선원 아니면 우체부인 듯한 한 무리의 젊은이들은 허세를 부리며 포효하듯 큰 소리로 외설스러운 술집 노래를 불러제꼈다. 그러다 나무와 부딪히고는 불경한 말을 내뱉으며 물속으로 가라앉았다. 올랜도가 서 있는 곳에서 멀리 떨어지지 않은 곳에, 모피 외투와 금목걸이를 걸치고 있는 것으로 봐서 귀족임이 분명한 어느 늙은 남자는, 이 모든 걸 꾸민 극악무도한 아일랜드 반군에게 복수하겠다며 마지막 순간까지 소리치다 물에 빠져 죽었다. 많은 이들이 은항아리 같은 보물들을 가슴에 꼭 껴안은 채 죽어갔다. 적어도 스무 명의 불쌍한 군상들은 자신의 탐욕에 못 이겨 물에 빠져 죽었다. 눈앞에서 금잔이나 모피 외투가 사라지는 꼴을 그냥 볼 수 없어 강둑에서 몸을 던져버린 것이었다. 가구며 귀중품이며 온갖 종류의 가재도구들이 얼음 파편 위에 얹힌 채로 떠내려갔다. 그중에서도 특히 새끼를 핥아주는 어미 고양이와 스무 명분의 호화로운 만찬이 차려진 식탁, 침대에 누운 커플, 한꺼번에 쓸려 내려오는 엄청나게 많은 조리 도구는 무엇보다 기이한 광경이었다.

큰 충격을 받아 어안이 벙벙해진 올랜도는 물살을 따라 자신의 앞을 지나쳐가는 처참한 광경을 지켜볼 뿐 한동안 아무것도 할 수 없었다. 마침내 정신이 좀 든 그는, 말에 박차를 가해 강둑을 따라 바다를 향해 전속력으로 달렸다. 강굽이를 돌아 이틀 전만 하더라도 사절단의 선박들이 꼼짝도 못 하고 얼어붙어 있던 반대편 바다에 도착했다. 그는 급히 선박의 수를 전부 세기 시작했다. 프랑스 사절단의 배, 스페인 사절단의 배, 오스트리아 사절단의 배, 터키 사절단의 배. 비록 프랑스 사절단의 배는 계류 밧줄이 풀려 있었고, 터키 배는 옆구리가 크게 파손되어 빠르게 물이 차오르고 있었지만 다 아직은 물에 떠 있었다. 그런데 아무리 둘러봐도 러시아 사절단의 배는 보이지 않았다. 순간 올랜도는 배가 가라앉은 게 틀림없다고 생각했다. 하지만 등자를 딛고 일어서서 손으로 햇빛을 가린 채 매처럼 예리한 시선으로 둘러보니 저 멀리 수평선에 배의 형상이 보였다. 돛대에는 검은 독수리 깃발이 휘날리고 있었다. 러시아 사절단의 배가 바다 쪽으로 나가고 있었다.

격분한 그는 몸을 던지듯 말에서 뛰어내렸다. 그리고 물살에 맞서기라도 할 것처럼, 무릎이 다 잠기도록 물속으로 허우적허우적 걸어 들어갔다. 그리고 지조 없고, 변덕스러우며, 바람둥이에다, 악마, 화냥년, 사기꾼이라는 등 여자라는 성별을 향해 던질 수 있는 온갖 모욕적인 말들을 그 부정한 여인에게 퍼부었다. 하지만 소용돌이치는 물살이 그의 말을 집어삼켜 버렸다. 그의 발치에는 물살에 떠밀려온 깨진 항아리 하나와 작은 지푸라기 한 줄기만 둥둥 떠다녔다.

제2장

　　　　　　　　　　　이 전기 작가는 지금 한 가지 어려움에 직면해 있는데, 이걸 대충 얼버무리고 넘어가기보다 솔직하게 털어놓는 편이 나을 것 같다. 지금까지 올랜도의 인생 이야기를 전하면서, 개인적인 기록과 역사적인 기록 덕분에 전기 작가로서 가장 중요한 임무를 수행할 수 있었다. 그것은 바로 오른쪽으로든 왼쪽으로든, 시선을 돌리지 않고 잊어서는 안 될 진실의 발자국만을 꾸준히 따르는 것, 꽃에 유혹당하지 않고, 어둠을 피하지 않으며, 무덤 속으로 내던져져 머리 위 묘비에 '끝'이 새겨지는 그날까지 계속 앞으로 나아가는 것이었다. 그런데 지금 바로 우리 앞에 무시할 수 없는 이야기 하나가 길을 가로막고 있다. 비밀스럽고 신비로운 데다가, 문서로 기록되어 있지도 않아서 설명할 수도 없다. 해석한 내용만으로도 책을 여러 권 쓸 수 있고, 그것이 의미하는 바를 토대로 종교를 하나 만들 수 있을 정도다. 우리의 임무는 그저 알려진 사실을 최대한 기록함으로써 독자 나름대로 그 의미를 이해하도록 하는 것뿐이다.

한파와 홍수, 수천 명의 사망을 목격한, 그리고 올랜도의 희망이 완전히 무너져 내린 그 끔찍했던 겨울이 지나고 다시 여름이 찾아왔다. 그는 당시 가장 막대한 권력을 행사하던 귀족들의 눈 밖에 나는 바람에 궁정에서 추방당했다. 올랜도와의 혼사를 기대했던 아일랜드의 데즈먼드 가문은 당연히 격분했다. 이미 아일랜드 때문에 골치가 아팠던 왕은 이 일로 상황이 더 악화하는 걸 원치 않았다. 올랜도는 자리에서 물러나 시골의 저택에서 완전히 고립된 채 지내게 되었다. 그러던 중 6월의 어느 아침(정확히 18일, 토요일이었다), 올랜도는 평소 일어나던 시간에 일어나지 못했다. 하인이 깨우러 왔을 때 그는 곤히 잠들어 있었다. 깨워도 일어날 것 같지 않았다. 누운 모습이 마치 혼수상태에 빠진 사람 같았고, 숨을 쉬고 있는지도 알 수 없었다. 창 아래로 개들을 데려와 시끄럽게 짖게 해도, 방 안에서 아무리 심벌즈, 드럼, 캐스터네츠를 끊임없이 두드려대도 그는 깨어나지 않았다. 베개 밑에 가시가 있는 덤불도 놓아

보고 발에 겨자 반죽을 붙여봐도 소용없었다. 그는 여전히 잠에서 깨어나지 않았고 먹지도 않았다. 살아 있다는 징후를 전혀 보이지 않은 채로 그렇게 일주일이 꼬박 지나갔다. 그러다 7일째 되던 날, 그는 평소 일어나던 시간(정확히 말하면 8시 15분)에 깨어났다. 그리고 큰 소리로 떠들어대던 아낙네들과 마을 점쟁이들 무리를 방에서 쫓아냈다. 여기까지는 하나도 이상할 게 없었다.

그러나 한 가지 이상한 점이 있었다. 그토록 오랫동안 혼수상태였음에도 그는 전혀 그 사실을 깨닫지 못하고 있는 듯했고, 마치 하룻밤 자고 일어난 사람처럼 아무렇지 않게 옷을 입고 말을 준비하라고 시킨 것이었다. 하지만 올랜도의 머릿속에서는 틀림없이 어떤 변화가 있었음을 짐작할 수 있었다. 왜냐하면 완벽하게 이성적으로 굴었고 전보다 진지하고 차분한 듯 행동했지만, 과거의 기억이 완전하지 않은 듯했기 때문이다. 사람들이 대한파가 닥쳤던 일과 얼어붙은 템스강 위에서 스케이트를 탔던 일, 축제가 열렸던 일 등을 이야기하면 귀 기울여 들으면서도, 자신 역시 그 자리에 있었다고 인식하는 기색이 전혀 없었다. 그저 눈앞에 연기가 자욱한 것처럼 손부채질만 왔다 갔다 할 뿐이었다. 지난 여섯 달 동안의 일들이 언급되기라도 할라치면 괴로워하기보다는 어리둥절한 표정을 지었다. 마치 분명치 않은 오래전 기억 때문에 곤혹스러운 것 같기도 하고, 다른 사람에게서 들은 이야기들을 떠올리려 애쓰는 것 같기도 했다. 러시아나 러시아 공주, 사절단이 타고 왔던 배 이야기가 나오면 불안하고 우울한 상태가 되어 창밖을 바라보거나, 개를 부르거나, 칼을 쥐고 삼나무 조각을 깎는 모습을 보였다. 하지만 당시 의사들이 지금보다 더 지혜로웠던 건 아니어서, 올랜도에게 휴식과 운동, 단식과 영양 섭취, 사교 생활과 고립된 생활을 동시에 처방한 후, 각양각색의 진정제와 자극제를 포함해 종일 침대에 누워 있을 것과 점심과 저녁 식사 사이에 40마일을 말을 타고 달릴 것, 그리고 아침에 일어날 때는 도롱뇽의 침을 넣은 우유 술을, 그리고 잠자리에 들 때는 공작새의 쓸개즙을 먹을 것을 별 이유도 없이 마음 내키는 대로 처방했다. 그러고는 알아서 하도록 내버려둔 채 그냥 일주일 동안 잠을 잔 것에 불과하다는 견해를 내놓았다.

하지만 그것이 정말 그냥 잠이라면 우리는 묻지 않을 수 없다. 도대체 어떤 잠이 그렇단 말인가? 그 잠이 아무리 분통 터지는 기억, 삶을 영원히 불구로 만들 것 같은 그런 사건들조차도 어둠의 날개로 쓸어버리고, 아무리 추하고 치사한 것이라도 윤기와 광채를 덧입혀주는 치료책이라도 된다는 말인가? 삶의 격동에 산산이 부서지지 않으려면 때때로 그 죽음의 손에 우리를 맡겨야 하나? 우리는 정말 매일 아주 소량의 죽음을 겪지 않고는 계속 살아갈 수 없도록 만들어졌단 말인가? 그렇다면, 지극히 비밀스러운 구역까지 파고들어 우리가 가진 가장 소중한 것을 원치 않아도 바꿔버리는 이것은 대체 무슨 기이한 힘이란 말인가? 정말로 올랜도는 극심한 고통에 지친 나머지 일주일 동안 죽었다가 다시 살아난 것일까? 만일 그렇다면, 죽음의 본질은 무엇이고 삶의 본질은 무엇이란 말인가? 이 의문에 관한 답을 얻기 위해 반 시간이 넘게 기다렸지만 마땅한 답이 떠오르지 않으니 다시 이야기를 계속해보자.

이제 올랜도는 한없이 고독한 생활에 빠져들었다. 궁정에서 겪은 치욕과 슬픔이라는 격한 감정 때문이기도 했지만, 자신을 변호하려는 노력도 하지 않고 누구를 초대하지도 않은 것을 보면(기꺼이 조대에 응할 친구들이 많음에도 불구하고), 대대로 살아온 그 거대한 저택에서 혼자 지내는 것이 그의 천성에 맞는 듯했다. 고독은 그의 선택이었다. 그가 시간을 어떻게 보내는지는 누구도 잘 알지 못했다. 고용된 하인은 아주 많았지만, 그들이 하는 일은 대부분 빈방을 청소한다거나 아무도 자지 않은 방의 침대보를 반듯하게 정리하는 일이었다. 저녁이면 어둠 속에서 케이크와 맥주를 앞에 놓고 앉아서 불빛 하나가 갤러리를 따라 움직이다가 연회장을 지나 계단을 통해 침실로 가는 모습을 지켜봤다. 하인들은 주인이 홀로 저택을 돌아다니고 있음을 알았지만, 누구도 감히 그 뒤를 따라가지 못했다. 왜냐하면 그 저택에는 온갖 유령들이 출몰하는 데다가 집이 워낙 크고 넓어 길을 잃고 헤매기 십상이었기 때문이다. 비밀 계단으로 굴러떨어지거나, 무심코 열린 문으로 들어갔다가 바람결에 문이 닫히면 영원히 갇혀버릴 위험도 있었다. 매우 고통스러운 모습으로 죽은 시신과 동물의 유골이 자주 발견되는 것으로 보아 이런 사고가 드물지 않음을 있음을 분명히 알 수 있었다. 그러다 저택에서 빛이 완전히 사라지고 나면, 하녀장인 그림스디치 부인은 목사인 더퍼 씨에게 나리에게 나쁜 일이 없어야 할 텐데, 하며 걱정을 늘어놓았다. 그러면 더퍼 씨는, 주인 나리는 틀림없이 남쪽으로 반 마일 떨어진 빌리어드 테이블 코트에 자리한 예배당에서 조상들 묘역에 무릎 꿇고 앉아 있을 거라고 대답하며, 올랜도가 양심에 어긋나는 죄를 여럿 지은 듯하다고 염려했다. 그러면 그림스디치 부인은 우리 대부분이 그렇지 않으냐며 다소 날카롭게 쏘아붙였고, 스튜클리 부인과 필드 부인, 늙은 유모 카펜터는 전부 목소리 높여 주인 나리를 칭찬하곤 했다. 마부들과 집사들은 그토록 훌륭한 귀족이 여우를 사냥하거나 사슴을 쫓아다녀도 좋을 시간에 우울하게 집 안이나 어슬렁거리고 있는 모습을 보고 있으려니 유감스럽다며 안타까운 소리를 늘어놓았다. 심지어 술잔과 케이크를 나르고 있던, 주디인지 페이스인지 이름도 헷갈리는 하찮은 세탁실 하녀들과 주방 설거지 담당 하녀들조차 주인 나리의 정중한 태도를 증언하는 말을 큰 소리로 떠들었다. 그렇게 친절한 신사는 본 적이 없으며, 머리에 다는 리본이나 꽃장식을 살 수 있도록 은화를 그렇게 후하게 주는 사람은 없다는 것이었다. 급기야 그들이 기독교로 개종시키려고 그레이스 로빈슨이라 부르던 흑인 하녀마저 그들이 무슨 이야기 중인지 눈치채고는 영주님이 잘생기고, 상냥하며, 굉장히 멋진 신사라는 것에 동의했다. 자신이 유일하게 할 수 있는 방법, 즉 활짝 웃으며 하얀 이를 동시에 드러내면서 말이다. 한마디로 말하자면, 모든 하인과 하녀들은 그를 매우 존경했으며 그를 이런 처지가 되게 만든 그 외국인 공주(사실 그들이 그녀를 부른 호칭은 이보다 거칠었다)를 저주했다.

더퍼 씨가 영주가 무덤들 사이에서 안전하게 있을 테니 찾으러 가지 않아도 된다고 말한 것은 아마도 그의 겁 많은 성격과 뜨겁게 데운 맥주를 포기할 수 없어서겠지만, 사실 그의 생각이 맞았다고 해도 과언이 아니었다. 올랜도는 지금 죽음과 쇠락을 생각하면서 묘한 기쁨을 느끼고 있었다. 그는 손에 양초를 든 채 길게 이어진 갤러리와 연회장을 거닐며 마치 찾을 수 없는 누군가와 닮은 모습이라도 찾듯 그림을 하나하나 살펴보았다. 때로는 예배당의 가족석에 올라가 앉아 박쥐나 박각시나방을 벗 삼아 문장이 그려진 깃발이 휘날리는 모습, 달빛이 떨리는 모습을 몇 시간씩 바라보곤 했다. 그러다 이것만으로는 충분치 않았는지, 겹겹이 쌓인 관 속에 열 대에 걸친 조상들이 다 함께 잠들어 있는 지하 묘지에도 내려갔다. 이곳은 사람들이 거의 찾지 않는 장소여서 쥐들이 자유롭게 납으로 된 관을 드나들었다. 지나가다 보면 망토에 넓적다리뼈가 걸리거나, 말리스 경 어쩌고 하는 옛 조상의 두개골이 굴러다니다 발에 밟혀 깨지기도 했다. 소름 끼치는 묘지였다. 정복자 윌리엄과 함께 프랑스에서 건너온 이 가문의 시조는 저택의 토대를 깊이 파서 지하 묘지를 만들었다. 마치 모든 부귀영화는 부패와 타락 위에 세워진다는 것, 부드러운 살 바로 아래에는 해골이 자리하고 있다는 것, 땅 위에서 춤추고 노래하는 우리는 결국 땅 밑에 묻히게 되리라는 것, 진홍색 벨벳은 언젠가는 먼지로 변하며 반지에서는 루비가 떨어져 나가리라는 것(이 시점에 올랜도는 등을 아래쪽에 비추고 걷다가 한쪽 귀퉁이에 떨어져 있던 보석 빠진 금반지를 집어 들었다), 그리고 아무리 빛나던 눈동자도 결국에는 그 빛을 잃게 된다는 것을 증명하려는 듯했다.

"이들은 모두 왕자처럼 살았지만 남은 게 없구나." 감상에 젖은 올랜도는 이들의 지위를 한껏 과장하며 말했다.

"고작 손가락 하나뿐이라니." 그는 손가락 뼈 하나를 집어 들고 이리저리 구부리며 말했다. "누구의 손이었을까?" 그는 계속 생각했다.

"오른손이었을까? 아니면, 왼손? 손의 주인은 남자였을까, 여자였을까? 노인이었을까, 젊은이였을까? 군마를 타고 달렸을까, 아니면 바느질을 했을까? 장미를 꺾었을까, 아니면 총검을 움켜쥐었을까? 혹시―" 그런데 여기까지 생각하다 말고 올랜도는 갑자기 주춤했다.

더는 지어낼 이야기가 떠오르지 않아서일 수도 있지만, 손이 할 수 있는 일이 너무 많이 떠올라서일 가능성이 컸다. 글을 쓸 때 가장 중요하고 기본적인 과정인 삭제를 피하고자 나열을 삼간 것이었다. 그는 노리치의 의사이자 작가인 토머스 브라운[29]이 이런 주제에 관해 얼마나 놀랍도록 흥미로운 글을 썼는지를 떠올리며 해골의 손을 다른 뼈들 옆에 내려놓았다.

그리고 등불을 들어 유골이 모두 제자리에 있는지 확인했다. 올랜도는 공상을 좋아하기는 하지만 매우 꼼꼼한 성격이어서, 조상의 해골은 고사하고 바닥에 실뭉치 하나 떨어져 있는 것도 못 견뎌 했다. 그는 다시 갤러리로 돌아와 기묘하고 쓸쓸한 마음으로 그림들을 둘러보며 뭔가를 찾기 시작했다. 그러다 어느 이름 모를 화가가 그린 네덜란드의 설경을 보고는 걸음을 멈추고 오랫동안 발작하듯 흐느꼈다. 순간, 삶이 더 이상 살 만한 가치가 없다고 느껴졌다. 선조들의 유골도, 무덤 위에 세워진 인생도 잊은 채, 러시아식 바지를 입고 목에 진주 목걸이를 한, 올라간 눈꼬리에 샐쭉한 입을 가진 한 여자를 향한 갈망으로 몸을 떨며 흐느꼈다. 하지만 그녀는 이미 가고 없었다. 그를 떠나버렸다. 다시는 그녀를 볼 수 없을 것이다. 그래서 그는 흐느꼈다. 그리고 다시 자기 방으로 돌아갔다. 그의 창을 통해 불빛을 본 그림스디치 부인은 입에 대고 있던 큼지

---

[29] 토머스 브라운(Thomas Browne, 1605-1682). 『의사의 종교(Riligio Medici)』와 『호장론(Urn Burial)(壺葬論), 최근 노퍽에서 발견된 유골함에 관한 담론』의 저자. 버지니아 울프는 그의 글을 매우 높이 평가했으며 글에서 종종 언급하기도 했다.

막한 술잔을 내려놓으며 주인이 무사히 방으로 돌아온 것에 신께 감사했다. 내내 올랜도가 잔혹하게 살해당했을지도 모른다고 걱정하던 중이었기 때문이다.

올랜도는 책상에 의자를 끌어다 놓고 앉아 토머스 브라운 경의 책을 펼쳤다. 그리고 매우 길고 매우 놀랍도록 난해한 생각을 섬세하게 표현한 그 의사의 글을 면밀하게 읽어 내려갔다.

이런 내용은 자세히 밝혀봤자 전기 작가로서 득이 될 만한 이야기는 아니지만, 여기저기에 떨어져 있는 얼마 안 되는 단서만으로도 어느 한 사람의 경계와 영역을 그려낼 줄 아는 독자들에게는 충분한 정보가 될 수 있다. 그들은 아주 작은 속삭임에서도 살아 있는 목소리를 들을 수 있고, 아무 정보가 없어도 인물의 생김새를 정확히 볼 수 있으며, 말 한마디 하지 않아도 그의 생각을 정확히 설명할 수 있으니 말이다(우리가 글을 쓰는 이유는 바로 이런 독자들을 위해서가 아니던가). 따라서 이런 독자라면 올랜도에게 우울과 게으름, 열정, 사랑, 고독 등 수많은 기질이 기이하게 뒤섞여 있음을 분명히 알 수 있을 것이다. 첫 장면에서 암시된 온갖 미묘하게 뒤틀린 기질은 말할 것도 없다. 이미 죽은 무어인의 머리통을 칼로 내리쳐 떨어트린 다음, 자신의 팔이 닿는 곳에 다시 예의 바르게 매달아놓고는 책을 들고 창가로 갔던 그 장면 말이다. 책을 읽는 취미는 일찍부터 있었다. 어린 시절 그는 한밤중까지 책을 읽고 있다가 잔심부름꾼에게 들키곤 했다. 양초를 치우면 반딧불이를 잡아와 책을 읽었다. 반딧불이마저 치워버리자, 불쏘시개에 불을 붙여 책을 보려다 저택을 거의 홀라당 태워버릴 뻔한 적도 있었다. 더 많은 일화와 그 일화에 함축된 의미를 조목조목 밝히는 일은 소설가에게 맡기기로 하자.

한마디로 올랜도는 문학을 너무 사랑한 나머지 상사병을 앓는 귀족 청년이었다. 그 시대의 많은 이들, 특히 그의 또래 귀족들은 이 병에서 벗어나 마음껏 뛰고, 말을 타고, 사랑을 나눴다. 하지만 일부는 아스포델로스[30] 꽃가루에서 생겨나 그리스와 이탈리아에서 날아온다는 균에 일찍이 감염되었는데, 이 균은 성질이 아주 지독해서 누군가를 때리려 팔을 들면 손이 떨리게 만들고, 먹잇감을 찾으려고 하면 시야를 흐리게 만들며, 사랑을 고백하려고 하면 말을 더듬게 만들곤 했다. 무엇보다도 치명적인 특성은 현실을 환상으로 대체해버리는 것이었다. 따라서 운명으로부터 온갖 선물(즉 귀한 접시와 고운 리넨, 여러 채의 저택과 하인들, 값비싼 카펫, 수많은 침대 등)을 받은 올랜도였지만, 책만 펼쳤다 하면 그 엄청난 재산이 모두 안개처럼 사라져버리곤 했다. 9에이커(약 1만 평)에 달하는 석조 저택이 자취를 감추었고, 150명에 달하는 집안 하인이 사라졌으며, 여든

---

30 그리스 신화에서 낙원에 피는 영원히 지지 않는 꽃으로 등장하는 백합과의 꽃.

마리나 되는 말들도 눈에 들어오지 않았다. 개수를 세는 데만도 아주 오랜 시간이 걸릴 카펫이며 소파, 장신구, 도자기, 접시, 양념통, 신선로 냄비와 금박을 입힌 물건들 또한 이 유독한 공기에 휩싸여 바다 안개처럼 증발해버렸다. 올랜도는 아무것도 걸치지 않은 사내가 되어 홀로 앉아 책을 읽곤 했다.

이런 고독한 생활 속에서 올랜도의 병세는 급격히 악화되었다. 밤이 깊도록 여섯 시간을 내리 책을 읽는가 하면, 하인들이 가축 도살이나 밀 수확 문제로 지시를 받으러 찾아오면 책을 옆으로 치우고 도무지 무슨 소리인지 모르겠다는 표정을 짓곤 했다. 이는 매우 심각한 상황이어서, 매 조련사 폴과 마부 자일스, 하녀장 그림스디치 부인과 신부 더퍼 씨의 마음을 아프게 만들었다. 그들은 저토록 훌륭한 신사에게는 책이 필요치 않다고 말하며, 중풍에 걸려 움직이지 못하는 사람이나 죽어가는 사람에게 책을 줘버려야 한다고 했다. 하지만 더 안 좋은 상황이 기다리고 있었다. 일단 이 병이 도지면 몸이 약해질 대로 약해진 나머지 잉크병을 떠나지 못하고 손이 곪아 터져도 깃펜을 놓지 못하는 또 다른 재앙의 손쉬운 먹잇감이 되어버리는 것이었다. 이 가엾은 인간이 이젠 글까지 쓰기 시작하는 것이다. 이는 가진 것이라곤 빗물 새는 지붕 아래 의자 하나와 책상 하나가 전부인, (따라서 결국 별로 잃을 것이 없는) 가난한 이에게도 충분히 불행한 일이지만, 저택과 소와 하녀, 당나귀와 리넨을 소유한 부유한 이가 책까지 쓴다면 그

처지는 이루 말할 수 없이 한심해진다. 무엇으로부터도 흥취를 느끼지 못 하게 되고, 뜨거운 쇠꼬챙이에 찔린 벌집 신세, 못된 해충에게 물어뜯긴 것과 마찬가지인 신세가 된다. 작은 책이라도 한 권 써서 유명해질 수 있다면 가진 재산을 탈탈 털기까지 한다(이것이 바로 그 균의 사악한 면이었다). 하지만 페루의 금을 다 갖다 바친들 보석과도 같은 우아한 문장 하나 살 수 없는 것이 현실. 결국 기력이 소진한 그 사람은 병에 걸리거나, 머리가 터져버릴 지경이 되거나, 벽만 바라보고 있는 신세가 된다. 하지만 그 사람이 어떤 모습으로 발견되는지는 중요하지 않다. 이미 죽음의 문턱을 넘어 지옥의 불길을 맛본 상태이므로.

다행스럽게도 올랜도는 체질이 강건해서, 다른 많은 귀족이 다 그 병에 무너졌을 때도 그는 결코 쓰러지지 않았다(그 이유는 곧 밝혀진다). 하지만 뒤이어 나타난 모습에서 알 수 있듯이 그는 매우 위중한 상태였다. 올랜도는 토머스 브라운 경의 글을 한 시간 남짓 읽다가 수사슴의 울음소리와 야경꾼의 외침 소리에 밤이 깊어 모두 곤히 잠든 시간임을 알게 되었다. 그는 방을 가로질러 가더니 주머니에서 은빛 열쇠를 꺼내서는 구석에 놓인 커다란 상감 장식장 문을 열었다. 그 안에는 삼나무로 만든 서랍이 50칸가량 있었는데, 서랍마다 올랜도가 자필로 단정하게 글씨를 쓴 종이가 붙어 있었다. 그는 잠시 동작을 멈췄다. 어떤 칸을 열지 망설이는 듯했다. 어떤 칸에는 「아이아스의 죽음」이라고 적혀 있었고, 또 어떤 칸에는 「피라모스의 탄생」이라고 적혀 있었다. 「아울리스의 이피게니아」라고 적힌 칸도 있었고, 「히폴리투스의 죽음」이라고 적힌 칸도 있었으며, 「멜레아그로스」, 「오디세우스의 귀환」이라고 적힌 칸들도 있었다. 실은 거의 모든 서랍에 위기에 처한 신화 속 인물의 이름이 적혀 있었다. 각 서랍에는 올랜도의 글씨로 빼곡하게 채워진 상당히 두툼한 원고가 들어 있었다. 사실 올랜도는 오랫동안 병마에 시달려왔다. 어릴 때부터 그는 사과보다는 종이를 간절히 원했고, 사탕보다는 잉크를 원했다. 그는 이야기와 놀이를 즐기는 자리에서 몰래 빠져나와, 커튼 뒤나 신부의 은신처, 어머니의 침실 안쪽 벽장에 몸을 숨기곤 했다. 벽장 안은 바닥에 커다란 구멍이 나 있고 지독한 찌르레기 똥 냄새가 코를 찔렀지만, 어디서든 그의 한 손에는 뿔로 만든 잉크통이, 다른 한 손에는 펜이, 그리고 무릎 위에는 종이 두루마리가 놓여 있었다. 이런 식으로 그는 스물다섯 살도 되기 전에 마흔일곱여 편의 희극과 역사서, 소설과 시를 썼는데, 어떤 것은 운문, 어떤 것은 산문 형식이었으며, 어떤 글은 프랑스어로, 또 어떤 글은 이탈리아어로 쓰여 있었다. 모두가 낭만적이었고, 하나같이 길었다. 그는 그중 한 편을 칩사이드Cheapside[31]

---

[31] 런던의 시티 지역을 동서로 가로지르는 거리로, 중세 시대의 큰 시장이었다.

의 세인트 폴 크로스 맞은편에 있는 '깃털과 왕관' 인쇄소의 존 볼에게 맡겨 인쇄하기도 했다. 인쇄되어 나온 책을 본 그는 한없이 기뻤지만, 어머니에게조차 감히 보여줄 수 없었다. 글을 쓴다는 건, 더군다나 그 글을 출판한다는 건 귀족에게는 씻을 수 없는 수치라는 사실을 잘 알고 있었기 때문이다.

하지만 지금은 모두가 잠든 한밤중이었고 방 안에는 자기 혼자뿐이었으므로, 그는 보관된 글 뭉치 중에서 「크세노필리아: 비극」인지 뭔지 하는 제목의 두꺼운 원고 하나와 그저 「참나무」라고만 적혀 있는 얇은 원고 하나(그 많은 원고 중에 제목이 짧은 글은 이게 유일했다)를 꺼냈다. 그러고는 뿔로 만든 잉크통으로 다가가 깃털 펜을 만지작거리며, 이 사악한 병에 걸린 이들이 자신만의 의식을 시작할 때 의례적으로 하는 행동을 했다. 그러다 돌연 움직임을 멈췄다.

이 멈춤은 올랜도의 인생사에서 지극히 중요한 의미를 갖는다. 이는 인간을 참으로 무릎 꿇게 하고 강물을 피로 물들이는 그 어떤 행위보다 중요하므로, 우리는 그가 왜 멈췄는지 의문을 품고 심사숙고해서 그 답을 찾을 필요가 있다. 자연은 인간을 만들 때 진흙과 다이아몬드, 무지개와 화강암 등 균형이 맞지 않는 재료를 전혀 어울리지 않는 껍데기 안에 욱여넣는 기이한 장난을 수도 없이 쳐왔다. 이런 이유로 푸주한처럼 생긴 시인, 시인처럼 생긴 푸주한이 생겨나는 것이다. 자연은 혼란스러움과 수수께끼를 즐긴다. 그래서 지금(1927년 11월 1일)

도 우리가 위층으로 올라갔다가 다시 내려오는 이유를 알지 못하는 것이다. 우리의 일상은 미지의 바다를 항해하는 배와 같다. 선원들은 돛대 꼭대기에 올라서서 쌍안경으로 수평선 쪽을 바라보며 육지가 보이는지, 보이지 않는지 묻는다. 만약 우리가 예언자라면 '육지가 보인다'라고 대답하고, 정직한 사람이라면 '아무것도 보이지 않는다'라고 대답하는 것이다. 거추장스럽게 긴 이 문장 외에도 책임질 게 많은 자연은, 알렉산드라 여왕의 면사포 바로 옆에 경찰관의 바지를 붙여놓는 등 온갖 잡다한 것을 그럴듯하게 뒤섞어 만든 잡동사니 더미를 제공한다. 그뿐만 아니라, 이것들을 일부러 실 한 가닥으로 살짝 꿰매어 자신의 임무를 더욱 복잡하게 만들고 우리의 혼란을 더욱 부추긴다. 기억은 재봉사, 그것도 아주 변덕스러운 재봉사라서 그의 바늘은 우리의 기억을 안과 밖, 위와 아래, 여기와 저기 가리지 않고 마구 꿰매고 다닌다. 우리는 다음에 무엇이 올지, 무엇이 뒤따를지 알지 못한다. 그리하여, 책상 앞에 앉아 잉크병을 끌어당기는 것과 같은 평범하기 짝이 없는 행동 하나가 서로 무관한 수천 개의 조각을 뒤흔들 수도 있는 것이다. 때로는 밝고, 때로는 어두우며, 마치 바람에 휘날리고 늘어지고, 팔락이고 툭 떨어지기도 하는 일가족 열네 명의 속옷 같은 조각들을 말이다. 지극히 평범한 우리의 행위는 수치스러워할 필요조차 없는 아주 솔직한 하나의 작품이 아니라, 불안정하게 파닥거리는 날갯짓과 명멸하는 빛으로 시작된다.

그래서 올랜도가 잉크에 펜을 담그려다 말고, 자신을 배신한 공주의 조롱하는 듯한 얼굴이 떠오르는 순간 수없이 많은 독화살 같은 질문을 자신에게 던진 것이다. 그녀는 어디에 있을까? 왜 나를 떠났을까? 그 러시아 대사는 정말 그녀의 숙부였을까? 애인이었던 건 아닐까? 혹시 그들이 짠 음모였을까? 강요받아서 억지로 한 일은 아닐까? 유부녀는 아니었을까? 혹시 이미 죽은 건 아닐까? 그리고 이런 의문들은 올랜도의 가슴 깊숙이 독을 퍼트렸다. 그는 마치 어딘가에 분노를 터트리듯 뿔로 만든 잉크통 깊숙이 펜을 휙 내리꽂았다. 그 바람에 테이블 위로 잉크가 튀었다. 이 행동을 어떻게 설명해야 할지 모르겠지만(그리고 어떤 설명도 아마 불가능하겠지만, 기억이란 원래 설명이 불가능하므로), 순간 공주의 얼굴이 완전히 다른 어떤 이의 얼굴로 바뀌었다. 그런데 누구의 얼굴이지? 올랜도는 자문했다. 겹치면 반쯤 비쳐 보이는 환등 슬라이드처럼 하나의 얼굴 위에 놓인 새로운 얼굴을 약 30초간 바라보던 그가 마침내 이렇게 말했다.

"아주 오래전 엘리자베스 여왕이 만찬을 하러 여기에 왔던 날 트위체트 부인의 방에 앉아 있던 바로 그 뚱뚱하고 초라한 남자의 얼굴이로구나. 맞아, 분명 내가 봤어." 올랜도는 온갖 빛깔의 작은 슬라이드 조각 중 다른 것을 또 하나 집어들 듯 이어서 말했다.

"내가 아래층으로 뛰어 내려가면서 훔쳐봤을 때 그는 테이블에 앉아 있었어. 눈빛이 아주 놀라웠지." 올랜도는 말했다.

"그런 눈빛은 처음이었어. 그 괴상한 사람은 대체 누구였을까?" 그 순간, 그의 이마와 눈에 더해 거칠고 기름때 얼룩진 주름 장식이 떠올랐다. 그다음에는 갈색의 상의가, 그리고 끝으로 침사이드의 서민들이 신을 법한 두꺼운 부츠가 생각났다.

"귀족은 아니었어. 우리 같은 부류는 아니야." 올랜도는 말했다(그는 지극히 예의 바른 신사였으므로 크게 소리 내어 말하지는 않았다. 하지만 귀족 가문 출신이라는 것이 사고방식에 어떤 영향을 미치는지, 그와 더불어 귀족이 작가가 되는 일이란 얼마나 어려운 것인지를 보여준다).

"어쩌면 그 사람은 시인이 아니었을까." 원래대로라면 기억은 이미 충분히 그를 방해했으니, 이제는 그 모든 생각을 완전히 지워버리거나 뭔가(고양이를 쫓는 개나 빨간 면 손수건에 코를 푸는 노파 같은) 바보 같은 생각을 떠올리게 할 차례였다. 그렇게 함으로써 올랜도는 기억의 변덕스러움을 쫓아가기보다 다시 진지하게 글을 쓰기 시작했어야 했다(결단력만 있다면, 기억이라고 하는 말괄량이와 그 말괄량이가 만들어내는 어중이떠중이들을 우리는 충분히 쫓아낼 수 있기 때문이다). 하지만 올랜도는 여전히 그대로 멈춰 있었다. 기억은 아직도 그 크고 밝은 눈을 가진 초라한 남자의 모습을 올랜도 앞에 보이고 있었다. 올랜도는 계속 그 모습을 바라보며 꼼짝도 하지 않았다. 이런 멈춤이 바로 우리가 실패하는 원인이다. 바로 이럴 때, 요새에서는 폭동을 선동하는 세력이 나타나고, 군대는 반란을 일으키기 때문이다. 과거에 그가 멈췄을 때는 사랑이 들이닥쳤었다. 퉁소를 불고 심벌즈를 치며 어깨에서 뜯겨 나온 피투성이 머리를 든 무시무시한 폭도들과 함께였다. 사랑 때문에 올랜도는 망할 고문과도 같은 고통을 겪어야 했다. 그런데 또다시 멈추니, 그렇게 만들어진 틈으로 성질 고약한 야망과 마녀 같은 시, 매춘부 같은 명예욕이 뛰어들어와 모두 손을 맞잡고 그의 심장에서 춤을 추었다. 방 안에 홀로 꼿꼿이 서서 그는 맹세했다. 자신이 귀족 출신 중 최초의 시인이 되겠다고, 그리고 자신의 이름을 영원히 빛나게 만들겠다고. 그는 (조상들의 이름과 위업을 죽 나열하며) 말했다. 보리스 경은 이슬람교도들과 싸워 그들을 죽였고, 가웨인 경은 터키인들과, 마일스 경은 폴란드인들과, 앤드류 경은 프랑크족과, 리처드 경은 오스트리아인들과, 조던 경은 프랑스인들과, 허버트 경은 스페인 사람들과 싸웠다. 하지만 그 모든 살육과 전투, 술과 섹스, 그 막대한 지출과 쫓고 쫓기는 사냥, 말을 달리고 배를 채운 것에서 남은 것이 도대체 뭐란 말인가? 두개골과 손가락뼈 하나가 전부 아니던가. 그는 여전히 테이블 위에 펼쳐져 있는 토머스 브라운 경의 저서를 돌아보며 말했다. 그리고 또다시 그대로 멈춰 꼼짝도 하지 않았다. 마치 방 전체가, 밤바람과 달빛이 마법의 주문을 외우기라도 한 듯 브라운 경의 말들이, 거룩한 선율이 되어 넘실거렸다. 하지만 그 말들이 이 페이지를 장악해버려서는 안 되므로, 죽은 것이라기보다는 생생한 색 그대로, 평온한 숨결 그대로 보존된 지금 상태 그대로 남겨두도록 하겠다. 올랜도는 선조들의 업적을 토머스 브라운 경의 작품과 비교하며 소리쳤다. 조상들의 행위는 먼지와 재가 되었지만, 그와 그의 글은 영원하다고.

그는 곧 깨달았다. 마일스 경을 위시한 다른 조상들이 왕국 하나를 차지하기 위해 무장한 기사들에 맞서 벌였던 전투들이 실은 자신이 지금 영어라는 언어에 맞서 불멸을 얻기 위해 싸우고 있는 전투의 반만큼도 힘들지 않았다는 것을. 작문의 혹독함을 어느 정도 아는 사람이라면 굳이 자세히 설명하지 않아도 그가 어떻게 했는지 알 수 있을 것이다. 그는 글을 썼다. 썩 괜찮아 보였다. 하지만 읽어보니 봐주기 힘들 정도로 형편없었다. 올랜도는 고쳐 쓰다가 결국 갈기갈기 찢어버렸다. 일부를 빼기도 하고, 일부를 더하기도 했다. 하지만 자신의 글을 보며 황홀해하는가 싶다가도 곧 절망에 빠졌다. 밤에는 기분이 좋다가 아침이면 괴로움에 시달렸다. 아이디어는 떠오르다가 곧 사라져버렸다. 바로 앞에 자신의 글이 책이 된 환상을 봤지만, 그 책도 곧 사라져버렸다. 식사 중에 등장인물인 척 연기하기도 하고, 걸으면서 대사를 입으로 웅얼거리기도 했다. 뜬금없이 울고 웃었다. 이 문체와 저 문체 사이에서 어떤 걸 택할지 망설였다. 영웅시처럼 호화스럽고 격조 높은 문체가 좋았다가, 다음 순간에는 소박하고 단순한 문체가 좋아졌다. 템페 계곡이 마음에 들었다가, 금방 켄트나 콘월의 벌판에 다시 마음을 빼앗겼다. 그는 자신이 세상 누구보다 비범한 천재인지, 아니면 세상에서 제일가는 바보인지 도무지 판단할 수가 없었다.

이 마지막 의문을 해결하기 위해 몇 달을 열정적으로 쏟아부은 끝에 마침내 그는 오랜 고립 생활을 끝내고 바깥세상과 소통하기로 했다. 그에게는 런던에 친구가 하나 있었다. 노퍽 출신의 자일스 아이셤이라는 친구였는데, 좋은 집안 출신임에도 불구하고 작가들과 두루 알고 지내는 인물이었다. 그 친구라면 틀림없이 올랜도를 그 축복받은, 신성한 동지들 가운데 누군가와 연결해줄 수 있을 터였다. 그때의 올랜도가 보기에는, 책을 쓰고 출판한 사람은 혈통과 출신을 뛰어넘는 눈부시게 빛나는 영광이 함께하고 있는 것처럼 느껴졌다. 올랜도는 그토록 신성한 생각과 소질을 가진 이들이라면 육체도 신성할 거라고 상상했다. 머리에는 후광이 비치고, 숨결에서는 향기가 느껴지며, 입술 사이에서는 장미꽃이 피어날 거라고. 자신이나 더퍼 씨 같은 사람에게는 절대 있을 수 없는 일이었다. 커튼 뒤에 앉아 그들이 나누는 이야기를 들을 수만 있다면 더할 나위 없이 행복할 것 같았다. 그들이 나눌 대담하고 다양한 대화를 상상하기만 했는데도 자신과 자신의 귀족 친구들이 나누곤 했던(개와 말, 여자, 카드 게임에 관한) 대화들이 한없이 야만스럽게 느껴졌다. 올랜도는 늘 학구적이라는 말을 들어왔고 고독과 책을 사랑한다는 이유로 조롱당했었다는 사실을 자랑스럽게 떠올렸다. 그는 듣기 좋은 말을 늘어놓는 데는 재주가 없었다. 늘 여인들의 응접실에서 얼굴을 붉힌 채 꼼짝도 하지 않고 서 있다가 마치 근위대 보병처럼 성큼성큼 걸어 다니고는 했다. 혼자 생각에 빠져 있다가 말에서 떨어진 적도 두 번이나 있었다. 한번은 시를 떠올리느라 레이디 윈칠시의 부채를 부러뜨리기도 했다. 그는 자신이 얼마나 사교 생활에 어울리지 않는지를 드러내는 이런저런 일들을 열심히 떠올렸다. 그러자 젊은 시절의 격동, 서투름, 수줍음, 긴 산책, 그리고 전원에 대한 사랑이 자신은 귀족보다는 신성한 부류에 속함을, 태생적으로 귀족보다는 작가임을 증명한다는 형언하기 힘든 희망이 그를 사로잡았다. 대홍수가 났던 밤 이후 처음으로 그는 행복감을 느꼈다.

올랜도는 노퍽의 아이섬에게 부탁해 클리퍼드 여관에 머물고 있는 니컬러스 그린 씨에게 편지를 전했다. 편지에는 자신이 그의 작품을 얼마나 흠모하는지 밝히며, 무척 만나고 싶지만 보답할 길이 없어 감히 청하기 어렵다, 하지만 니컬러스 그린 씨가 감사하게도 자신을 방문해준다면, 그가 정하는 시간에 맞춰 페터 레인 모퉁이에 사두마차를 대기시켜 놓았다가 안전하게 집까지 모셔오고 싶다는 내용이 적혀 있었다(닉 그린은 당시 매우 유명한 작가였다). 그다음에 이어진 내용은 누구라도 짐작할 수 있을 것이다. 그리 오래지 않아 그린 씨가 귀족 나리의 초대를 받아들이겠다는 뜻을 표한 후 마차를 타고 정확히 4월 21일 월요일 저녁 7시에 본채 남쪽 현관 앞에 내렸을 때, 올랜도가 얼마나 기뻐했을지도 상상할 수 있을 것이다.

그곳은 과거 수많은 왕과 왕비, 대사들이 환대를 받은 자리였다. 담비 털로 장식된 법복을 입은 재판관들이 그 자리에 섰었고, 나라 안에서 가장 아름다운 귀부인들과 근엄한 전사들도 왔었다. 그곳에 걸린 군기들은 한때 플로든 전투와 아쟁쿠르 전투 때 사용되었던 것이었고, 그곳에는 사자와 표범, 왕관이 그려진 문장들이 전시되어 있었다. 긴 식탁 위에는 금접시와 은접시가 놓여 있었고, 이탈리아산 대리석으로 마감한 거대한 벽난로도 있었다. 그 벽난로에서는 밤마다 참나무 한 그루가 수많은 잎사귀와 떼까마귀, 굴뚝새의 둥지와 함께 통째 태워져 재가 되었다. 그런 자리에, 이제 시인 니컬러스 그린이, 챙이 늘어진 모자와 검은색 상의를 입은 소박한 차림으로 한 손에는 작은 가방을 든 채 서 있었다.

서둘러 그를 맞이하러 나간 올랜도가 조금 실망한 건 어쩔 수 없는 일이었다. 그 시인은 중키를 넘지 않는 보통 체격에, 마른 데다가 자세까지 약간 구부정했다. 게다가 저택 안으로 들어서면서 마스티프[32]에 발이 걸려 넘어지면서 결국 그 개에게 물리고 말았다. 더욱이 올랜도는 인간에 대해 알고 있는 모든 지식을 총동원하고도 그를 어느 부류에 넣어야 할지 몰

---

32 털이 짧고 몸집이 큰 개. 흔히 경비견으로 기른다.

라 당혹스러웠다. 그 시인에게는 하인이나 시골의 신사, 귀족 그 어디에도 속하지 않는 뭔가가 있었다. 동그스름한 이마와 매부리코는 보기 좋게 생겼지만, 턱이 쑥 들어가 있었다. 눈은 명석해 보였지만 축 처진 입에서는 침이 흘러나오고 있었다. 하지만 진짜 불안한 느낌을 주는 건 바로 얼굴 표정이었다. 귀족의 얼굴에서 볼 수 있는 보기 좋은 고결함도, 잘 훈련된 집안 하인의 품위 있는 겸양도 찾아보기 힘들었다. 그는 그저 주름이 깊게 팬 쭈글쭈글한 얼굴을 잔뜩 찌푸리고 있었다. 시인이었지만, 귀를 즐겁게 하는 말보다는 야단치는 말이 더 익숙한 듯 보였다. 달콤하게 속삭이기보다는 언쟁을 벌이고, 우아하게 말을 타고 다니기보다는 거칠게 밀치고 다니며, 휴식보다는 힘겨운 분투에, 사랑보다는 증오에 익숙한 사람 같았다. 이런 느낌은 그의 재빠른 움직임과 어쩐지 날카롭고 의심 많아 보이는 눈빛에서도 느낄 수 있었다. 올랜도는 조금 충격을 받았지만, 아무튼 함께 저녁 식사를 하러 갔다.

식사 자리에서, 올랜도는 평소 당연하게 여겼던 수많은 하인과 화려한 식탁이 처음으로 이루 말할 수 없이 부끄럽게 느껴졌다. 더 이상한 점은, 소젖 짜는 사람이었던 증조할머니 '몰'이 자랑스럽게 생각된다는 것이었다(전에는 불쾌하게 여겼다). 올랜도가 그 변변치 않은 증조할머니와 그녀가 들고 다녔던 우유 통 이야기를 넌지시 꺼내려는데, 시인이 선수를 쳤다. 그는, 그린이라는 이름이 흔하다는 사실을 고려하면 이상한 일이긴 하지만, 자기 조상은 정복왕 윌리엄과 함께 이 땅으로 넘어왔으며 프랑스에서는 최고의 귀족 집안이라고 말했다. 그런데 불행하게도 몰락하는 바람에 그리니치 왕립 자치구에 이름을 남기는 것 말고는 한 일이 거의 없다는 이야기였다. 비슷한 이야기들이 끝없이 계속되었다. 빼앗긴 성과 가문의 문장, 북부에 살고 있다는 준남작 사촌과 서쪽의 고귀한 가문과 맺은 혼인 이야기, 그런 집안에서 이름 끝에 'e'를 붙이는 사람과 그렇지 않은 이에 관한 이야기까지. 마침내 식탁에 사슴 고기 요리가 놓였다. 올랜도는 그제야 간신히 몰이라는 이름의 증조 할머니와 소 이야기를 꺼냈고, 들새 요리가 앞에 놓일 때쯤에는 마음의 부담을 약간 덜 수 있었다. 하지만 달콤한 맘지 Malmsey 포도주를 편하게 주고받기 시작한 후에야, 올랜도는 그린 집안의 이야기나 소 이야기보다 더 중요한 문제, 즉 '시'라는 성스러운 주제를 뇌리에서 떨칠 수 없다는 말을 과감하게 꺼낼 수 있었다. 말을 꺼내자마자 시인의 눈빛이 번쩍했다. 그는 그때까지 점잖은 신사인 척하고 있던 태도를 벗어던지고 식탁에 잔을 탁 내려놓더니, 자기 작품과 어떤 시인, 어느 비평가에 대한 이야기를 늘어놓기 시작했다. 올랜도가 지금껏 한 번도 들어본 적 없는, 애인에게 차인 여자 입에서나 나올 법한 아주 길고 매우 복잡하며 한없이 열정적이고 신랄한 이야기였다. 시의 본질에 대해 겨우 알아낸 것이라고는, 시는 산문보다 잘 팔리지 않으며, 문장의 길이는 짧지만 쓰는 데는 시간이 더 걸린다는 것이 전부였다. 이야기는 한도 끝도 없이 이어졌다. 그러다 마침내 올랜도가 무모하긴 하지만 자신도 글을 쓴다는 암시를 조심스럽게 내비친 순간, 시인이 갑자기 의자에서 벌떡 일어났다. 방 안의 장식 패널 안에서 쥐가 찍찍거리는 소리가 들렸다는 것이 그 이유였다. 시인이 설명하기를, 사실 자신은 신경이 예민해서 쥐가 찍찍거리는 소리만 들어도 2주간은 정신을 못 차린다고 했다. 저택이 쥐들 천지인 건 분명한 사실이었지만, 올랜도는 한 번도 쥐가 찍찍거리는 소리를 들은 적이 없었다. 그러자 시인이 근 10년간 건강 상태가 어땠는지 일일이 늘어놓기 시작했다. 어찌나 심각한지 아직 살아 있다는 사실이 경이로울 지경이었다. 그는 중풍에 통풍, 학질과 수종은 물론 연달아 세 종류의 열병에 걸린 적이 있다고 했다. 그뿐만 아니라 심장 비대증과 비장 비대증, 간 질환까지 앓고 있었다. 하지만 무엇보다 척추에 이루 다 말할 수 없는 통증이 느껴진다고, 그는 올랜도에게 토로했다. 특히 위에서 세 번째쯤 있는 마디는 불에 타는 듯하며, 아래에서 두 번째쯤 있는 마디는 얼음처럼 차갑다고 했다. 가끔 머리가 납처럼 무거워 잠에서 깨기도 하며, 어떨 땐 속에서 천 개의 긴 초가 타들어 가는 듯하고 사람들이 몸속에 폭죽을 던지는 것 같다고도 했다. 그의 말에 따르면, 그는 침대 매트리스 밑에 장미 꽃잎 하나만 있어도 느낄 수 있었고, 길에 깔린 자갈의 느낌만으로 런던 어디쯤인지 알아맞힐 수 있었다. 요컨대 자신은 섬세하게 제작되고 까다롭게 조립된 기계와도 같은데(이 말을 하면서 그는 무심한 척 한 손을 들어 올렸는데, 실제로 매우 섬세한 모양새였다), 시집은 5백부밖에 팔리지 않은 걸 생각하면 너무나 당혹스럽다고, 그건 다 자신을 해하려는 음모 때문이라고 했다. 그러면서 식탁에 주먹을 쿵 내리치며 결론 내리기를, 시라는 예술은 영국에서 완전히 죽었다는 것 말고 자신이 해줄 수 있는 말은 없다고 했다.

올랜도는, 자신이 좋아하는 영웅들의 이름을 술술 나열하며, 셰익스피어와 크리스토퍼 말로, 벤 존슨, 토머스 브라운, 존 던, 이들 모두가 지금 시를 쓰고 있거나 최근까지 작품 활동을 했는데 어떻게 그런 생각을 할 수 있는지 이해할 수 없다고 말했다.

그린은 냉소적인 웃음을 지었다. 셰익스피어가 꽤 괜찮은 장면을 쓴 건 맞다고 인정했지만, 주로 크리스토퍼 말로를 모방한 것이라고 했다. 말로는 유망한 청년이었지만, 겨우 서른도 되기 전에 죽은 친구에게 무슨 말을 할 수 있겠는가? 토머스 브라운은 시를 산문 형태로 쓰려고 하는데, 사람들은 곧 그런 식의 발상에 질려버릴 것이라 했다. 존 던은 의미의 부재를 어려운 단어로 포장한 사기꾼이라며, 얼간이들은 속아 넘어가지만 그런 방식은 열두 달만 지나도 유행이 끝나기 마련이라고 했다. 그리고 벤 존슨은 자기 친구라면서 자신은 절대 친구를 나쁘게 말하지 않는다고 했다.

그러면서 그는 문학이 위대한 시대는 끝났다고, 문학이 위대했던 건 그리스 시대였으며 엘리자베스 시대는 모든 면에서 그 시대에 미치지 못한다고 결론 내렸다. 그리스 시대에는 사람들이 '라 글로르[33]'라는 신성한 야망을 품고 있었다는 것이었다(그가 '글루와'를 '글로르'라고 발음하는 바람에, 올랜도는 처음에 무슨 말인지 알아듣지 못했다). 그린은 이제 젊은 작가들은 전부 서적상에 고용된 것이나 마찬가지이고, 팔리기만 한다면 어떤 쓰레기 같은 글이라도 쏟아낸다며, 셰익스피어가 이 일의 주범이고, 이미 그 죗값을 치르고 있다고 말했다. 이 시대 문학은 지나치게 꾸미는 기교와 터무니없는 실험이 특징인데, 그리스인들이라면 그런 것들은 단 한 순간도 용인하지 않았을 거라면서 말이다. (문학을 목숨만큼 사랑하기 때문에) 이렇게 말하려니 정말 마음이 아프지만, 그는 지금 이 시대에서 좋은 것은 하나 없고 미래에도 전혀 희망이 없다고 했다. 그러면서 자기의 잔에 포도주를 스스로 한 잔 더 따랐다.

올랜도는 그의 이런 주장에 충격을 받았다. 하지만 비평을 쏟아낸 본인은 전혀 우울해하지 않는 모습이었다. 우울해하기는커녕, 자신의 시대를 맹렬히 비난할수록 더더욱 만족스러운 듯 보였다. 그는 플리트 스트리트[34]의 콕 태번 Cock Tavern

---

[33] La Gloire, 라 글루와, 프랑스어로 '영광'이라는 뜻.
[34] 과거에 신문사들이 모여 있었던 런던의 중심가.

이라는 술집에 갔던 날 밤 이야기를 꺼냈다. 그의 말에 따르면, 그 자리에는 키트 말로[35]와 몇몇 사람들이 있었다. 그때 키트는 약간 술에 취해 신이난 상태였다. 원래 술에 잘 취하는 편이었던 키트는, 술주정을 늘어놓을 분위기였다. 지금도 그가 사람들을 향해 잔을 치켜들고 딸꾹거리며 소리치던 모습이 눈에 선하다. "이럴 수가, 빌(빌은 셰익스피어를 가리키는 말이었다)! 거대한 파도가 밀려오고 있는데, 그 꼭대기에 자네가 있군." 그린이 설명하기를, 그의 말은 영국 문학의 위대한 시대가 막 시작되려 하고 있고, 자신들은 기대감에 전율하고 있으며, 셰익스피어가 매우 중요한 시인이 될 거라는 뜻이라고 했다. 키트는 그로부터 이틀 뒤 술김에 싸우다가 살해당하는 바람에 다행히 이 예언이 어떻게 되는지 보지 못했다. "불쌍한 친구, 어리석기는." 그린이 말했다. "어떻게 그런 말을 할 수가 있지. 위대한 시대라니, 정말로. 엘리자베스 시대가 위대한 시대라니!"

"그러니 친애하는 경," 그가 의자에서 자세를 편하게 고쳐 앉은 후 손가락으로 유리잔을 어루만지며 계속해서 말했다. "우리는 나름대로 최선을 다해야 합니다. 과거를 소중하게 간직하고, 지금 얼마 남아 있지 않은, 고대의 유풍을 본보기 삼아 돈이 아니라 '글로르'(올랜도는 그가 발음을 좀 제대로 해주면 좋겠다는 생각이 들었다)를 위해 글을 쓰는 작가들을 존중해야 하

---

[35] 크리스토퍼 말로의 애칭.

는 거예요." 그린이 계속 말했다.

"'글로르'는 고귀한 정신의 원동력이랍니다. 만약 내가 연간 3백 파운드의 연금을 분기별로 나눠 받는다면, 나는 오직 '글로르'를 위해서만 살 겁니다. 매일 아침 침대에 누워 키케로를 읽고, 경께서도 구분하기 힘들 정도로 그의 문체를 모방할 겁니다. 그게 바로 내가 말하는 훌륭한 글이랍니다." 그린이 말했다. "그게 바로 내가 말하는 '글로르'고요. 하지만 그러기 위해서는 연금이 필요하지요."

이때쯤 올랜도는 이 시인과 자기 작품을 논하려는 희망을 이미 다 버린 후였다. 하지만 그건 별로 중요하지 않았다. 대화는 이제 셰익스피어와 벤 존슨, 그 외에 여러 작가의 삶과 성격 이야기로 넘어가 있었다. 그린은 그들 모두와 매우 가까이 사귀었었기 때문에 아주 놀라운 일화와 얘깃거리들을 엄청 많이 알고 있었다. 올랜도는 살면서 그렇게 많이 웃어본 적이 없었다. 자신이 이런 이들을 신처럼 떠받들었다니! 절반은 술주정뱅이에다, 하나같이 바람둥이였다. 대부분은 아내와 걸핏하면 다퉜고, 누구 하나 거짓말이나 시시한 술책을 꾸미지 않는 이가 없었다. 그들의 시라는 건, 인쇄소 문 앞에서 사환의 머리통 위에 세탁비 영수증을 놓고 그 뒷면에 휘갈겨 쓴 것이었다. 이런 식으로 햄릿이, 리어왕이, 오셀로가 탄생했다. 그렇다 보니 그린의 말대로 그 작품들이 결점을 드러내는 건 지극히 당연한 일이었다. 그들은 남는 시간을 선술집과 노천 술집에서 흥청거리며 마시거나 흥에 겨워 떠들어대며 보냈다. 재치를 겨루느라 믿을 수 없는 이야기들이 오갔고, 궁정 최고의 연회도 무색할 만큼 재미있는 일들이 벌어졌다. 그린이 신나서 들려주는 이 모든 이야기에 올랜도는 이제까지 느끼지 못한 즐거움을 느꼈다. 그린은 흉내를 잘 내 죽은 사람도 살려 내는 재주가 있었고, 3백 년 전에 쓰인 책이라면 최고의 찬사를 아끼지 않았다.

그렇게 시간이 흘러갔다. 올랜도는 이 손님에게 호감과 경멸, 감탄과 연민이 뒤섞인 이상한 감정과 동시에, 두려움과 매혹 비슷한, 뭐라 한 단어로 정의하기 어려운 막연한 어떤 감정을 느꼈다. 그는 자신에 대해 쉴 새 없이 떠들어댔지만, 함께 있는 게 너무나 즐거워서 학질 걸린 이야기라도 영원히 들어줄 수 있을 것만 같았다. 그는 재치가 넘쳤으며 그러다 불경한 모습을 보이기도 했다. 신과 여자들의 이름을 함부로 들먹였고, 머릿속에는 온갖 긴기한 기술과 낯선 지식이 가득했다. 샐러드를 만드는 방법만도 3백 가지를 알고 있었으며, 포도주를 섞어 마시는 방법에 대해서도 모르는 것이 없었다. 악기를 무려 여섯 가지나 연주할 수 있었고, 그 거대한 이탈리아산 벽난로에서 치즈를 구워 먹었다. 아마도 그런 사람은 그가 최초이자 마지막일 터였다.

하지만 그는 제라늄과 카네이션을, 참나무와 자작나무를 헷갈려 했고, 마스티프와 그레이하운드의 차이도 몰랐다. 또

두 살 난 새끼 암양과 다 자란 암양을, 밀과 보리를, 경작지와 쉬는 땅을 구별하지 못했다. 돌려짓기(윤작)에 무지했고, 오렌지가 땅속에서 자라고 순무가 나무에서 자란다고 생각했으며, 어떤 시골 풍경보다도 도시의 경관을 좋아했다. 이런 그의 특별한 면과 그 밖의 더 많은 사실에 올랜도는 놀라움을 금치 못했다. 이런 인물은 처음이었다. 그를 멸시하던 하녀들조차 그의 농담에 킥킥거렸고, 그를 혐오하던 하인들도 그가 하는 이야기를 들으려고 주위를 어슬렁거렸다. 실제로 저택이 그가 와 있는 지금처럼 이토록 활기 넘쳤던 적은 한 번도 없었다. 이러한 변화는 올랜도로 하여금 많은 생각을 하게 만들었고, 지금의 생활과 예전의 생활을 비교하게 했다. 올랜도는 스페인 왕의 뇌졸중이나 암캐의 짝짓기에 관해 이야기하던 과거를 떠올렸다. 마구간과 옷장 사이에서 흘러간 하루를 생각했다. 포도주를 마시다 코를 골며 잠들었다가 누가 깨우기라도 하면 질색하며 화를 내던 귀족들을 떠올렸다. 그들의 육체는 지극히 활동적이고 용맹하지만, 정신은 너무나 나태하고 소심했다. 이런 생각들로 인해 불안해지고 적절한 균형을 찾을 수 없게 되자, 올랜도는 자신이 엄청나게 불안한 존재를 집안에 들였으며 그로 인해 다시는 단잠을 자지 못하리라는 결론에 이르렀다.

바로 그 시간에 닉 그린은 완전히 반대되는 결론을 내리고 있었다. 어느 날 아침, 지극히 부드러운 침구 사이에서 세상 가장 부드러운 베개를 베고 침대에 누워 족히 3세기 동안은 민들레나 소리쟁이 같은 잡초는 구경해본 적도 없을 것 같은 잔디밭을 퇴창 밖으로 내다보며, 그는 어떻게든 이 집에서 탈출하지 않으면 산채로 질식해 죽을지도 모른다고 생각했다. 비둘기들이 구구거리는 소리가 들려왔다. 자리에서 일어나 옷을 차려입으며 분수의 물 떨어지는 소리를 듣고 있노라니, 플리트 스트리트의 자갈길 위를 요란하게 오가는 마차 소리를 들을 수 없다면 단 한 줄의 글도 더는 쓰지 못하리라는 생각이 들었다. 그리고 이런 생활이 계속 이어져, 옆방에서 하인이 난롯불을 뒤적이는 소리와 식탁에 은식기들을 내려놓는 소리만 들으며 지내다가는 잠이 들었다가(여기서 그는 입을 한껏 벌리며 하품했다) 그대로 죽어버릴지도 모른다고 생각했다.

그래서 그는 올랜도의 방으로 찾아가 너무 조용해서 밤새 한숨도 잠을 못 잤다고 말했다(실제로 그 저택은 둘레가 15마일, 약 24킬로미터에 이르는 공원과 10피트, 약 3미터 높이의 담장으로 둘러싸여 있었다). 그는 무엇보다 자신의 신경을 가장 억압하는 것이 정적이라며, 올랜도만 허락한다면 당장 떠나고 싶다고 말했다. 이 말에 올랜도는 약간의 안도감을 느끼면서도 막상 그가 간다고 생각하니 한편으로는 보내기 싫은 마음이 들었다. 그가 없는 저택은 정말 따분할 것 같았다. 헤어질 시간이 다가왔을 때, 올랜도는 대담하게도(지금까지는 언급조차 꺼렸던) 헤라클레스의 죽음을 소재로 한 자신의 희곡을 그 시인에게 들이밀며 의견을 구했다. 시인은 그것을 받아 들고 '글로르'와 키케로에 관해 무슨 말인가를 중얼거렸다. 올랜도는 그의 말을 끊고 분기별로 연금을 보내겠다고 약속했다. 그러자 그린은 수없이 애정을 표하며 마차에 뛰어오르더니 그대로 떠나버렸다.

그린의 마차가 떠나자 거대한 현관이 전에 없이 크고 호화롭고 공허하게 느껴졌다. 올랜도는 자신이 다시는 그 이탈리아산 대리석 벽난로에 감히 치즈 구워 먹을 일이 없으리라는 것을 알았다. 자신은 이탈리아 그림들에 관해 농담을 던질 재치도 없었고, 펀치를 제 비율대로 섞는 기술도 없었다. 수많은 재담과 희한한 말장난도 더는 들을 수 없을 터였다. 하지만 그 툴툴거리는 목소리를 더 이상 듣지 않아도 되니 얼마나 다행이며, 다시 혼자 있을 수 있으니 이 얼마나 만족스러운가. 시인만 보면 물려고 달려드는 통에 6주 동안이나 묶여 있던 마스티프를 풀어주면서 그는 이런 생각을 하지 않을 수 없었다.

닉 그린은 바로 그날 오후 페터 레인 모퉁이에 내려섰다. 모든 것이 자신이 떠나기 전과 다르지 않았다. 즉 다시 말해, 그린 부인은 한쪽 방에서 아이를 낳는 중이었고, 톰 플레처는 다른 쪽 방에서 진을 마시고 있었다. 바닥에는 책들이 사방에 나뒹굴었고, 아이들이 진흙 파이를 만들고 놀던 화장대 위에는 아쉬운 대로 저녁이 차려져 있었다. 하지만 그린은 바로 이 분위기야말로 글쓰기에 적합하다고 생각했다. 여기서라면 쓸 수 있었다. 그리고 그는 정말로 글을 썼다. 주제는 이미 정해져 있었다. 저택에 혼자 처박혀 있는 귀족. 그가 쓸 새로운 시의 제목은 '어느 시골 귀족 방문기' 비슷한 것이 될 터였다. 그는 어린 아들이 손에 쥐고서 고양이 귀를 간질이고 있던 펜을 빼앗아 잉크통 대용으로 쓰고 있는 삶은 달걀 받침대에 담갔다 뺀 다음, 기백 넘치는 풍자시를 단숨에 써 내려가기 시작했다. 어찌나 찰떡같이 묘사했는지, 시에서 조롱당하는 젊은 귀족이 바로 올랜도라는 걸 누구라도 알 수 있었다. 올랜도만의 지극히 사사로운 말과 행동, 그의 열정과 어리석은 면에서부터 머리카락 색깔과 유난스럽게 굴리는 이국적인 'r' 발음까지 그대로 생생하게 나열되어 있었다. 누가 의심할 여지를 없애기 위해, 그는 올랜도가 쓴 귀족적 비극 《헤라클레스의 죽음》 속 구절들을 조금도 각색하지 않고 그대로 인용함으로써 이 문제를 매듭지었다. 그러면서 그 작품은 예상했던 대로 지극히 장황하고 과장이 심했다는 말도 덧붙였다.

소책자로 만들어진 그의 글은 출간 즉시 중쇄를 거듭했고, 그린 부인의 열 번째 분만 비용을 댈 수 있게 해주었다. 그리고 곧 이런 문제를 관심 있게 보는 친구들에 의해 올랜도 본인에게 전달되었다. 처음부터 끝까지 극도로 차분하게 글을 읽은 올랜도는 종을 쳐서 하인을 불렀다. 그리고 부젓가락 끝으로 책자를 집어 건네주며, 영지에서 가장 더러운 두엄더미 한가운데 가장 더러운 자리에다 처박아버리라고 지시했다. 그리고 하인이 돌아서서 나가려는 순간 다시 그를 멈춰 세우고

서 말했다.

"마구간에서 제일 빠른 말을 골라 타고 죽을힘을 다해 하리치[36]로 달려가서 노르웨이로 가는 배를 찾아 타라. 그리고 노르웨이 국왕의 개 사육장에서 제일가는 엘크하운드[37] 암수 한 쌍을 사서 돌아오도록. 지체하지 말고 당장." 그러고 나서 그는 다시 책으로 눈길을 돌리며 거의 들릴 듯 말 듯 중얼거렸다.

"인간이라면 이제 지긋지긋하다."

임무 수행에 완벽히 숙달된 그 하인은 허리를 숙여 절하고 사라졌다. 그리고 자신의 임무를 효율적으로 완수하여, 3주 후 아주 건강한 엘크하운드 한 쌍의 목줄을 손에 쥐고 돌아왔다. 그리고 바로 그날 밤 저녁 식탁 아래에서 암컷은 건강한 새끼 여덟 마리를 낳았다. 올랜도는 강아지들을 자기 침실로 데려갔다.

그리고 말했다.

"인간이라면 이제 지긋지긋해."

하지만 그러면서도 분기마다 그린에게 연금을 보냈다.

이렇게 서른, 아니 대략 그쯤 되는 나이에, 이 젊은 귀족은 인생이 줄 수 있는 모든 것을 경험해봤을 뿐 아니라 그 모든 게 다 쓸데없음을 알아버렸다. 사랑도, 야망도, 여자도, 시

---

[36] 영국 에식스주(州) 북동부에 위치한 항구 도시.
[37] 중형 사냥개. 주로 사슴 사냥에 이용되었다.

도, 다 공허할 뿐이었다. 문학은 어리석은 짓거리에 지나지 않았다. 그린이 쓴 『어느 시골 귀족 방문기』를 읽은 날 밤, 올랜도는 소년 시절의 꿈이자 매우 짧은 작품인 「참나무」 한 편만 남기고 쉰일곱 편의 작품을 거대한 불덩이 속에 넣어 다 태워 버렸다. 이제 그가 조금이라도 신뢰하는 건 단 두 가지, 개와 자연, 즉 엘크하운드와 장미 덤불뿐이었다. 변화무쌍한 세상, 복잡한 인생이 그 두 가지로 귀결되었다. 개와 장미 덤불이 전부였다. 산처럼 거대했던 환상이 끝나고, 그 결과 눈 앞을 가리고 있던 가리개를 완전히 벗어 던진 기분으로 올랜도는 사냥개들을 불러 단호한 걸음으로 대공원을 가로질러 갔다.

너무 오랫동안 홀로 글을 읽고 쓰느라 그는 자연의 쾌적함을 거의 잊고 살았다. 6월의 자연은 정말 아름다웠다. 날씨가 좋을 때면 잉글랜드의 절반은 물론 덤으로 웨일스와 스코틀랜드까지 볼 수 있는 높은 언덕에 오른 올랜도는, 좋아하는 참나무 아래 털썩 자리를 깁고 앉았다. 살아가는 동안 남아든 여자든 누구하고도 말할 필요만 없다면, 개들에게 말하는 능력만 생기지 않는다면, 시인이든 공주든 다시 만날 일만 없다면, 남은 날들을 꽤 잘 견디면서 살아갈 수 있을지도 모른다는 생각이 들었다.

그는 날이면 날마다, 매주, 매달, 매년 그곳을 찾았다. 그는 너도밤나무가 황금빛으로 물들어가는 것과 어린 고사리가 잎을 펼치는 모습을 지켜보았고, 달이 기울고 차는 것도 보았다. 하지만 여러분은 다음에 어떤 구절이 이어질지 쉽게 상상할 수 있을 것이다. 근처의 모든 나무와 식물들이 초록에서 황금빛으로 변하고, 달이 뜨고 해가 졌으며, 겨울이 지나 봄이 오고 여름이 지나 겨울이 왔다는 이야기를. 그리고 밤이 낮의 뒤를 잇고 낮이 밤의 뒤를 이었으며, 태풍이 몰아치다가는 맑게 개었고, 그렇게 2백~3백 년이라는 긴 세월 동안 세상은(늙은 여인의 손으로도 30분이면 다 치울 수 있는) 약간의 먼지와 거미줄 말고는 변하는 것이 없더라는 이야기 말이다. 그러니 '세월이 갔다. 그리고 아무 일도 일어나지 않았다'라는 간단한 문장 하나면 더 빠르게 결론에 이를 수 있지 않겠는가, 라는 생각이 들지 않을 수 없을 것이다(정확히 몇 년이 흘렀는지는 괄호 안에 숫자를 적어주면 될 테고).

하지만 유감스럽게도, 시간은 자연이 놀랍도록 정확한 시기에 맞춰 피고 지게 하면서도 인간의 마음에는 그런 단순한 효과를 발휘하지 못한다. 게다가 시간이라는 실체에 대해 인간의 마음이 작용하는 방식 역시도 기묘하다. 일단 인간의 마음이라는 기이한 영역에 들어와 자리 잡으면, 시간은 마음의 시계에 따라 50배, 100배 길이로 늘어나기도 하고, 단 1초로 줄어들기도 한다. 시계의 시간과 마음의 시간 사이의 이 놀라운 차이는 잘 알려지지 않았지만, 깊이 연구되어야 마땅하고 또 그럴 만한 가치가 있다.

그러나 전기 작가라는 존재는 알다시피 관심을 두어야

할 대상이 지극히 제한적이므로 한마디만 하겠다. 지금의 올랜도처럼 사람이 서른의 나이에 이르면, 생각에 잠겨 있을 때는 시간이 지나치게 길어지고 행동을 할 때는 지나치게 짧아진다는 것이다. 올랜도가 지시를 내리거나 방대한 영지의 일들을 처리하는 데 걸린 시간은 순식간이었지만, 그가 곧장 언덕에 올라 참나무 아래에 홀로 머물 때의 시간은 마치 절대 흘러가지 않을 것처럼 빙 돌아 천천히 차올랐다. 게다가 그 시간 속에는 아주 이상하고 다양한 의문들이 가득했다. 올랜도는 아무리 지혜로운 사람이라도 풀지 못할 문제들과 맞닥트리곤 했다. 예를 들면, '사랑이란 무엇인가?', '우정이란 무엇인가?', '진실이란 무엇인가?'와 같은 질문들이었다. 그뿐만 아니라 그가 그런 질문들을 떠올리자마자, 한없이 길고 복잡하게 느껴지는 자신의 과거가 흘러가는 1초의 시간 속으로 한꺼번에 돌진해 들어왔다. 그 기억들은 그 시간을 실제보다 열두 배나 크게 부풀렸고, 수많은 빛으로 눈부신 물자세 물들였으며, 세상의 온갖 잡동사니들로 가득 채워버렸다.

그런 생각(뭐라고 표현하든 상관없을 듯하다)에 깊이 빠진 채 올랜도는 수개월, 수년을 흘려보냈다. 아침을 먹고 나갈 때는 서른 살의 청년이었다가 저녁을 먹으러 들어올 때는 적어도 55세는 된 중년 남자였다고 말해도 과언이 아닐 것이다. 몇 주가 그에게는 한 세기가 되기도 하고 단 몇 초가 되기도 했다. 요컨대, 인생의 길이를 추정하는 건 우리의 능력을 넘어서는 일이다(동물의 삶에 대해서는 말하지 않는 편이 좋겠다). 인생이 길다고 들 하지만, 실은 장미 꽃잎 하나가 땅에 떨어지는 시간보다 짧다는 걸 우리는 잘 안다. '영원'과 '찰나'라는 두 가지 힘은 불행한 우리 멍청이들을 번갈아, 그리고(더욱 혼란스럽게도) 동시에 지배한다. 올랜도는 때로는 코끼리 발을 가진 신에게서, 그런 다음에는 각다귀 날개를 가진 파리에게서 영향을 받았다. 그에게 인생은 굉장히 긴 듯하면서도 순식간에 스쳐 지나갔다. 시간이 한없이 늘어나고 순간순간이 크게 부풀어 마치 광막한 영원의 사막에서 홀로 헤매는 기분이 들 때조차, 남자들과 여자들 사이에서 보낸 30년의 세월이 빽빽하게 기록해 가슴과 머릿속에 단단히 말아둔 양피지 문서들을 온전히 펼쳐서 판독할 시간은 없었다. '사랑'에 관한 사색이 끝나기 한참 전에(그러는 동안 이미 참나무에서는 열두 번이나 잎이 나고 졌다) '야망'이 그 자리를 차지했고, 곧 '우정'이니 '문학'이니 하는 것들이 뒤따라와 다시 그 자리를 빼앗았다. 게다가 '사랑이란 무엇인가?'라는 처음의 문제가 해결되지 않은 상태였기 때문에, 조금만 자극이 있어도, 아니 아무런 자극이 없어도 다시 돌아와 '책'이며 '은유', '사람은 무엇을 위해 사는가'와 같은 질문을 무대 밖으로 밀어냈다. 그러면 그것들은 거기서 기다리며 다시 무대 위로 뛰어들 기회를 호시탐탐 노렸다. 이 과정은 수많은 삽화가 더해지면서 더욱 길어지기 일쑤였는데, 그림(양단으로 만든 장미색 드레스 차림으로 한 손에는 상아로 된 코담배 갑을 들고, 옆에는 황금 자루가 달린 검을 둔 채 긴 태피스트리 의자에 앉아 있는 엘리자베스 여왕의 초상화)은 물론, 향기(그녀가 뿌리던 진한 향수)와 소리(겨울날 리치먼드 공원에서 울어대던 수사슴 소리)까지 수시로 올랜도를 찾아왔다. 그래서, 사랑에 관한 사색은 온통 호박색으로 물들곤 했다. 그 속에는 눈과 겨울, 타오르는 장작불, 러시아 여인과 황금 검, 수사슴의 울음소리, 늙은 제임스 왕이 흘리는 침과 폭죽놀이, 엘리자베스 시대 범선의 짐칸에 숨겨진 보물 자루들이 뒤섞여 있었다. 올랜도가 그중 하나라도 머릿속에서 몰아내려 하면 다른 것들이 엉겨 붙었다. 마치 바다 저 밑바닥에 1년 동안 가라앉아 있으면서 온갖 동물 뼈와 잠자리 사체, 동전, 물에 빠져 죽은 여인들의 치렁치렁한 머리카락이 첩첩이 들러붙어 커다란 덩어리가 되어 버린 유리 조각을 들어 올리려는 것이나 마찬가지였다.

"이럴 수가, 또 은유를 쓰다니!" 사색에 빠져 있을 때면 그는 이렇게 소리치곤 했다(이는 그의 머릿속이 얼마나 어수선하고 두서없는지를 보여준다. 그리고 참나무잎이 그토록 여러 번 나고 지는 동안 대체 왜 그가 사랑에 관한 어떤 결론에도 이르지 못했는지를 설명해 준다). "대체 은유를 쓰는 이유가 뭘까?" 그는 자문하곤 했다. "왜 여러 단어를 써서 단순하게 말하지 않을까?" 그러고 나면 올랜도는 30분 동안(아니 2년 반 동안이었던가?) 사랑을 여러 단어로 단순하게 설명할 방법을 골똘히 생각했다. "그런 비유적 표현은 명백히 거짓이야." 그는 주장했다. "아주 예외적인 상황이 아닌 이상 잠자리가 바다 저 밑바닥에 살 수는 없잖아. 그리고, 문학이 '진실의 신부이자 아내'가 아니면, 대체 뭐란 말이야? 빌어먹을!" 그는 소리쳤다. "이미 신부라고 말해놓고 아내는 또 뭐람? 대체 왜 그냥 간단하게 하나로 끝내지 않는 거야?"

그러면서 그는 잔디는 초록색이고 하늘은 파랗다고 말해봄으로써 소박한 시심을 달랬다. 많이 멀어져 있긴 했지만, 그는 여전히 시를 숭배하지 않을 수 없었다. 그는 말했다. "하늘은 파랗고, 잔디는 초록색이다." 하지만 고개를 들어보니, 오히려 하늘은 마치 천 명의 성모마리아가 머리에 쓴 베일을 늘어트린 듯했고, 잔디는 마치 마법에 걸린 숲에서 털북숭이 사티로스의 품에서 벗어나기 위해 도망치는 한 무리의 소녀들처럼 흐릿하고 우울해 보였다.

"맹세코 뭐가 더 진실인지 모르겠네. 둘 다 전혀 진실이 아니잖아."

그가 말했다(그는 혼잣말을 소리 내서 하는 안 좋은 버릇이 있었다). 그리고 시가 무엇이고 진실이란 무엇인지 해답을 찾다가 절망한 나머지 깊은 실의에 빠져버렸다. 여기서, 올랜도가 독백을 잠시 멈춘 틈을 타 이런 생각을 해보면 얻는 바가 있을지도 모른다. 유월 한낮에 그는 대체 왜 팔꿈치를 괴고 나무 아래 누워 있는 것인지, 그리고 대체 왜, 그토록 많은 능력과 건강한 몸을 가진(그의 발그레한 뺨과 튼튼한 팔다리를 보라) 이 멋진 친구, 망설임 없이 돌격대를 이끌고 결투에 임하는 이 남자가, 지루한 생각에 시달리다 못해 예민해진 나머지 시 이야기만 나오면, 또는 시 쓰는 데 필요한 능력 이야기만 나오면, 엄마 등 뒤에 숨은 어린 소녀처럼 겁을 먹고 주저하는지 말이다. 우리 생각에는, 그린에게 자신이 쓴 비극 작품을 조롱당한 일이 공주에게 그의 사랑을 조롱당한 일만큼이나 그에게 큰 상처가 되었음이 틀림없다. 다시 원래 이야기로 돌아가서…….

올랜도는 계속 생각했다. 그리고 잔디와 하늘을 바라보며, 런던에서 작품을 출판한 진정한 시인이라면 저 잔디와 하늘을 어떻게 표현할지 가늠해보려 애썼다. 그러는 동안, 기억은 니컬러스 그린의 얼굴을 끊임없이 올랜도의 눈앞에 들이댔다(기억의 습성에 대해서는 이미 앞에서 설명한 바 있다). 마치 스스로 증명했듯 신뢰할 수 없고, 냉소적이고, 경망스러울 정도로 말이 많은 그가 실은 살아 있는 뮤즈이며 올랜도가 경의를 표해야 할 상대라는 걸 알리려는 듯했다. 그래서 그 여름날 아침, 올랜도는 그 기억 속의 닉 그린에게 꾸미시 잃은 구절과 비유가 풍부한 구절을 여러 개 보여주었다. 닉 그린은 계속 고개를 설레설레 흔들며 비웃었고, '글로르'와 키케로를 들먹이며 우리 시대에는 시가 죽었다는 말을 중얼거렸다. 마침내 올랜도는 자리에서 벌떡 일어나(계절은 어느새 몹시 추운 겨울이었다) 평생에 가장 놀라운, 그 어떤 것보다 자신을 엄격하게 구속하는 맹세를 하나 했다.

"이제부터 내가 한 단어라도 닉 그린인지 뮤즈인지의 마음에 들겠다고 글을 쓴다거나 쓰고자 한다면, 죽어도 싸다. 좋든, 나쁘든, 그저 그렇든, 오늘부터 나는 오직 내가 원하는 대로 쓰겠다." 그러면서 종이 뭉치를 반으로 쭉 찢어 비웃고 있는 그 경망스러운 남자의 얼굴에 집어던지는 시늉을 했다. 그러자, 겁을 주려고 돌을 던지면 휙 달아나는 똥개처럼, 기억이 그때까지 들이대고 있던 닉 그린의 형상이 눈앞에서 사라졌다. 그리고 아무것도 나타나지 않았다.

올랜도는 그래도 여전히 생각에 잠겼다. 사실 그는 생각할 것이 많았다. 조금 전 그 양피지를 반으로 찢을 때, 방에서 그가 홀로 있으면서 자기 마음대로 두서없이 쓴 아름답게 장식한 두루마리도 한 번에 찢어버렸기 때문이다. 그 두루마리는 왕이 대사를 임명하듯 자신을 귀족이라는 부류 최초의 시인이자 당대 최초의 작가로 임명함으로써, 자신의 영혼에는 영원한 불멸성을 부여하고 자신의 육신에는 월계수에 둘러싸인 무덤과 사람들의 영원한 숭배라는 무형의 표상을 허락하는 것이었다. 매우 감명 깊은 글이었지만, 그는 이제 그것을 찢어 쓰레기통에 던져 넣은 셈이 되었다. 그는 말했다(자신을 막을 닉 그린이라는 존재가 없어졌으므로, 그는 한껏 은유를 즐겼다. 그중에서 그나마 차분한 표현으로 두 개만 골라서 보도록 하자). "명성이란 사지를 구속하는 금줄 장식 외투, 심장을 억누르는 은으로 만든 상의, 허수아비에게 입히는 현란한 옷 같은 것이다" 등등. 이 말의 핵심은, 명성은 우리를 방해하고 위축시키는 데 반해 무명은 사람을 안개처럼 감싸준다는 것이다. 무명은 비밀스럽고, 넉넉하고, 자유로우며, 마음이 방해받지 않고 앞으로 나아가게 한다. 무명인, 즉 명성이 없는 사람은 자비로운 어둠의 은혜를 넘치도록 받는다. 그가 어디를 오고 가는지 누구도 알지 못하며, 그는 진리를 탐구하고 말할 수 있다. 오직 그만이 자유롭고, 그만이 정직하며, 그만이 평화롭다. 그래서 올랜도는 참나무 아래에서 고요한 분위기에 빠져들었다. 땅 위로 드러난 단단한 뿌리마저 다른 때보다 편안하게 느껴졌다.

그는 무명의 가치에 대해, 그리고 비록 이름은 없지만 깊은 바다의 중심부로 되돌아가는 파도처럼 사는 즐거움에 대해 오랜 시간 깊은 사색에 잠겼다. 무명은 질투나 분노처럼 성가신 감정을 마음에서 없애주고, 관용과 아량이 혈관 속에서 자유롭게 흐르도록 하며, 감사와 칭찬 없이도 의견을 주고받을 수 있게 했다. 이것이 바로 모든 위대한 시인들이 택했던 방식임이 틀림없다고 그는 생각했다(물론 이 생각을 뒷받침할 정도로 그리스어 지식이 충분한 건 아니었지만). 그가 생각하기에, 셰익스피어도 그렇게 글을 썼을 것이고, 교회 짓는 사람들도 그렇게 이름 없이, 누가 알아주거나 고맙다고 말하지 않아도 다만 낮에는 일하고 밤에는 아마도 약간의 술로나마 피로를 달랬을 것이다. '이 얼마나 감탄할 만한 삶인가!' 그는 참나무 아래에서 기지개를 켜며 생각했다. '그러니 바로 이 순간을 즐겨야 하지 않을까?' 이런 생각이 총알처럼 그에게 날아와 박혔다. 야망이 무거운 추처럼 바닥으로 떨어졌다. 거부당한 사랑과 조롱당한 허영심으로 인한 가슴쓰림, 명성을 갈망하던 시절 인생이라는 가시밭길이 그에게 안겨준 모든 아픔과 상처가 사라졌다. 그 가시밭길은 명예에 무관심한 사람에게는 더 이상 아무 고통도 줄 수 없었다. 그는 눈을 떴다. 늘 활짝 뜨고 있었음에도 머릿속 생각만 들여다보던 눈이었다. 그리고 저 아래 움푹 파인 곳에 자리한 자신의 집을 내려다보았다.

저택은 봄날 이른 아침 햇살을 받으며 서 있었다. 그것은 저택이라기보다는 하나의 도시에 가까웠다. 그것도 여기저기 사방에 마구 지은 것이 아니라, 한 사람의 건축가가 머릿속에 하나의 아이디어를 품고 용의주도하게 지은 그런 도시였다. 잿빛과 붉은빛, 자줏빛의 안뜰과 건물들이 대칭을 이루어 정연하게 자리하고 있었다. 안뜰은 어떤 것은 길쭉한 직사각형, 어떤 것은 반듯한 정사각형이었는데, 한곳에는 분수가, 또 한곳에는 조각상이 자리했다. 어떤 건물은 나지막하고 어떤 건물은 뾰족했으며, 여기에는 예배당이, 저기에는 종탑이 있었다. 그 중간중간에는 초록 잔디와 삼나무 숲, 화사한 꽃밭이 자리했다. 어찌나 완벽하게 자리를 잡았는지 하나같이 여유로워 보이는 이 공간들 주위에는 육중한 담장이 길게 둘러싸고 있었다. 그 와중에 수없이 많은 굴뚝에서는 끊임없이 연기가 피어올랐다. 올랜도는 사람 1천 명에 어쩌면 말 2천 필도 수용 가능한 이 거대하고 정연한 저택 또한 이름 없는 일꾼들이 지었으리라 생각했다. 그리고 바로 이곳에서, 이름 없는 나의 가문, 무명의 가족들이 셀 수도 없을 만큼 오랜 세월 동안 대를 이어가며 살아왔다. 수많은 리처드와 존, 앤, 엘리자베스들 중 뚜렷하게 자신의 흔적을 남긴 사람은 아무도 없지만, 그들은 모두 삽과 바늘을 들고 묵묵히 자기 일을 해냈으며, 사랑을 나누고 아이들을 길러냈다. 그리고 이 저택을 남겼다. 저택이 그 어느 때보다 고귀하고 우아해 보였다.

대체 자신은 왜 그들보다 더 출세하고 싶어 했던 걸까? 그는 자신이 저 익명의 창조물, 지금은 사라지고 없는 무명의 손들이 해낸 노동보다 더 나은 것을 이루겠다며 애쓰는 일이 극도로 헛되고 오만하게 느껴졌다. 무명으로 살면서 아치나 온실, 복숭아가 익어가는 담장을 남기는 편이, 별똥별처럼 화려하게 타오르다 결국엔 먼지 한 톨 남기지 않는 것보다 나았다. 어쨌든 그는 저 아래 푸른 잔디 위에 자리한 거대한 저택을 바라보며 뜨거운 감정에 휩싸여 말했다. 저기에서 살았던 이름 모를 영주와 귀부인들은 후대에 올 이들을 위해, 언젠가 빗물이 샐 지붕을 위해, 언젠가 쓰러질 나무를 위해 뭔가를 남기는 걸 잊지 않았다고. 그들은 부엌에 늙은 양치기가 쉬어갈 따뜻한 구석 자리와 배고픈 이들을 위한 음식을 늘 마련해두었고, 아파 누워 있으면서도 늘 잔을 반짝반짝 닦았으며, 죽어가면서도 창가에 불을 밝혔다. 귀족임에도 불구하고 그들은 기꺼이 두더지잡이 사냥꾼과 석공들과 함께 무명의 삶을 살았다. 무명의 귀족이여, 잊혀진 건설 일꾼들이여! 그는 자신을 냉정하고 무심하며 게으르다고 말하던 사람들의 평을 완전히 뒤집는, 열정적인 모습으로 그들을 호명했다(사실 사람의 성격은 종종 우리 눈에 보이는 것과는 정반대인 경우가 많다). 그리고 지극히 감동적인 수사법으로 저택과 가문을 칭송했다. 하지만 마무리 부분에 이르자 더듬거리기 시작했다(마무리가 안 되는데 수사법이 다 뭐란 말인가?). 조상들의 선례를 쫓아 저택에 돌 하나라도 더 보태겠다는 마음으로 인상적인 끝맺음을 하고 싶었다. 하지만 저택의 면적은 이미 9에이커(약 2700평)에 달했고, 돌 하나도 더 얹을 곳조차 없어 보였다. 그렇다면 가구 이야기로 마무리 해도 괜찮을까? 의자니, 테이블이니, 침대 옆에 깔린 깔개니 하는 이야기를 늘어놔도 되나? 무엇이 되었든, 마무리를 무엇으로 장식하든지 간에, 저택에 필요한 것은 바로 그런 것들일 터였다. 올랜도는 잠시 웅변을 미완의 상태로 둔 채, 앞으로는 저택에 가구를 채우는 일에 전념하겠다고 굳게 결심하며 언덕을 성큼성큼 걸어 내려갔다. 그리고 즉시 그림스디치 부인에게 자기 옆에서 일을 도우라고 말했다. 그의 말에, 이제 어느 정도 나이가 들어 노쇠한 착한 그림스디치 부인의 눈에 눈물이 맺혔다.

왕의 침실에 있는 수건걸이에는 한쪽 다리가 없었다(부인은 "제이미 왕이 묵었던 침실입니다, 나리."라고 말하며, 왕이 이 저택에서 묵었던 일이 아주 오래전임을 암시했다. 하지만 끔찍한 공화정 시대는 지났고 영국은 이제 다시 왕정 시대로 돌아와 있었다). 공작 부인의 시동 대기실과 연결된 작은 벽장에는 물병 받침대가 없었다. 그린 씨가 파이프 담배를 추접스럽게 피워대면서 카펫에 남긴 얼룩들은 그림스디치 부인과 주디가 아무리 문질러 닦아도 지워지지 않았다. 사실상 365칸이나 되는 침실 하나하나마다 자단 의자와 삼나무 장, 은 대야, 도자기 그릇, 페르시아산 카펫을 채워넣는 문제를 계산해본 올랜도는, 그것이 가벼운 일이 아님을 깨달았다. 유산으로 받은 재산이 몇천 파운드 정도 남아 있다고 하더라도, 그걸로는 갤러리 몇 군데에 태피스트리를 걸고, 연회장에 근사한 조각으로 장식된 의자를 넣고, 왕실 가족을 위해 마련된 침실에 순은으로 만든 거울과 역시 같은 금속으로 만든 의자를 채워넣는 것 정도밖에는 할 수 없을 터였다(그는 은을 지나치게 좋아했다).

그는 본격적으로 일에 착수했다. 그가 작성한 장부를 보면 분명히 알 수 있다. 이때 그가 사들인 물품 목록을 한번 보자. 여백에 총지출액이 적혀 있긴 하지만 그 부분은 넘어가자.

'스페인산 담요 50쌍, 진홍색과 흰색 호박단 커튼 역시 같은 수량으로. 진홍색과 흰색 비단실로 수놓은 커튼 장식용 흰색 공단……

노란 공단 의자 70개와 스툴 60개, 그리고 그 위에 씌울 아마포 덮개……

호두나무 탁자 67개……

베네치아산 유리잔 다섯 다스들이 상자 17다스……

각 30야드 길이의 깔개 102개……

은색 양피지 레이스가 달린 심홍색 다마스크 쿠션 97개, 얇은 명주 천을 씌운 스툴과 그에 어울리는 의자들……

각각 12개의 양초를 꽂을 수 있는 나뭇가지 모양 촛대 50개……'

벌써 하품이 나기 시작한다(목록이 주는 효과다). 우리가 여기서 멈춘다면, 이 목록이 끝나서가 아니라, 너무 지루해서다. 아직도 99쪽이 더 남았고, 총지출액은 수천 파운드에 달했다. 지금 돈으로 치면 수백만 파운드에 달하는 금액이었다. 올랜도는 낮에는 이런 식으로 보냈다면, 밤에는 일꾼들 일당을 시간당 10펜스로 칠 때, 두더지들이 파놓은 백만 개의 구멍을 다시 메우려면 비용이 얼마나 들지, 공원을 두르고 있는 15마일 길이의 담장을 수리하려면 질[38]당 값이 5페니 반인 못이 몇 헌드레드웨이트[39]나 필요할지 등을 계산하며 보냈다.

다시 말하지만, 이런 이야기는 지루하다. 찬장이야 거기서 거기고, 두더지가 파놓은 구멍도 몇백만 개가 되었든 크게

---

38   액량(液量) 단위로 1/4파인트에 해당. 약 0.118리터.
39   무게 단위로 미국에서는 100파운드, 영국에서는 112파운드.

다를 게 없기 때문이다. 하지만 이 일을 처리하느라 올랜도는 즐거운 여행과 꽤 멋진 모험도 하긴 했다. 예를 들면, 브뤼헤 근처에 한 도시에서 앞을 보지 못하는 여자들에게 은색 캐노피 침대에 걸 천을 수놓게 한 일이라든지, 베네치아에서 한 무어인에게(칼로 협박당해) 래커칠한 보관장을 산 사건은, 꽤 흥미로운 이야깃거리가 될 만하다. 그의 모험담은 다채롭기까지 해서, 서섹스에서 거대한 나무를 무더기로 실어와 반으로 가른 후 통째로 갤러리 바닥에 까는가 하면, 페르시아에서 양털과 톱밥으로 가득 찬 궤짝을 들여와서는 기껏해야 겨우 접시 한 장이나 토파즈 반지 하나를 꺼내는 일도 있었다.

결국, 갤러리는 더 이상 탁자를 들여놓을 자리도 없는 상태가 되었다. 탁자에도 더 이상 진열장을 올려놓을 수 없었고, 진열장 안에는 더 이상 꽃꽂이용 화병을 들여놓을 공간이 없었으며, 말린 꽃잎들을 담아놓는 통 역시 한 줌도 더 넣을 자리를 찾을 수 없었다. 어디에도 무엇을 더 넣을 자리가 남아 있지 않았다. 다시 말해, 저택의 모든 세간이 완벽하게 갖춰진 것이었다. 정원에는 온갖 종류의 아네모네, 크로커스, 히아신스, 목련, 장미, 백합, 과꽃, 달리아는 물론 배나무와 사과나무, 벚나무, 뽕나무에 이어 어마어마한 양의 꽃이 피는 진기한 관목들과 상록수, 다년생 나무들이 서로 뿌리가 뒤엉킬 정도로 빽빽하게 자라고 있어서, 손바닥만큼도 꽃이 보이지 않는 땅이 없었고, 그늘이 드리워지지 않은 잔디밭도 없었다. 게다가 화려한 깃털을 가진 야생 조류와 말레이 곰 두 마리도 수입해 들여왔다. 올랜도는 그들이 몸짓은 사나워도 속으로는 충실한 마음을 감추고 있다고 확신했다.

이제 모든 준비가 끝났다. 저녁이 되자 셀 수도 없을 만큼 많은 은촛대에 불이 켜졌다. 갤러리에서는 끝없이 부는 실바람에 푸른색과 녹색의 아라스 직물 벽걸이가 살랑거려, 마치 그 속의 사냥꾼들이 말을 달리고 다프네 요정이 날아다니는 듯했다. 은이 반짝였고, 래커칠한 표면에서는 윤기가 흘렀으며, 장작은 붉게 타올랐다. 조각으로 장식된 의자들이 양팔을 내밀었고, 벽에서는 돌고래들이 인어를 등에 태우고 헤엄쳐 다녔다. 이 모든 것은 물론이고 그 이상의 것들도 마음에 들게 완성된 것을 확인한 올랜도는 엘크하운드들을 데리고 흡족한 마음으로 집 안을 돌아다녔다. 이제는 연설의 마무리 부분을 채울 수 있겠다고 생각했다. 어쩌면 처음부터 전부 다시 시작하는 편이 좋을 것 같기도 했다. 하지만 갤러리들을 거닐면서 생각해보니, 아직도 뭔가 부족하다는 생각이 들었다. 호화로운 금박에 조각으로 장식된 의자와 테이블이 있었고, 백조의 우아한 목과 사자의 발이 조각된 소파가 있었으며, 세상에서 가장 부드러운 백조 솜털로 채운 침대도 있었지만, 그것만으로는 충분하게 느껴지지 않았다. 거기에 사람들이 앉고 누우면 훨씬 좋을 것 같았다. 그래서 올랜도는 이웃 귀족들과 상류층 사람들을 초대해 매우 화려한 연회를 연달아 베풀기 시작했다. 매번 365칸의 침실이 한 달 동안 가득 찰 정도였다. 손님들은 서로를 거칠게 밀치며 52개의 계단을 오르내렸고, 3백 명에 달하는 하인들은 식료품 저장실을 분주히 드나들었다. 연회가 거의 매일 밤 열렸다. 그렇게 몇 년이 지나자, 올랜도는 벨벳 옷의 털이 다 닳고 재산 절반이 사라졌다. 하지만 이웃들로부터 좋은 평판을 얻었고, 해당 주에서 많은 직책을 맡았으며, 그에게 고마워하는 시인들이 다소 지나치다 싶을 정도로 과한 찬사와 함께 그에게 헌정하는 시집이 매년 거의 열두 권에 이르렀다. 당시 그는 작가들과 어울리지 않으려 조심하면서 외국인의 피가 흐르는 귀부인들과도 늘 거리를 두었지만, 여전히 여인들과 시인들에게 과하게 친절했고 그래서 그들은 모두 올랜도를 아주 좋아했다.

하지만 연회가 절정에 이르고 손님들의 흥이 달아오르면 그는 홀로 조용히 방으로 물러나곤 했다. 그리고 방문을 닫고 마침내 혼자라는 확신이 들 때 오래된 습사책 하나를 꺼내 들었다. 어머니의 바느질 상자에서 훔친 비단실로 철한 후 동글동글 아이다운 글씨로 「참나무: 시」라고 제목을 써넣은 것이었다. 올랜도는 자정을 알리는 종이 울리고도 시간이 한참 더 흐를 때까지 이 공책에 글을 쓰곤 했다. 하지만 쓰는 만큼 지웠기 때문에, 해가 끝나갈 즈음에는 처음보다 오히려 짧아지기 일쑤였다. 계속 그런 식으로 쓰다가는 아예 시가 지워질 것만 같았다. 문학을 연구하는 학자라면 그의 문체가 몰라보게 달라졌음에 주목할 만하다. 그는 현란한 은유를 줄이고 장황한 표현을 자제하고 있었다. 분수처럼 솟아오르던 그의 뜨거운 감정이 산문의 시대에 이르러 얼어붙고 있었다. 바로 바깥 풍경에서도 꽃이 별로 보이지 않았다. 들장미도 가시가 줄어들고 덤불 역시 성글어졌다. 감각도 약간 둔해져서, 꿀과 크림이 전보다 입에 덜 당겼다. 길거리의 배수 상태가 전보다 좋아지고 집집마다 불이 더 환해진 것도 분명 그의 문체에 영향을 끼쳤으리라.

그러던 어느 날, 그가 심혈을 기울여 「참나무: 시」에 한두 줄 추가하고 있는데 그림자 하나가 언뜻 눈가를 스쳤다. 다시 보니 그림자가 아니라 키가 훌쩍 큰 여인 하나가 승마용 망토를 뒤집어쓴 채 안뜰을 가로지르고 있는 모습이 창밖으로 보였다. 그곳은 저택 안에서도 가장 개인적인 공간인데, 낯선 여인이 그곳에 어떻게 들어왔는지 의아했다. 사흘 뒤, 똑같은 형체가 다시 나타났다. 수요일 정오에도 다시 눈에 띄었다. 올랜도는 이번만큼은 그녀를 따라가 보기로 마음먹었다. 그녀는 들키는 것이 전혀 두렵지 않은 기색이었다. 그가 가까이 다가가자 여인은 걸음을 늦추며 그의 얼굴을 똑바로 바라보았다. 영주의 사유지에 들어왔다가 들키면 보통은 겁을 먹을 텐데, 그리고 그런 얼굴에 그런 머리 장식, 그런 외모를 한 여자라면 보통은 어깨 너머로 망토를 뒤집어써 어떻게든 모습을 감추려 할 텐데, 그녀는 그러지 않았다. 그녀의 모습은 딱 산토끼 같았다. 깜짝 놀라긴 했어도 고집 센 토끼, 어리석다 할 정도로 무모해서 겁을 극복한 토끼, 몸을 꼿꼿이 세우고 툭 불거진 눈으로 추적자를 노려보는 토끼, 떨리는 귀를 쫑긋 세우고 실룩거리는 코로 열심히 탐색하는 그런 토끼. 게다가 이 토끼는 키가 6피트(약 183센티미터)나 되는 데다 고풍스러운 머리 장식까지 없고 있어서 한층 더 커 보였다. 그녀는 올랜도와 마주치자 수줍음과 뻔뻔함이 묘하게 뒤섞인 시선으로 그를 빤히 바라보았다.

우선 그녀는 예의 바르지만 어쩐지 어색한 동작으로 한쪽 무릎을 살짝 굽히며 사유지에 마음대로 들어온 것에 대해 용서를 구했다. 그런 다음 다시 몸을 꼿꼿이 세우며 똑바로 섰다. 키가 6피트 2인치는 족히 넘을 것 같았다. 그녀가 말하기를, 자신은 루마니아 영토인 핀스터아어호른과 스캔드옵봄의 해리엇 그리젤다 대공비라고 했다(하지만 어쩌나 히히거리고 하하거리며 요란하게 웃어대는지, 올랜도는 그녀가 정신병원에서 도망쳐 나온 게 틀림없다고 생각했다). 그녀는 그저 무엇보다 올랜도를 만나보고 싶었다며, 지금은 파크게이트에 있는 빵집 위층에 묵고 있다고 말했다. 올랜도의 초상화를 본 적이 있는데, 아주 오래전에 죽은 자신의 자매와 많이 닮았다고 했다(이 말을 하면서 그녀는 또 요란하게 깔깔 웃었다). 자신은 영국 왕실을 방문하러 왔으며, 왕비와는 사촌 간이라고 했다. 그리고 왕은 아주 좋은 사람이지만, 술에 취하지 않고 잠자리에 드는 법이 거의 없다고 말했다. 이

해리엇 대공비

말을 하면서 그녀는 또 시끄러운 소리로 낄낄거리며 웃어댔다. 결국 그녀를 안으로 청해 포도주를 한잔 대접하는 것 말고는 달리 방도가 없었다.

저택 안으로 들어오자 그녀는 루마니아 대공비다운 거만한 태도를 되찾았다. 그녀가 귀부인치고는 매우 드물게 포도주에 대한 지식을 뽐내지 않았더라면, 그리고 자기 나라의 무기와 사냥꾼들의 습성에 대해 꽤 분별 있는 의견을 내놓지 않았더라면, 그들의 대화는 그다지 자연스럽지 않았을 것이다. 마침내 그녀가 자리에서 벌떡 일어나며 다음날 다시 들르겠다고 선언했다. 그리고 다시 한번 유난스럽게 한쪽 무릎을 굽혀 인사하고는 자리를 떠났다. 다음 날, 올랜도는 그럭저럭 잘 견뎌냈다. 하지만 그 다음 날에는 그녀를 무시했고, 그 다음 날에는 아예 창에 커튼을 쳐버렸다. 나흘째 되는 날에는 비가 내렸다. 차마 귀부인을 빗속에 젖게 놔둘 수도 없고 옆에 누가 있는 게 아주 싫지는 않아서, 올랜도는 그녀를 안으로 초대했다. 그는 대공비에게 조상이 입었던 갑옷을 보여주며 그것이 야코비가 만든 것인지 톱이 만든 것인지 의견을 물었다. 올랜도는 톱이 만들었다고 생각하고 있었는데, 그녀는 의견이 달랐다. 사실 이건 별로 중요한 문제는 아니었다. 중요한 건, 해리엇 대공비가 갑옷 여미는 방식과 관련해 자신의 의견을 시범으로 보이려다가 황금으로 된 정강이 덮개를 올랜도의 다리에 채웠다는 것이다.

올랜도의 다리가 그 어느 남자 귀족의 다리보다 근사하다는 사실은 앞에서 이미 이야기한 바 있다. 어쩌면 그녀가 그 발목 버클을 채운 방식에 문제가 있었을지도 모른다. 아니면 허리를 굽힌 자세 때문이었든지. 아니면 올랜도가 너무 오래 혼자 지낸 탓인지도 모른다. 이성 간의 자연스러운 교감 작용이었을 수도 있고, 부르고뉴산 포도주 때문이었을 수도 있고, 타오르는 불 때문이었을 수도 있다(이 중 뭐든 다 원인일 수 있다. 올랜도 같은 혈통의 귀족이 자기 집에서 귀부인을 접대한다는 건, 게다가 몇 살이나 많고, 길쭉한 얼굴에다 사람을 빤히 쳐다보는 눈빛을 지녔으며, 우스꽝스럽게도 이 따뜻한 계절에 승마용 망토와 외투를 껴입은 그런 여자를 접대한다는 건 분명 어느 쪽이든 잘못된 상황이었음이 분명하다). 올랜도 같은 귀족이 갑자기 알 수 없는 욕정을 어쩌지 못해 기어코 방을 뛰쳐나갔을 때는 분명 뭔가가 잘못된 것이었다.

하지만 당연히 궁금한 것은, 대체 어떤 종류의 욕정이 그럴 수 있단 말인가? 그 대답은 사랑이라는 것만큼 양면적이다. 왜냐하면 사랑은……. 일단 잠시 사랑은 논의에서 제쳐두자. 실제 벌어진 일은 다음과 같았다.

대공비가 버클을 잠그기 위해 허리를 수그렸을 때, 무슨 까닭인지 올랜도는 갑자기 저 멀리서 사랑이 날갯짓하는 소리를 들었다. 그 부드러운 깃털이 멀리서 푸드덕거리는 소리는 세차게 흐르는 물과 눈을 맞으며 보낸 사랑스러운 시간, 홍수 속에서 당한 배신 등 수많은 기억을 불러일으켰다. 날갯짓 소리가 점점 가까워졌다. 올랜도는 얼굴이 상기되고 몸이 떨려왔다. 다시는 흔들리지 않을 것 같았던 마음이 움직인 것이다. 손을 들어 그 아름다운 새를 어깨에 내려앉게 하려는데, 순간 (끔찍하게도!) 까마귀들이 나무 위에서 공중제비를 돌며 시끄럽게 까악까악 우는 소리가 떠나갈 듯 울려 퍼지기 시작했다. 거친 검은 날개들이 하늘을 시커멓게 뒤덮었다. 음산한 울음소리가 사방에 맴돌았다. 지푸라기와 나뭇가지, 깃털들이 후드득 떨어졌다. 새들 가운데 가장 무겁고 더러운 새가 그의 어깨에 내리꽂히듯 와서 앉았다. 독수리였다. 그래서 그는 곧장 방에서 뛰쳐나왔고, 대신 하인을 시켜 해리엇 대공비를 마차까지 배웅하도록 했다.

이제 다시 사랑 이야기로 돌아와서, 사랑은 두 개의 얼굴을 가지고 있다. 하나는 희고, 하나는 검다. 사랑은 몸도 두 개다. 하나는 매끄럽고, 하나는 털이 많다. 사랑은 손도 두 개, 발도 두 개, 꼬리도 두 개, 실제로 모든 게 두 개이고 각각은 서로 정반대되는 특징을 갖고 있다. 하지만 서로 완전히 붙어 있어서 따로 떼어놓을 수가 없다. 지금 여기 올랜도의 사랑은, 흰 얼굴과 매끄럽고 사랑스러운 몸으로 그에게 날아왔다. 그리고 순수한 기쁨의 향기를 퍼트리며 점점 가까이 다가왔다. 그러다 갑자기 (추정하건대 아마도 대공비를 본 순간) 휙 뒤로 돌아서더니, 검고 털이 무성한, 야수의 모습을 드러냈다. 사랑의 극락조가 아닌, 그 욕정의 독수리가 그의 어깨에 풀썩 내려앉았다. 그래서 올랜도가 뛰쳐나와 하인을 부른 것이다.

하지만 그 하피[40]는 그렇게 쉽게 사라지지 않았다. 대공비는 계속 그 빵집 위층에 머물렀고, 올랜도는 밤이나 낮이나 매일 그 더러운 유령에 시달렸다. 저택을 아무리 은과 아라스 직물 벽걸이로 채워도 소용이 없었다. 그 오물투성이 새는 시도 때도 없이 올랜도의 책상 위에 자리를 잡고 앉았고, 의자들 사이에 아무렇게나 드러누웠으며, 갤러리를 꼴사납게 뒤뚱뒤뚱 걸어 다녔다. 지금은 그 묵직한 몸으로 난로 앞에 쳐놓은 철망 위에 올라가 앉아 있었다. 올랜도가 쫓아내면 다시 돌아와 유리잔을 깨질 때까지 쪼아댔다.

더 이상 저택에 머물 수 없으며 즉시 이 문제를 해결할 방도를 취해야 한다는 사실을 깨달은 올랜도는, 이런 난감한 상황에 빠진 청년이라면 누구라도 그랬을 법한 길을 선택했다. 그는 찰스 왕을 찾아가 콘스탄티노플 특명 전권 대사로 보내달라고 부탁했다. 왕은 화이트홀에서 산책 중이었는데, 넬 귄[41]이 왕의 팔짱을 낀 채 왕에게 개암을 던지며 탄식했다.

"저토록 아름다운 다리가 이 나라를 떠난다니 정말 유감이네요."

하지만 운명이란 가혹한 것. 그녀가 할 수 있는 일이라고

---

40 고대 그리스·로마 신화에 나오는, 얼굴과 몸은 여자 모양이며 새의 날개와 발톱을 가진 추악하고 탐욕스러운 괴물.
41 오랫동안 찰스 2세의 애첩이었다.

는 올랜도가 떠나기 전에 어깨 너머로 키스를 던지는 게 전부였다.

제3장

　　　　　　　　　　실로 유감스럽고 매우 안타까운 일은, 올랜도가 나랏일을 하는 데 매우 중요한 역할을 했던 이 시기의 생애를 짐작할 만한 정보가 거의 없다는 것이다. 바스 공로 훈장과 공작 작위를 보면, 그가 자신의 맡은 바를 감탄스러울 정도로 잘 수행했음을 알 수 있다. 그는 찰스 왕과 터키인들 사이에 있었던 매우 까다로웠던 몇몇 협상에도 개입했다. 공립 기록 보관소에 있는 조약서들이 바로 그 증거다. 하지만 그의 임기 중 일어난 혁명과 뒤이어 발생한 화재로 인해 신뢰할 만한 기록을 얻을 만한 문서들이 전부 훼손되거나 소실되었기 때문에, 애통하게도 우리가 알 수 있는 내용은 극히 일부에 불과하다. 가장 중요한 문장 한가운데가 불에 그슬려 짙은 갈색 얼룩으로 남은 경우도 많았다. 백 년 동안 역사학자들을 곤혹스럽게 만든 비밀의 답이 적힌 문서를 드디어 찾았다고 생각한 순간, 손가락이 들어갈 만한 커다란 구멍이 난 것을 발견한 적도 있었다. 타다 남은 조각들을 그러모아 빈약하게나마 내용을 정리할 수 있었지만, 많은 것을 짐작하고 추측해야 했으며, 때로는 상상력도 동원해야 했다.

올랜도의 일과는 다음과 같았던 것으로 추측된다. 그는 7시쯤 일어나 터키풍의 기다란 망토를 걸친 다음, 궐련에 불을 붙이고는 난간에 팔꿈치를 대고 기대어 서서 아래에 펼쳐진 도시를 넋을 잃고 바라보았다. 이 시간대에는 안개가 짙어서, 성 소피아 대성당의 원형 지붕들과 나머지 건물이 마치 공중에 떠 있는 것처럼 보이곤 했다. 그러다 서서히 안개가 걷히면 언제나 변함없이 지붕들이 본모습을 드러냈다. 그 너머로는 골든혼만(灣)과 갈라타 다리, 녹색 터번을 쓰고 구걸하는 눈이나 코가 없는 순례자들과 쓰레기를 뒤지고 다니는 떠돌이 개들, 숄을 두른 여인들과 수많은 당나귀, 그리고 말 위에 앉아 긴 막대를 손에 들고 있는 사내들이 보였다. 이내 채찍질 소리와 징 소리, 울면서 기도하는 소리, 노새 모는 소리, 놋쇠로 테를 두른 바퀴가 요란하게 굴러가는 소리로 도시 전체가 활기를 띠기 시작했다. 발효 중인 빵에서 나는 시큼한 냄새와 향냄

새, 향신료 냄새가 페라[42]에서도 느껴졌다. 눈이 아플 정도로 색이 현란하고 이국적인 사람들, 그들의 냄새 그 자체였다.

태양 아래 눈부시게 빛나는 풍경을 바라보며 올랜도는 생각에 빠져들었다. 어딜 봐도 서리나 켄트 같은 자치구, 런던이나 턴브리지 웰스 같은 도시와는 전혀 달랐다. 좌우로는 아시아의 바위투성이 민둥산들이 황량한 모습으로 솟아 있었는데, 도둑 우두머리의 은신처처럼 보이는 것이 한둘 있을 뿐, 목사관이나 저택, 오두막은 물론, 참나무나 느릅나무, 제비꽃이나 담쟁이덩굴, 야생 들장미 같은 건 없었다. 양치식물이 자랄 만한 산울타리도, 양을 칠 들판도 보이지 않았다. 집들은 모두 달걀 껍데기처럼 희고 밋밋했다. 그는 뼛속까지 영국인인 자신이 이 자연 그대로의 전경을 보며 진심으로 감탄하고 있다는 사실에 스스로 놀랐다. 게다가 저 멀리 보이는 산길과 높은 정상을 바라보고 또 바라보며 염소와 양들만이 드나들었던 저곳에 언젠가 홀로 가보리라는 계획까지 세우고 있었다. 그는 때아닌 화사한 꽃들에 열렬한 애정을 느꼈으며, 집에 있는 엘크하운드보다 이곳의 지저분한 떠돌이 개들을 더 사랑했다. 심지어 매캐하면서 톡 쏘는 듯한 거리의 냄새도 코로 흠뻑 들이마실 정도로 그를 매혹했다. 혹시 조상 중에 누군가가 십자군 전쟁 당시 체르케스 시골의 어느 여인네와 어울렸던 건 아

---

[42] 골든혼 북부에 자리한 거주 구역.

닐까. 영 터무니없는 생각은 아니었다. 그런 생각이 들자 그는 왠지 자신의 피부색이 검게 느껴졌다. 그는 다시 안으로 들어가 몸을 씻었다.

한 시간 후, 적당히 향수를 뿌리고 머리를 곱슬하게 말아 기름을 바른 올랜도는 그가 가진 황금열쇠로만 열 수 있는 붉은색의 상자들을 차례차례 들고 오는 여러 대신과 고관대작들을 맞이했다. 그 안에는 매우 중요한 문서들이 들어 있었는데, 그중에 지금 남아 있는 건 장식체 글씨와 불에 탄 비단 조각에 눌어붙은 밀랍 인장 등의 파편들뿐이다. 그것들이 당시 어떤 내용을 담고 있었는지는 알 수 없지만, 증거물을 통해 다음과 같은 내용을 짐작할 수는 있다. 올랜도는 분주하게 갖가지 색의 비단 리본을 갖가지 방법으로 묶어 밀랍으로 봉인하고, 자신의 직함을 장식체의 대문자로 큼지막하게 적어나갔다. 그러다 오찬 시간이 되면 서른 가지 정도의 훌륭한 요리가 제공되는 화려한 식사를 즐겼다.

오찬이 끝나면 하인들이 육두마차가 현관에 도착했음을 알렸다. 그러면 올랜도는 커다란 부채 모양의 화려한 타조 깃털을 머리에 단 터키의 친위 보병들을 줄지어 앞세운 채 마차를 타고 다른 대사들과 고위 관리들을 방문하러 떠났다. 의식은 언제나 똑같았다. 안뜰에 다다라 머리에 깃털 장식을 단 친위 보병들이 웅장한 현관을 두드리면, 즉시 문이 열리며 호화롭게 꾸며진 커다란 방이 눈앞에 펼쳐졌다. 그 방에는 대개 남녀 두 사람이 앉아 있곤 했다. 그들은 공손하게 절과 무릎 인사를 주고받았다. 그 첫 번째 방에서는 날씨 이야기만 허용되었다. 날씨가 좋다느니 비가 온다느니 덥다느니 춥다느니 하는 대화를 나누고 나면, 다음 방으로 이동했다. 거기서도 두 사람이 일어나 그를 맞이했다. 이 방에서는 거주지로서 콘스탄티노플과 런던을 비교하는 이야기만 허용되었다. 당연히 대사는 콘스탄티노플이 더 낫다고 하고, 집주인들은 가본 적이 없으면서도 런던이 더 낫다고 대답했다. 다음 방에서는 찰스 왕과 술탄의 건강을 놓고 꽤 긴 대화를 나눠야 했다. 그다음 방에서는 대사의 건강과 안주인의 건강에 관해, 하지만 이번에는 짧게 이야기를 나누었다. 다음 방에 이르면, 대사는 주인의 가구 취향을 칭찬하고 주인은 대사의 옷차림을 칭찬했다. 그다음 방에서는 다과가 마련되었는데, 주인은 변변치 않다며 유감스러워하고 대사는 훌륭하다며 극찬했다. 물담배를 피우고 커피를 마시는 것으로 마침내 의식이 끝을 맺었는데, 담배를 피우고 커피를 마시는 태도는 격식에 조금도 어긋나지 않았으나 파이프 안에는 담배가 없었고 잔에도 커피는 들어 있지 않았다. 만약 진짜로 담배를 피우고 커피를 마셨다면 사람의 몸으로 그 과한 양을 감당하지 못했을 것이다. 이런 방문을 한 번 마친 후에는 곧바로 다음 관리의 집에 방문해야 했기 때문이다. 다른 고위 관리의 집에서 똑같은 의식을 똑같은 순서로 예닐곱 번을 반복하다가 밤늦은 시간에야 겨우 집으로 돌아오는 일이 잦았다. 올랜도는 감탄스러울 정도로 이 임무를 잘 수행했고 어쩌면 이것이 외교관의 임무 중 가장 중요한 일일 수도 있음을 한 번도 부정하지는 않았지만, 피곤한 것은 어쩔 수 없었다. 그는 때때로 극심한 우울감에 빠졌고, 개들만 데리고 홀로 저녁 식사를 하곤 했다. 가끔은 그가 실제로 개들에게 모국어로 말 거는 소리가 들리기도 했다. 어떤 날에는 보초가 알아보지 못하도록 변장한 채 밤늦게 대문을 빠져나가 갈라타 다리 위에서 사람들과 어울리거나, 시장 거리를 느긋하게 거닐거나, 신발을 한쪽으로 벗어 던지고 모스크의 참배자들 틈에 앉아 있는 걸 봤다는 말도 있었다. 언젠가 한번은 열이 나서 아프다고 공표했는데, 염소를 몰고 시장으로 가던 양치기들이 산꼭대기에서 신에게 기도하는 영국인 귀족을 봤다는 말이 돌기도 했다. 아마 그 귀족은 올랜도였을 것이고, 기도 소리로 들린 건 분명 그가 소리 내어 암송하는 시였을 것이다. 그가 어김없이 품 안에 수십 장의 원고를 품고 다닌다는 건 이미 알려진 사실이었고, 문밖에서 귀를 기울이고 있던 하인들은 대사가 홀로 있을 때 이상한 목소리로 뭔가를 노래하듯 읊는 소리를 듣기도 했다.

우리는 이런 단편적인 정보들만으로 이 시기 올랜도의 생활과 성격에 대해 최선을 다해 그림을 그리는 수밖에 없다. 지금까지 콘스탄티노플에서의 올랜도의 생활에 관해서는 검증되지 않은 떠도는 소문과 전설, 개인적인 일화들이 남아 있다.

대사 시절의 올랜도

우리가 언급한 건 그중 극히 일부에 불과하지만, 이 소문들은 한창 전성기에 이른 그에게 사람들의 상상을 자극하고 사람들의 시선을 사로잡는 힘이 있었음을 보여준다. 그것은 무엇보다 기억을 오랫동안 지속시키는 힘이었다. 아름다움과 혈통과 또 어떤 드문 재능이 복합된 신비로운 그 힘은, 매력이라는 한 단어로 표현할 수도 있을 것이다. 사샤도 말했듯이, 올랜도는 굳이 초 하나 켜지 않아도 내면에 '백만 개의 촛불'이 타올랐고, 다리에 전혀 신경 쓰지 않아도 수사슴처럼 걸었다. 목소리 역시 굳이 꾸미지 않아도 은으로 된 종을 치는 듯했다. 그렇다 보니 늘 소문이 따라다녔다. 수많은 여인이 그를 숭배했으며, 그를 동경하는 남자들도 생겼다. 사람들은 그를 직접 만나 이야기할 필요도, 아니 먼 발치에서나마 볼 필요도 없었다. 특히 풍경이 낭만적이거나 석양이 질 때면 사람들은 비단 스타킹을 신은 고귀한 신사의 모습을 눈앞에 떠올렸다. 가난하고 배우지 못한 이들에게도 올랜도는 부자들에게 미친 것과 같은 영향을 미쳤다. 양치기들과 집시들, 당나귀 몰이꾼들은 지금도 '우물 속으로 에메랄드를 던진' 영국 귀족에 대한 노래를 부르는데, 그 귀족이란 바로 올랜도를 가리키는 것임이 틀림없었다. 순간적으로 화가 나서였는지 아니면 술에 취해서였는지 모르지만, 언젠가 몸에 차고 있던 보석을 뜯어내 분수에다 던져버리는 바람에 시동이 일일이 건져낸 적이 있는 모양이었다. 하지만 이런 낭만적인 매력은, 잘 알려져 있다시피 종종 극도로 내성적인 성격과 함께 나타난다. 올랜도는 친구를 전혀 사귀지 않은 듯하다. 알려진 바가 맞는다면, 그는 누구에게도 애착을 갖지 않았다. 어떤 귀부인이 그와 가까워지고 싶다며 영국에서부터 그 먼 길을 건너와 애정을 갈구했을 때도 그는 여전히 끈기 있게 자신의 임무를 수행하는 일에만 매달렸다. 그가 골든혼에서 대사로 일한 지 2년 반 만에 찰스 왕은 그를 귀족 계급 중에서도 가장 높은 지위에 임명하겠다는 뜻을 밝혔다. 질투에 눈먼 어떤 사람들은 넬 귄이 그의 다리를 잊지 못해 선사한 선물이라고 쑥덕거렸다. 하지만, 그녀가 올랜도를 본 적은 단 한 번뿐이었고 그나마도 자신의 왕실 주인에게 개암 껍질을 던지느라 분주했던 것을 고려할 때, 그가 공작의 지위에 오르게 된 건 잘생긴 종아리 덕분이 아니라 뛰어난 공적 덕분이었을 가능성이 크다.

여기서 잠깐, 우리는 지금 그의 생애에서 가장 중요한 순간에 다다랐다. 그의 공작 작위 수여식은 아주 유명하고 또 실제로 논란이 많았던 사건이라, 우리는 타다 남은 문서들과 얼마 되지 않는 리본 파편들을 살펴 최선을 다해 묘사해야 한다. 에이드리언 스크로프 경이 지휘하는 프리깃 범선 편으로 바스 훈장과 작위 수여증이 도착한 건 라마단 금식 기간 마지막 날이었다. 올랜도는 이 행사를 콘스탄티노플에서 전무후무할 정도로 성대하게 준비했다. 그날 밤은 날씨가 좋았다. 어마어마한 군중이 모여들었다. 대사관의 창마다 불빛이 휘황찬란했다. 역시나 세부적인 내용은 알 수 없다. 화재로 인해 모든 기록물이 불에 타 사라졌고, 중요한 부분은 감질나는 파편들만 남아 명확하지 않기 때문이다. 하지만 손님 중 하나였던 영국 해군 장교 존 페너 브리그의 일기를 통해 우리는 그날 대사관 마당에 각국의 사람들이 '통 안에 든 청어처럼 꽉' 들어차 있었음을 알 수 있다. 불쾌할 정도로 밀집되어 있었던 터라 브리그는 수여식을 더 잘 볼 수 있도록 박태기나무 위로 올라갔다. 어떤 기적이 일어날 거라는 소문이 현지인들 사이에 돌고 있었다(이 또한 상상을 부추기는 올랜도의 신비로운 매력을 보여주는 증거다). 브리그의 일기는 계속 이어진다(하지만 중간중간 불에 탄 자국과 구멍 때문에 판독이 어려운 부분이 많았다).

"그래서 불꽃이 하늘로 솟아오르기 시작하자, 우리 가운데 현지인들이……에 사로잡혀…… 그 자리에 있던 영국 귀부인들…… 모두에게 불쾌한 결과로 얼룩질까 봐 상당히 불안해하는 분위기가 감돌았다. 내 손이 단도를 움켜잡았음을 고백한다. 하지만 다행스럽게도……." 그의 길고 지루한 문체는 계속된다.

"당장은 이런 두려움을 느낄 이유가 없어 보였다. 현지인들의 태도로 보아…… 우리의 불꽃놀이 기술을 보여준 것만도 매우 가치 있는 일이었다는 결론에 이르렀다. 그들에게…… 영국의 우월함을…… 각인시킬 수 있으면 좋을 텐데…… 사실, 불꽃놀이 광경은 이루 말할 수 없이 화려했다.

나는……를 허락해준 경을 찬양하다가…… 나의 불쌍한, 사랑하는 어머니가……하기를 번갈아 바랐다. 대사의 지시에 따라, 동양 건축의 특징을 많이 갖추었지만 여러 가지로 유치한…… 긴 창문들이 활짝 열렸다. 창문 너머로 영국의 신사 숙녀들이……의 작품인 가면극과 활인화[43]를 공연하고 있는 모습을 볼 수 있었다. 대사는 들을 수 없었지만, 수많은 고국의 신사 숙녀들이, 무척이나 우아하고 기품 있는 차림으로……하는 모습에 나는 감동했다. …… 할 수는 없었지만, 분명 부끄러운 감정은 아니었다. 나는 어떤 귀부인의 놀라운 행실을 지켜보느라 여념이 없었는데, 그것은 실로 모두의 시선을 집중시키고 다른 여성들에게 수치심을 불러일으키며, 고국에 불명예를 가져올 법한 것이었다. 그런데 그때," 안타깝게도 그가 올라가 있던 박태기나무 가지가 부러지는 바람에 브리그 대위는 땅으로 떨어지고 말았다. 기록의 나머지 부분은 오직 신의 섭리에 대한 감사와(이는 그의 일기에서 꽤 많은 분량을 차지한다) 자신이 정확히 어떤 부상을 당했는지 설명하는 내용이 전부다.

다행스럽게도 하토프 장군의 딸인 페넬로페 하토프 양이 안에 있다가 그 장면을 보고 편지에 담았다. 이 편지 역시 지금은 많이 손상된 상태지만, 턴브리지 웰스에 있는 여자 친구

---

[43] 살아 있는 사람이 분장 후 정지된 장면을 연출하는 것.

에게 보낸 편지에는 그녀가 본 장면이 적혀 있었다. 페넬로페 양 또한 자신이 본 것에 대해 그 용감한 장교 못지않게 찬사를 아끼지 않았다.

"기가 막히게 아름답다"라는 말을 한 페이지에서 열 번이나 반복할 정도였다.

"정말 놀라워…… 말로 표현하기가 힘들 정도야…… 황금 접시며……나뭇가지 모양의 촛대며…… 호화로운 브리치스를 입은 흑인에…… 산더미처럼 쌓인 얼음에…… 니거스 술[44]이 분수처럼 흘러넘치고…… 영국 군함 모양을 본떠 만든 젤리도 있고…… 수련 같은 백조에다……황금 새장에는 새들이…… 긴 트임이 들어간 진홍색 벨벳 옷을 차려입은 신사들도 있었는데…… 귀부인들의 머리 장식은 적어도 6피트는 될 것 같고…… 음악상자에서…… 페레그린 씨가 나더러 꽤 예쁘다고…… 나는 그냥 들은 대로 전하는 것뿐이야. 왜냐하면 아니까…… 아아! 너희 모두 정말 보고 싶나!…… 우리가 샌타일스 쇼핑 거리에서 본 것 그 이상이었어…… 마실 것이 넘쳐흘러…… 몇몇 신사들은 곤드레만드레 취했고…… 레이디 베티는 정말 눈부시게 아름답더라…… 가여운 레이디 본햄은 안타깝게도 의자가 없는 걸 모르고 앉다가 엉덩방아를 찧었고…… 신사들은 모두 어찌나 친절한지…… 너와 사랑스러운

---

[44] 포도주에 더운물과 설탕, 레몬 등을 넣은 음료.

벳시도 여기에 함께 왔더라면 얼마나 좋을까…… 하지만 다 제쳐두고 모두의 관심이 집중되는 대상은…… 모두가 인정하듯이, 대사 본인이었어. 이 사실은 아무도 부인 못 할 거야. 다리가 어찌나 멋지던지! 얼굴은 또 어떻고! 기품 넘치는 태도까지! 들어오는 모습을 봐도 멋있고! 나가는 모습을 봐도 멋있고! 그분의 표정이 좀 눈길을 끌었는데, 이유는 모르겠지만 왠지 고통스러워 보였어! 사람들이 그러는데, 어떤 귀부인 때문이래. 비정한 괴물 같으니! 우리 여성들은 다정하기로 유명한데 무슨 그런 뻔뻔스러운 여자가 다 있지! 대사님이 독신이라서, 이곳의 여자 절반이 그분의 사랑을 얻고 싶어서 난리야…… 톰과 게리, 피터, 그리고 누구보다 야옹이(그녀의 애완 고양이로 추정된다)에게 내가 천 번의 키스를 보낸다고 전해줘."

당시에 발간된 관보에는 다음과 같이 실려 있었다.

"시계가 12시를 알린 시각, 값을 매길 수 없을 만큼 귀한 깔개가 깔린 발코니 중앙으로 대사가 모습을 드러냈다. 전부 키가 6피트가 넘는 터키 제국 근위병 여섯 명이 대사의 좌우에서 횃불을 밝혔다. 그의 등장에 불꽃이 하늘로 치솟았다. 사람들이 함성을 질렀다. 대사는 깊이 허리 숙이며 터키어로 인사함으로써 감사를 표했다. 유창한 터키어는 그의 재주 중 하나였다. 다음으로 영국 해군 제독 복장을 완벽하게 갖춰 입은 에이드리언 스크로프 경이 앞으로 나왔다. 대사가 한쪽 무릎을 꿇고 앉았다. 제독이 바스 훈장을 대사의 목에 걸어주고, 가슴에는 별 모양의 훈장을 달아주었다. 그러고 나자, 외교사절단에서 또 한 신사가 위풍당당한 자세로 걸어 나와 그의 어깨에 공작 가운을 걸쳐주고 공작의 관이 올려진 진홍색 쿠션을 건넸다."

마침내 올랜도가 대단히 위엄 있고 품위 있는 몸짓으로 고개를 숙인 후 꼿꼿하게 몸을 세웠다. 그리고 일단 직접 본 사람은 평생 잊지 못할 그런 몸짓으로, 딸기 잎사귀 모양이 둥글게 이어진 황금관을 머리에 썼다. 처음 소란이 일기 시작한 건 바로 그때였다. 기대하고 있던 기적이 일어나지 않아서 그랬는지(어떤 사람들은 하늘에서 황금이 비처럼 쏟아질 거라는 예언을 믿었다), 그가 관을 쓰는 순간 공격하기로 했던 것인지, 이유는 누구도 정확히 알지 못했지만, 공작이 이마 위에 관을 쓰는 순간 엄청난 소란이 일었다. 종이 울리기 시작했고, 사람들의 함성 너머로 예언자들의 거친 고함이 들려왔다. 수많은 터키인이 넘어지면서 땅바닥에 이마를 부딪쳤다. 문이 벌컥 열리고, 현지인들이 연회실로 밀려 들어왔다. 여자들이 비명을 질렀다. 올랜도를 죽도록 사랑한다던 한 여인은 가지 모양 촛대를 움켜잡더니 땅바닥에 내리쳤다. 에이드리언 스크로프 경과 영국 수병 분대가 없었다면 무슨 일이 일어났을지 누구도 장담할 수 없었다. 제독의 명령에 나팔 소리가 울려 퍼지자 백 명의 수병들이 즉시 차렷 자세를 취했다. 혼란이 가라앉으면서 사람들이 조용해졌다. 적어도 그 순간만큼은.

지금까지, 우리는 한정적이나마 그래도 확인된 진실이라는 굳건한 토대를 바탕으로 이야기하고 있다. 하지만 그날 밤 늦게 무슨 일이 있었는지는 아무도 정확하게 알지 못한다. 다만 보초병들과 그 외 다른 사람들의 증언에 의하면, 대사관은 평상시와 마찬가지로 새벽 2시쯤 텅 빈 상태로 문이 닫혔다. 대사는 훈장을 그대로 단 채 방으로 들어가 문을 닫았다. 어떤 이들은 대사가 평소와 달리 문을 잠갔다고 말했고, 그날 밤늦게 대사의 방 창문 아래쪽 안뜰에서 양치기들이 부르는 것 같은 투박한 노랫소리가 들렸다고 주장했다. 치통 때문에 잠 못 이루고 있던 한 세탁부는, 망토인지 가운인지를 입은 남자의 형상이 발코니로 나오는 걸 봤다고 했다. 그러더니 발코니에서 밧줄을 내려 한 여자를 끌어올렸는데, 다 가리고 있어서 잘 보이지는 않았지만, 농부 계급의 여자가 분명해 보였다고 했다. 세탁부가 말하길, 두 사람은 거기에 선 채 '마치 연인들처럼' 열정적으로 끌어안았는데, 함께 방으로 들어가 커튼을 치는 바람에 더는 보지 못했다고 했다.

다음 날 아침, 비서관들은 마구 흐트러진 침구 틈에서 깊은 잠에 빠진 공작을(이제부터는 공작이라 불러야 할 것이다) 발견했다. 방 안은 어수선했고, 머리에 썼던 관은 바닥에서 나뒹굴고 있었으며, 망토며 양말대님이며 온갖 옷가지들이 의자 위에 무더기로 내팽개쳐져 있었다. 탁자 위에는 온갖 문서들이 널브러진 채였다. 간밤에 상당히 피곤했을 것이기 때문에 비서관들은 처음에는 전혀 이상하다고 느끼지 않았다. 하지만 공작이 오후가 되었는데도 잠에서 깨어나지 않자, 의사를 불러왔다. 의사는 고약과 쐐기풀, 구토제 등 지난번에 사용했던 치료제를 동원해봤지만, 성과가 없었다. 올랜도는 계속 잠만 잤다. 비서관들은 탁자 위의 문서들을 살펴볼 의무가 있다는 생각이 들었다. 대부분의 종이에는 시가 휘갈겨 쓰여 있었는데, '참나무'라는 단어가 자주 언급되었다. 공문서도 있었고, 영국의 재산 관리와 관련된 개인 문서들도 있었다. 그러다 마침내 그들은 그런 것들보다 훨씬 중요한 문서를 하나 발견했다. 그건 다름 아닌 혼인증서였다. 증서에는, 가터 훈장을 받은 기사이자 기타 등등인 올랜도 경이 로시나 페피타라는 무희와 혼인했다는 사실이 적혀 있었다. 서명과 증언도 있었다. 페피타의 아버지는 누군지 알려지지 않았지만 집시라는 소문이 있었고, 어머니 역시 알려지지 않았지만 갈라타 다리 건너편 시장에서 고철을 판다는 말이 돌았다. 비서관들은 삼싹 놀라 서로를 바라보았다. 올랜도는 여전히 잠에 빠져 있었다. 밤낮으로 지켜보았지만, 숨소리가 고르게 나는 것과 뺨이 여전히 평소처럼 짙은 장밋빛으로 붉다는 점을 빼면 살아 있다는 징후를 전혀 찾을 수 없었다. 그를 깨우기 위해 과학적이고 기발한 방법을 모두 써봤지만, 그는 여전히 잠에 빠져 있었다.

올랜도가 최면과도 같은 잠에 빠진 지 이레째 되던 날(5월 10일 목요일), 브리그 대위가 그 조짐을 감지했던 바로 그 끔찍하고 피비린내 나는 반란의 첫 번째 총성이 울렸다. 터키인들이 술탄에 맞서 들고 일어난 것이었다. 그들은 도시에 불을 질렀고, 외국인이 눈에 띌 때마다 족족 칼로 베거나 발바닥을 매질했다. 몇몇 영국인들은 가까스로 탈출했지만, 영국 대사관의 신사들은 죽더라도 중요한 문서들이 들어 있는 붉은 상자를 지키기를 택했다. 예상했던 바였다. 최악의 경우, 이교도들의 손에 넘겨주느니 차라리 열쇠 꾸러미를 삼켜버리겠다는 각오였다. 폭도들이 올랜도의 방에도 들이닥쳤지만 그가 죽은 듯 축 늘어져 잠든 모습을 보더니 건드리지도 않고 그의 작위관과 가터 망토만 훔쳐서 달아났다.

그러자 뭐라 설명하기 힘든 기이한 일이 벌어지기 시작했다. 차라리 아예 기이하면 좋으련만! 너무 기이해서 아무것도 이해할 수 없다고 외치고 싶은 마음이 굴뚝이다! 당장 펜을 들어 우리 일은 이제 끝났다고 쓸 수 있다면 얼마나 좋을까! 말 그대로 올랜도는 죽어서 땅에 묻혔다고 말할 수 있다면 얼마나 좋을까! 그러면 앞으로 일어날 일을 읽어야 하는 독자들의 불편함을 덜어줄 텐데! 하지만 아아, 진실과 솔직과 정직이라는 근엄한 신들이 이 전기 작가의 잉크병 옆에서 부단히 감시하고 있다가 "안돼!"라고 외쳤다. 그리고 은색 트럼펫을 입술에 가져다 대고 큰 소리로 불며 다시 요구했다. "진실을 말하라!" 그리고 또다시 외쳤다. "진실을 말하라!" 그리고는 큰 소리가 울려 퍼지도록 세 번째로 트럼펫을 불었다. "진실, 오직 진실을 말하라!"

그 말에 마치 지극히 부드럽고 신성한 산들바람 한 줄기가 불어오기라도 하듯 문이 조용히 열렸다(우리에게 숨 쉴 틈을 주다니, 고마워라). 그리고 세 개의 형상이 나타났다. 제일 먼저, '순수의 여신'이 들어왔다. 이마에는 희디흰 양의 털로 만든 머리끈을 두르고, 머리카락은 눈사태처럼 쏟아져 내리며, 손에는 순결하고 깨끗한 흰 거위 깃털 펜을 들고 있었다. 그 뒤를 따라, 한층 위풍당당한 걸음걸이로 '순결의 여신'이 들어왔다. 이마에는 끝없이 타오르는 불의 탑 같은 얼음 왕관을 썼고, 눈은 순수한 별 같았으며, 손가락은 닿는 것마다 뼛속까지 얼음으로 바꾸는 힘이 있었다. 그 뒤로 바싹 붙어서, 실은 위풍당당한 두 여신의 그림자에 몸을 숨긴 채로, 가장 연약하고 아름다운 '정숙의 여신'이 들어왔다. 그녀의 얼굴은 구름 사이에 숨은 낫 모양의 초승달 같았다. 그들은 각자 올랜도가 여전히 잠들어 있는 방 한가운데로 걸어 들어왔다. '순수의 여신'이 매력적이고 위엄 있는 태도로 가장 먼저 말했다.

"나는 잠자는 새끼 사슴의 수호자. 내게 소중한 건 눈과 떠오르는 달과 은빛 바다. 나는 망토로 얼룩무늬 닭의 알과 얼룩무늬 조개껍데기를 덮고, 악과 가난을 덮으며, 약하거나 어둡거나 의심스러운 그 모든 것들 위에 베일을 드리운다. 그러니 말하지 말라, 드러내지 말라. 아무것도 하지 말라, 오, 하지 말라!"

그 순간 트럼펫 소리가 울려 퍼졌다.

"순수의 여신은 물러가라! 순수의 여신은 썩 꺼져라!"

순결의 여신이 말했다.

"나는 순결의 여신. 무엇이든 내 손길이 닿으면 얼음으로 변하고 눈길이 닿으면 돌로 변한다. 반짝이며 춤추는 별도, 부서지는 파도도 멈추게 할 수 있지. 저 높은 알프스가 내가 거하는 곳. 내가 움직이면 머리카락에서 번개가 치고, 내 눈길이 닿으면 생명이 사라진다. 올랜도가 깨어나게 놔두느니 차라리 그를 뼛속까지 얼려버리리라. 그러니 하지 말라, 오, 하지 말라!"

또다시 트럼펫 소리가 울려 퍼졌다.

"순결의 여신은 물러가라! 순결의 여신은 썩 꺼져라!"

정숙의 여신이 거의 들리지 않을 정도로 조용히 말했다.

"사람들은 나를 정숙의 여신이라고 부르지. 나는 정숙하며 앞으로도 영원히 그럴 것이다. 기름진 들판과 비옥한 포도밭은 나하고는 관계없는 것. 나는 번식이라는 행위를 혐오한다. 사과가 싹을 틔우고 짐승이 새끼를 낳으면 나는 도망치고 또 도망치다가 망토를 떨어트리지. 머리카락으로 눈을 가리고 아무것도 보지 않아. 그러니 하지 말라, 오, 하지 말라!"

또다시 트럼펫 소리가 들려왔다.

"정숙의 여신은 물러가라! 정숙의 여신은 썩 꺼져라!"

세 여신은 슬프고 애통한 몸짓으로 서로의 손을 잡고서

베일을 젖히고 노래를 부르며 천천히 춤을 추기 시작했다.

"진실이여, 그 끔찍한 은신처에서 나오지 말라. 더 깊이 숨어라, 두려운 진실이여. 너는 알려지지 말고 행해지지 않아야 할 것을 태양의 가혹한 시선 아래 과시하고, 수치스러운 것을 들춰내고 어둠을 더 어둡게 하지. 그러니 숨으라! 숨으라! 숨으라!"

그러면서 자신들의 옷으로 올랜도를 덮으려는 듯한 몸짓을 했다. 그러는 동안 트럼펫이 더욱 요란하게 소리쳤다.

"진실, 오직 진실을 말하라."

이 소리에, 세 여신은 트럼펫 주둥이에 베일을 덮어서 소리를 줄이려 했지만, 소용이 없었다. 이제는 모든 트럼펫이 한꺼번에 소리쳤다.

"지긋지긋한 여신들이여, 가버려라!"

여신들은 마음이 산란해져 일제히 울부짖었다. 그러면서도 여전히 원을 그리며 베일을 위아래로 펄럭였다.

"항상 이렇지는 않았는데! 하지만 남자들은 우리를 더 이상 원하지 않고 여자들은 우리를 혐오하는구나. 가련다. 가련다. 나는 닭장으로(순수의 여신이 말했다), 나는 아직 현혹되지 않은 서리의 언덕으로(순결의 여신이 말했다), 나는 담쟁이덩굴과 커튼이 풍성한 아늑한 곳이라면 어디로든(정숙의 여신이 말했다)."

"이곳이 아닌 그곳, (모두가 손을 잡고 올랜도가 누워 잠들어 있는 침대를 향해 절망과 작별을 표하며 다 같이 말했다) 여전히 둥지와 안

방, 사무실과 법정에 우리를 사랑하고, 우리를 존중하는 이들이 있는 곳으로 가겠다. 순결한 처녀들과 자본가들, 변호사들과 의사들, 금지하는 이들과 부인하는 이들, 이유도 모르고 숭배하는 이들과 이해하지도 못하면서 찬양하는 이들, (고맙게도) 여전히 많은 존경할 만한 사람들, 차라리 보지 않으려는 이들과 알기를 바라지 않는 이들, 어둠을 사랑하는 이들, 그리고 그들에게 부와 번영과 안락함과 편안함을 주었다는 합당한 이유로 여전히 우리를 숭배하는 이들에게로 가겠다. 우리는 그들에게로 간다, 그들에게로. 우리는 떠난다, 당신을. 가자, 자매들아, 가자! 여기는 우리가 있을 곳이 아니니."

그들은 감히 쳐다보지 못하겠다는 듯 머리 위로 베일을 흔들며 문을 닫고 급히 물러났다.

그리하여 지금 방에는 우리 외에 여전히 잠들어 있는 올랜도와 트럼펫 연주자들만 남았다. 줄지어 나란히 선 트럼펫 연주자들이 엄청나게 큰 폭발음을 냈다.

"진실을 말하라!"

그 소리에 올랜도가 깨어났다.

그가 기지개를 켜고 자리에서 일어났다. 그리고 완전히 벌거벗은 모습으로 우리 앞에 똑바로 섰다. 그러는 동안에도 트럼펫은 여전히 외쳤다. 진실! 진실! 진실을 밝혀라! 이제 우리는 고백할 수밖에 다른 도리가 없다. 그는, 여자가 되어 있었다.

✳︎✳︎

　트럼펫 소리가 잦아들었다. 올랜도는 완전히 벌거벗은 채로 서 있었다. 세상이 시작된 이래 이보다 더 기가 막히게 아름다운 인간은 없었다. 남성의 힘과 여성의 우아함이 하나로 결합한 모습이었다. 그가 그곳에 서 있는 동안 은빛 트럼펫은 자신들이 불러낸 아름다운 모습을 떠나기 아쉬운 듯, 길게 음을 늘였다. 순결의 여신과 순수의 여신, 정숙의 여신도 호기심에 자극을 받았는지, 문틈으로 힐끔거리다 벌거벗은 올랜도에게 수건 던지듯 옷을 던져주었다. 하지만 안타깝게도 몇 인치 못 미쳐 그냥 바닥에 떨어지고 말았다. 올랜도는 전신 거울에 비친 자기 몸을 위아래로 살펴보더니, 당황한 기색 없이 욕실로 갔다. 씻으려는 듯했다.

　이야기가 잠시 멈춘 김에 이 기회를 이용하여 상세히 설명할 수 있겠다. 올랜도는 여자가 되었다. 이는 아무도 부인할 수 없다. 하지만 그 외에 다른 모든 면에서, 올랜도는 정확히 예전 그대로였다. 성별이 바뀌었으니 미래 역시 달라지긴 하겠지만, 정체성에는 아무 변화도 일어나지 않았다. 얼굴 역시 초상화를 보면 알 수 있듯이 사실상 똑같았다. 그의 기억, 아니 그녀의 기억은(앞으로는 편의상 '그의' 대신 '그녀의'라고 하고 '그' 대신 '그녀'라고 해야 하겠다), 과거에 있었던 일들을 떠올리는 데에 아무런 지장이 없었다. 맑은 웅덩이에 검정색 물 몇 방울이 떨어진 것처럼 조금 기억이 흐려지는 부분이 있을 수 있고, 확실히 어떤 기억들은 약간 흐릿해지기도 하겠지만, 그게 다였다. 변화는 아무런 고통 없이, 완전하게, 올랜도 자신도 전혀 놀랍지 않은 방식으로 이루어진 듯했다. 이러한 점을 고려하면서, 그리고 이러한 성별의 전환이 자연을 거스른다는 생각을 고수하면서, 많은 이들이 다음의 둘 중 어느 것이 맞는지를 증명하기 위해 많은 공을 들였다. (1) 올랜도는 원래 여자였다, (2) 올랜도는 이 순간에도 남자다. 이 결정은 생물학자들과 심리학자들에게 맡기자. 우리는 그저 사실을 말하면 그만이다. 그러니까 올랜도는 서른 살이 될 때까지 남자였으며, 서른에 여자로 바뀌어 이후 계속 여자로 살아갔다. 하지만 성과 성적인 문제에 관해서는 다른 이들이 다루도록 놔두고, 우리는 그런 혐오스러운 주제는 최대한 빨리 벗어나도록 하자.

목욕을 마친 올랜도는 남녀 상관없이 입을 수 있는 터키풍의 상의와 바지를 차려입었다. 그리고 어쩔 수 없이 자신의 처지를 생각해보아야 했다. 지금까지 그녀의 이야기를 안타까워하며 읽어온 독자들은 아마 그녀가 지금 극도로 불안하고 당혹스러우리라는 생각이 우선 들 것이다. 젊고, 고귀하고, 아름다운 그녀가 잠에서 깨어나자마자 처한 상황이, 지체 높은 가문의 아가씨가 감당하기에는 지극히 난감한 것이었기 때문이다. 설사 그녀가 종을 쳐서 하인을 부르거나 비명을 지르거나 기절했다 하더라도, 그녀를 비난할 수는 없는 일이었다. 하지만 올랜도는 전혀 동요하는 기색을 보이지 않았다. 올랜도의 행동은 지극히 차분했고, 혹시 미리 알고 있었던 것이 아닌가 하는 생각까지도 하게 만들었다. 우선, 그녀는 탁자 위에 널브러진 문서들을 면밀하게 살피고는, 시가 쓰인 듯한 종이들을 골라 품에 넣었다. 그다음에는 배고파 반쯤 죽을 지경임에도 불구하고 근래 한 번도 침대 곁을 떠나지 않는 살루키하운드를 불러 먹이를 주고 털을 빗겼다. 다음에는 허리춤에 권총 두 자루를 찼다. 그리고 마지막으로, 대사 복장의 일부였던 최고급 에메랄드와 진주 펜 줄을 여러 개 몸에 둘렀다. 준비가 끝나자 그녀는 창밖으로 몸을 내밀고는 작게 휘파람을 한 번 불었다. 그러고는 휴지통과 조약서, 긴급 공문, 인장, 인장용 밀랍 등이 어지럽게 흩어져 있고 핏자국이 묻어 있는 계단을 내려와 안뜰로 향했다. 그곳에는, 한 늙은 집시가 당나귀를 타고 거대한 무화과나무 그늘에서 기다리고 있었다. 그가 또 다른 당나귀의 고삐를 잡아끌었다. 올랜도가 나리를 휙 들어 덩나귀에 올라탔다. 그리고 그렇게, 술탄 왕궁의 대영제국 대사는 당나귀를 탄 채 바싹 마른 개 한 마리를 데리고 집시와 함께 콘스탄티노플을 떠났다.

   그들은 며칠을 밤낮으로 여행하면서 여러 가지 모험을 겪었다. 어떤 건 사람에 의한 것이었고 어떤 건 자연에 의한 것이었지만, 올랜도는 매번 용감하게 맞섰다. 그리고 일주일 만에 그들은 브루사 외곽의 한 고지대에 도착했다. 올랜도가 직접 동맹을 맺은 집시 부족의 중심 야영지였다. 대사관에 있을 때 올랜도가 종종 발코니에서 바라보던 산이었다. 그녀는 이 산들을 바라보며 언젠가 가보고 싶다고 간절히 바랐었다. 사색적인 사람은 자신이 늘 갈망하던 장소에 오면 생각거리가 생기기 마련이다. 하지만 올랜도는 달라진 상황이 너무 기뻐서, 사색 따위로 그 기쁨을 망치고 싶지 않았다. 봉인하거나 서명할 문서도 없고, 장식체로 글씨를 써야 할 일도 없고, 누굴 방문할 일도 없었다. 그거면 충분했다. 집시들은 풀을 따라 이동했다. 가축이 풀을 다 뜯어 먹으면 다른 곳으로 옮겼다. 씻어야 할 때는 개울에서 씻었다. 빨갛든 파랗든 초록색이든 상자 같은 건 아무도 건네지 않았고, 야영지를 다 돌아다녀 봐도 황금열쇠는커녕 열쇠라고는 하나도 없었다. '방문한다'라는 말은 아예 있지도 않았다. 그녀는 염소젖을 짜고 땔나무를 모았다. 가끔은 달걀을 훔치기도 했지만, 그럴 때는 달걀 대신 늘 동전이나 진주 한 알을 놓아두었다. 소를 몰고, 넝쿨을 훑어내고, 포도를 밟아 으깨고, 염소 가죽 주머니에 음료를 담아 마셨다. 그리고 이 시간쯤이면 담배 없는 파이프와 커피 없는 커피잔을 가지고 흉내만 내고 앉아 있어야 했던 기억을 떠올리고는 큰 소리로 웃음을 터트리며 빵 한 덩이를 큼지막하게 떼어 들었다. 그러고는 늙은 루스툼의 쇠똥 채운 파이프를 한 번만 빨아보게 해달라며 졸라대곤 했다.

혁명 이전부터 올랜도와 비밀리에 연락을 주고받았음이

분명한 집시들은 그녀를 자신들의 일원으로 여기는 듯했다(이는 언제나 한 민족이 이방인에게 줄 수 있는 최고의 찬사다). 그리고 올랜도의 짙은 머리카락과 피부색은, 그녀가 원래는 그들과 같은 집시로 태어났지만 어릴 때 개암나무에서 놀다가 영국의 공작에게 납치되었다는 믿음을 뒷받침해주었다. 야만인들, 즉 바깥 공기를 견디지 못할 만큼 병약해 집 안에서만 지내는 이들이 사는 땅으로 끌려가 그곳에서 자랐을 거라는 믿음을. 그래서 그녀가 여러모로 자기들보다 못하지만 언젠가는 자기들만큼 될 수 있도록 기꺼이 돕고자 했다. 치즈 만드는 법과 바구니 짜는 법, 훔치는 기술과 덫을 놓아 새 잡는 기술을 가르쳐주었으며, 자기들 가운데 하나와 혼인시킬 마음까지 먹고 있었다.

하지만 올랜도는 영국에서 사는 동안 몇 가지 관습, 아니 병에 걸린 상태였는데(뭐라 칭하든 상관없다), 도저히 고치기 힘들어 보였다. 어느 날 저녁, 모두가 모닥불 주위에 둘러앉아 있고 석양이 테살리아산을 불타는 듯 붉게 물들이고 있을 때, 올랜도가 외쳤다.

"어쩌면 저렇게 먹음직스러울까!"(집시에게는 '아름답다'에 해당하는 단어가 없었고, 이것이 가장 가까운 표현이었다.)

남녀 할 것 없이 젊은 사람들 모두가 왁자지껄 웃음을 터트렸다. 그렇지, 하늘은 먹음직스럽지! 하지만 이방인을 많이 경험해본 노인들은 의혹을 품기 시작했다. 그들은 올랜도가 한참 동안 아무것도 하지 않은 채 가만히 앉아 여기저기 둘러보기만 하는 모습을 종종 목격했고, 언덕에서 염소들이 풀을 뜯든 말든 돌아다니든 말든 신경도 쓰지 않고 앞만 멍하니 바라보고 있는 모습을 종종 봐온 터였다. 그들은 올랜도가 자신들과는 다른 믿음을 갖고 있을지도 모른다고 의심하기 시작했다. 그보다 더 나이 많은 노인들은 어쩌면 올랜도가 모든 신 가운데 가장 사악하고 잔인한 신, 바로 '자연'의 손아귀에 사로잡힌 걸지도 모른다고 생각하기에 이르렀다. 그들의 생각은 전혀 틀리지 않았다. 올랜도는 영국에서 잘 걸리는 병, 즉 자연을 사랑하는 병을 태어날 때부터 앓고 있었다. 그리고 이곳, 즉 영국보다 자연이 훨씬 광대하고 강렬한 곳에 오자 과거 그 어느 때보다 병증이 심해져 있었다. 이 병은 워낙 잘 알려져 있기도 하고 또 너무 자주 언급되어 굳이 새롭게 설명할 필요가 없으므로, 간단하게 말하고 넘어가자. 그곳에는 산이 있었고, 계곡이 있었고, 물이 흐르고 있었다. 올랜도는 산을 오르고, 계곡을 돌아다니고, 물가에 앉았다. 그녀는 그 나지막한 산을 성벽에, 비둘기 가슴에, 암소 옆구리에 비유했다. 꽃은 법랑에, 잔디는 닳아서 성글어진 터키산 깔개에 비유했다. 나무는 마르고 여윈 쭈그렁 할머니가, 양은 잿빛 바위가 되었다. 사실상 거의 모든 대상이 다른 무엇이 되었다. 산꼭대기에서 호수를 발견했을 때는, 그 안에 감춰진 지혜를 찾겠다며 거의 몸을 던지다시피 하기도 했다. 그리고 그 산꼭대기에서 서서 저 멀리 마르마라해[45] 건너 그리스 평원을 바라보다가 파르테논 신전임이 분명해 보이는 하얀 줄 한두 개로 아크로폴리스를 알아봤을 때는(그녀는 시력이 엄청나게 좋았다), 눈동자와 함께 영혼이 부풀어 올랐다. 그녀는 다른 모든 자연의 신도들과 마찬가지로 아크로폴리스 언덕의 장엄함을 느낄 수 있게 해달라고, 그리스 평원의 평화로움을 알 수 있게 해달라고 기도했다. 그러고 나서는 아래를 내려다보며 붉은 히아신스와 보랏빛 아이리스가 보여주는 자연의 선함과 아름다움에 탄성을 내질렀고, 다시 눈을 들고는 솟구치듯 날아오르는 독수리를 보며 그 황홀감을 상상해 자신의 것으로 만들었다.

집으로 돌아올 때는 모든 별과 모든 산봉우리, 모든 횃불에 하나하나 인사를 건넸다. 마치 그것들이 자신에게만 신호를 보낸다고 생각하는 듯했다. 마침내 집시들의 텐트로 돌아와 깔개 위에 풀썩 누울 때면, 어쩔 수 없이 또 탄성을 내지르지 않을 수 없었다. 어쩌면 그렇게 먹음직스러울까! 어쩌면 그렇게 먹음직스러울 수 있을까! (인간의 의사소통 수단이란 참으로 불완전해서 '아름답다'라는 뜻으로 '먹음직스럽다'라고 말할 수밖에 없고, 그 반대도 마찬가지다. 그럼에도 경험을 혼자 간직하기보다는 비웃음과 오해를 감내하더라도 어떻게든 표현한다는 건 매우 흥미로운 사실이다.) 젊은 집시

---

45 터키 북서부에 위치한 내해(內海)로, 유럽과 아시아를 가르는 바다로 유명하다.

들이 전부 웃음을 터트렸다. 하지만 당나귀에 올랜도를 태워 콘스탄티노플 밖으로 데리고 나온 그 노인, 루스툼 엘 사디는 조용히 앉아 있을 뿐이었다. 노인의 코는 언월도처럼 생겼고, 주름진 두 볼은 오랜 세월 강철 우박이라도 맞은 듯 깊이 패여 있었다. 갈색 피부에 예리한 눈빛을 한 그는 자리에 앉아 물담배를 끌어당기며 유심히 올랜도를 지켜봤다. 그는 올랜도가 섬기는 신이 '자연'이라고 굳게 믿고 있었다. 어느 날 그는 올랜도가 울고 있는 모습을 보았다. 올랜도가 믿는 신이 그녀를 벌했다고 해석한 그는, 전혀 놀랍지 않다고 말했다. 그리고 동상에 걸려 상한 자신의 왼손 손가락과 떨어지는 바위에 으스러진 오른발을 보여주며, 전부 신이 인간들에게 하는 일이라고 말했다. "하지만 너무 아름다운걸요." 올랜도가 영어로 이렇게 말하자 그는 고개를 저었다. 그리고 올랜도가 한 번 더 그 말을 하자, 화를 냈다. 그는 올랜도가 자신이 믿는 바를 믿지 않는다는 사실을 알았다. 노인은 지혜롭고 분별이 있는 사람이었지만, 올랜도의 대답은 그를 화나게 하기에 충분했다.

이런 의견 차이는 지금까지 마냥 행복하기만 했던 올랜도를 뒤흔들었다. 그녀는 자연이 정말 아름다운지, 아니면 잔혹한지, 고심하기 시작했다. 그리고 자연의 아름다움이란 과연 무엇이며 그것은 사물 자체에 있는 것인지, 아니면 자신의 마음속에만 존재하는 것인지 자문했다. 그 질문은 실재의 본질에 관한 고민으로 이어졌다. 그리고 진실에 관한 생각으로, 그

다음엔 (고향 언덕에 오르던 그 시절처럼) 사랑과 우정, 시에 관한 생각으로 이어졌다. 이런 생각을 하는 동안 말로 전할 방법이 없었던 올랜도는 그 어느 때보다 펜과 잉크가 간절했다.

"아! 글을 쓸 수만 있다면!" (그녀는 글로 쓰면 전달된다는 글 쓰는 사람 특유의 이상한 자만심을 갖고 있었다.) 하지만 잉크도 없고, 종이도 거의 없었다. 올랜도는 산딸기와 포도주로 잉크를 만들고 「참나무」 원고에서 여백과 가장자리 공간을 찾아 자신이 본 풍경을 그럭저럭 긴 무운시[46]로 표현했다. 그리고 간결한 문체로 이 아름다움과 진실에 대한 내적 대화를 계속했다. 올랜도는 희열을 느끼며 몇 시간 동안 계속 글을 썼다.

하지만 집시들은 의혹을 품기 시작했다. 우선, 그들은 올랜도가 전처럼 능숙하게 젖을 짜거나 치즈를 만들지 못한다는 사실을 눈치챘다. 다음에는, 올랜도가 대답하기 전에 망설일 때가 많다는 것을 알게 되었다. 한번은 잠들었던 집시 소년이 그녀가 자신을 바라본다고 느껴 겁에 질려 깨어나는 일도 있었다. 때로는 부족 전체의 성인 남녀 수십 명이 이런 압박을 느꼈다. 자신들이 무엇을 하든 그것이 손안에서 재가 되어 사라지는 듯한 느낌이 드는 것이었다 (그들의 감각은 매우 예리했으며, 사용하는 어휘보다 훨씬 발달해 있었다). 노파와 소년이 만족스럽게 흥얼거리거나 노래를 부르며 열심히 바구니를 짜고 양털을 깎

---

[46] 각운이 없는 시의 한 형식.

고 있으면, 올랜도가 야영지로 돌아와 불가에 털썩 앉아서는 불을 가만히 바라보곤 했다. 올랜도는 그들에게 눈길도 주지 않았지만, 그들은 느꼈다. 여기 의심스러운 누군가가 있다, 여기 그저 일하기 위해 일을 하지 않는 사람이 있다(집시들의 말을 대충 번역한 것이다), 여기 양가죽도 바구니도 믿지 않으면서 뭔가 다른 걸 보는(여기서 그들은 천막 주변을 불안해하며 두리번거렸다) 사람이 있다는 것을. 슬슬 소년과 노파는 모호하지만 매우 불쾌한 기운이 엄습함을 느꼈다. 노파는 자기도 모르게 바구니를 짜던 버들가지를 부러뜨렸고, 양털 깎던 소년은 손을 베였다. 엄청난 분노가 솟구쳤다. 그들은 올랜도가 그들의 천막에서 나가 다시는 돌아오지 않기를 바랐다. 하지만 그들도 올랜도의 성격이 쾌활하고 적극적이라는 건 인정하는 바였다. 그리고 올랜도가 가진 진주라면 한 알만으로도 브루사에서 가장 훌륭한 양 떼를 사기에 충분했다.

서서히 올랜도는 자신과 집시들 사이에 뭔가 다른 점이 있음을 느끼기 시작했다. 그녀는 결혼해서 영원히 그들 틈에 정착하는 것을 망설이게 되었다. 처음에는 자신이 유서 깊고 문명화된 가문의 일원임에 반해 이 집시들은 야만인과 다를 바 없는 무식한 종족이라서 그렇다고 생각했다. 어느 날 밤 그들이 영국에 관해 물어왔을 때, 올랜도는 자신이 태어난 집에 365개나 되는 침실이 있으며 자신의 가문은 그 집을 4백~5백 년 동안이나 소유했다는 사실을 설명하며 일종의 자부심을 느졌다. 그녀는 자신의 선조들은 다 백작이거나 심지어 공작도 있었다는 말도 덧붙였다. 이때 그녀는 집시들이 불편해한다는 걸 알아챘다. 하지만 전에 자신이 자연의 아름다움을 칭송했을 때처럼 화를 내지 않았고, 정중한 태도를 고수했다. 하지만 그것은 좋은 집안 출신 사람들이 미천한 태생이나 가난한 이들을 배려할 때 보이는 그런 태도였다. 올랜도가 천막 밖으로 나오자 루스툼이 혼자 뒤따라 나와서는, 아버지가 공작이든 뭐든, 침실 개수며 가구며 재산이 얼마나 되었든 신경 쓸 필요 없다고 말했다. 그런 이유로 그녀를 전보다 나쁘게 볼 사람은 아무도 없다면서 말이다. 그러자 올랜도는 한 번도 느껴본 적 없는 수치심에 사로잡혔다. 루스툼과 다른 집시들은 사오백 년을 이어온 혈통 같은 건 대단치 않게 생각하는 것이 분명했다. 그들의 혈통은 최소한 2천~3천 년을 거슬러 올라갔고, 예수가 태어나기 전 피라미드를 건설했던 조상을 가진 집시에게는 하워드 가문이나 플랜태지넷 가문의 계보가 스미스 가문이나 존스 가문의 계보보다 나을 것도, 못할 것도 없었다. 둘 다 하찮기는 마찬가지였다. 게다가, 일개 양치기 소년도 그런 오랜 혈통인 마당에, 유서 깊은 가문 출신이라는 건 특별히 기억할 만한 일도, 호감 가질 만한 일도 아니었다. 그런 건 부랑자들도 거지들도 다 가지고 있는 것이었다. 게다가 루스툼이 워낙 정중해서 대놓고 말하지는 않았지만, 집시들은 온 세상이 우리 것인데 침실을 백 개나 소유하는 건 천박한 야심이라고 생각하는 것이 분명했다(이 이야기를 나눌 때 두 사람은 언덕 꼭대기에 올라 있었다. 밤이었고, 산들이 주위를 둘러싸고 있었다). 집시들의 관점에서 보니, 공작이란 그저 땅과 돈에 별 가치를 두지 않는 사람들로부터 그것을 강탈해 이익을 얻고, 그걸로 고작 침실을 365개나 만들 생각밖에 하지 못하는 모리배나 날강도에 지나지 않는다는 것을 알 수 있었다. 그들에게 침실이란 하나면 족하고 없으면 더 좋은 것이었다. 그녀는 자신의 조상들이 땅과 집과 명예를 끝없이 모으고 또 모았다는 사실, 하지만 그중에 성인이나 영웅, 또는 인류에 대단한 공헌을 한 사람은 아무도 없다는 사실을 부인할 수 없었다. 만일 지금 누군가가 그녀의 조상들이 몇백 년 전에 했던 대로 한다면 천박한 졸부, 투기꾼, 벼락출세한 인간이라고(특히 자기 가문 사람들에게서 가장 심하게) 비난받으리라는 말에도 반박할 수 없었다(루스툼은 워낙 신사다운 사람이어서 대놓고 그렇게 말하지는 않았지만, 올랜도는 알 수 있었다).

올랜도는 집시 생활 자체가 거칠고 저속하며 야만적이라는 증거를 찾아 반박하려 했다. 얼마 안 가 둘 사이의 감정은 점점 나빠졌다. 사실상 이 정도의 의견 차이는 유혈사태나 혁명을 일으키고도 남을 만큼 심각한 것이었다. 그보다 덜한 갈등으로도 여러 도시가 약탈당했고, 셀 수 없이 많은 순교자가 여기서 언급되는 문제들에 대해 조금이라도 인정하느니 차라리 화형대에서 고통받으며 죽어가기를 택했다. 인간이 품는 열정 중에 가장 강력한 것은 다른 사람들에게 자신이 믿는 것을 믿게 하려는 욕망이다. 또한 자신이 높게 평가하는 대상을 누군가 낮게 폄훼하는 것만큼 행복의 근원을 뒤흔들고 분노를 일으키는 일은 없다. 휘그당과 토리당, 자유당과 노동당이 싸우는 것도 다 자기들 위신 때문이 아니겠는가? 한 구역이 다른 구역과 맞서고 한 교구가 다른 교구의 몰락을 바라는 것은, 진실에 대한 사랑이 아니라 상대방을 압도하려는 욕망 때문이다. 사람들은 모두 진리의 승리와 미덕의 찬양을 바라기보다는 마음의 평화와 다른 이의 복종을 갈구한다. 하지만 시시하기 짝이 없는 이런 도덕극 같은 이야기는 역사가들의 영역이므로 그들이 알아서 하게 두는 편이 좋겠다.

"476개의 침실이 저들에게는 아무 의미도 아니로구나."
올랜도는 탄식했다.

"그녀는 염소 떼보다 저녁노을을 더 좋아하는 것 같아."
집시들이 말했다.

올랜도는 무엇을 해야 할지 알 수 없었다. 집시들을 버리다시 대사로서 살아가는 건 견디기 힘들 것 같았다. 그렇지만 글을 쓸 잉크도 종이도 없고, 탤벗 가문에 대한 존중도 엄청난 침실 개수에 대한 경외심도 없는 이곳에 영원히 남는 것도 불가능하기는 마찬가지였다. 어느 화창한 날 아침, 아토스산의 경사지에서 염소를 보살피며 생각에 잠겨 있는데, 갑자기 그녀가 신뢰하는 자연이 그녀에게 장난을 쳤다. 아니, 기적을 행했다. 이것 역시 의견이 분분한 까닭에 어느 쪽이 맞는지 확실히 말하기는 어렵겠다. 올랜도는 약간 서글픈 마음으로 눈 앞에 펼쳐진 가파른 산비탈을 바라보고 있었다. 때는 한여름이었다. 앞에 보이는 풍경을 굳이 표현하자면, 비쩍 마른 뼈다귀, 또는 양의 해골, 또는 독수리 떼가 하도 쪼아 하얗게 된 거대한 두개골에 비유할 수 있을 것이다. 찌는 듯 더운 날씨였다. 올랜도가 자리 잡은 작은 무화과나무는 그늘은커녕 올랜도가 입은 가벼운 망토 위로 무화과잎 그늘만 듬성듬성 드리울 뿐이었다.

그때, 그림자를 드리울 만한 게 하나도 없는데 맞은편 벌거숭이 산비탈에 난데없이 그림자 하나가 나타났다. 그림자는 빠르게 짙어지더니 메마른 바위가 있던 자리에 초록빛 구덩이가 생겨났다. 올랜도가 바라보는 동안 그 구덩이는 점점 더 깊어지고 넓어지더니, 언덕 옆구리에 마치 거대한 공원 같은 공간이 열렸다. 그 안에 초록빛 파도가 물결치는 잔디밭이 보였다. 참나무가 여기저기 있었고, 나뭇가지를 재빠르게 옮겨 다니는 개똥지빠귀와 우아한 몸짓으로 그늘에서 그늘로 옮겨 다니는 사슴들도 보였다. 심지어 윙윙거리는 곤충 소리와 부드러운 한숨 소리, 여름날의 영국에서 느낄 수 있는 전율도 느껴졌다. 한동안 넋을 잃고 보는데, 눈이 내리기 시작했다. 이윽고 풍경 전체가 눈으로 뒤덮이고, 노란 햇빛 대신 보랏빛 그림자로 뒤덮였다. 이제 길을 따라 나무 둥치를 실은 무거운 짐마차가 오는 모습이 보였다. 톱으로 켜서 땔감으로 만들 나무임을 올랜도는 알았다. 그런 다음에는 자신이 살던 저택의 지붕과 종탑, 탑과 안뜰이 나타났다. 눈은 계속 내리고 있었다. 쌓인 눈이 지붕에서 스르르 미끄러져 내려와 땅에 털썩 떨어지는 소리가 들려왔다. 수많은 굴뚝에서는 연기가 피어오르고 있었다. 어찌나 선명하고 세세한지, 눈 속에서 갈까마귀 한 마리가 벌레를 쪼아먹는 모습까지 보일 정도였다. 그때, 보랏빛 그림자가 짙어지더니 짐마차와 잔디밭과 거대한 저택을 에워쌌다. 그렇게 모든 것을 삼켜버렸다. 파도처럼 물결치던 초록색 구덩이에는 이제 아무것도 남아 있지 않았다. 그곳에는 초록빛 잔디밭 대신 독수리 떼가 쪼아 벌거숭이로 만들어놓은 듯한 작열하는 산비탈뿐이었다. 그 광경을 본 올랜도는 왈칵 울음을 터트렸다. 그리고 집시들의 야영지로 다시 성큼성큼 걸어가 당장 다음 날 배를 타고 영국으로 떠나야겠다고 말했다.

그러길 얼마나 다행인지. 젊은 집시들이 이미 그녀를 죽일 계획을 세워둔 상태였다. 그들은 그녀가 자신들과 다르게 생각하기 때문에 명예를 지키기 위해서라도 그럴 수밖에 없다고 말했다. 하지만 정말로 그녀의 목을 잘랐다면 집시들 역시 무척 유감이었을 것이기에 그녀가 떠난다는 소식을 반겼다. 운 좋게도, 영국 상선 한 척이 항구에서 돛을 올리고 영국으로 돌아갈 채비를 하고 있었다. 올랜도가 목걸이에서 진주 한 알을 떼어냈다. 그걸로 뱃삯을 치르고도 남아서, 지갑에 지폐 몇 장이 남았다. 그녀는 그 돈을 집시들에게 주고 싶었지만 그들이 돈을 멸시한다는 걸 잘 알았기에 포옹만으로 만족해야 했다. 집시들은 어땠는지 몰라도 그녀의 포옹은 진심이었다.

제4장

　　　　　　　　목걸이에서 열 번째로 진주를 떼어 팔고 남은 얼마간의 돈으로, 올랜도는 당시 여자들이 입는 옷을 한 벌 샀다. 그리고 젊은 영국 귀부인 차림을 하고 '사랑에 빠진 귀부인'호의 갑판에 가서 앉았다. 이상한 일이지만 그녀는 그 순간까지도 자신의 성별에 대해 별다른 생각을 하지 않았다. 전에 입고 있던 터키풍 바지 때문일 수도 있고, 집시들 사이에서는 한두 가지 중요한 요소만 제외하면 여자와 남자가 별 차이 없기 때문이었을 수도 있었다. 어쨌든, 다리에 치맛자락이 휘감기고 선장이 더할 나위 없이 정중한 태도로 갑판에 차양을 쳐주겠다고 말하는 걸 듣고 나서야, 올랜도는 자신이 지금 어떤 특권과 불이익을 앞에 두고 있는지 깨닫고 깜짝 놀랐다. 하지만 그 놀라움이란 우리가 흔히 생각할 수 있는 종류는 아니었다.

다시 말하자면 그 놀라움은, 단순히 순결이라든지, 그 순결을 어떻게 지킬 것인가, 라든지 하는 생각에서 촉발된 게 아니었다. 일반적으로, 홀로 있는 젊고 사랑스러운 여인이 생각하는 건 한 가지다. 여성을 통제하는 모든 체제는 여성에게 순결이란 매우 소중하고 순결이 가장 중요하다는 초석을 바탕으로 하고 있다. 그래서 여자들은 미친 듯이 그것을 지키려고 하고, 빼앗기면 목숨을 버리기도 한다. 하지만 30여 년간 남자로 살았고, 대사직을 수행했으며, 소문이 사실이라면 여왕은 물론 그보다 지체 낮은 귀부인도 한둘 품에 안아봤고, 로시나 페피타라는 여인과 혼인도 했던 사람이라면, 그런 문제로 그리 놀라지는 않을 것이다. 올랜도의 놀람은 아주 복잡해서, 순식간에 파악될 수 없는 것이었다. 확실한 건, 그녀가 모든 걸 순식간에 파악하지 못한다는 이유로 비난받은 적은 없다는 사실이었다. 따라서 올랜도가 자신이 놀란 것의 의미를 도덕적으로 고찰하는 데에는 항해 기간 전체가 걸릴 터였다. 그러니 우리는 그냥 그녀의 속도에 맞춰 따라가볼 수밖에 없다.

"맙소사." 놀라움이 가시고 나자 올랜도는 차양 밑에서 늘어지게 기지개를 켜며 생각했다. "확실히 이런 생활 방식은 즐겁고 느긋하구나. 하지만," 그녀는 다리를 한 번 차올리며 또 생각했다.

"치맛자락이 발꿈치에 걸려 성가시군. 그렇지만 이 원단(꽃무늬 비단)은 정말 예쁘네. 내 살결이 지금처럼 아름답게 보이는 것도 처음이야(이렇게 말하며 그녀는 손을 무릎에 얹었다). 하지만 과연 내가 이런 옷을 입고 물속으로 뛰어들어 헤엄칠 수 있을까? 안돼! 그러니까, 나는 선원의 보호를 믿고 내 몸을 의탁하는 수밖에 없겠구나. 나는 그게 싫은 건가? 정말 그런 건가?"

올랜도는 궁금했다. 매끄럽게 풀리고 있던 생각의 실타래가 처음으로 매듭을 만난 것이었다. 그 매듭을 풀기도 전에 저녁 식사가 나왔다. 그녀 대신 매듭을 풀어준 것은 바로 선장이었다(기품 있는 외모의 니컬러스 베네딕트 바르톨루스 선장은 그녀에게 소금에 절인 쇠고기를 얇게 썰어주던 중이었다).

"기름 부위도 조금 드릴까요, 부인?" 그가 물었다. "부인의 손톱만큼 아주 작게 잘라 드리겠습니다."

그 말에 기분 좋은 떨림이 올랜도의 온몸을 훑고 지나갔다. 새들이 노래하고 급류가 쏟아져 들어왔다. 수백 년 전, 사샤를 처음 봤을 때 느꼈던 형언할 수 없는 기쁨이 다시 생각났다. 그때는 쫓아갔는데, 지금은 달아나고 있었다. 어느 쪽이 더 황홀할까? 남자 쪽일까, 아니면 여자 쪽일까? 혹시 똑같은 건 아닐까? 아니, (선장에게 고맙지만 괜찮다고 사양하며) 거절하고 나서 그가 찡그리는 모습을 보는 게 아주 재미있네, 그녀는 생각했다. 음, 그가 원한다면 세상에서 가장 얇고 작은 조각 하나쯤은 먹어줄 생각이었다. 못 이기는 척 먹어주고 그가 웃는 모습을 보는 것이 세상 무엇보다 달콤하게 느껴졌다. 그녀는 다시 갑판 위의 긴 의자로 돌아가 앉아 다시 생각에 잠겼다.

"거부하다가 받아주고, 받아주다가 거부하는 것만큼 즐거운 건 없지. 확실히 그것만큼 황홀한 건 없어." 그리고 계속해서 생각했다. "그러니 선원에게 구조되는 즐거움을 위해 물에 몸을 던지는 일이 없겠다고는 말 못 하겠다."(기억해야 할 것은, 그녀는 지금 막 놀이터나 장난감 가게에 들어간 아이와 같다는 사실이다. 살면서 더 이상 놀이터나 장난감이 필요하지 않게 된 성숙한 여인들은 그녀가 하는 생각에 별 관심이 없을 것이다.)

"하지만 선원에게 구조되고 싶어 물에 뛰어든 여자를 보고 마리로즈 호의 조타실에 있던 젊은 친구들이 뭐라고 했더라?" 올랜도는 말했다. "그런 사람을 지칭했던 말이 있는데. 아! 기억났어······." (하지만 그 단어는 여기에 적지 않는 게 좋을 듯하다. 지극히 무례한 데다가 귀부인의 입에 담기에는 이상한 말이기 때문이다.)

"세상에! 맙소사!" 올랜도는 소리쳤다. "그렇다면 나는 이제부터 남자들의 의견을 존중해야 한다는 말인가? 그게 말도 안 되는 주장이어도? 내가 치마를 입었고, 수영을 못하고, 선원한테 구조돼야 하니까? 맙소사!" 그녀는 탄식했다. "그렇구나!" 우울감이 덮쳐왔다. 천성이 솔직하고 얼버무리는 걸

영국으로 돌아오는 올랜도

질색하는 그녀로서는 계속 거짓말을 해야 한다는 것이 지루하게 느껴졌다. 그녀에게는 일부러 멀리 빙 돌아가는 것처럼 보였다. 하지만 꽃무늬 비단옷, 그리고 선원에게 구조되는 즐거움 같은 것이 오직 그런 우회적인 방식으로만 얻을 수 있는 것이라면 그렇게 하는 수밖에 없겠다고 그녀는 생각했다. 그리고 자신이 젊은 남자였던 시절, 여자란 순종적이고 순결하며, 향기로워야 하고, 매우 아름답게 차려입어야 한다고 주장했던 기억이 떠올랐다.

"이제 그렇게 요구했던 것에 대해 몸소 대가를 치르게 되었구나." 그녀는 생각했다. "여자들은(여자라는 성을 잠깐 경험해보니) 본래부터 순종적이고, 순결하며, 향기롭고, 아름답게 차려입는 사람들이 아니었어. 그러지 않으면 인생의 즐거움을 전혀 못 누릴 수 있으니 끈질긴 훈련과 노력으로 그런 우아함을 갖추는 것뿐. 머리 손질만도 아침에 한 시간은 걸리잖아. 거울 보는 데에 또 한 시간, 그러고 있다가 코르셋을 입고 끈을 당겨 매고, 씻고, 분 바르고, 비단옷에서 레이스 옷으로 갈아입었다가 다시 레이스 옷에서 다른 비단옷으로 갈아입고, 그러면서 몇 년이고 순결을 유지해야 하고……." 그러면서 올랜도는 짜증스럽다는 듯 발을 홱 쳐들었다. 그 바람에 정강이가 살짝 드러났다. 그 순간, 돛대에 올라가 있던 선원 하나가 우연히 아래를 내려다보았다가 너무 놀라 발을 헛디뎌 하마터면 목숨을 잃을 뻔했다.

"틀림없이 아내와 부양할 가족이 있을 정직한 사람이 내 발목을 보느라 죽음에 이른다면 안 될 일, 무슨 일이 있어도 나는 발목을 가려야겠구나." 올랜도는 생각했다. 하지만 다리는 그녀의 몸에서 가장 아름다운 부위였다. 그녀는 선원이 돛대에서 떨어지는 일을 막기 위해 여성의 아름다움을 감춰야 한다는 건 정말 이상한 일이라는 생각이 들었다. "빌어먹을!" 그녀는 이런 식으로 여자가 된 상황이 아니라면 어릴 때 벌써 배웠을 여자의 신성한 책임에 대해 처음으로 깨닫고는 욕을 내뱉었다.

그리고 생각했다. "일단 영국 땅에 발을 딛고 나면 다시는 이런 욕도 못 하겠구나. 남자의 머리통을 깨부술 수도 없을 테고, 새빨간 거짓말 하지 말라고 말하지도 못할 테고, 칼을 뽑아 상대를 찌르지도 못하겠지. 동료 귀족들 사이에 앉지도 못할 테고, 작위 관도 쓰지 못할 테고, 행진도 하지 못할 테고, 남자한테 사형 선고를 내리지도 못할 거야. 군대를 이끌지도, 군마를 타고 화이트홀을 달리지도, 가슴에 일흔두 개의 훈장도 달지 못할 테고. 일단 영국 땅에 발을 딛고 나면 내가 할 수 있는 건 차를 따르면서 어떻게 먹겠느냐고 묻는 게 전부일 거야. 설탕 넣어 드릴까요? 크림은요?"

올랜도는 우아하게 점잔 빼며 말하다가 자신이 다른 성, 즉 한때 자랑스럽게 속했던 남자라는 성에 대해 얼마나 낮게 평가하고 있었는가를 깨닫고는 몸서리를 쳤다. 그리고 생각했다.

"여자 발목 좀 봤다고 돛대에서 떨어지고, 여자들한테 찬사 좀 받아보겠다고 가이 포크스[47]처럼 차려입고 거리를 활보하고, 비웃음을 살까 봐 여자가 가르치는 걸 용인하지 않고, 페티코트를 입은 연약하디 연약한 여자의 노예이면서도 만물의 영장이랍시고 나돌아다니다니—맙소사!" 그녀는 생각했다. "대체 저들은 우릴 얼마나 우습게 만드는가!—대체 우린 왜 이렇게 어리석은가!" 여기서, 그녀가 하는 말이 모호하기 때문에 그녀가 마치 어느 성에도 속하지 않은 것처럼, 두 성을 다 비난하는 것처럼 느껴질 수 있다. 사실 올랜도는 내내 혼란스러운 듯했다. 남성이었다가 여성이 되었으니 두 성별의 비밀과 약점을 모두 알고 있었다. 그것은 실로 당혹스럽고 혼란스러운 마음 상태가 아닐 수 없었다. 그녀에게는 말 그대로 무지의 편안함이 허락되지 않은 듯했다. 올랜도는 돌풍에 이리저리 날리는 깃털이었다. 그러니 두 성을 견주어보다 이쪽저쪽 할 것 없이 모두 개탄스러운 결점투성이임을 발견하고는 자신이 어느 쪽에 속한 건지 혼란스러워하는 것도 그리 놀라운 일은 아니었다. 다시 터키로 돌아가 집시가 되고 싶다고 외치기 직전이었다는 것도 절대 놀라운 일이 아니다. 그런데 바로 그때, 엄청난 물보라를 일으키며 닻이 내려졌다. 돛이 갑판 위로 떨어졌다. 그리고(며칠 동안 하도 깊이 생각에 빠져 있어서 아무것

---

[47] 영국 제임스 1세 때 화약 음모 사건을 일으킨 인물.

제4장

도 보지 못한) 그녀는 배가 이탈리아 해변에 정박했음을 깨달았다. 선장이 즉시 대형 보트로 해안까지 모시는 영광을 허락해달라는 전언을 보내왔다.

다음 날 아침, 다시 갑판 위의 긴 의자로 돌아온 그녀는 차양 아래서 기지개를 켜고는 자신의 발목 주변의 치맛자락을 아주 세심하게 정리했다.

"우리가 남성과 비교했을 때 무지하고 보잘것없기는 하지." 그녀는 생각에 잠긴 채 전날 미처 끝내지 못한 문장을 계속 이어갔다.

"하지만 우리에게 알파벳도 배우지 못하게 하면서 아무리 온갖 무기로 무장하면 뭐 하나(시작을 이런 말로 하는 것으로 보아 그녀를 여성 쪽으로 가깝게 만드는 무슨 일이 밤새 있었던 것이 분명하다. 올랜도는 지금 남성보다는 여성의 말투로 말하고 있고, 어쨌든 만족스러운 듯하다). 어차피 돛대에서 떨어질 거면서."

이 대목에서 그녀는 크게 하품하고는 잠이 들어버렸다. 올랜도가 잠에서 깨어났을 때, 배는 순풍을 타고 항해 중이었다. 해안이 어찌나 가까운지, 절벽 가장자리에 자리 잡은 도시들은 마치 거대한 암석이나 오래된 올리브나무의 뒤엉킨 뿌리가 없으면 곧장 바다로 미끄러져 떨어질 것처럼 보였다. 가지가 휘도록 열매가 달린 수많은 나무에서 뿜어져 나오는 오렌지 향기가 갑판에 있는 그녀에게까지 와 닿았다. 수십 마리의 푸른 돌고래들이 꼬리지느러미를 뒤틀며 공중으로 높이 솟구쳐 오르고 또 올랐다. 올랜도는 팔을 길게 뻗으며(팔은 다리만큼 치명적인 매력을 갖지 못한다는 사실을 그녀는 이미 알고 있었다) 자신이 화이트홀에서 군마를 달리거나 다른 사람에게 사형 선고를 내리고 있지 않다는 사실에 신에게 감사했다. 그리고 생각했다.

"차라리 보잘것없고 무지한 편이 나아. 이건 여성들의 어두운 면이지만. 세상의 규칙과 규율도 남에게 맡기는 편이 낫지. 군사적 야망, 권력에 대한 욕망, 그런 남자다운 욕망도 전부 버리는 편이 나아. 그렇게 해서 인간의 정신이 누릴 수 있는 가장 숭고한 기쁨을 만끽할 수만 있다면." 그녀는 깊은 감명을 받으면 늘 하던 버릇대로 큰 소리로 말했다. "사색과 고독과 사랑을 만끽하려면 말이지."

"내가 여자라서 얼마나 다행인지!" 올랜도는 소리쳤다. 그리고 매우 어리석게도 자신의 성별을 자랑스럽게 여길 뻔했다(남자든 여자든 어리석은 것만큼 비참한 건 없으니까). 하지만 그때 어떤 단어 하나가 그녀를 멈춰 세웠다. 바로, 면박당할까 봐 마지막 문장에 몰래 기어든 그 단어, 사랑이었다.

"사랑이라……" 올랜도가 말했다. 순식간에(사랑이 이렇게 충동적이다) 사랑은 인간의 형상을 띠었다(사랑이 이렇게 오만하다). 다른 생각들은 추상적으로 남아 있어도 만족하지만, 사랑은 살과 피, 망토와 페티코트, 바지와 조끼를 입혀주지 않으면 절대 만족하지 않는다. 올랜도는 지금까지 여자만을 사랑했지만, 괘씸하게도 몸은 관습에 느리게 적응하기 때문에, 여자가 된 지금도 여전히 여자를 사랑했다. 성별이 같다는 자각이 조금이라도 미친 영향이 있다면, 그것은 오히려 그녀가 남자일 때 가졌던 그런 감정을 더 자극하고 더 깊어지게 할 뿐이었다. 이제, 남자였을 때는 알 수 없었던 수많은 암시와 수수께끼들이 분명해졌다. 남녀를 가르고 무수한 불순물을 어둠 속에 오래 머물게 했던 모호함이 사라졌다. 진실과 아름다움을 노래했던 그 시인의 말에 어떤 의미가 있다면, 이 사랑은 거짓에서 잃은 것을 아름다움에서 얻은 것이라고 할 수 있었다. 마침내 올랜도는 사샤를 있는 그대로 이해한다고 소리쳤다. 새로운 깨달음에 열중한 올랜도는 이제야 드러난 그 엄청난 사실을 뒤쫓느라 넋이 나가고 몰입한 나머지, 어떤 남자가 자신의 귀에 대고 "저, 부인"이라며 말을 걸어왔을 때 그 목소리가 마치 대포 소리처럼 크게 들렸다. 한 남자의 손이 그녀를 잡아 일으켰다. 가운뎃손가락에 돛이 세 개 달린 범선 문신을 새긴 남자의 손가락이 수평선을 가리켰다.

"저기 보이는 저 절벽이 영국입니다, 부인." 선장이 이렇게 말하며 하늘을 가리키고 있던 손을 들어 경례했다. 올랜도는 두 번째로 놀랐다. 첫 번째보다 훨씬 더.

"세상에, 이럴 수가!" 올랜도가 탄성을 질렀다.

다행스럽게도, 오랜만에 보는 고국 땅의 정경이 그녀의 놀람과 탄성 모두의 변명거리가 되어주었다. 그렇지 않았다면 올랜도는 지금 내면에서 끓어오르고 있는 격하고 모순된 감정을 바르톨루스 선장에게 설명하기 힘들었을 것이다. 지금 그의 팔에 기대어 떨고 있는 여자가 한때 공작이었고 영국 대사였다는 말을 어떻게 한단 말인가? 지금 겹겹의 비단옷을 백합처럼 차려입은 자신이 한때 수많은 머리를 칼로 쳐서 떨어트렸다는 말을 어떻게 한단 말인가? 그리고 튤립이 만발하고 꿀벌이 윙윙대는 여름밤, 와핑 올드 스테어스에 정착하고 있는 해적선 선장의 보물 자루들 틈에서 문란한 여자들과 뒹굴었었다는 이야기를 어떻게 한단 말인가? 선장이 단호하게 오른손을 들어 영국 제도의 절벽을 가리켰을 때 자신이 왜 그토록 놀랐는지, 그녀는 자신에게조차 설명할 수 없었다.

올랜도는 중얼거렸다. "거부하고 받아주는 일은 얼마나 기분이 좋은가. 쫓고 정복하는 일은 얼마나 존경할 만한가. 이해하고 추론하는 일은 얼마나 고귀한가." 짝을 이룬 이 단어들 가운데 무엇도 올랜도는 잘못되었다고 생각하지 않았다. 그런데도 백악질의 절벽이 가까워질수록 그녀는 죄책감이 들었다. 불명예스럽게 느껴지고, 정숙하지 못하다고 느껴졌다. 한 번도 그런 생각을 해본 적이 없는 사람에게 그건 정말 이상한 일이었다. 배는 점점 더 육지 쪽으로 가까이 다가갔다. 절벽 중간쯤 매달려 샘파이어[48]를 채취하고 있는 사람들이 맨눈으로도 보이기 시작했다. 그들을 지켜보면서 올랜도는 잃어버

---

[48] 유럽의 해안 바위틈에서 자라는 미나릿과 식물.

린 사샤, 기억 속의 사샤, 지금 막 너무나 놀라운 진실을 드러낸 사샤가 마치 심술궂은 유령처럼 속에서 풀쩍풀쩍 뛰어다니며 당장 치맛자락을 휙 잡아 올려 뽐낼 것 같은 느낌을 받았다. 그 사샤가, 저 절벽과 샘파이어를 채취하고 있는 사람들을 향해 잔뜩 찡그린 얼굴로 온갖 무례한 짓을 하고 있는 것 같았다. 그때 선원들이 일제히 노래하기 시작했다. "그럼 안녕히, 스페인 여인들이여." 그 가사가 슬픔에 잠긴 올랜도의 가슴 속에서 메아리쳤다. 올랜도는 이 상륙이 아무리 대단한 안락과 부, 명예와 지위를 의미한다고 하더라도(그녀는 어느 고귀한 귀족을 골라 그의 배우자가 되어 요크셔의 절반을 통치하게 될 게 분명했다), 만일 그것이 인습과 굴종과 기만을 의미한다면, 그리고 그것이 사랑을 부정하고, 사지를 속박하고, 입을 다물고 말을 삼가야 하는 것을 의미한다면, 자신은 배와 함께 다시 집시들이 있는 곳으로 돌아갈 생각이었다.

이런 생각들로 초조한 가운데, 매끄럽고 흰 대리석 원형 지붕 같은 뭔가가 실제인지 환상인지 모르게 솟아올랐다. 그것은 매우 인상적이어서 그녀의 상상력을 자극했고, 올랜도는 마음을 빼앗기고 말았다. 마치 연약한 식물을 보호하기 위한 종 모양의 유리 덮개 위로 잠자리 떼가 힘차게 내려앉듯이. 지붕의 그 형태는, 종잡을 수 없는 상상을 거쳐 아주 오래되고 끈질기게 남아 있는 기억을 불러냈다. 바로, 트위체트 부인의 응접실에 앉아 있던 넓은 이마의 남자, 뭔가를 쓰고 있던, 아니 뭔가를 바라보고 있던, 하지만 분명 자신을 쳐다보는 건 아닌 그 남자의 모습이었다. 그때 올랜도는 분명 부인할 수 없이 사랑스러운 미소년이었는데도 그 남자는 아름다운 옷차림으로 거기 서 있는 올랜도에게 눈길조차 주지 않았었다. 하지만 그를 생각할 때면, 그 생각은 마치 거세게 요동치는 물 위에 뜬 달처럼 그의 주위에 은은한 고요함을 펼쳐놓았다. 이제 그녀는 손을 가슴으로 가져갔다(나머지 한 손은 여전히 선장이 잡고 있었다). 그곳에는 그녀의 시 원고들이 안전하게 숨겨져 있었다. 그곳에 간직한 건 어쩌면 부적과 마찬가지였다. 자신의 성별은 무엇이고 그게 의미하는 바가 무엇인지와 같은 생각들로 심란했던 마음이 진정되었다. 그녀는 이제 오직 시의 영광만을 생각했다. 말로와 셰익스피어, 벤 존슨, 밀턴의 위대한 시구들이 갑자기 울려 퍼지기 시작했다. 마치 대성당의 종탑에서 황금추가 황금종을 때리는 듯한 소리였다. 그것은 바로 그녀의 마음이었다. 워낙 희미하게 보여 시인의 이마처럼 엉뚱한 생각들을 하게 만든 그 대리석 원형 지붕의 이미지는, 상상이 아닌 실제였다. 배가 순풍을 받으며 템스강을 거슬러 내려가는 동안, 그 이미지와 그에 뒤따른 연상들이 진실임이 밝혀졌다. 그리고 섬세하게 세공된 한 하얀 첨탑들 사이로 다름 아닌 대성당의 지붕이 드러났다.

"세인트 폴 대성당입니다." 옆에 서 있던 바르톨루스 선장이 말했다. "저건 런던 탑이고요." 그는 계속 말했다. "저건 그리니치 병원입니다. 메리 여왕을 기려 그녀의 남편인 고 윌리엄 3세가 세웠죠. 저건 웨스트민스터 사원입니다. 저건 국회의사당이고요."

그의 말에 맞춰 유명한 건축물들이 하나씩 눈에 들어왔다. 화창한 9월 아침이었다. 무수히 많은 작은 배들이 강둑 사이를 분주히 오가고 있었다. 이는 돌아온 여행자의 눈에 무엇보다 즐겁고 흥미진진한 구경거리였다. 올랜도는 뱃머리에 기대서서 모든 걸 빨아들이듯 경탄하며 바라보았다. 너무 오랫동안 미개인과 자연에 익숙해져 있던 그녀는 이런 아름다운 도시 풍경에 넋을 잃을 지경이었다. 그 원형 지붕은 바로 자신이 없는 동안 '렌'이라는 건축가가 건설한 세인트 폴 대성당의 지붕이었다. 그 근처에 어떤 기둥에서 부스스하게 헝클어진 금발이 튀어나온 것이 보였다. 옆에 있던 바르톨루스 함장이 그것은 기념탑이라고 말해주었다. 그리고 그녀가 떠나 있는 동안 전염병이 돌고 큰 화재[49]가 있었다고 설명해주었다. 참아보려고 애썼지만, 눈물이 흘러내렸다. 하지만 여자는 우는 게 마땅하다는 걸 기억해 내고는 그냥 흐르게 놔두었다. 여기서 그 화려한 축제가 벌어졌었지, 그녀는 생각했다. 여기, 지금 파도가 힘차게 뱃전을 때리는 이곳이 왕실 천막이 있던 자리

---

[49] 1665년에 런던을 휩쓸었던 흑사병과 그 이듬해 발생한 대화재를 뜻한다.

였고. 여기서 사샤를 처음 만났지. 여기쯤에서(올랜도는 반짝이는 물살을 내려다보았다) 무릎에 사과를 올려놓은 채 얼어 죽은 여인이 있던 배를 사람들이 구경하곤 했었고. 이제 그 모든 장관과 부패는 사라지고 없었다. 어두운 밤도, 무섭게 쏟아붓던 폭우도, 격렬하게 밀려오던 홍수도 사라지고 없었다. 여기, 누런 얼음 조각들이 공포에 질린 가엾은 사람들과 함께 물 위를 빙글빙글 돌며 떠내려가던 자리에, 지금은 백조들이 아름다운 모습으로 물결을 따라 고고하게 이리저리 떠다니고 있었다.

런던은 그녀가 마지막으로 보았을 때와는 완전히 달라져 있었다. 그녀가 기억하기에 예전의 런던은 딱정벌레 모양의 시커멓고 작은 집들이 옹기종기 모여 있는 곳이었다. 템플바에서는 쇠창살 끝에 걸린 반역자들의 머리가 히죽히죽 웃고 있었고, 자갈이 깔린 길에는 쓰레기와 오물로 인한 악취가 풍겼었다. 이제 배는 와핑을 지나고 있었다. 넓고 질서정연한 대로가 눈길을 사로잡았다. 잘 먹인 말들이 끄는 위풍당당한 마차들이 집집마다 현관 앞에 세워져 있었다. 저택에는 하나같이 내닫이창과 판유리, 번쩍번쩍 광이 나는 문고리가 달려있어 집주인의 재력과 품위를 짐작하게 했다. 도로보다 높은 보도 위로 꽃무늬 비단옷을 입은 귀부인들이 걸어 다니는 모습이 보였다(그녀는 선장의 쌍안경을 자신의 눈에 가져다 댔다). 길모퉁이 가로등 아래에서는 수를 놓아 장식한 외투를 입은 시민들이 코담배를 피우고 있었다. 다양하고 화려한 간판들이 바람에 흔들렸고, 간판 위에는 담배며 생필품, 비단, 금, 은식기, 장갑, 향수 등 그 안에서 파는 물건의 이름이 적혀 있었다. 배는 런던 브리지 옆의 정박지로 향하는 중이었다. 얼핏 커피하우스의 창문들이 보였다. 날씨가 좋아서인지 커피하우스 발코니에는 수많은 신사가 앞에는 도자기 접시를, 옆에는 사기 담뱃대를 놓고 편안하게 앉아 있었다. 그중에는 신문을 읽고 있는 사람도 하나 있었는데, 그는 다른 사람들의 웃음소리나 논평하는 소리 때문에 읽다가 멈추기를 반복해야 했다. 저기는 선술집인가요? 저들은 지혜로운 이들인가요? 저 사람들은 시인들인가요? 그녀가 바르톨루스 선장에게 물으며 고개를 살짝 왼쪽으로 돌렸다. 선장은 집게손가락으로 가리키며 친절하게 설명해주었다.

"지금 '코코아 트리' 커피하우스 앞을 지나고 있으니까, 그렇지, 저기 있네요. 애디슨[50] 씨가 커피를 마시는 모습이 보일 수도 있겠습니다. 나머지 두 신사분은, 저기, 저기예요, 부인. 가로등에서 조금 오른쪽을 보세요. 한 사람은 등이 굽고, 또 한 사람은 우리랑 비슷하죠. 저들은 바로 드라이든 씨와 포프 씨*[51][52]입니다. 망나니들이죠." 함장이 말했다. 함장이 그렇

---

[50] 조지프 애디슨(1672~1719). 영국의 수필가.

[51] *원주-이것은 함장이 잘못 안 게 틀림없다. 어느 문학 교과서를 봐도 알 수 있다. 하지만 친절을 베푸느라 그런 것이니 넘어가도록 하자.

[52] 존 드라이든은 17세기, 알렉산더 포프는 18세기에 활동한 인물.

게 말한 의미는 그들이 가톨릭 신자라는 뜻이었다. "그래도 다재다능한 사람들이긴 합니다." 함장은 이렇게 덧붙이고는 상륙 준비를 감독하기 위해 서둘러 뱃머리로 갔다.

"애디슨, 드라이든, 포프라……." 올랜도는 그 이름들을 주문 외우듯 반복했다. 순간 브루사 위로 높이 솟은 산들이 보이는가 싶더니, 순식간에 그녀의 발은 고국의 강기슭을 밟고 있었다.

하지만 이제 올랜도는 법의 냉혹한 얼굴 앞에서는 아무리 폭풍처럼 마음을 뒤흔드는 흥분도 소용없다는 사실을 배우게 될 예정이었다. 그것은 런던 브리지의 돌보다 단단했고, 대포의 포구보다 가혹했다. 올랜도가 블랙프라이어스의 집으로 돌아오자마자 보우 가의 경찰들과 재판소에서 파견 나온 엄숙한 표정의 사절들이 연달아 들이닥쳤다. 그녀는 떠나 있는 동안 제기된 세 가지 중요한 소송에 휘말려 있었다. 그뿐만 아니라 큰 소송에서 파생되거나, 그 결과에 따라 달라질 비교적 가벼운 소송도 셀 수 없을 정도였다. 주된 소송 내용은 (1) 올랜도는 이미 사망했으므로 어떤 경우에도 재산을 소유할 수 없다, (2) 올랜도는 여자이므로, 같은 이유로 재산을 소유할 수 없다, (3) 영국 대사로서 로시나 페피타라는 무희와 결혼해 아들 셋을 두었는데, 그 아들들은 이제 자신의 아버지가 사망했으니 그의 모든 재산은 자기들에게 상속되어야 한다고 주장하고 있다는 것이었다. 물론 이런 중대한 소송을 해결하려면 많은 시간과 돈이 필요했다. 그녀의 전 재산은 법원이 관리 중이었고, 그녀의 작위는 소송이 진행되는 동안 일시적으로 유보된 상태였다. 따라서 매우 모호한 상황이었다. 그녀가 죽었는지 살았는지, 남자인지 여자인지, 공작인지 평민인지도 확실하지 않았다. 그래서 올랜도는 법적인 판단은 미결로 남겨둔 채 익명의 여자 혹은 남자로 거주할 수 있는 법적 허가를 받아 시골의 저택으로 내려갔다. 여자인지 남자인지는 판결이 정해줄 터였다.

올랜도가 집에 도착한 건 12월의 어느 아름다운 저녁이었다. 눈이 내리고, 자줏빛 그림자가 브루사의 산꼭대기에서 본 것과 똑같은 모습으로 비스듬히 드리워지고 있었다. 눈 속에서 갈색과 파란색, 장미색과 보라색으로 보이는 그 저택은 집이라기보다 마을에 가까웠다. 수많은 굴뚝은 마치 살아 있는 생명체처럼 열심히 연기를 내뿜고 있었다. 초원 위에 고요하고 거대하게 자리 잡은 저택을 보자 올랜도는 울음을 참을 수 없었다. 노란색 대형 사륜마차 하나가 공원으로 들어와 나무 사이로 난 진입로를 따라 들어오자 그 모습을 본 붉은 사슴들이 마치 기다렸다는 듯 고개를 들었다. 그리고 타고난 소심함을 보이는 대신 마차를 따라 안뜰로 들어와서는, 마차가 멈추는 걸 보고 따라 섰다. 몇 마리는 뿔을 쳐들었고, 몇 마리는 올랜도가 발판을 딛고 마차에서 내리자 발로 땅을 긁었다. 한 마리는 실제로 눈 속에서 올랜도 앞에 무릎을 꿇었다는 말도 있다. 그녀가 문고리를 잡기도 전에, 거대한 현관의 양쪽 문이 활짝 열리면서 그림스디치 부인과 더퍼 씨, 그 외 모든 하인이 머리 위로 촛불과 횃불을 높이 들고나와 그녀를 맞이했다. 하지만 이 질서정연한 환영행렬은 엘크하운드인 크누트의 격렬한 인사로 인해 흐트러지고 말았다. 크누트는 엄청나게 열정적으로 여주인에게 달려들었다. 그녀는 거의 땅에 넘어질 뻔했다. 다음은 흥분한 그림스디치 부인 차례였다. 그녀는 무릎 인사를 하려다 그만 감정을 이기지 못하고 나리! 마님! 나리! 마님! 소리만 번갈아 외쳐대며 숨도 제대로 쉬지 못했다. 올랜도가 양 볼에 다정하게 입을 맞춰주고 난 후에야 겨우 진정되었다. 그다음으로 더퍼 씨가 양피지 문서를 읽기 시작했다. 하지만 개들이 짖어대고, 사냥꾼들이 뿔피리를 불어대고, 얼김에 안뜰에 들어온 수사슴들이 달을 보고 울어대는 통에, 더는 진행할 수가 없었다. 그들은 여주인 주위로 몰려들어 온갖 방법으로 그녀의 귀환에 기쁨을 표현한 후에야 집 안으로 흩어졌다.

올랜도가 예전에 자신들이 알았던 그 올랜도가 아니라는 사실에 대해 아무도 의심하는 기색을 보이지 않았다. 만약 그들 마음에 조금이라도 의심이 있었다 해도, 사슴과 개의 행동을 보면 그 의심을 지우기에 충분했을 것이다. 잘 알려진 바와 같이, 정체성과 성격을 판단하는 일에 있어 말 못 하는 생명체가 우리 사람들보다 훨씬 뛰어나기 때문이다. 게다가 그날 밤 그림스디치 부인은, 앞에 중국차를 놓고 앉아 더퍼 씨에게 다음과 같이 말하기도 했다. 나리가 지금 여자가 되었지만, 그보다 아름다운 사람은 본 적이 없으며, 둘 중에 누가 더 낫다고 할 수가 없고 둘 다 똑같이 좋다고. 두 사람은 한 가지에 달린 두 개의 복숭아와 같으며, 비밀인데, 사실 자신은 늘 느낌이 있었다고(여기서 그녀는 모호하게 고개를 끄덕거렸다). 그래서 자신은 전혀 놀랍지 않으며(여기서 그녀는 다 알고 있었다는 듯 고개를 끄덕거렸다), 자기로서는 아주 마음이 편안하다고. 왜냐하면 수건들도 낡고 예배당 응접실 커튼도 술이 다 닳아서, 여주인이 있어야 할 때라는 것이었다.

"그리고 작은 주인님과 마님들도 따라 들어올 테지요." 더퍼 씨가 덧붙여 말했다. 그는 신성한 사제직을 수행한다는 이유로 이런 민감한 문제에 대해 의견을 말할 수 있는 특권이 있었다.

이렇게 나이 든 하인들이 식당에서 쑥덕거리는 동안, 올랜도는 은촛대를 손에 들고 다시 한번 현관과 갤러리, 안뜰, 침실을 배회했다. 조상 중 국새 상서[53]와 궁내 장관을 지낸 이들의 얼굴이 어둠 속에서 자신을 다시 내려다보는 것도 보고, 국왕이 앉았던 의자에도 앉아보았다. 캐노피가 달린 침대에도 누워보고, 아라스 직물 벽걸이가 바람에 흔들리는 모습도 관

---

[53] 국새를 관리하며 관련 행정 사무를 담당했던 관리.

찰했다. 말 타는 사냥꾼과 하늘을 나는 다프네도 보고, 어릴 때 즐겨 했던, 창의 표범 문장을 통해 들어온 노란 달빛 웅덩이에 손도 담가보았다. 나무를 통째 반으로 갈라 거친 면이 밑으로 가도록 깐 갤러리의 잘 닦인 바닥에서 미끄럼도 타보고, 이 비단 저 공단 만져보고, 조각된 돌고래가 헤엄치는 모습도 상상해보았다. 제임스 왕의 은제 빗으로 머리도 빗어보고, 수백 년 전 정복자 윌리엄이 가르쳐준 대로 똑같은 장미로 만든 포푸리에 얼굴도 파묻어보았다. 정원을 바라보며 잠자는 크로커스와 동면에 들어간 달리아를 상상해보기도 하고, 눈 속에서 하얗게 빛나는 여린 정령들도 보았다. 집처럼 검고 무성하게 자란 뒤쪽의 주목 울타리도 보고, 오렌지 온실과 거대한 서양 모과나무도 보았다. 이 모든 걸 올랜도는 보았다. 비록 우리가 대충 적어놓기는 했지만, 각각의 풍경, 각각의 소리에 올랜도의 마음은 뜨거운 열망과 위안, 환희로 차올랐다. 마침내 지친 그녀는 예배당으로 가 선조들이 예배드릴 때 앉았던 오래된 붉은색 안락의자에 앉았다. 그리고 (동양에서 하던 습관대로) 궐련에 불을 붙인 후 기도서를 펼쳤다.

그 기도서는 벨벳 천으로 싸고 금색 실로 꿰맨 소책자로, 스코틀랜드의 메리 여왕이 교수대에 올랐을 때 가지고 있던 것이었다. 신앙의 눈으로 보면 왕가의 핏방울이 떨어져 생긴 갈색 얼룩이 보일 수도 있다고 했다. 하지만 모든 소통 중에 신과의 소통이 무엇보다 가장 불가사의한 것임을 고려할 때, 그 기도서가 올랜도에게 어떤 경건한 생각을 불러일으키고 어떤 사악한 열정을 잠재웠을지 누가 감히 말할 수 있을까? 소설가와 시인, 역사가 모두 그 문에 손을 얹고 비틀거리고, 신자들조차도 우리를 깨우쳐주는 바가 없다. 신자라고 해서 남들보다 기꺼이 목숨을 내놓고 자기 재산을 나누고 싶겠는가? 그들 역시 남들만큼 많은 하녀와 마차를 소유하고 있지 않은가? 그런데도, 재산은 헛되고 죽음은 바람직하다고 믿는다고 말한다.

여왕의 기도서에는 핏자국과 함께 머리카락 한 타래와 페이스트리 과자 부스러기도 들어 있었다. 올랜도는 이제 그 유품에 담뱃재를 더했다. 기도서를 읽으면서 담배를 피우려니 그 모든 인간적인 잡동사니(머리카락, 과자 부스러기, 핏자국, 담뱃재) 때문에 마음이 울컥해져서, 자연스럽게 사색에 잠겼다. 그리고 알려진 바로는 보통의 신과는 전혀 소통하지 않는다고 되어 있었지만, 올랜도는 그곳 분위기에 맞게 경건한 마음이 들었다. 그렇지만 신은 오직 하나뿐이며 종교는 자신이 믿는 종교밖에 없다고 가정하는 것만큼 흔한 오만도 없다. 올랜도는 자기만의 신앙이 있는 듯했다. 올랜도는 지금, 자신의 영적 상태 안으로 슬며시 들어와 있는 자신의 죄와 결함을 세상의 모든 종교적 열정을 동원해 고찰하고 있었다. 그녀는 'S'[54]라는 글자가 시인의 에덴에 사는 뱀이라는 생각이 들었다. 아무리

---

54 뱀을 의미하는 'serpent'의 첫 글자.

해봐도 「참나무」의 첫 번째 연에는 이 죄 많은 파충류가 너무 많았다. 하지만 그녀가 생각할 때 'ing'라는 접미사에 비하면 's'는 아무것도 아니었다. 'ing'로 끝나는 구절들 즉, 현재분사가 악마 그 자체라는 생각도 들었다(지금 우리는 악마를 믿는 처지다). 그런 유혹을 피하는 것이 시인의 첫 번째 의무라고 올랜도는 결론 내렸다. 귀는 영혼으로 이어지는 대기실이라, 시는 욕망이나 화약보다 확실하게 영혼을 더럽히고 파괴할 수 있기 때문이다. 그러하니, 시인의 의무야말로 무엇보다 고귀한 일이라고 그녀는 계속 생각했다. 시인의 말은 다른 이들의 말이 미치지 못하는 곳에 가 닿는다. 셰익스피어가 쓴 바보 같은 시 하나가 세상의 모든 설교자와 박애주의자들이 한 말보다 가난한 이들과 사악한 이들에게 더 큰 영향을 미쳤다. 따라서 우리 메시지가 전달 과정에서 덜 왜곡되게 하기 위해서는 아무리 많은 시간과 노력을 바쳐도 지나치지 않다. 우리는 우리의 말과 생각 사이의 막이 최대한 얇아질 때까지 형태를 다듬어 나가야 한다. 생각은 신성한 것이다, 등등. 그녀는 떠나 있는 동안 강화된 자신만의 영역으로 돌아와 신앙의 편협성을 급속히 습득하고 있는 게 분명했다.

"내가 성장하고 있구나." 그녀는 마침내 양초를 집어 들며 생각했다. "환상에서 벗어나고 있어." 그녀가 메리 여왕의 기도서를 덮으며 말했다. "어쩌면 또 다른 환상을 품게 되겠지만." 그러고 나서 그녀는 조상들의 유골이 누워 있는 무덤들 사이를 걸어 내려갔다.

하지만 아시아의 산에서 루스툼 엘 사디가 손을 흔든 그 밤 이후, 마일스 경과 저베이스 경 등 조상들의 유골이 전보다 덜 성스럽게 느껴졌다. 이 유골들은 겨우 3백~4백 년 전에 현대의 벼락부자들처럼 출세하려고 애썼던 이들이었고, 다른 벼락부자들처럼 집과 관직, 훈장과 리본을 획득해 성공했다. 반면 시인들, 그리고 아마도 위대한 정신과 혈통을 가진 사람들은 시골의 고요함을 선택했고, 그 선택의 대가로 극심한 가난에 시달렸다. 그래서 지금은 스트랜드 거리에서 신문을 팔러 다니거나 들판에서 양을 치고 있었다. 이런 생각에 그녀는 양심의 가책을 느꼈다. 올랜도는 지하 묘지에 서서 이집트의 피라미드에 대해, 그리고 그 밑에는 어떤 유골이 누워 있을지에 대해 생각했다. 그리고 지금은 마르마라해 위로 누워 있는 광활한 벌거숭이 산들이, 침대마다 누비이불이 갖춰져 있고 은 접시마다 뚜껑이 갖춰져 있으며 침실이 수없이 많은 이 저택보다 더 살기 좋은 곳처럼 느껴졌다.

"나는 성장하고 있는 거야." 올랜도가 촛불을 집어 들며 생각했다. "환상에서 벗어나고 있어. 아마 또 새로운 환상을 품게 되겠지만." 올랜도는 긴 갤러리를 지나 방으로 돌아갔다. 유쾌하기는커녕 골치 아픈 과정이었다. 하지만 놀랍도록 흥미진진했다고, 그녀는 벽난로 쪽으로 다리를 쭉 뻗으며 생각했다(이곳엔 놀라서 돛대에서 떨어질 선원이 없었으니까). 그리고 거대한 건축물들이 늘어선 거리를 걷듯 자신이 과거부터 지금까지 어떻게 달라졌는지를 되짚어보았다.

소년이었을 때 자신은 얼마나 소리를 사랑했으며 입술에서 폭풍처럼 쏟아져나오는 음절들을 얼마나 시 가운데서 가장 아름다운 시라고 생각했었나. 그러다(아마도 사샤와 그녀에 대한 환멸 때문에) 광란 상태에 빠져, 검은 물방울이 열정을 식히게 놔두고 말았다. 서서히 그녀 안에서 복잡하고 방이 여러 개인 뭔가가 펼쳐졌다. 그것은 햇불을 들고, 시가 아니고 산문으로 탐색해야만 했다. 그리고 노리치의 그 의사, 브라운의 저서를 얼마나 열정적으로 읽었었는지 떠올렸다. 그 책은 지금도 가지고 있었다. 그린과의 일 이후 그녀는 여기서 홀로 저항할 수 있는 정신을 길렀다. 아니 기르려고 노력했다. 이런 성장에는 시간이 오래 걸린다는 걸 신도 아니까. "나는 쓰고 싶은 걸 쓰겠어." 그때 그녀는 이렇게 말했었다. 그리고 스물여섯 권의 책을 갈겨 썼다. 하지만 그 모든 여행과 모험과 심오한 생각과 이런저런 시도에도 불구하고, 그녀는 아직도 그것을 이루어가는 과정에 있었다. 어떤 미래가 펼쳐질지는 하늘만이 아는 일이었다. 변화는 끝이 없었고, 아마도 절대 끝나지 않을 터였다. 드높았던 생각의 벽, 돌처럼 단단해 보였던 습관들이, 다른 생각에 닿자마자 그림자처럼 무너져내렸다. 그리고 무방비로 노출된 하늘과 거기서 반짝이는 별들만 남았다. 여기서 그녀는 창가로 다가갔다. 추웠지만 빗장을 열지 않을 수 없었다.

올랜도는 축축한 밤공기 속으로 몸을 내밀었다. 숲에서 여우 우는 소리, 꿩이 나뭇가지들 사이로 꼬리를 끄는 소리가 들려왔다. 지붕 위의 눈덩이가 미끄러져 땅으로 떨어지는 소리도 들렸다. 그녀는 소리쳤다. "맹세코 여기가 터키보다 천 배는 나아, 루스툼." 올랜도는 마치 그 집시와 논쟁이라도 하듯 큰 소리로 외쳤다(마음속으로 논쟁을 벌이고, 반박할 사람이 없는데도 논쟁을 계속하는 새로운 능력으로 그녀는 또다시 영혼의 성장을 보여주었다).

"당신이 틀렸어. 여기가 터키보다 나아. 머리카락, 페이스트리, 담배—우린 이런 자질구레한 것들의 복합체니까." 그녀는 (메리 여왕의 기도서를 떠올리며) 말했다. "마음이란 얼마나 주마등처럼 빠르게 변하며, 얼마나 이질적인 것들의 집합소인가! 어느 순간에는 신분과 지위를 한탄하고 금욕적인 행복을 갈망하다가, 또 다음 순간에는 오래된 정원길의 냄새에 끌려 개똥지빠귀의 노랫소리에 눈물을 흘리니." 설명을 요구하고 메시지를 각인시키려 하면서도, 의미에 대한 단서는 하나도 주지 않는 수많은 것들에 여느 때처럼 혼란스러워진 그녀는 창밖으로 퀄런을 던져버리고 침대로 돌아갔다.

다음 날 아침, 이런 생각에 계속 잠긴 채 그녀는 펜과 종이를 꺼내「참나무」를 새로 쓰기 시작했다. 베리로 잉크를 대신하고 여백에 글을 쓰며 견디던 날들을 생각하면 잉크와 종이를 넉넉하게 가진다는 건 상상할 수 없는 기쁨이었다. 그래서 이제 깊은 절망 속에서 썼던 구절을 지우고 환희의 정점에서 새로운 구절을 쓰려는 찰나, 어두운 그림자 하나가 종이 위로 드리워졌다. 올랜도는 급히 원고를 감췄다.

그녀의 방 창문은 안뜰 한가운데를 향해 나 있었다. 누구도 들이지 말라고 지시해두었고, 아는 사람도 없거니와 본인도 법적으로 이름이 없는 상태였기 때문에, 처음에는 그 그림자를 보고 깜짝 놀랐고, 다음에는 화가 났다. 하지만(고개를 들고 그림자의 실체를 확인하고 나자) 유쾌한 감정에 휩싸였다. 그 낯익으면서도 기이한 그림자는 다름 아닌 루마니아 영토 핀스터 아어호른과 스캔드옵봄의 해리엇 그리젤다 대공비의 그림자였기 때문이다. 그녀는 전과 다름없이 오래된 검정 승마복과 망토를 입고 안뜰을 성큼성큼 가로지르고 있었다. 머리카락 한 올도 변하지 않은 그대로였다. 자신을 영국에서 쫓아낸 바로 그 장본인! 이 여자가 바로 그 둥지 속 음란한 독수리—바로 그 치명적인 새였다! 그녀의 유혹을 피하겠다고 터키까지 도망쳤던 것을 생각하니 올랜도는 웃음이 터져 나왔다. 그녀의 모습에는 뭐라 표현하기 힘든 우스꽝스러운 데가 있었다. 전에도 생각했지만, 그녀는 거대한 산토끼를 닮았다. 뚫어지듯 바라보는 눈과 홀쭉한 뺨, 높은 머리 장식이 바로 그랬다. 그녀는 마치 주위에 아무도 없다고 생각하고 옥수수밭에 똑바로 앉은 토끼처럼 걸음을 멈추고는, 창문으로 올랜도를 뚫어지게 바라보았다. 한동안 이렇게 서로를 바라보다 보니 그녀를 안으로 청하지 않을 방법이 없었다. 곧 두 여인은 인사를 나누었다. 대공비가 망토에 쌓인 눈을 털었다.

"빌어먹을 여자들 같으니라고." 올랜도는 찬장으로 가서 포도주 한 잔을 꺼내며 혼잣말했다. "사람을 한시도 가만두질 않네. 이렇게 극성스럽고, 캐묻기 좋아하고, 참견하기 좋아하는 사람들이 또 있을까. 이 껑다리한테서 도망치려고 영국을 떠났던 건데, 지금 이게 뭐람." 그런데(올랜도가 돌아서서 대공비에게 쟁반을 내밀며 그녀를 바라보는데) 그 자리에는 그녀 대신 어느 키 큰 신사가 검은 옷을 입고 서 있었다. 벽난로를 가려놓은 망 위에 옷 한 무더기가 쌓여 있었다. 올랜도는 지금 남자와 단둘이 서 있는 것이었다.

그러자 갑자기 완전히 잊고 있던 자신의 성별이 의식되었다. 그리고 그의 성별도 혼란스러울 정도로 자신과 먼 것을 알게 되었다. 올랜도는 기절할 것 같은 느낌이었다.

"맙소사!" 올랜도가 허리에 손을 얹으며 소리쳤다. "사람을 정말 놀라게 하시는군요!"

"고귀한 분이시여." 대공비가 한쪽 무릎을 꿇으며 동시에 올랜도의 입술에 코디얼[55]이 든 잔을 가져다 댔다. "그대를 속인 것을 용서해주시오!"

올랜도가 술을 한 모금 마시자, 대공이 무릎을 꿇으며 올랜도의 손에 입을 맞췄.

---

55   보통 식후에 마시는 과일 주스로 만든 독한 술이나 음료.

요컨대, 그들은 약 10분간 열정적으로 남자와 여자의 역을 연기한 후에야 자연스러운 대화로 빠져들었다. (앞으로는 대공이라 불리게 될) 대공비가 자신의 이야기를 시작했다. 자신은 원래 남자고, 늘 남자였다고. 올랜도의 초상화를 보고 대책 없이 사랑에 빠졌으며, 목적을 이루기 위해 여자처럼 입고 빵집에 묵었다고. 올랜도가 터키로 떠나 있는 동안 너무나 외로웠으며, 올랜도가 여자로 변했다는 소문을 듣고 그녀를 섬기기 위해 서둘러 왔다고(이 말을 하면서 그는 히히 비슷한, 듣기 거슬리는 이상한 웃음소리를 냈다). 그러면서 해리 대공은, 그녀는 자신에게 있어 언제까지나 최고로 아름답고, 최고의 진주이며, 최고로 완벽한 여자라고 말했다. 대공이 말하면서 중간중간 기괴하게 낄낄거리는 소리만 내지 않았더라도 그의 '최고'라는 말은 훨씬 설득력이 있었을 것이다. 벽난로 망 반대편에 선 대공을 바라보며 올랜도는 혼자 중얼거렸다. 이번에는 여자의 관점이었다. "만일 이런 게 사랑이라면, 사랑은 아주 우스꽝스러운 거로구나."

해리 대공은 무릎을 꿇고 열렬히 구애했다. 그는 자신의 성에 단단한 상자가 있는데 그 안에는 약 2천만 더컷[56]의 금화가 있으며, 영국의 어느 귀족보다 많은 땅을 소유하고 있다고 말했다. 훌륭한 사냥터도 갖고 있어서, 영국의 들판이나 스코

---

[56] 과거 유럽에서 사용되던 금화 단위.

틀랜드에서는 볼 수 없는 온갖 들꿩과 뇌조를 사냥할 수 있다고 했다. 사실, 자신이 자리를 비운 사이 꿩들은 개취충증[57]에 걸리고 암컷 사슴은 새끼를 유산했지만 수습할 수 있을 것이며, 함께 루마니아에 가서 살면서 그녀가 도와준다면 확실히 해결될 거라고 말했다.

그가 그런 말을 하는 동안 다소 돌출된 그의 눈에서는 닭 똥 같은 눈물이 맺혔다. 그러더니 길고 홀쭉하고 거친 뺨을 타고 뚝뚝 떨어져내렸다. 남자도 여자만큼이나 이유 없이 자주 운다는 사실을 올랜도는 남자로 살았던 경험을 통해 알고 있었지만, 남자가 눈앞에서 감정을 드러낼 때 여자는 마땅히 충격받아야 한다는 점을 이제야 깨닫는 중이었다. 그래서, 충격을 받기로 했다. 대공은 사과했다. 그리고 충분히 감정을 추스르며, 오늘은 그냥 가지만 다음 날 다시 그녀의 답을 들으러 오겠다고 말했다.

다음 날은 화요일이었다. 그는 수요일에도 오고, 목요일에도 오고, 금요일에도 오고, 토요일에도 왔다. 매번 올 때마다 사랑의 맹세로 시작해, 사랑의 맹세로 계속되다가, 사랑의 맹세로 끝났다. 하지만 그 사이사이에는 오랜 침묵이 자리 잡았다. 그들은 벽난로 양쪽에 앉았고, 가끔 대공이 부지깽이를 쓰러트리면 올랜도가 다시 세워놓았다. 그러다 대공이 스웨덴

---

[57] 가금류에서 주로 나타나는 부리를 벌리는 병.

에서 엘크 사슴을 사냥했던 이야기를 꺼내면, 올랜도는 아주 큰 사슴이었느냐고 물었다. 그러면 대공은 노르웨이에서 사냥했던 순록만큼 크지는 않았다고 대답했다. 그러면 올랜도는 혹시 호랑이를 사냥해본 적도 있느냐고 물었고, 대공은 알바트로스는 잡아본 적이 있다고 대답했다. 그러면 올랜도는(하품이 나는 걸 겨우 참으며) 알바트로스가 코끼리만큼 크냐고 물었고, 대공은 또 뭐라고 대답했다. 물론 분명히 매우 분별 있는 대답이었겠지만, 올랜도는 듣고 있지 않았다. 그녀는 자신의 책상과 창밖, 문 쪽을 바라보고 있었다. 그러다 대공이 "저는 당신을 흠모합니다"라고 말하자 동시에 올랜도가 "봐요, 비가 내리기 시작했어요"라고 말했고, 그러자 둘 다 무척 당황해서 얼굴이 새빨개져서는 다음에 무슨 말을 해야 할지 몰라 난처해했다. 사실 올랜도는 더는 할 말이 없어서 어찌할 바를 몰랐다. 기운 뺄 필요 없이 큰돈이 오가는 '플라이 루'라는 게임을 생각해내지 못했더라면 그와 결혼해야 했을지도 모른다. 달리 그를 쫓아낼 방법이 없었기 때문이다. 각설탕 세 개와 파리만 넉넉히 있으면 되는 단순한 게임이었지만 이 방법으로 당혹스러운 대화를 피할 수 있었고, 결혼의 필요성 또한 모면할 수 있었다. 지금 대공은 파리가 '저' 각설탕이 아니라 '이' 각설탕에 앉는다는 것에 5백 파운드를 걸고 있었다. 그래서 그들은 오전 내내(이 계절에는 보통 움직임이 느리고 가끔은 한 시간 넘게 천장을 빙빙 돌곤 하는) 파리들을 지켜보면서 보냈고, 그러다 마침내 멋진 금파리 한 마리가 어디에 앉을지 선택하면 한 판이 끝나곤 했다. 이 게임으로 수백 파운드의 돈이 그들 사이에 오갔다. 타고난 도박꾼인 대공은 이 게임이 경마만큼 재미있다고 주장하며 언제까지라도 할 수 있다고 맹세했다. 하지만 올랜도는 곧 싫증이 나기 시작했다. 올랜도는 자문했다. "이렇게 아침 내내 대공과 금파리만 바라보고 있어야 한다면 아무리 젊고 아름다운 여자로 인생의 전성기를 맞이한들 무슨 소용이 있단 말인가?"

점점 설탕이 꼴도 보기 싫어졌다. 파리를 보고 있으면 어지러웠다. 틀림없이 이 곤경에서 빠져나갈 방법이 있을 것 같았다. 하지만 올랜도는 여전히 여성들이 발휘하는 기술에는 서툴렀다. 이제 남자의 머리통을 때린다던가 양날 검으로 몸통을 찔러버릴 수도 없는 노릇이니, 이 방법이 최선이었다. 올랜도는 금파리 한 마리를 잡은 다음, 지그시 눌러 죽였다(이미 반쯤은 죽은 상태였다. 그렇지 않았다면 말 못 하는 생명체에게 관대한 그녀가 이런 짓을 할 수는 없었을 것이다) 그리고 아라비아고무 풀을 한 방울 떨어트려 각설탕에 붙였다. 대공이 천장을 바라보고 있는 동안, 올랜도는 잽싸게 자신이 돈을 건 각설탕과 바꿔치기한 다음 "루루!"라고 외쳐서 자신이 이겼음을 알렸다. 올랜도의 예상으로는, 온갖 스포츠와 경마에 갖가지 지식이 많은 대공이 그 속임수를 알아채고 루 게임에서 속임수를 쓰는 건 가증스러운 범죄이며, 그런 짓을 저지르는 남자들은 인간 사회에서 열대 유인원의 세계로 영원히 추방되어왔으니 더 이상 올랜도와는 아무것도 하지 않겠다고 남자답게 결단 내리는 것이었다. 하지만 올랜도는 이 다정한 귀족의 단순함을 잘못 판단했다. 그는 파리를 잘 구별하지 못했다. 그의 눈에는 죽은 파리나 산 파리나 똑같아 보였다. 그녀는 그를 상대로 스무 번이나 속임수를 썼고, 그는 그녀에게 17,250파운드(지금 돈으로는 약 40,885파운드 6실링 8펜스)가 넘는 돈을 잃었다. 그러다 결국 올랜도가 속임수를 너무 자주 쓰는 바람에 대공도 더는 속지 않게 되었다. 마침내 그가 진실을 깨달으면서 고통스러운 장면이 뒤따랐다. 대공은 자리에서 벌떡 일어났다. 얼굴이 빨갛게 상기되어 있었다. 그의 뺨을 따라 눈물이 방울방울 떨어져 내렸다. 올랜도가 그에게 돈을 많이 딴 건 아무것도 아니었다(그런 건 얼마든지 좋았다. 하지만 그녀가 그를 속였다는 것이 문제였다). 그녀가 자신을 속일 수 있다는 생각만으로도 그는 마음이 찢어질 듯 아팠다. 하지만 그녀가 루 게임에서 속임수를 썼다는 것이 가장 중요했다. 게임에서 속임수 쓰는 여자를 사랑하는 건 불가능하다고 말했다. 그는 감정을 주체하지 못하고 있었다. 하지만 곧 조금 정신을 차린 후, 아무도 본 사람이 없어서 다행이라며 어쨌든 그녀는 그저 일개 여자가 아니냐고 말했다. 요컨대, 기사도 정신을 발휘해 그녀를 용서할 마음의 준비가 되어 있다는 것이었다. 그는 자신의 거친 언사를 용서해달라고 청하며 허리를 숙였다. 그 순간, 올랜도는 문제를 간단히 처리했다. 그가 오만한 고개를 숙였을 때, 그의 셔츠 속으로 작은 두꺼비 한 마리를 집어넣은 것이었다.

올랜도가 한 짓을 공정하게 평하자면, 사실 그녀는 양날 검을 훨씬 선호했을 것이다. 두꺼비는 오전 내내 감추고 있기에는 너무 축축했다. 하지만 양날 검을 쓸 수 없으니, 두꺼비를 선택할 수밖에 없었다. 두꺼비와 웃음은 때로 차가운 강철도 하지 못하는 일을 해내는 법이다. 올랜도는 웃음을 터트렸다. 대공의 얼굴이 붉어졌다. 올랜도는 계속 웃었다. 대공이 욕설을 내뱉었다. 올랜도는 또 웃었다. 대공이 문을 쾅 닫고 나갔다.

"세상에 이렇게 고마울 데가!" 올랜도는 여전히 웃음을 멈추지 못하며 말했다. 마차 바퀴가 맹렬한 속도로 안뜰을 떠나가는 소리가 들려왔다. 덜커덕거리며 길을 달리는 소리도 들려왔다. 소리는 점점 희미해졌다. 그러다 완전히 사라져버렸다.

"드디어 나 혼자다."

들을 사람이 아무도 없어서 올랜도는 큰 소리로 말했다. 소란 후의 고요가 더 크게 느껴지는 이유는 여전히 과학적으로 증명되지 않았다. 하지만 계속 구애를 받다가 순식간에 혼자가 되었을 때 느끼는 깊은 외로움은 많은 여성이 증언할 것이다. 대공이 탄 마차가 멀어져가는 소리를 들으며, 올랜도는 대공(상관없었다)과 재산(상관없었다), 지위(상관없었다), 결혼 생활의 안온함과 그것이 보장해주는 환경(이것도 상관없었다)이 자신에게서 점점 더 멀어져감을 느꼈다. 하지만 그것은 삶이, 사랑이 멀어져가는 소리로도 들렸다. "삶과 사랑이라." 그녀는 중얼거리고는 책상으로 가서 펜을 잉크에 적신 후 써 내려갔다.

"삶과 사랑." 이 행은(양이 피부병에 걸리지 않도록 살충액에 담그는 적절한 방법에 관한 내용을 적은) 앞의 행과 운율도 맞지 않고 뜻도 전혀 통하지 않았다. 다시 읽어본 그녀는 얼굴을 붉히며 다시 읽어보았다.

"삶과 사랑." 그런 다음 펜을 옆에 내려놓고 침실로 들어가 거울 앞에 서서 진주 목걸이를 목에 걸었다. 잔가지 무늬가 있는 모닝 가운에는 진주가 돋보이지 않았다. 그래서 비둘기색 호박단 옷으로 갈아입었다가, 다시 복숭아꽃 색 옷으로, 그런 다음에는 다시 포도주색 양단 옷으로 갈아입었다. 아마도 분을 조금 발라야 할 것 같았다. 그리고 머리카락을 이마 주위로(딱 이렇게) 늘어트리면 어울릴 것 같았다. 그다음 발에 뾰족한 슬리퍼를 신고 손가락에는 에메랄드 반지를 꼈다. "자, 됐다." 모든 준비를 마친 올랜도는 이렇게 말한 후 거울 양쪽의 은빛 촛대에 불을 켰다. 그때 올랜도가 거울 속에서 본, 눈 속에서 타오르고 있던 것을 보기 위해서라면 어떤 여자가 불을 켜지 않을까. 거울 속에는 온통 눈 덮인 잔디밭이었고 올랜도는 마치 불꽃이자 타오르는 덤불 같았으며, 머리 주위에서 타오르는 두 개의 촛불은 은빛 잎사귀들 같았다. 그러다 다시,

거울은 초록빛 바다가 되었다. 그녀는 진주를 걸친 인어, 노랫소리로 뱃사공들을 유혹해 그녀를 안아보겠다고 배에서 뛰어내리게 만드는 동굴 속의 세이렌이었다. 그녀는 너무나 어두우면서 또 너무나 밝았고, 너무나 단단하면서 또 너무나 부드러웠다. 얼마나 놀랍도록 유혹적인지, 그냥 아주 쉽고 분명한 영어로 "맙소사, 인간의 형상을 한 생명체들 가운데 부인이 제일 아름답군요"라며 노골적으로 말해줄 사람이 하나도 없는 것이 안타까울 따름이었다. 그 말은 사실이었다. (절대 잘난 척하는 법이 없는) 올랜도마저도 이를 잘 알았다. 왜냐하면 그녀는 여자들이 자신의 미모가 자기 것이 아닌 것처럼 느낄 때 짓는 그런 미소, 자신의 미모가 거울 안에서 떨어지는 물방울이나 솟아오르는 분수처럼 갑자기 빛나 보일 때 자신도 모르게 짓게 되는 그런 미소를 짓고 있었기 때문이다. 바로 이런 미소를 짓고 있다가, 그녀는 잠시 귀를 기울였다. 들리는 건 잎사귀들이 바람에 흔들리는 소리, 참새들이 지저귀는 소리뿐이었다. 그녀는 한숨 쉬며 말했다. "삶, 사랑." 그런 다음 순식간에 뒤돌아서서 목에서 진주 목걸이를 잡아 뺀 후, 비단옷을 벗었다. 그리고 귀족 남자들이 보통 입는 단정한 검정 비단 니커보커스[58]로 갈아입은 후 똑바로 서서 종을 쳤다. 하인이 오자, 올랜도는 즉시 육두마차를 준비시키라고 말했다. 일이 생겨서

---

[58] 무릎 바로 밑에서 여미는 헐렁한 반바지.

급히 런던으로 가야 한다는 말과 함께. 대공이 떠난 지 한 시간도 채 되지 않아 그녀는 마차에 몸을 싣고 떠났다.

그녀가 마차를 타고 달리는 동안 본 풍경은 별다른 설명이 필요하지 않은 지극히 평범한 영국 풍경이므로, 그 틈을 타 지금까지 이야기 중에 그때그때 말하지 못하고 여기저기서 빠트린 내용을 특별히 여러분에게 한두 가지 이야기해볼까 한다. 예를 들자면, 독자들은 올랜도가 누군가에게 방해받을 때마다 원고를 숨기는 모습을 봤을 것이다. 그리고 또 그녀가 오랫동안 주의 깊게 거울을 본다는 것도 알았을 것이다. 그리고 지금은, 런던을 향해 마차가 달리는 동안 말들이 지나치게 빨리 달리면 깜짝 놀라면서도 소리 지르지 않으려고 꾹 참는다는 것도 눈치챘을 것이다. 글쓰기에 대한 겸손함, 용모에 대한 자만심, 안전에 대한 두려움, 이 모두는 조금 전 이야기했던, 남자였던 올랜도와 여자가 된 올랜도 사이에 달라진 것이 없다고 했던 말이 완전히 맞는 것은 아니라는 것을 암시하는 듯하다. 그녀는 다른 여자들처럼 자신의 지능에 대해 조금 더 겸손해지게 되었고, 다른 여자들처럼 자신의 용모에 대해 조금 더 자만심을 갖게 되었다. 어떤 감정들은 강해졌고, 어떤 감정들은 약해지고 있었다. 어떤 철학자들은 옷의 변화가 그것과 많은 관계가 있다고 말한다. 옷은 보기에는 별것 아닌 것 같지만, 단순히 우리를 따뜻하게 해주는 것 외에 훨씬 더 중요한 역할을 한다는 것이다. 옷은 세상을 바라보는 우리의 시각을 변화시키고 세상이 우리는 바라보는 시각도 변화시킨다. 예를 들면, 바르톨루스 선장은 올랜도의 치마를 보자마자 차양을 쳐주겠다고 했고, 고기 한 점을 더 권했으며, 큰 보트를 타고 함께 해안까지 가자고 청했다. 만일 그녀가 치렁치렁 늘어지는 치마 대신 다리에 딱 맞게 재단된 반바지를 입고 있었다면, 분명 이런 특별한 대접을 받지 못했을 것이다. 그리고 그런 특별한 대접을 받으면, 보답해야 옳았다. 올랜도는 무릎 인사로 감사를 표했고, 요청에 순순히 따랐으며, 그 선량한 남자의 유머를 추켜세웠다. 만일 선장이 남자들이 입는 반바지 대신 여자들이 입는 치마를, 그리고 꼬임 장식이 들어간 외투 대신 여자들의 비단 보디스를 입고 있었다면 올랜도는 절대 그러지 않았을 것이다. 그러므로 이는 우리가 옷을 입는 것이 아니라 옷이 우리를 입는다는 견해를 상당히 뒷받침한다. 우리는 팔이나 가슴에 맞춰서 옷을 만들지만, 옷은 우리의 마음과 생각과 말을 자기 입맛대로 만들어놓는다. 그래서 상당한 시간 동안 치마를 입은 올랜도 역시 눈에 띄게 달라진 점이 생겼다. (삽화페이지)쪽에 실린 삽화를 본다면 얼굴도 달라진 것을 알 수 있을 것이다. 남자였을 때의 올랜도의 얼굴과 여자가 된 올랜도의 얼굴을 비교해보면, 둘은 의심할 바 없이 같은 한 사람이지만, 뭔가 다르다는 걸 알 수 있다. 남자는 손으로 자유롭게 칼을 쥐고 있는 반면에, 여자는 비단옷이 어깨에서 흘러내리지 않도록 붙잡는 데 자신의 손을 쓰고 있다. 남자는 마치 자신의 필요와 기호에 맞게 만들어진 세상을 대하듯 당당히 정면을 바라보는 반면, 여자는 미묘한 시선으로, 심지어 의혹이 담긴 듯한 눈으로 곁눈질한다. 그 둘이 만일 똑같은 옷을 입었더라면 그들의 태도 또한 같았을지 모른다.

이는 일부 철학자들과 현자들의 견해다. 하지만 대체로 우리는 다른 견해를 갖고 있다. 남녀 간의 차이는 다행스럽게도 매우 심오한 것이다. 옷은 그저 내면 깊숙이 숨어 있는 어떤 것을 보여주는 수단에 불과하다. 여성의 옷과 여성이라는 성을 선택하도록 한 건 올랜도 자신의 변화였다. 이 선택을 통해 올랜도는 그저, 사람들이 흔히 겪지만 겉으로 드러내지 않는 뭔가를 조금 더 솔직하게 표현하고 있는 것인지도 몰랐다(솔직함은 사실 올랜도의 천성이었다). 여기서, 우리는 다시 난관에 봉착한다. 남성과 여성은 서로 별개이지만 실은 서로 얽혀 있다. 한 성에서 다른 성으로의 전환은 모든 인간에게서 일어나는 현상이며, 남성이 남성처럼, 여성이 여성처럼 보이도록 해주는 것은 그저 옷에 불과하다. 오히려 그 밑에 숨어 있는 성은 겉으로 보이는 성과 완전히 반대일 때도 있다. 그 결과로 인한 성가신 문제와 혼란은 누구나 경험해본 일이다. 하지만 우리는 여기서 일반적인 의문은 일단 남겨두고, 올랜도라는 특별한 사례에 미친 특이한 영향에만 주목하도록 하자.

올랜도는 종종 뜻밖의 행동을 했는데, 이는 그에게 남성과 여성이 섞여 있어서 둘이 번갈아 우위를 다투기 때문이었다. 예를 들어, 올랜도의 성이 궁금한 사람들은 올랜도가 만일 여자라면 어떻게 매번 옷을 10분 만에 다 입을 수 있느냐고 주장했다. 게다가 옷도 무작위로 고르고, 때로는 추레하다 못해 다 낡고 해진 옷을 입지 않던가? 그렇게 말하고 나서는, 그렇지만 그녀는 남자처럼 격식을 차리거나 권력을 탐하지 않는다고 말했다. 사실 올랜도는 지나치게 마음이 여렸다. 누가 당나귀에게 매를 들거나 새끼 고양이를 물에 빠트리거나 하면 참지 못했다. 그러면 사람들은 그가 집안일을 아주 싫어하고 여름이면 해가 뜨기도 전에 새벽같이 일어나 들판으로 나가 돌아다니는 점에 주목했다. 그녀는 어떤 농부보다도 작물에 대해 잘 알았고, 누구 못지않게 술을 잘 마셨으며, 운에 승부가 갈리는 위험한 게임을 좋아했다. 말도 잘 탔고, 육두마차를 전속력으로 몰고 런던 브리지를 건너다녔다. 하지만 남자로서 대담하고 활동적이면서도, 누군가 위험에 처한 광경을 보면 아주 연약한 여자처럼 심장 떨려 했다. 조금만 누가 화나게 해도 왈칵 울음을 터트렸다. 지리에 밝지 못했고, 수학은 참을 수 없이 싫어했으며, 남성보다는 여성에게서 더 흔히 나타나는 제멋대로 생각하는 버릇이 있었다. 예를 들면, 남쪽으로 가려면 비탈을 내려가야 한다는 식의 사고였다. 그러니, 올랜도가 남자에 가까운지 여자에 가까운지는 말하기 어려웠고, 당장 결론 내릴 수도 없는 문제였다. 그녀의 마차는 이제 자갈길

위를 달가닥거리며 달리고 있었다. 그녀는 도시에 있는 집에 도착했다. 마차에서 발판이 내려지고, 철문이 열리고 있었다. 블랙프라이어스에 있는 부친의 집에 들어가는 중이었다. 이곳은 도시 끝자락에 있어 유행에서 빠르게 멀어졌지만, 강까지 펼쳐진 정원과 산책하기 좋은 개암나무 숲이 있었으며 저택은 여전히 쾌적하고 넓었다.

그녀는 이곳에 묵기로 하고 자신이 이곳에서 찾으려는 그것, 즉 삶과 사랑을 찾기 시작했다. 첫 번째는 과연 찾을 수 있을지 약간 의구심이 들었다. 두 번째는 도착한 지 이틀 만에 어렵지 않게 찾아냈다. 그녀가 도시로 온 날은 화요일이었다. 그리고 이틀 뒤 목요일, 그녀는 당시 신분 높은 사람들처럼 몰[59] 거리로 산책을 나섰다. 그런데 방향을 한두 번 틀기도 전에 지체 높은 사람들을 구경하러 와있던 몇몇 서민의 눈에 띄고 말았다. 그들을 그냥 지나쳐가려는데, 품에 아이를 안은 한 평범한 여인네 하나가 다가서더니 올랜도의 얼굴을 스스럼없이 들여다보며 외쳤다. "여기 좀 봐, 레이디 올랜도잖아!" 그녀의 일행이 우르르 몰려들었다. 순식간에 올랜도는 자신을 구경하는 시민과 장사꾼의 아내들에게 둘러싸였다. 다들 유명한 송사의 주인공을 보고 싶어서 안달이었다. 그의 소송이 서민들

---

[59] 세인트 제임스 공원에 면한 큰길.

제4장

의 마음에 불러일으킨 관심은 그만큼 대단한 것이었다. 자칫하면 그녀는 몰려드는 군중에 밀려 매우 곤란한 처지가 될 수도 있을 것 같았다(그녀는 귀부인 혼자 공공장소를 걸어 다녀서는 안 된다는 사실을 잊고 있었다). 그때 키 큰 신사가 나타나 곧장 다가와서는 자신의 팔을 잡으라고 말했다. 대공이었다. 올랜도는 그가 나타난 것이 괴롭기도 하고 재미있기도 했다. 이 관대한 귀족은 그녀를 용서했을 뿐만 아니라, 그녀가 두꺼비로 벌인 경박한 장난이 크게 기분 나쁘지 않다는 것을 알려주기 위해 두꺼비 모양의 보석까지 구해서 마차로 데려다주는 길에 재차 구애하며 억지로 선물하기까지 했다.

올랜도는 군중과 대공과 그 보석 때문에 극도로 불쾌감을 느끼며 집으로 돌아왔다. 질식해 죽을뻔하거나, 에메랄드로 만들어진 두꺼비 세트를 선물 받지 않거나, 대공한테 청혼받지 않고는 산책도 할 수 없단 말인가? 하지만 다음 날 아침, 식탁에서 대여섯 장 정도의 편지를 발견하고는 상황을 조금 더 긍정적으로 보게 되었다. 레이디 서퍽과 레이디 솔즈베리, 레이디 체스터필드, 레이디 태비스톡 등 영국에서 가장 지체 높은 귀부인들이 보내온 편지였다. 그들은 자신들의 가문과 올랜도 가문 사이의 오랜 친분을 지극히 정중한 말투로 상기시키며 친분을 계속 이어갈 수 있는 영광을 바라고 있었다. 다음날인 토요일, 이 귀부인들 가운데 많은 이들이 직접 올랜도를 만나러 왔다. 화요일 정오쯤에는 그들의 하인들이 조만간 열릴 다양한 사교 모임과 만찬, 회합에 초대하는 초대장을 가지고 왔다. 그래서 올랜도는 지체하지 않고 런던의 사교계라는 바다에 물보라를 일으키며 뛰어들었다.

어느 시대든, 런던 사교계를 있는 그대로 진실하게 기록하는 일은 전기 작가나 역사학자의 능력을 벗어나는 일이다. 진실이 거의 필요치 않고 진실을 전혀 소중히 여기지 않는 이들, 즉 시인이나 소설가들만이 할 수 있다. 왜냐하면 그곳에서는 그 어떤 경우에도 진실이란 존재하지 않기 때문이다. 정말 전혀 존재하지 않는다. 모든 것이 나쁜 기운, 그저 신기루일 뿐이다. 무슨 의미인가 하면, 올랜도는 이런 사교 모임에 가면 새벽 서너 시에야 크리스마스트리처럼 상기된 뺨과 별처럼 반짝이는 눈을 하고 집에 돌아오곤 했다. 레이스를 하나 풀고 방 안을 수십 차례나 서성이다가, 레이스 하나를 또 풀고 다시 방 안을 서성거리곤 했다. 때로는 해가 서더크 지역의 굴뚝들 위에서 이글거리고 있을 때야 겨우 잠자리에 들었고, 누워서도 한 시간 이상 뒤척이며 웃고 한숨을 쉬고 나서 마침내 잠이 들곤 했다. 대체 이게 다 웬 소동이란 말인가?

다 사교계 때문이었다. 그렇다면 사교계에서는 대체 무슨 말, 무슨 행동이 오가기에 이 분별력 있는 귀부인을 그런 흥분 상태 속으로 몰아넣는단 말인가? 쉽게 말하면, 아무 일도 없었다. 아무리 기억을 쥐어짜봐도, 다음 날이 되면 올랜도는 뭐라 대단하게 이름 붙여줄 만한 것을 하나도 떠올릴 수 없었다.

O 경은 멋졌고, A 경은 정중했다. C 후작은 매력적이었고, M 씨는 재미있는 사람이었다. 하지만 그들이 왜 멋지고 정중하고 매력적이고 재치 있게 느껴졌는지는 아무리 떠올려봐도 생각이 나지 않아서 그녀는 자신의 기억이 잘못됐다고 생각하지 않을 수 없었다. 늘 같은 상황이었다. 다음 날이면 아무것도 남지 않았다. 하지만 그 순간의 흥분은 강렬했다. 따라서 우리는, 사교계란 솜씨 좋은 가정 요리사가 크리스마스 즈음에 내놓는 뜨거운 음료 같은 거라고 결론 내릴 수밖에 없다. 그 풍미는 열두 가지의 재료를 얼마나 잘 섞고 휘젓느냐에 좌우된다. 하나라도 빠지면, 풍미는 사라지고 만다. O 경과 A 경, C 경, 또는 M 씨를 보면 그 하나하나는 아무것도 아니다. 그런데 그들을 모두 섞어서 휘저으면, 한데 합쳐져 한없이 흥분시키는 맛, 한없이 유혹적인 향을 내는 것이다. 하지만 이런 흥분, 이런 유혹은 전부 우리의 분석을 피해서 사라진다. 따라서 사교계는 모든 것인 동시에 아무것도 아니다. 사교계는 세상에서 가장 강력한 조합이자 아무 존재도 아니다. 그러니 이런 괴물은 시인과 소설가들만이 다룰 수 있다. 그들의 작품은 이런 대단한 것이자 아무것도 아닌 것으로 채워져 엄청나게 커진다. 따라서 최선의 의지를 가진 그들에게 기꺼이 그 일을 넘기도록 하자.

따라서 우리는 선배 작가들을 본받아, 앤 여왕 시절의 사교계는 비할 데 없이 화려했다는 것만 이야기할 것이다. 사교계에 진출하는 것은 모든 상류층 사람들의 목표였다. 사교 예절이 무엇보다 중요했다. 아버지들은 아들을 가르쳤고, 어머니들은 딸을 가르쳤다. 남녀를 막론하고 행동거지를 바로 하는 기술, 절과 무릎 인사 기술, 검과 부채를 다루는 법, 치아 관리법, 다리를 올바로 두는 법, 무릎을 유연하게 굽히는 법, 적절히 방을 출입하는 법, 그 외에 사교계에 있어 본 사람이라면 누구나 즉각 알아챌 온갖 무수한 것들을 다 배우지 않고는 교육이 끝났다고 할 수 없었다. 올랜도는 소년이었을 때 엘리자베스 여왕에게 장미수를 바치면서 칭찬을 받은 적이 있었으므로, 이런 검열을 통과할 수 있을 정도로 충분히 숙련되어 있다고 생각할 수 있다. 하지만 사실 그녀는 딴 데 정신이 팔릴 때가 많았고, 그래서 때로는 꼴사나운 행동을 하곤 했다. 호박단 생각을 해야 할 때 걸핏하면 시를 생각했고, 여자치고는 걸음걸이가 크고 행동이 갑작스러워서 찻잔을 엎을 뻔하기도 했다.

이런 사소한 결점이 그녀의 화려한 품위에 해가 되었던 것인지, 아니면 가문 사람들 혈관에 흐르는 블랙 유머 기질을 좀 과하게 물려받은 탓인지, 사교계에 나간 지 스무 번도 채 되지 않아 그녀는 혼잣말로 말했다. 누가 있었다면 들었을지 모르겠지만, 그녀의 옆에는 스패니얼 피핀뿐이었다. "나는 대체 뭐가 문제인 거지?" 그날은 1712년 6월 16일 화요일이었다. 그녀는 막 알링턴 하우스에서 열린 큰 무도회에서 돌아온 참이었다. 하늘이 새벽을 알리고 있었고, 올랜도는 스타킹을 벗는 중이었다.

"죽을 때까지 다른 사람을 못 만난다고 해도 상관없어." 올랜도가 왈칵 울음을 터트렸다. 연인은 많았지만 삶은, 나름의 중요성을 가진 삶은 얻지 못했다. "이것이, 이것이, 사람들이 삶이라고 부르는 그것인가?" 듣는 사람은 아무도 없었지만 그래도 그녀는 문장을 마무리했다. 스패니얼이 위로의 표시로 앞발을 들어 올리고 혀로 올랜도를 핥아주었다. 올랜도는 손으로 스패니얼을 쓰다듬다가 입을 맞춰주었다. 요컨대, 그 둘은 개와 주인으로서 나눌 수 있는 최고의 교감을 나누고 있었다. 하지만 동물은 말을 할 수 없다는 점이 이 우아한 교감에 큰 장애물이라는 것은 부정할 수 없는 사실이었다. 꼬리를 흔들고, 몸을 숙이고, 엉덩이를 치켜든다. 구르고, 뛰어오르고, 발로 긁으며, 낑낑거리고, 짖고, 침을 흘리는 등 나름대로 온갖 표현 방식과 기술이 있지만, 말을 하지 못하니 다 소용없다. 올랜도는 개를 부드럽게 바닥에 내려놓으며 생각했다. 알링턴 하우스에서 만난 그 훌륭한 사람들과 말이 통하지 않는 것이 바로 이런 문제라고. 그렇다. 그들도 꼬리를 흔들고, 몸을 숙여 인사하고, 구르고, 뛰어오르고, 앞발로 긁고, 침을 흘리지만, 대화는 나눌 줄 모른다. "세상에 나가 있는 지난 몇 달 동안 내가 들은 건 피핀도 할 수 있는 소리가 전부였어." 올랜도는 스타킹 한 짝을 벗어 방 저쪽으로 던지며 말했다. "추워요, 행복해요, 배고파요, 쥐 잡았어요, 뼈다귀를 땅에 묻었어요, 내 코에 입맞춤해줘요." 하지만 올랜도는 그걸로 충분하지 않았다.

어떻게 짧은 시간에 올랜도가 그토록 도취에서 역겨움이라는 상태까지 갔는지는 미루어 짐작해 설명할 수밖에 없겠다. 우리가 사교계라 부르는 이 불가사의한 조합은 그 자체로는 절대적으로 좋거나 나쁘다고 할 수 없지만, 그 안에는 변덕스러우면서도 강력한 어떤 경향이 있었다. 그래서 사교계를 떠올릴 때, 올랜도가 그랬듯이, 즐겁다고 생각하면 도취하고, 역겹다고 생각하면 머리가 아파진다. 둘 중 어느 쪽이든, 말하는 능력과 엄청난 관계가 있을지도 모른다는 생각은 지금은 접어두자. 때로는 침묵의 시간이 무엇보다 황홀하고, 빛나는 재치가 이루 말할 수 없이 지루할 수도 있는 법이니 말이다. 하지만 이 문제는 시인들에게 넘기고, 우리는 계속 이야기를 이어가도록 하자.

올랜도는 첫 번째 스타킹 한 짝에 이어 나머지 한 짝도 벗어 던진 다음, 이제 사교계에는 영원히 발을 들이지 않으리라 단단히 결심하며 울적한 기분으로 잠자리에 들었다. 그렇지만 또다시 드러난 것은, 그녀가 너무 성급하게 결론 내렸다는 사실이었다. 바로 다음 날 아침, 잠에서 깨어난 올랜도는 테이블 위에 놓여 있는 통상적인 초대장들 사이에서 R 백작 부인이라고 하는 대단한 귀부인이 보낸 초대장을 발견했다. 간밤에 다시는 사교계에 나가지 않겠다고 결심했음에도, 부리나케 R 백작 부인의 집으로 하인을 보내 세상 가장 큰 기쁨으로 초대를 받아들이겠다고 했다. 이러한 올랜도의 행동은 '사랑에 빠진 귀부인' 호를 타고 템스강을 거슬러 내려올 때 니컬러스 베네딕트 바르톨루스 선장이 갑판에서 그녀의 귀에 떨군 감미롭기 그지없는 세 개의 단어에 그녀가 여전히 시달리고 있다는 사실로만 설명이 가능할 것이다. 그때 그는 '코코아 트리' 커피하우스를 가리키며 "애디슨, 드라이든, 포프"라고 말했고, 그때부터 "애디슨, 드라이든, 포프"라는 말은 그녀의 머릿속에서 주문처럼 울리고 있었다. 이런 말도 안 되는 상황을 누가 믿겠는가? 하지만 사실이었다. 닉 그린과 그런 경험을 하고도 올랜도는 배운 게 없는 모양이었다. 그런 이름들은 여전히 올랜도를 강렬하게 사로잡았다. 아마도 우리 인간은 뭔가를 믿지 않으면 안 되나 보다. 이미 말했듯 올랜도는 일반적인 신을 믿지 않았고, 그 대신에 위인들을 맹신했다. 하지만 예외가 있었다. 제독이나 군인, 정치가에게는 전혀 감흥이 없었다. 하지만 위대한 작가는 떠올리기만 해도 믿음이 한없이 차올라, 위대한 작가란 원래 눈에 잘 보이지 않는다고 믿을 정도였다. 그녀의 그런 본능은 정상이었다. 어쩌면 인간이 완전히 믿을 수 있는 건 눈에 보이지 않는 것뿐인지도 모른다. 배의 갑판 위에서 스치듯 잠깐 본 그 위인들이 그녀에게는 일종의 환영처럼 느껴졌다. 거기에 있던 찻잔이 정말 도자기이고 신문이 정말 종이였는지 의심스러웠다. 언젠가 O 경이 전날 밤 드라이든과 저녁을 먹었다고 말했을 때도 그녀는 그 말을 전혀 믿지 않았다. 그런데 레이디 R의 응접실은 천재들을 알현할 수 있는 대기실로 유명했다. 그곳에서는 남녀가 모여 벽감에 놓인 천재들의 흉상에 대고 향로를 흔들며 찬가를 부르는데, 때로는 신이 직접 존재를 드러내기도 한다고 했다. 지성을 갖춘 사람만이 그 자리에 들어갈 수 있고, (전하는 말에 의하면) 재치 없는 말은 한마디도 언급해서는 안 된다고 했다.

그래서 올랜도는 두려운 마음으로 방에 들어갔다. 벽난로 앞에 이미 한 무리의 사람들이 둥글게 모여 있었다. 중앙에 놓인 안락의자에는 꽤 나이가 들어 보이는, 어두운 안색에 검은 레이스 베일을 쓴 레이디 R이 앉아 있었다. 귀가 약간 어두운 그녀는 이런 식으로 양쪽 모두의 대화를 장악할 수 있었다. 그녀를 중심으로 양쪽에는 아주 저명한 인사들이 앉아 있었다. 남자들은 모두 한때 총리를 역임한 이들이었고, 여자들은 모두 왕의 정부였다는 뒷말이 돌았다. 분명한 건 다 훌륭하고 유명한 사람들이라는 사실이었다. 올랜도는 깊은 경의를 표하며 조용히 자리에 앉았다. 그리고…… 세 시간 후 깊이 무릎을 굽혀 인사하고 자리를 떠났다.

그런데 대체 그 시간 동안 무슨 일이 있었던 것일까? 아마도 독자들은 격분에 차 묻고 싶을 것이다. 그런 사람들이 모였으니 그 세 시간 동안 분명 세상에서 가장 재치 넘치고, 심오하며, 흥미로운 이야기들을 하지 않았겠는가. 정말 그렇게 생각될 것이다. 하지만 사실 그들은 아무 말도 하지 않았다. 이는 세상에서 제일가는 사교계들이 공통으로 가지고 있는 기이한 특징이다. 마담 뒤 데팡[60]과 그녀의 친구들이 50년 동안이나 쉬지 않고 대화를 나눴지만, 무엇이 남았는가? 아마 재기 넘치는 말 세 마디 정도에 지나지 않을 것이다. 그러니 마음대로 짐작해보건대 그날 그 자리에서는 아무 말도 오가지 않았거나, 말을 하긴 했는데 재치 있는 말이 하나도 없었거나, 아니면 마담 뒤 데팡과 그녀의 친구들이 남긴 그 재기 넘치는 말 세 마디의 일부가 1만 8천 2백 50번의 밤이 지나도록 남아 있어서 그들 가운데 누구도 재치를 뽐낼 기회가 없었던 것이 분명하다.

사실 이런 집단에 모이는 사람들은 전부(그런 자리에 이런 단어를 감히 써도 괜찮다면) 주술에 걸린 상태라고 볼 수 있다. 모임을 주최한 여주인은 현대판 주술사다. 손님들에게 주문을 거는 마녀다. 그녀의 집에 들어가면 손님들은 자신이 행복하다고, 재치 있다고, 깊이 있다고 생각한다. 다 환상이다(그게 나쁘다는 말은 아니다. 환상은 모든 것 가운데 가장 가치 있고 필요한 것이며, 환상을 만들어낼 수 있는 사람은 세상에서 가장 위대한 자선가라고 할 수 있다). 하지만 이미 알려진 대로 환상은 현실과 부딪치면 산산이

---

[60] 마담 뒤 데팡(Madame du Deffand), 프랑스 사교계의 유명 인사였으며, 그녀의 살롱에는 볼테르를 비롯한 지식인과 명사들이 드나들었다.

부서지게 되어 있으니, 환상이 지배하는 곳에서는 진정한 행복도, 진정한 재치도, 진정한 깊이도 용납되지 않는다. 마담 뒤 데팡이 왜 50년 동안 재치 있는 말을 딱 세 마디만 했는지 설명되지 않는가. 만일 그녀가 말을 더 많이 했더라면 그녀의 모임은 그만 해체되고 말았을 것이다. 그녀가 재치 있는 말을 할 때마다 마치 대포알이 제비꽃과 데이지꽃들을 망쳐버리듯 사람들의 대화를 엉망으로 만들어버렸기 때문이다. 그녀가 그 유명한 '성 드니의 말'[61]을 했을 때는 온 잔디밭이 다 타버렸다. 환멸과 쓸쓸함이 뒤따랐다. 누구도 말 한마디 내뱉지 못했다. "제발, 그런 말은 하지 마십시오, 부인!" 그녀의 친구들이 일제히 소리쳤다. 그리고 그녀는 그들의 말을 따랐다. 그래서 거의 17년간 그녀는 기억할 만한 말을 전혀 하지 않았고, 모든 것이 원만하게 돌아갔다. 그녀의 모임에는 환상이라는 아름다운 덮개가 아무런 손상 없이 그대로 다시 씌워졌다. 레이디 R의 모임 역시 마찬가지였다. 손님들은 자신이 행복하다고 생각했고, 재치 있다고 생각했으며, 심오하다고 생각했다. 그들이 그렇게 생각하고 있을 때 다른 이들은 더 그렇게 생각했다. 그래서 레이디 R이 여는 회합보다 더 재미있는 곳은 없다고

---

[61] 성 드니는 3세기의 순교자로, 참수 당시 잘린 목을 들고 계속 설교하면서 지금의 생드니 성당이 있는 자리까지 걸어갔다는 이야기가 있다. 그 전설에 대해 마담 뒤 데팡이 한 말 중에서 "거리가 얼마나 되는지는 중요하지 않으며, 첫발을 떼는 것이 가장 어렵다."라는 말이 유명하다.

생각하게 되었고, 모두가 그곳에 초대받은 이들을 부러워했다. 그리고 그곳에 초대받아 간 이들은 다른 이들이 자신들을 부러워한다는 이유로 자부심을 느꼈다. 그렇게 끝이 나지 않을 것만 같았다. 지금부터 이야기하려는 그 일만 없었다면.

올랜도가 그곳을 세 번 정도 방문했을 무렵, 사건 하나가 일어났다. 그녀는 여전히 자신이 세상에서 가장 멋진 경구들을 듣고 있다는 환상에 빠져 있었는데, 실은, 늙은 C 장군이 통풍이 왼쪽 다리에서 오른쪽 다리로 옮겨갔다는 이야기를 상당히 자세하게 늘어놓고 있는 것에 지나지 않았다. 와중에 L 씨는 어떤 이름이 언급될 때마다 끼어들어 자기와의 인연을 강조했다. "R이라고 말씀하셨습니까? 이럴 수가! 빌리 R은 제가 저 자신만큼이나 잘 압니다. S요? 저와 절친한 사이랍니다. T라고 하셨나요? 그 친구랑은 요크셔에서 2주일을 함께 보낸 적이 있지요." 하지만 환상의 힘이란 어찌나 강한지, 그런 잡담이 세상 재치 있는 말, 인간 생활에 대한 면밀한 분석처럼 들렸고 사람들은 연신 웃음을 터뜨렸다. 그때 문이 열리더니 올랜도가 이름을 알지 못하는 키 작은 신사 하나가 들어왔다. 이상하게도 곧 불쾌한 감정이 밀려왔다. 표정을 보니 다른 사람들도 비슷하게 느끼는 것 같았다. 한 신사는 어디선가 찬바람이 들어오는 것 같다고 말했고, C 후작 부인은 소파 밑에 고양이가 있는 것 같다며 겁을 먹었다. 마치 즐거운 꿈을 꾸고 난 후 천천히 눈을 떠보니 싸구려 세면대와 지저분한 이불이 눈앞에 보이는 그런 기분이었다. 마치 맛있는 포도주가 천천히 그 향을 잃어가는 느낌이었다. C 장군은 여전히 떠들어대고 있었고 L 씨는 여전히 기억을 떠올리고 있었다. 하지만 장군의 불그스름한 목과 L 씨의 벗겨진 머리만 점점 더 분명하게 눈에 들어올 뿐이었다. 그들이 하고 있던 말 또한 세상에 그보다 더 지루하고 하찮은 말이 있을까 싶을 지경이었다. 다들 꼼지락거리기 시작했다. 부채를 가지고 있는 사람들은 부채로 입을 가린 채 하품했다. 드디어 레이디 R이 부채로 의자 팔걸이를 탁탁 두드렸다. 두 신사 모두 하던 말을 멈추고 입을 다물었다.

그때 그 키 작은 신사가 말했다.

다음에도 그가 말했다.

끝으로 그가 말했다.*[62]

이때 그의 말이 참으로 재치 있고, 참으로 지혜로우며, 참으로 심오했다는 것은 부인할 수 없는 사실이었다. 사람들은 모두 완전히 충격에 휩싸였다. 그런 말은 한마디만으로 해로웠다. 그런데 세 마디라니, 그것도 하룻밤 사이에 연달아! 그 정도라면 어떤 사교계라도 견뎌낼 수 없었다.

"포프 씨." 레이디 R이 분노에 휩싸여 떨리는 목소리로

---

[62] *원주-그가 무슨 말을 했는지는 워낙 잘 알려져 있고 그가 출판한 저서에서도 볼 수 있으므로 여기서 반복할 필요는 없겠다.

빈정거리듯 말했다. "본인의 재치가 만족스러우신가 보군요."
포프 씨의 얼굴이 시뻘겋게 달아올랐다. 아무도 아무 말도 하지 않았다. 약 20분 동안 죽음 같은 침묵이 이어졌다. 그러다 하나둘 자리에서 일어나 살금살금 방에서 빠져나가기 시작했다. 이런 일을 겪고도 그들이 다시 돌아올지는 미지수였다. 횃불 든 소년들이 마차를 부르는 소리가 사우스오들리 거리 전체에 울려 퍼졌다. 문이 쾅쾅 닫히고 마차들이 거리를 떠났다. 올랜도는 정신을 차려보니 계단참에 포프 씨와 함께 서 있었다. 마르고 보기 흉한 그의 몸이 여러 가지 감정들로 떨리고 있었다. 그의 눈에서 적의와 분노, 승리감, 재치, 공포(그의 몸이 사시나무처럼 떨리고 있었다)가 불길처럼 뿜어져 나왔다. 마치 이마에 타오르는 듯한 토파즈가 박힌, 쪼그리고 앉은 파충류 같았다. 동시에, 폭풍 같은 이상한 감정이 운 나쁜 올랜도를 덮쳤다. 한 시간도 채 되지 않는 시간 동안 겪은 환멸이 얼마나 완벽했는지, 마음이 사정없이 출렁거렸다. 모든 것이 전보다 열 배쯤 더 황량하고 삭막하게 느껴졌다. 인간의 정신에 가장 큰 위험이 닥친 순간이었다. 보통 이럴 때 여자들은 수녀가 되고 남자들은 사제가 된다. 바로 이런 순간에 부자들은 재산을 기증해버리고, 행복한 이들은 조각칼로 목을 긋는다. 올랜도도 그 무엇이든 기꺼이 할 수 있었을 테지만, 그녀에게는 아직 해야 할 경솔한 행동이 하나 더 남아 있었다. 그리고 그녀는 그것을 진짜로 저지르고 말았다. 포프 씨를 집에 초대한 것이다.

무기 없이 사자 굴에 들어가는 것이, 조각배로 대서양을 건너는 것이, 세인트 폴 대성당 꼭대기에 한 발로 서는 것이 경솔한 짓이라면, 시인과 단둘이 집에 가는 것은 그보다 훨씬 더 경솔한 짓이다. 시인은 사자와 대서양이 한데 합쳐진 존재다. 하나가 우리를 익사시키는 동안, 다른 하나는 우릴 물어뜯는다. 설사 우리가 그 이빨을 견디고 살아남는다고 하더라도 파도에 휩쓸리고 말 것이다. 환상을 깨부술 수 있는 사람은 무서운 야수이자 인정사정없는 홍수다. 환상은 인간에게 있어 공기와도 같은 것, 땅에서 부드러운 공기를 걷어내면 모든 식물은 죽고, 모든 색은 그 빛을 잃으며, 우리가 딛고 선 땅은 바싹 말라버린 재가 되어버린다. 우리가 밟는 것이 흙이라고 해도 타는 듯 뜨거운 자갈이 우리 발을 태울 것이니, 우리는 그 야말로 죽은 목숨이나 다름없다. 인생이란 그저 꿈이다. 깨어나면 죽는 것이다. 우리에게서 꿈을 빼앗아 가는 사람은 삶을 빼앗아 가는 것이나 마찬가지다(원한다면 6페이지 정도는 더 이어갈 수 있지만, 지겨울 테니 그만두도록 하겠다).

이 말이 다 맞는다면, 마차가 블랙프라이어스의 집에 도착할 무렵 올랜도는 잿더미가 됐어야 옳다. 확실히 지치긴 했지만, 올랜도가 여전히 인간의 모습을 유지할 수 있었던 건 전적으로 우리가 앞서 주의를 기울였던 어떤 사실 덕분이다. 잘 보이지 않을수록 더 믿게 된다는 그 사실 말이다. 지금 이 시각 메이페어와 블랙프라이어스 사잇길에는 조명이 충분한 상태가 아니었다. 사실 이것도 엘리자베스 여왕 시대에 비하면 훨씬 나아진 것이다. 그 당시에는 밤길에 파크레인의 자갈이나 토트넘 코트 로드의 참나무 숲에서 흙을 파대는 멧돼지들을 피하려면 별빛 아니면 몇 안 되는 야경꾼들이 들고 다니는 붉은 횃불에 의지해야 했다. 그나마도 현대에 비하면 여러모로 효율적이지 못했다. 2백 야드 남짓한 간격으로 가로등이 있었지만 기름 램프에 불을 붙인 것이어서 가로등과 가로등 사이에는 칠흑 같은 어둠이 길게 이어졌다. 그래서 올랜도와 포프 씨는 10분간은 어둠 속을 달리다가 30초간은 잠깐 빛 속에 있기를 반복했다. 그래서 올랜도는 마음이 아주 이상한 상태가 되어버렸다. 빛이 사라지면 지극히 감미롭고 아늑한 기분이 온몸을 휘감았다. '나처럼 젊은 여자가 포프 씨와 한 마차를 타고 가다니 정말 대단한 영광이야.' 올랜도는 그의 콧날을 바라보며 생각하기 시작했다. '아마 나보다 더 축복받은 여자는 없을 거야. 겨우 반 인치 떨어진 자리에, 여왕 폐하의 영토에서 가장 뛰어난 재담가와 앉아 있다니. 세상에, 그가 무릎에 맨 리본이 내 넓적다리에 느껴질 정도잖아. 후세 사람들이 우릴 얼마나 호기심으로 바라볼까, 그리고 내가 얼마나 부러울까.' 그때 다시 가로등이 나타났다. '지금 무슨 멍청한 생각을 하는 거야!' 그녀는 생각했다. '명예나 영광 같은 건 없어. 후세 사람들은 나나 포프 씨에 대해 생각도 하지 않을 거야. '시대'가 다 뭐고 '우리'가 다 뭐람?'

버클리 광장을 가로지르는 그들의 모습은 마치 서로 흥미나 공통 관심사도 없는데 갑자기 어두운 사막에 함께 내동댕이쳐진 두 마리의 눈먼 개미 같았다. 올랜도는 몸서리가 쳐졌다. 그러다 다시 어둠이 찾아왔다. 그녀의 환상이 되살아났다. '어쩜 이마가 저리도 고귀하게 생겼을까!' 그녀는 생각했다(너무 어두워서, 올랜도는 쿠션이 불룩 튀어나온 것을 그의 이마로 착각했다). '얼마나 대단한 천재성이 저 안에 담겨 있을까! 재치며 지혜, 진실, 이 모두는 누구나 목숨을 내주고라도 얻고 싶어 하는 귀한 보석들이 아닌가! 그의 빛이야말로 영원히 타오르는 유일한 빛! 그가 없다면 인간은 칠흑 같은 어둠 속에서 순례길을 걸어가야 하겠지(여기서 마차가 파크레인의 바큇자국에 빠지면서 크게 휘청거렸다). 천재가 없으면 우리에겐 혼란과 파멸뿐, 그는 무엇보다 존귀하고 무엇보다 명료한 빛이야.' 그녀가 쿠션의 튀어나온 부분에 대고 이렇게 감탄하고 있을 때, 마차가 버클리 광장의 가로등 아래를 지났다. 올랜도는 자신의 실수를 깨달았다. 포프 씨의 이마는 여느 남자들의 이마에 비해 조금도 나은 것이 없었다. '비열한 자.' 그녀는 생각했다. '나를 속이다니! 저 불룩한 쿠션이 당신 이마인 줄 알았잖아. 있는 그대로의 당신 모습은 한없이 졸렬하고, 가증스러워! 볼품없고 약해빠지기까지 했어. 도대체 존경할 만한 구석이 있어야 말이지. 불쌍히 여길 것투성이에, 경멸할 것들 천지네.'

또다시 그들은 어둠 속에 갇혔다. 시인의 무릎밖에 보이지 않게 되자 그녀의 분노는 곧바로 가라앉았다.

'하지만 비열한 건 나야.' 완전한 어둠 속에서 올랜도는 생각했다. '그가 야비한 사람일 수는 있지만, 내가 훨씬 더 야비하지 않은가? 내 정신을 키워주고 나를 보호해주는 것도, 야수를 겁주고 야만인을 쫓아내고 내게 누에 실로 짠 옷과 양털 깔개를 주는 것도, 다 이 사람인걸. 내가 숭배하려니까 그는 기꺼이 자신의 형상을 하늘에 띄워주지 않았던가? 그가 나를 돌보고 있다는 증거가 사방에 있지 않은가? 그러니 나는 지극히 겸손한 마음으로 고마워하며 고분고분해야 하지 않겠는가? 나는 기쁘게 그를 섬기고, 존중하고, 복종하리라.'

이때 마차가 지금 피커딜리 서커스가 자리하고 있는 모퉁이의 큰 가로등에 다다랐다. 가로등 불빛이 그녀의 눈에 비쳤다. 황량한 불모지에, 자신과 같은 여성이지만 타락해 버린 생명체 몇몇과 함께 두 가엾은 난쟁이들이 보였다. 그들 모두 헐벗고, 외롭고, 무력해 보였다. 자신을 돌보기만도 버거운 사람들이었다. 올랜도는 포프 씨의 얼굴을 똑바로 들여다보며 생각했다. '이 사람이 나를 보호해줄 수 있을 거라는 생각이나, 내가 이 사람을 숭배할 수 있다는 생각이나, 헛되긴 마찬가지로구나. 진리의 빛은 그림자 없이 우릴 비추지만, 그 빛은 우리 둘 모두와 지독하게 어울리지 않으니.'

물론 그들은 좋은 가문에서 좋은 교육을 받은 사람답게 여왕의 성격과 총리의 통풍에 대해서 내내 기분 좋게 대화를 이어갔다. 그러는 동안 빛에서 어둠으로 들어간 마차는, 헤이마켓을 지나고 스트랜드 거리를 따라 플리트 스트리트를 거쳐 마침내 블랙프라이어스에 있는 그녀의 집에 도착했다. 아까부터 가로등과 가로등 사이의 어둠이 점점 밝아지고 가로등 불빛은 점점 흐려지고 있었다. 다시 말해서, 아침이 밝아오고 있었다. 여름날 아침의 그 빛은 차분한 동시에 혼란스러웠다. 모든 게 다 보이면서도 아무것도 선명한 게 없었다. 그들은 마차에서 내렸다. 포프 씨는 올랜도가 마차에서 내리는 것을 도왔다. 올랜도는 미의 여신들의 예의범절에 어긋나지 않도록 세심하게 신경 쓰며 감사를 표하고, 포프 씨에게 먼저 집 안으로 들어가라고 청했다.

하지만 앞서 말한 내용 때문에 천재가 계속해서 빛나는 존재라고 생각하면 안 된다(이 병은 이제 영국 제도에서 근절되었으며, 그 병을 앓다 간 마지막 존재는 고 테니슨 경[63]이었다고 한다). 만약 그렇다면 우리는 모든 걸 있는 그대로 명확하게 봐야 할 뿐 아니라, 그러는 과정에서 말라 죽고 말 것이다. 천재는 작동 중인 등대와 비슷하다. 한번 빛을 쏘고 나면 한동안 잠잠하다. 다만 천재성이 등대와 다른 점은, 빛을 쏘는 횟수가 훨씬 변덕스러워(포프 씨가 그날 밤 그랬던 것처럼) 한 번에 예닐곱 번을 빠르게 연

---

[63] 알프레도 테니슨 경(Alfred Tennyson, 1st Baron Tennyson, 1809년 8월 6일 ~1892년 10월 6일). 영국 빅토리아 시대의 계관시인으로, 아름다운 운율을 담은 시를 써서 세계적으로 많은 사랑을 받았다.

달아 쏘고는 1년 동안, 아니 영원히 어둠 속에 잠겨버릴 수 있다는 것이다. 따라서 이 빛을 피하는 것은 불가능하며, 일단 암흑의 주문에 걸리면 아무리 천재라도 다른 사람들과 거의 똑같아진다고 한다.

처음에는 이 사실에 실망했지만, 정말 그렇다면 올랜도에게는 잘된 일이었다. 이제는 천재들과 많이 어울리며 살기 시작했기 때문이다. 대부분의 짐작과는 달리, 그들은 우리 일반인과 크게 다르지 않았다. 알고 보니 애디슨과 포프, 스위프트는 차를 좋아했다. 정자를 좋아했고, 자그마한 색유리 조각들을 수집했으며, 작은 동굴을 아주 좋아했다. 지위를 역겨워하지도 않았다. 그리고 칭찬을 좋아했다. 어떤 날은 진자주색 옷을 입었다가 또 어떤 날은 회색 옷을 입기도 했다. 스위프트는 근사한 등나무 지팡이를 들고 다녔다. 애디슨 씨는 손수건에 향수를 뿌리곤 했다. 포프 씨는 두통에 시달렸다. 약간의 뒷담 정도는 언짢아하지 않았다. 질투심도 없지 않았다(우리는 지금 올랜도가 뒤죽박죽 되는대로 떠올리는 생각들을 적어 내려가는 중이다). 올랜도는 처음에는 이런 하찮은 것들을 알아채는 자신이 짜증스러웠다. 그래서 기억할 만한 내용은 적어놓으려고 공책을 가지고 다녔다. 하지만 공책에는 끝내 아무것도 적히지 않았다. 그래도 그녀는 기운을 되찾았다. 엄청난 파티 초대장들을 찢어버렸고, 저녁 시간을 비워두었으며, 포프 씨, 애디슨 씨, 스위프트 씨 등의 방문을 기다렸다. 만약 독자가 여기서「머리카락 도둑」[64]이나 《목격자》[65], 『걸리버 여행기』[66]를 참조한다면, 이 이해하기 힘든 말들이 무슨 뜻인지 알 것이다. 그리고 만약 독자들이 이 조언을 받아들인다면, 분명 전기 작가들과 비평가들의 수고를 덜어줄 수 있을 것이다. 일단 다음 시를 읽어보자.

> 그 요정은 과연 다이아나[67]의 순결에 대한 규칙을 깰까,
> 아니면 섬세한 도자기에 흠집을 낼까,
> 자신의 명예를 더럽힐까, 아니면 새 양단 옷을 더럽힐까,
> 기도문을 잊을까, 아니면 가장무도회를 놓칠까,
> 혹은 무도회에서 마음을 잃을까,
> 아니면 목걸이를 잃을까.[68]

이 시를 읽으면 우리는 포프 씨가 어떻게 도마뱀처럼 혀를 날름거리는지, 그의 눈이 어떻게 번쩍이는지, 그의 손이 어떻게 떨리는지, 그가 어떻게 사랑하는지, 그가 어떻게 거짓말

---

[64] 알렉산더 포프의 서사시(1712년).

[65] 조지프 애디슨이 1712년 8월에 수필가이자 시인, 극작가였던 리처드 스틸과 함께 발행한 일간지.

[66] 조너선 스위프트가 지은 풍자 소설(1726년).

[67] 로마 신화에 등장하는 달과 사냥, 순결의 여신. 그리스 신화의 아르테미스에 해당한다.

[68] 「머리카락 도둑」, 칸토 Ⅱ, 105~109행.

을 하는지, 그가 어떻게 고통받는지, 마치 그에게 직접 듣는 것처럼 알게 된다. 간단히 말하면, 작품에는 작가의 영혼에 담긴 모든 비밀과 작가가 살면서 겪은 모든 경험, 그리고 작가의 자질이 뚜렷하게 나타나 있다. 하지만 우리는 비평가가 이것을 설명해주기를, 전기 작가가 저것을 자세히 다뤄주기를 바란다. 그러므로 비평과 전기의 도저히 말도 안 되는 성장세를 설명해줄 수 있는 유일한 단서는, 사람들에게 시간이 너무 많다는 것이다.

자, 「머리카락 도둑」을 한두 페이지 읽어보면 그날 오후 올랜도가 왜 그렇게 즐거워하고, 왜 그렇게 깜짝 놀라고, 왜 그렇게 뺨을 붉히고, 왜 그렇게 눈을 반짝였는지 정확히 알 수 있다.

그때 넬리 부인이 문을 두드리며 애디슨 씨가 찾아와 기다리고 있다고 전했다. 이 말에, 포프 씨는 쓴웃음을 지으며 자리에서 일어나 허리 숙여 작별 인사를 전한 후 다리를 절뚝거리며 떠났다. 애디슨 씨가 들어왔다. 그가 자리에 앉는 동안 『목격자』에 실렸던 다음 구절을 읽어보자.

"나는 여성이 모피와 깃털, 진주와 다이아몬드, 귀금속과 비단으로 치장한 아름답고 낭만적인 동물이라고 생각한다. 스라소니는 자기 가죽을 여성들의 발치에 던져 모피 목도리를 만들어주고, 공작과 앵무새, 백조는 방한용 토시에 일조하며, 바다는 조개껍데기를 내어주고, 바위는 보석을 내어준다. 자연의 모든 부분이 그 자체로 완벽한 신의 창조물을 꾸며주기 위해 자기 몫을 제공한다. 이 모든 것을, 나는 용납할 수 있다. 하지만 계속 이야기해왔듯이 페티코트는 용납할 수도 없고, 용납하지도 않을 것이다."

이 글은 이 신사를, 그의 뛰어난 재치와 그 외의 모든 것을, 우리 손안에 쥐여준다. 수정 구슬을 다시 한번 들여다보자. 그가 신고 있는 스타킹의 주름까지 선명하게 보이지 않는가? 그의 재치가 일으키는 파장과 굴곡이 고스란히 드러난 것이 보이지 않는가? 그의 온화함과 소심함과 세련됨, 그리고 그가 백작 부인과 결혼해 결국 꽤 괜찮은 죽음을 맞이하게 된다는 사실까지, 모든 게 선명하게 보이지 않는가? 애디슨 씨가 말을 마쳤을 때, 누가 문을 쾅쾅 두드리는 소리가 나더니 스위프트 씨가 예고도 없이 들이닥쳤다. 그는 늘 이렇게 제멋대로였다. 잠깐, 『걸리버 여행기』가 어디에 있더라? 여기 있었구나! '말의 나라 여행기' 중 한 구절을 읽어보도록 하자.

"나는 완벽한 신체적 건강과 마음의 평화를 누렸다. 배신하거나 변덕을 부리는 친구도 없었고, 비밀을 누설하거나 적의를 드러내는 사람도 없었다. 높은 사람이나 그 아랫것들의 호의를 얻기 위해 뇌물을 바치거나 아첨하거나 매춘을 알선할 필요도 없었다. 사기나 탄압에 맞서 방어할 필요도 없었다. 이곳에는 내 몸을 해치는 의사도, 내 재산을 망치는 변호사도 없었다. 내 말이나 행동을 감시하고 나에 대해 비난을 조장하는 고용된 끄나풀도 없었다. 이곳에는 우롱하는 사람도, 비난하는 사람도, 험담하는 사람도, 소매치기도, 노상강도도, 도둑도, 변호사도, 포주도, 어릿광대도, 노름꾼도, 정치인도, 재담가도, 성질 나쁘고 따분한 수다쟁이도…… 없었다."

하지만 잠깐, 냉혹한 말을 퍼붓지는 말자. 그러다가는 우리는 물론 당신까지 산 채로 가죽이 벗겨질 수 있으니! 이 난폭한 남자보다 솔직한 사람은 없다. 그는 아주 추잡하면서도 깨끗하고, 악랄하면서도 친절하며, 세상의 모든 것을 경멸하면서도 아이에게는 갓난아기의 말투를 쓴다. 그리고 의심의 여지 없이 정신병원에서 죽게 될 것이다.

그래서 올랜도는 그들 모두에게 차를 따라주었다. 그리고 날씨가 화창한 날이면 그들을 시골집으로 데려가 원형 응접실에서 푸짐한 만찬을 열어주었다. 올랜도는 그곳에 그들의 초상화를 빙 둘러 걸어놓았다. 그래서 포프 씨는 애디슨의 초상화가 자기 초상화보다 앞에 걸렸느니 마느니 하는 말을 할 수가 없었다. 물론 그들의 재치는 매우 뛰어났다(하지만 그들의 재치 있는 말은 그들의 책에 이미 다 들어 있었다). 그리고 그들은 그녀에게 언어 표현에서 가장 중요한 것, 즉 화자의 목소리가 물 흐르듯 자연스럽게 흘러가야 한다는 것을 가르쳐주었다. 그것은 들어본 적이 없는 사람은 흉내도 낼 수 없는 자질로, 닉 그린조차 아무리 모든 기술을 동원해도 할 수 없는 것이었다. 이것은 공기에서 태어나 가구에 부딪혀 파도처럼 부서지며 빙그르르 굴러 사라져버리는지라 다시 붙잡을 수가 없다. 특히나 반세기 후에나 귀를 쫑긋 세우고 애쓰는 사람들에게는 절대 불가능한 일이다. 그들은 말할 때의 목소리 억양만으로 그녀에게 이것을 가르쳐주었다. 이후로 그녀의 문체에는 작은 변화가 생겼다. 그녀는 산문으로 매우 즐겁고 재기 넘치는 구절과 인물을 표현할 수 있게 되었다. 올랜도는 그들에게 포도주를 후하게 대접했고, 저녁 식사 때는 그들의 접시 밑에 지폐를 두었다. 그들은 그것을 흔쾌히 받아들였으며, 올랜도도 그들이 바치는 헌사를 기쁘게 받아들였다. 그리고 그런 교환을 매우 영광스럽게 생각했다.

그렇게 시간이 흘러갔다. 올랜도는 종종 이상하게 들릴 만한 말을 중얼거렸다. "정말, 무슨 이런 인생이 다 있지!"(그녀는 여전히 인생의 의미를 찾고 있었다.) 하지만 곧 상황이 변해서, 그녀는 어쩔 수 없이 그 문제를 면밀하게 생각해야 할 처지가 되었다.

어느 날 올랜도는 포프 씨에게 차를 따라주고 있었다. 그러는 동안 포프 씨는, 위에 인용한 시를 보면 누구라도 짐작할 수 있겠지만, 그녀 옆자리에 잔뜩 웅크리고 앉아 반짝거리는 눈으로 이를 지켜보고 있었다.

'어머나,' 그녀는 각설탕 집게를 들어 올리며 생각했다. '다른 여자들이 오랫동안 얼마나 나를 부러워할까! 그렇지만—' 그녀는 포프 씨에게 집중하느라 잠시 생각을 멈췄다. 그렇지만 그녀 대신 우리가 그녀의 생각을 마무리해보도록 하자. 누군가가 '후세 사람들이 얼마나 나를 부러워할까'라고 말한다면, 그건 그가 지금 몹시 불편한 심정이라고 봐도 좋다. 이런 삶이 과연 회고록 작가들이 쓴 대로 그렇게 흥미진진하고 기쁘고 영광스러웠을까? 우선, 올랜도는 차를 정말 싫어했다. 다음으로, 지성은 신성하고 무척 숭배할 만한 것이지만 가장 지저분한 시체에 자리 잡는 습성이 있다. 그리고 종종 다른 능력들을 먹어치운다. 그래서 정신이 너무 크면 마음이나 감각, 아량, 관용, 포용, 친절 같은 것들이 숨 쉴 공간을 찾지 못한다. 그리고 시인들은 자신들은 높게 평가하고 다른 시인들은 낮게 평가하는 경향이 있다. 그래서 증오와 모욕, 질투와 임기응변이 끊임없이 끼어든다. 그리고 그것들을 유창한 말솜씨로 전하고 탐욕스럽게 자신들의 말에 공감해주기를 바란다. 이 모든 것들은 차를 따르는 행위를 더욱 위태롭게 만들고 생각보다 더욱 고된 일로 만든다(그들이 들을 수도 있으니 작게 말하겠다). 거기에 보태자면, (이번에는 여자들이 들을 수도 있으니 또 작게 말하겠다) 남자들은 자기들끼리 공유하는 작은 비밀이 하나 있다. 체스터필드 경은 철저히 비밀을 지키라는 당부와 함께 그 비밀을 아들에게 다음과 같이 알려주었다.

"여자들이란 그저 몸만 자란 어린아이에 불과하단다······ 분별 있게 그냥 희롱하고, 놀아주고, 웃겨주고, 치켜세워주면 그만이야." 아이들이란 늘 의도치 않게 말을 엿듣고 또 때로는 철이 들기도 해서, 그 말은 어쩌다 밖으로 새어 나오고 말 았다. 그런즉, 차를 따르는 의식은 전체적으로 기이하다. 여자는 아주 잘 안다. 어떤 재치 있는 사람이 그녀에게 시를 보내고, 그녀의 평을 칭찬하고, 비평을 청하고, 그녀가 따라주는 차를 마신다고 하더라도, 그것은 절대 그가 그녀의 의견을 존중하고 그녀의 이해력에 감탄해서 그러는 것이 아니며, 비록 양날 검은 아니더라도 펜으로라도 그녀의 몸을 찌르지 않겠다는 의미가 아니라는 것을 말이다. 최대한 목소리를 낮췄지만 아마도 지금쯤은 다 누설된 것이 뻔했다. 그래서 여자들은 크림 통을 든 채, 각설탕 집게를 집은 채, 안절부절못하면서 창밖을 흘낏 바라보며 몰래 하품하다가 그만 각설탕을 풍덩 떨어트리고 마는 것이다. 지금 올랜도가 포프 씨의 찻잔에다 그런 것처럼 말이다. 포프 씨는 누구보다 모욕을 재빨리 감지하고 곧바로 복수하는 사람이었다. 그는 올랜도를 돌아보더니 곧바로 「여성의 특성에 관하여」[69] 라는 제목으로 유명해질 시 구절의 초고를 써서 올랜도에게 주었다. 나중에 많이 다듬어지기는 하지만 초고만으로도 충분히 충격적이었다. 올랜도는 한쪽 무릎을 굽혀 정중하게 인사하며 그것을 받았다. 포프 씨는 인사를 하고 자리를 떠났다. 올랜도는 그 작은 남자에게 뺨

---

[69] 포프의 시 「여성에게 보내는 서신: 여성의 특성에 관하여」(1735)의 도입부에는 '여성은 대부분 특성이 없다'라고 되어 있다.

을 맞은 기분이었다. 달아오른 뺨을 식히기 위해 정원 아래쪽에 자리한 개암나무 숲을 거닐었다. 곧 시원한 바람이 얼굴을 식혀주었다. 혼자임을 깨닫자 그녀는 놀랍게도 엄청난 안도감을 느꼈다. 올랜도는 많은 사람이 배를 타고 즐겁게 노를 저으며 강을 거슬러 올라가는 모습을 바라보았다. 아마 과거의 기억 한두 가지가 생각난 게 분명했다. 그녀는 멋진 버드나무 아래에 자리 잡고 앉아 깊은 명상에 잠겼다. 하늘에 별이 뜰 때까지 거기에 그렇게 앉아 있었다. 그러다 자리에서 일어나 집으로 돌아온 그녀는 침실로 들어가 문을 잠갔다. 벽장을 여니 멋쟁이 청년 시절 입었던 옷들이 아직도 많이 걸려 있었다. 올랜도는 그중에서 레이스가 풍성하게 달린 베네치아풍의 검정 벨벳 옷을 골랐다. 사실 조금 유행이 지나긴 했지만, 몸에 딱 맞았다. 그 옷을 입은 올랜도는 영락없는 귀족 남자의 모습이 되었다. 그녀는 한동안 입은 페티코트 때문에 혹시 다리가 마음대로 움직이지 않게 된 건 아닌지 확인하기 위해 거울 앞에서 한두 바퀴 돌았다. 그런 다음 슬그머니 문을 열고 나왔다.

4월 초의 쾌청한 밤이었다. 초승달과 어우러진 무수한 별이 가로등 불빛에 한층 더 반짝거리며, 인간의 표정과 건축가 렌의 건축물을 한없이 아름답게 비춰주었다. 모든 것이 여리게만 보였다. 그러다 사라져버리나 싶은 순간, 은색 물방울들이 선명함을 더해주면서 생기를 불어넣었다. 대화란 저래야 한다고, 사교계란 저래야 한다고, 우정이란 저래야 한다고, 사랑이란 저래야 한다고 올랜도는(어리석은 몽상에 빠져) 생각했다. 이유는 알 수 없지만, 우리는 인간 사이의 교류에 믿음을 잃어버리는 순간, 헛간과 나무, 또는 건초 더미와 짐마차들의 무작위적인 결합에서, 그 도저히 닿을 수 없을 것처럼 보이는 것에 대한 너무나 완벽한 상징을 본다. 그래서 또다시 그것을 갈구한다.

올랜도는 이런 생각에 잠긴 채 레스터 스퀘어로 접어들었다. 건물들은 낮과는 달리 비현실적이면서도 형식적인 조화를 이루고 있었다. 그 지붕과 굴뚝의 윤곽선을, 솜씨 좋게 차오른 밤하늘이 채우고 있었다. 광장 한가운데에 있는 플라타너스 아래에, 한 젊은 여인이 한쪽 팔은 옆으로 늘어트리고 나머지 팔은 무릎에 내려놓은 채 맥없이 앉아 있었다. 그 모습은 우아함과 수수함, 외로움 그 자체였다. 올랜도는 공공장소에서 유행의 첨단을 걷는 여인에게 말을 거는 멋진 청년처럼 모자를 획 벗어 보였다. 그 젊은 여인이 고개를 들었다. 머리가 아주 맵시 있었다. 여인이 눈을 들었다. 찻주전자에서나 봤던, 사람의 눈에서는 거의 볼 수 없는 광채가 흐르고 있었다. 그 은빛 광채가 담긴 눈으로 그 젊은 여인은 그를(올랜도는 지금 그 여인에게 남자로 보이는 중이다) 올려다보았다. 그녀의 눈빛은 간절해 보였다. 뭔가를 바라는 것 같기도 하고, 떨고 있는 것도 같기도 하고, 두려운 것 같기도 했다. 그러더니 자리에서 일어나 올랜도가 내민 팔을 잡았다. 그녀는 밤이면 자신이라는 상품을 윤이 나도록 닦아 판매대 위에 잘 진열해놓은 후 최고가 입찰자를 기다리는 그런 부류의 여자였다. 그녀는 자신이 묵고 있는 제라드 스트리트의 방으로 그를 이끌었다. 그 여자가 자신의 팔에 부드럽지만 애원하듯 매달리자, 올랜도는 남자가 된 듯한 무수한 감정이 솟구쳐 올랐다. 올랜도는 남자처럼 보였고, 남자처럼 느끼고 있었으며, 남자처럼 말하고 있었다. 하지만 아주 최근까지 여자로 살아온 터라 올랜도는 그 여인의 수줍어하고 대답을 망설이는 모습, 걸쇠에 열쇠를 넣는 데 서툰 모습과 망토의 주름, 약한 척 꺾은 손목까지 전부 자신이 지금 내보이는 남성성을 만족시키기 위해 가장한 것이라는 의심이 들었다. 그들은 위층으로 올라갔다. 그 불쌍한 생명체의 방은 한껏 꾸며져 있었다. 하지만 다른 방이 없다는 사실을 그런 방식으로 숨긴 것에 올랜도는 한순간도 속지 않았다. 그 속임수에 비웃음이 났지만, 그럴 수밖에 없었을 진실에 동정심이 느껴졌다. 하나에서 다른 하나가 비쳐 보였고, 한꺼번에 여러 가지 이상한 감정이 느껴졌다. 그래서 올랜도는 웃어야 할지 울어야 할지 알 수 없었다. 그러는 동안 넬은(자신의 이름이라고 했다) 장갑의 단추를 풀고, 수선이 필요한 왼손 엄지손가락 부분을 조심스럽게 감춘 다음, 가리개 뒤로 들어갔다. 거기서 아마도 뺨에 볼연지를 바르고, 옷매무새를 단장하고, 목에 새로 스카프를 두르는 모양이었다. 그러는 내내 그녀는 여자들이 자신의 연인을 즐겁게 해주려 할 때 그러듯 쉴 새 없이 재잘거렸다. 하지만 그 목소리 톤으로 보아 생각은 전혀 다른 곳에 가 있음을 올랜도는 분명히 알 수 있었다. 준비가 끝났는지 여자가 나왔다. 하지만 올랜도는 더 이상 참을 수 없었다. 온갖 분노와 즐거움, 연민이 뒤섞인 낯선 고통이 느껴졌다. 올랜도는 변장을 벗어 던지면서 자신이 여자임을 자백했다.

그걸 본 넬은 건너편에서도 들릴 정도로 큰 소리로 웃음을 터트렸다.

"이런, 맙소사." 웃음이 조금 가라앉자 그녀가 입을 열었다. "그런데 나는 그 말을 듣고도 전혀 유감스럽지 않네요. 솔직히 말하면." (같은 여자라는 사실을 알게 되자 그녀는 놀랍도록 빠르게 태도가 바뀌었다. 그녀는 애처롭게 호소하는 듯한 행동을 그만두었다.) "솔직히 말하면, 나는 오늘 밤 남자랑 같이 보내고 싶은 기분이 아니거든요. 게다가 궁지에 몰려 있기도 하고요." 그러더니 난로를 끌어오고 사발에 펀치를 휘저으며 올랜도에게 자신의 인생 이야기를 들려주기 시작했다. 지금 우리가 집중하고 있는 건 올랜도의 인생이므로 다른 여인의 모험담을 이야기할 필요는 없지만, 그리고 넬에게는 재치라고는 손톱만큼도 없었지만, 올랜도가 그 어느 때보다 시간이 어떻게 흘러가는 줄도 모를 정도로 즐거워한 것은 확실하다. 대화 중에 올랜도가 포프 씨의 이름을 언급하자, 그녀는 혹시 저민 스트리트에 있는 가발 만드는 사람이랑 관계가 있느냐며 천진스럽게 묻기도 했다. 하지만 올랜도에게는 이것이 굉장히 편안하고 아름답게 느껴졌다. 길거리에서 흔히 들을 수 있는 표현들로 범벅되어 있었지만, 그동안 세련된 문구들에만 익숙해져 있던 올랜도에게 이 가련한 여자의 말은 신선하고 향기로운 포도주처럼 느껴졌다. 올랜도는 포프 씨의 비웃음과 애디슨 씨의 우월감, 체스터필드 경의 비밀 속에 재치 있는 사람들과 사귀는 즐거움을 자신에게서 앗아간 무언가가 있는 게 분명하다는 결론에 이를 수밖에 없었다. 물론 그들의 작품은 계속 깊이 존경하겠지만.

넬이 프루라는 여자를 불렀다. 그러자 프루는 키티라는 여자를, 키티는 로즈라는 여자를 불렀다. 알고 보니 이 가엾은 여인들도 나름의 사교계가 있고 이제 올랜도를 그 일원으로 받아들인 거라는 사실을 알 수 있었다. 그들은 어쩌다 지금 이렇게 살게 되었는지 각자 자신의 모험 이야기를 들려주었다. 여러 명이 백작의 사생아였고, 한 사람은 필요 이상으로 왕과 가까운 사이였다. 주머니 안에 자신의 혈통을 대신 증명해줄 반지나 손수건조차 갖고 있지 않을 만큼 불쌍한 처지거나 가난한 사람은 아무도 없었다. 그래서 그들은 올랜도가 언제나 후하게 베풀어주는 펀치 볼 주위로 모여들곤 했으며, 재미있는 이야기를 많이 해주었고, 놀라운 의견도 많이 내놓았다. 그러니 여자들이 모이면 한 마디도 기록에 남지 않게 늘 문이 닫혀 있는지 확인해야 한다(쉿, 조용!). 이 여자들이 바라는 건(또 쉿, 조용!), 그런데 저건, 계단을 올라오는 남자의 발소리가 아니던가? 이 여자들이 바라는 건, 이라고 다시 말하려는데 한 신사가 우리 입에서 그 말을 그대로 낚아챈다. 여자들은 바라는 게 없죠. 그저 그런 게 있는 척할 뿐. 그 신사가 넬의 방으로 들어서며 말한다(그는 넬의 시중을 받고는 떠났다). 바라는 게 없으니 그들이 대화는 누구에게도 흥미를 불러일으키지 못한다. S. W. 씨가 말하길, "이성이 주는 자극이 없으면 여자들이 서로 할 말을 찾지 못한다는 건 잘 알려진 사실입니다. 여자들은 자기들끼리만 있으면 대화하지 않아요. 서로 할퀴죠." 그렇다면, 함께 대화도 할 수 없고, 계속 쉬지 않고 서로 할퀴고만 있을 수도 없고, 그리고(T. R. 씨가 입증했듯) "여자들은 같은 여성에게는 어떠한 애정도 느끼지 못하고 서로를 극도로 혐오하기까지 하는데," 그런 여자들이 서로 교제하려 한다면 과연 무엇을 할까?

이런 질문은 분별 있는 남자의 관심을 끌 수 있는 질문이 아니므로, 성별에 구애받지 않는 전기 작가와 역사학자의 특전을 누리는 우리는 이 질문은 그냥 넘기도록 하고, 올랜도가 여자들끼리의 그 모임이 매우 즐거웠다고 고백했다는 것 정도만 말하도록 하겠다. 그것이 불가능한 일임을 증명하는 일은, 그런 걸 워낙 좋아하는 신사들한테 맡기도록 하고.

이 시기의 올랜도의 생활은 정확하고 자세하게 설명하기가 점점 불가능해졌다. 당시 제라드 스트리트와 드루어리 레인 근처의 어둑하고 포장도 안 되어 있고 바람도 잘 통하지 않는 마당들을 유심히 둘러보며 더듬더듬 가다 보면, 올랜도의 모습이 흘낏 보였다 사라져버리곤 했다. 올랜도를 쫓는 일이 더 어려워진 이유는, 이 시기에 그녀가 두 종류의 옷을 자주 갈아입는 게 편하다는 걸 알게 되었기 때문이다. 그래서 올랜도는 당시 회고록에 종종 그녀의 사촌인 누구누구 '경'으로 등장한다. 그녀의 관대함은 그의 관대함이 되었고, 그녀가 쓴 시는 그가 쓴 것으로 알려졌다. 그녀는 서로 다른 역할들을 계속하는 데 별 어려움이 없는 듯했다. 한 성별의 옷만 입는 사람들은 상상도 할 수 없을 정도로 자주 성별을 바꾸었기 때문이다. 의심할 여지 없이 그녀는 이런 방법으로 이중의 수확을 얻었다. 인생의 즐거움이 늘어났으며 경험도 증가했다. 매혹적인 페티코트와 정직한 반바지를 번갈아 바꿔 입었고, 남녀 두 성의 사랑을 똑같이 즐겼다.

어떤 식이었는지 적어보자면, 그녀는 아침에는 성별이 모호한 중국풍 가운을 입고 책 속에서 아침을 보냈고, 그 차림새 그대로 의뢰인의 방문을 받았다(그녀에게는 수십 명의 탄원인이 있었다). 그런 다음에는 정원으로 나가 개암나무의 가지를 정리했다. 이때는 무릎길이의 반바지가 편했다. 그다음에는 꽃무늬가 있는 호박단 드레스로 갈아입었다. 리치먼드로 가서 지체 높은 귀족에게 청혼을 받기에 매우 적합한 옷이었다. 그런 다음엔 다시 도시로 돌아와 변호사가 입는 것 같은 황갈색 가운으로 갈아입고 법원을 방문해 소송이 어떻게 진행되고 있는지

든고 오곤 했다. 그녀의 재산은 매시간 줄어들고 있었지만, 소송은 백 년 전이나 지금이나 전혀 해결이 날 기미가 보이지 않았기 때문이다. 그러다 마침내 밤이 되면, 그녀는 대개 머리부터 발끝까지 완전히 귀족 신사가 되어 모험을 찾아 거리로 나서곤 했다.

화려한 모험을 마치고 돌아올 때면(당시 그의 모험에 대해서 결투를 했다느니, 선장이 되어 왕의 배를 몰았다느니, 발코니에서 벌거벗고 춤을 추다 들켰다느니, 어떤 귀부인과 북해 연안의 저지대로 도망치는 걸 그 귀부인의 남편이 쫓아갔다느니 하는 많은 이야기가 전해지는데, 그 소문의 진실 여부에 대해서는 아무 의견도 표명하지 않겠다), 그리고 어떤 일이든 마치고 돌아올 때면, 올랜도는 꼭 커피하우스 창문 아래를 지났다. 그러면 재기 넘치는 자들의 눈에 띄지 않으면서 그들을 볼 수 있었고, 그들이 하는 말을 한마디도 듣지 않아도, 그들의 몸짓만 보고도 얼마나 지혜롭고 재치 있는 말, 또는 악의 넘치는 말이 오고 가는지 상상할 수 있었다. 한번은 볼트 코트에서 커피하우스 블라인드에 비친, 세 사람이 함께 차를 마시고 있는 그림자를 바라보며 30분이나 서 있었던 적도 있었다.

그 어떤 연극보다 재미있었다. 브라보! 브라보! 하며 소리라도 지르고 싶은 심정이었다. 정말, 너무나 멋진 드라마였다. 마치 인간의 인생을 소재로 한 아주 두꺼운 책에서 한 장을 뜯어낸 듯한 장면이었다! 입술을 삐죽 내밀고는 의자에 앉은 채로 불안하고 심통 사납게 위세를 부리며 몸을 이리저리 잠시도 가만두지 못하던 작은 그림자도 있었고, 눈이 보이지 않아 찻잔에 차가 얼마나 남았는지 확인하기 위해 손가락을 집어넣고 있던 등이 굽은 여자의 그림자도 있었고, 커다란 안락의자에 앉아 몸을 흔들거리는 로마인처럼 보이는 그림자도 있었다. 그 남자는 손가락을 이상하게 비틀고, 고개를 좌우로 홱홱 꺾으며, 차를 요란스럽게 꿀꺽거리면서 마셨다. 이 그림자들의 주인은 바로 존슨 박사, 보스웰 씨, 그리고 윌리엄스 부인[70]이었다. 얼마나 푹 빠져서 지켜보았던지, 올랜도는 후세 사람들이 자신을 부러워할 거라는 생각을 할 새조차 없었다. 이런 상황이라면 충분히 그럴만한데도 말이다. 그녀는 보고 또 보며 만족스러워했다. 드디어 보스웰 씨가 자리에서 일어났다. 그는 노부인에게 쏘아붙이듯 거친 말투로 인사했다. 하지만 거대한 로마인의 그림자 앞에서는 겸손하게 몸을 낮췄다. 그 로마인은 이제 똑바로 선 채로 몸을 약간 흔들거리면서, 지금까지 인간의 입에서 나온 말 중에 가장 감명 깊은 구절들을 읊었다. 세 사람의 그림자가 거기에 앉아 차를 마시는 동안 무슨 이야기를 나누는지 한마디도 듣지 못했지만, 올랜도는 그들이 그렇게 하고 있다고 상상했다.

---

[70] 새뮤얼 존슨(1709~1784)과 제임스 보스웰(1740~1795), 안나 윌리엄스(1706~1783)를 말한다. 새뮤얼 존슨은 영국의 시인이자 비평가로, 18세기 후반 영국 문단의 중심인물이었고, 제임스 보스웰인 스코틀랜드의 법률가로, 존슨의 전기를 써서 유명해진 인물이며, 윌리엄스는 웨일스의 시인으로, 새뮤얼 존슨과 절친한 사이였다.

어느 날 밤 마침내 이런 산책을 마치고 집으로 돌아와 침실로 올라간 그녀는, 레이스가 장식된 외투를 벗은 다음 셔츠와 반바지 차림으로 창밖을 내다보았다. 공기 중의 무엇인가가 마음을 흔들어 잠자리에 들 수가 없었다. 희부연 실안개가 도시를 뒤덮고 있었다. 서리 내린 한겨울 밤이었다. 주위에는 온통 아름다운 풍광이 펼쳐져 있었다. 세인트 폴 대성당과 런던 탑, 웨스트민스터 사원의 첨탑과 교회들의 원형 지붕, 템스 강의 매끈하고 거대한 강둑, 유려하고 광대한 곡선을 그리는 공회당과 집회소들이 보였다. 북쪽으로는 완만하게 솟은 햄스테드 언덕이, 서쪽으로는 메이페어의 거리와 광장들이 하나가 되어 환하게 빛을 발했다. 이 고요하고 평화로운 전망을, 구름 한 점 없는 하늘에서 별들이 흔들림 없이 또렷하게 반짝이며 내려다보고 있었다. 한없이 맑은 대기 아래 지붕과 굴뚝 갓의 윤곽선이 세세하게 다 보였다. 심지어 거리에 깔린 자갈도 하나하나 구분할 수 있었다. 올랜도는 이 질서정연한 모습과 엘리자베스 여왕 시절의 그 난잡하고 어수선했던 런던 인근의 모습을 비교하지 않을 수가 없었다. 당시 런던이라는 도시는 (도시라고 할 수 있을지 모르겠지만) 블랙프라이어스에 있는 자신의 집 창문 아래로 집들이 빡빡하게 뒤엉켜 있는 덩어리에 불과했다. 별빛이 반사되는 곳이라고는 길 한가운데 깊이 팬 물웅덩이뿐이었고, 와인 가게 길모퉁이에 검은 그림자가 보인다면 그건 십중팔구 살해당한 남자의 시신이었다. 어릴 때 유모의 품에 안긴 채 마름모 창에 붙어 서서 들었던, 야밤에 싸움을 벌이다 다친 사람들이 울부짖던 소리도 기억났다. 번쩍이는 귀걸이를 달고 손에는 번뜩이는 칼을 쥔 남녀 불한당 무리가 마구 뒤엉켜 거친 돌림노래를 불러제끼며 거리를 휘청거리며 다니기도 했다. 그런 밤이면 하이게이트와 햄스테드의 빽빽한 숲이 마치 하늘을 배경으로 복잡하게 일그러지며 온몸을 비트는 것처럼 보였다. 런던 땅 위에 솟아 있는 언덕 중 적어도 하나에는 여기저기 삭막한 교수대가 있었고, 거기에는 십자가에 못 박힌 채 썩거나 말라붙어가는 시체들이 걸려 있었다. 위험과 불안, 욕망과 폭력, 시와 쓰레기 같은 글이 엘리자베스 시대의 구불구불한 도로 위로 떼 지어 몰려와, 도시의 작은 방들과 좁은 골목길에서 떠들썩하게 지껄이며 악취를 풍겼다(지금도 올랜도는 무더운 밤이면 풍겨오던 그들의 악취가 떠올랐다). 그런데 지금은(올랜도는 창밖으로 몸을 내밀었다) 모든 게 밝고, 질서정연하고, 평화로웠다. 자갈길 위로 마차가 덜그럭거리며 지나가는 소리가 희미하게 들려왔다. 저 멀리 야경꾼이 소리치는 소리도 들렸다.

"서리 내린 밤 자정 12시!" 이 말이 그의 입에서 떨어지자마자, 자정을 알리는 첫 번째 종소리가 울려 퍼졌다. 그때 올랜도는 세인트 폴 대성당의 원형 지붕 뒤로 작은 구름이 하나 와 있는 것을 알아챘다. 종소리가 울려 퍼지는 동안 그 구름은 점점 커지더니 놀라운 속도로 컴컴해지며 널리 퍼지기 시작했다. 그와 동시에 가벼운 바람이 일었다. 자정을 알리는 여섯 번째 종소리가 울릴 때쯤에는 동쪽 하늘 전체가 제멋대로 움직이는 구름에 뒤덮였다. 하지만 서쪽과 북쪽 하늘은 언제나처럼 청명했다. 그때, 구름이 북쪽으로 퍼져나갔다. 구름은 도시 위로 높이 솟은 것들을 모두 집어삼켰다. 이와는 대조적으로, 모든 불을 환하게 밝힌 메이페어만은 전보다 더 환하게 타올랐다. 여덟 번째 종소리와 함께 성급한 구름 조각 몇 개가 피커딜리로 퍼져나갔다. 구름은 다시 하나로 뭉치더니 서쪽 끝을 향해 놀라운 속도로 나아갔다. 아홉 번째, 열 번째, 열한 번째 종소리가 울렸을 때는 거대한 어둠이 런던 전역을 뒤덮고 있었다. 자정을 알리는 열두 번째 종소리와 함께 완전한 어둠이 내려앉았다. 사납게 요동치는 어마어마한 구름이 온 런던을 덮었다. 모든 것이 암흑이었다. 모든 것이 의문이었다. 모든 것이 혼란스러웠다. 18세기가 끝나고 19세기가 시작된 것이었다.

제5장

19세기 첫날, 런던뿐만 아니라 영국 제도 전체에 드리워진 그 거대한 구름은 오랫동안 그대로 머물며 그 그림자 아래 사는 이들에게 놀라운 영향을 미쳤다. 아니, 머물렀다고 할 수는 없었다. 세차게 몰아치는 돌풍에 끊임없이 흔들렸으니까. 영국은 기후가 완전히 바뀐 듯했다. 비가 자주 왔으며, 늘 급작스러운 돌풍을 동반했고, 그쳤다 싶으면 다시 내렸다. 물론 해가 나기도 했지만, 구름이 가득하고 대기가 너무 습해서인지 햇빛은 그 색이 전과 달랐다. 18세기의 뚜렷한 풍경을 칙칙한 보라색, 주황색, 빨강색 등이 대신했다. 이렇게 멍들고 음울한 하늘 아래, 양배추의 초록색은 전보다 칙칙했고, 흰 눈은 흙탕물처럼 탁한 색이 되었다. 심지어 습기가 집집이 침투하기 시작했다. 습기는 모든 적 중에 가장 음흉한 적이다. 해는 가리개로 막을 수 있고, 서리는 불을 지펴 녹일 수 있지만 습기는 우리가 자는 동안 슬며시 침투하기 때문이다. 습기는 소리도 없고, 알아채기도 힘들며, 어디에나 존재한다. 습기는 목재를 부풀게 하고, 주전자에 물때가 끼게 하며, 철을 녹슬게 하고, 돌을 부식시킨다. 그리고 그 과정이 워낙 서서히 일어나기 때문에, 서랍장이나 석탄 통을 집어 들었다가 그것이 통째로 산산이 부서진 후에야 우리는 습기 때문에 피해를 입었음을 알게 된다.

이런 식으로 아무도 정확한 날짜나 시간을 알지 못한 채 아주 은밀하고 미세하게 영국의 체질이 바뀌었다. 하지만 아무도 그 사실을 알지 못했다. 변화는 어디서나 느껴졌다. 한 건장한 시골 신사는 애덤 형제들이 고전적인 느낌을 살려 품위 있게 설계한 곳임이 분명한 식당에서 에일 맥주와 쇠고기 요리로 기분 좋게 식사를 하려고 앉았다가 한기를 느꼈다. 그래서 양탄자를 깔고, 수염을 기르고, 바짓단을 발등 아래에서 단단히 여몄다. 그 시골 신사가 다리에 느꼈던 냉기는 곧 그의 집으로 옮겨갔다. 그는 모든 가구에 덮개를 씌웠고, 벽과 테이블도 다 덮었다. 어느 것 하나 그대로 놔두지 않았다. 그다음에는 식습관도 자연스럽게 변하기 시작했다. 머핀이 새로 생겨났고, 크럼펫[71]이라는 음식도 만들어졌다. 저녁 식사 후에는 커피가 포트 와인을 대신했고, 커피를 거실에서도 마시기 시작하자, 거실에는 유리 진열장이 자리 잡았다. 유리 진열장이 생기니 조화가 필요해졌고, 조화를 두려니 벽난로 위에 선반이 필요해졌다. 벽난로 앞에 피아노가 놓였고, 피아노가 놓이니 거실에서 발라드를 연주하게 되었다. 발라드 연주는 (한두 단계 건너뛰어) 수많은 강아지와 매트, 도자기 장식품으로 이어졌다. 이미 매우 중요한 자리를 차지하고 있던 가정은 완전히 그 모습이 달라졌다.

습기의 영향은 집 밖에도 있었다. 담쟁이덩굴이 유례없이 무성하게 자라났다. 석재를 노출해 지은 집들이 녹색 나뭇잎들로 잔뜩 뒤덮였다. 정원들은 아무리 격조 있게 설계해도 결국 관목숲과 잡초들이 무성한 미로로 변했다. 아이들이 태어나는 침실로 들어오는 햇빛은 당연히 어두운 초록색이었고, 성인 남녀가 지내는 거실에는 갈색과 보라색의 고급 커튼을 통과한 희미한 빛만이 들어왔다. 하지만 변화는 외적인 것에서 끝나지 않았다. 습기는 내면도 공격했다. 사람들은 가슴에서 한기를, 정신에서 습기를 느꼈다. 사람들은 감정에 온기를 불어넣으려는 필사적인 노력으로 온갖 술책을 시도했다. 사랑과 탄생, 죽음이 모두 다양한 미사여구로 포장되었다. 남녀

---

71 구멍이 송송 난 동글납작한 빵으로, 버터를 곁들여 뜨겁게 먹는다.

사이는 점점 더 멀어졌다. 진솔한 대화는 결코 허용되지 않았다. 양측 모두 회피하고 은폐하는 데 공을 들였다. 그래서 외부의 축축한 땅에서 담쟁이덩굴과 상록수가 만발한 것처럼 내부에도 똑같은 번식력이 나타났다. 일반적인 여성의 삶은 출산의 연속이었다. 여자들은 열아홉 살에 결혼해 서른 살쯤에는 열다섯에서 열여덟 명 정도의 아이를 낳았다. 쌍둥이가 많아서였다. 이렇게 해서 대영제국이 생겨났다. 그리고 목재가 대어진 부분뿐만 아니라 잉크병에도 습기가 스며들어 문장은 강렬한 감정으로 부풀고, 형용사는 곱절로 증가하고, 서정시는 서사시가 되고, 칼럼 길이의 수필이면 족했을 하찮은 글이 열 권, 스무 권에 달하는 백과사전이 되었다. 이를 멈추기 위해 아무것도 할 수 없었던 예민한 사람의 마음에 이 모든 현상이 미친 영향에 대해서는 에우세비우스 처브가 증언해줄 것이다. 그의 회고록 마지막 부분을 보면, 다음과 같이 쓴 구절이 있다.

어느 날 아침 그는 '아무것도 아닌 모든 것'에 관해 2절 판 종이 서른다섯 장을 쓴 후 잉크병 뚜껑을 닫고 정원으로 짧은 산책을 나섰다. 그는 곧 관목숲에 들어섰다. 무수히 많은 나뭇잎이 머리 위에서 바스락거리며 반짝였다. 그는 마치 '발밑에 두툼하게 깔린 백만 장 이상의 나뭇잎들을 자신이 밟아 으스러트리고 있는 듯한 기분'이었다. 정원 끄트머리에서는 축축한 모닥불에서 자욱한 연기가 피어오르고 있었다. 그는 세상의 어떤 불도 저 거대한 골칫거리 식물들을 태워버릴 수 없으리라는 생각을 했다. 어디를 봐도 초목이 걷잡을 수 없이 자라고 있었다. 오이는 풀밭을 가로질러 그의 발치까지 퍼져 있었다. 거대한 꽃양배추는 층층이 쌓이고 쌓여서, 저러다 느릅나무만큼 자랄 것 같은 말도 안 되는 상상마저 들었다. 암탉들은 특별한 색이 없는 달걀을 끝도 없이 낳았다. 그때, 자신의 생산력과 지금 집안에서 열다섯 번째 산통을 겪고 있는 불쌍한 아내 제인을 떠올린 그는 한숨을 쉬며, 이런 내가 어찌 닭한테 뭐라 할 수 있겠는가, 자문했다. 그는 고개를 들어 하늘을 바라보았다. 천국이, 아니 천국이라는 책의 거대한 표지나 마찬가지인 저 하늘이 우리에게 천국의 체계를 따를 것을, 아니 그 체계를 실행에 옮길 것을 부추기고 있는 것은 아닐까? 하늘에서 겨울 여름 할 것 없이 1년 내내 고래 같은 구름이, 아니 코끼리 같은 구름이 엎치락뒤치락하는 게 그것 때문인지도 모른다고 그는 묵묵히 생각했다. 그렇다. 천 에이커나 되는 하늘이 자신에게 보여주는 비유를 피할 방도는 없었다. 영국 제도 위로 넓게 펼쳐져 있는 하늘 그 자체가 광활한 깃털 침대였다. 그리고 정원이며 침실, 닭장의 구분 없이 이루어지고 있는 번식 활동이 거기에 그대로 복제되어 있었다. 그는 집 안으로 들어가 위의 내용을 적은 후 가스 오븐에 머리를 집어넣었다. 나중에 사람들이 발견했을 때 그는 이미 살릴 수 없는 상태였다.

    이런 일이 영국 전역에서 벌어지고 있는 가운데, 올랜도는 블랙프라이어스에 있는 자기 집에 은신하며 세상은 아무것도 달라지지 않았다는 듯 아주 잘 지냈다. 그리고 마음 내키는 대로 말하고 원하는 대로 반바지나 치마를 입었다. 하지만 결국 그녀도 시대가 변했다는 걸 인정하지 않을 수 없는 일이 일어났다. 19세기 초의 어느 오후, 그녀는 장식 패널을 단 구식 마차를 타고 세인트 제임스 파크를 통과하고 있었다. 그때, 자주는 아니어도 가끔은 땅까지 내려오는 햇빛 한줄기가 프리즘처럼 맑고 선명한 낯선 색으로 구름을 물들이며 그 틈을 비집고 내려왔다. 18세기의 맑고 한결같은 하늘을 볼 수 없게 된 이후로 그런 광경은 충분히 이상한 것이었다. 올랜도는 창을 열고 내다보았다. 그 암갈색과 불그스름한 오렌지색의 구름을 보고 그녀는 이오니아의 바다에서 죽어가는 돌고래들을 떠올렸다. 그리고 그녀는 기분 좋은 비통함을 느꼈다. 이는 그녀 역시 자신도 모르게 이미 습기의 영향을 받았음을 뜻했다. 하지만 그녀를 소스라치게 놀라게 한 건 따로 있었다. 그 빛줄기가 땅에 닿자, 햇살이 마치 피라미드나 대학살, 전리품을 불러내는 것처럼, 아니 밝히는 것처럼 보이면서(어쩐지 연회 식탁 같은 분위기였다), 지금은 빅토리아 여왕의 조각상이 들어선 드넓은 언덕 자리에, 전혀 어울리지 않는 온갖 삽동사니들이 뒤죽박죽으로 쌓여 있는 게 아닌가! 조각 장식과 꽃무늬가 새겨진 거대한 황금 십자가에 미망인의 상복과 신부의 베일이 걸쳐져 있었고, 다른 돌출부에는 수정궁과 요람, 군모, 추모 화환, 바지, 수염, 웨딩 케이크, 대포, 크리스마스트리, 망원경, 멸종된 괴물, 지구본, 지도, 코끼리, 수학 도구들이 걸려 있었다. 그리고 오른쪽에는 흰옷을 늘어뜨린 여성이, 왼쪽에는 프록코트와 줄무늬 정장 바지를 입은 뚱뚱한 남성이 마치 문장(紋章)을 좌우 양쪽에서 받치고 선 거대한 상징물처럼 그 모든 것을 떠받들고 있었다. 조화롭지 못한 물건들, 옷을 완벽하게 차려입은 사람과 입다 만 사람의 조합, 유난히 번쩍거리는 다양한 색들, 그리고 그것들이 만들어내는 격자무늬를 닮은 병렬 구조에 올랜도는 그만 경악하고 말았다. 살면서 이렇게 점잖지 못하고, 이렇게 흉측하고, 또 이렇게 대단한 건 본 적이 없었다. 어쩌면, 아니 사실상, 습기를 잔뜩 머금은 공기에 햇빛이 비추면서 만들어진 결과였다. 바람이 불어오면 곧바로 사라져버릴 것 같았다. 하지만 올랜도가 지나가면서 보니, 이것은 영원히 사라지지 않을 운명인 듯 보였다. 바람, 비, 태양, 천둥, 그 무엇도 저 현란한 구조물을 무너뜨릴 수 없을 거라고, 올랜도는 마차 한구석에 깊숙이 기대앉으며 생각했다. 그저 저들의 코가 얼룩덜룩해지고 트럼펫에 녹이 스는 게 전부일 거라고. 저것들은 영원히 그 자리에서 동서남북을 가리키며 남아 있을 거라고. 마차가 컨스티튜션 힐을 달려 올라가는 동안 올랜도는 뒤를 돌아보았다. 그랬다, 거기에는 그것이 여전히 잔잔하게 빛을 발하고 있었다. 물론(올랜도는 바지의 시계 주머니에서 시계를 꺼냈다), 한낮 정오의 빛을 받으며. 이보다 무관심하고, 무미건조하며, 동이 트고 날이 지는 것에 둔감하고, 또 영원히 존재하도록 의도된 게 또 있을까. 올랜도는 다시는 그것을 보지 않겠다고 결심했다. 벌써 몸속의 혈류가 느려지는 듯한 느낌이 들었다. 하지만 더 이상한 일은 버킹엄궁을 지날 때 일어났다. 올랜도의 뺨에 선명하고 눈에 띄는 홍조가 가득 번진 것이었다. 그리고 어떤 강력한 힘에 이끌리듯 눈이 무릎으로 향했다. 불현듯 자신이 검정 반바지 차림임을 깨달은 그녀는 화들짝 놀랐다. 그 홍조는 시골 저택에 도착할 때까지 사라지지 않았다. 말 네 마리가 끄는 마차로 30마일을 가는 데 걸린 시간이 그녀의 순결함을 증명해주는 훌륭한 근거로 받아들여지기를 바랄 뿐이었다.

일단 저택에 도착하자 올랜도는 자신의 본능에 충실했다. 다마스크 직물로 만든 퀼트 이불을 침대에서 휙 벗겨내어 최대한 몸을 감쌌다. 미망인인 바살러뮤 부인에게는 추워서 그런다고 설명했다(바살러뮤 부인은 늙은 그림스디치 부인의 뒤를 이어 저택의 집안 살림을 돌보고 있었다).

"저희도 마찬가지랍니다, 마님." 바살러뮤 부인이 땅이 꺼질 듯 한숨을 푹 내쉬며 말했다. "벽에서 물기가 스며 나오고 있어요." 부인이 침울하면서도 만족스러운 듯 묘한 표정으로 말했다. 과연 참나무 판자에 손만 가져다 대도 지문이 찍혔다. 담쟁이덩굴도 빽빽하게 자라 완전히 가로막힌 창문만도 여럿이었다. 덕분에 주방도 어두워져 주전자와 소쿠리도 구분하기 힘들 정도였다. 여윈 검은 고양이를 석탄으로 오해해 부삽으로 퍼서 화덕에 던져넣기도 했다. 하녀 대부분이 8월임에도 벌써 붉은 플란넬 페티코트를 서너 겹씩 껴입고 있었다.

"그런데, 마님, 혹시 사실인가요?" 선량한 바살러뮤 부인이 두 팔로 자기 몸을 감싸며 물었다. 그 바람에 그녀의 가슴 위에서 금 십자가 목걸이가 들썩거렸다. "여왕께서, 아, 어찌 말하면 좋을지, 뭘 입으신다는 데 그게 그러니까 그 뭐라더라, 어—" 바살러뮤 부인이 망설이며 얼굴을 붉혔다.

"크리놀린[72] 말이로군." 올랜도가 대신 말을 거들었다(블랙프라이어스에도 이미 소문이 나 있었다). 바살러뮤 부인이 고개를 끄덕였다. 눈물이 벌써 뺨으로 흘러내리고 있었다. 하지만 부인은 울면서도 미소를 지었다. 눈물이 난다는 건 기분 좋은 일이었으니까. 모두가 별수 없이 나약한 여자가 아니던가? 모두가 진실, 그 엄청나고 유일한 진실, 하지만 개탄스러운 진실을 숨기기 위해 크리놀린을 입으니 말이다. 정숙한 여인이라면 누구나 더 이상 부인하는 게 불가능해질 때까지 최선을 다해 부인해야 하는 그 진실, 그건 바로 자신이 곧 아이를 낳는다는 진실이었다. 그렇게 열다섯에서 스무 명에 달하는 아이를 낳았다. 그래서 정숙한 여자는 적어도 매년 어느 날 하루만큼은 명백하게 드러날 일을 애써 부인하면서 인생 대부분을 보냈다.

---

[72] 여자들이 치마를 불룩하게 부풀리기 위해 입던 원형 틀.

"서재에 뜨뜻한 머핀이 있어요." 바살러뮤 부인이 눈물을 훔치며 말했다.

올랜도는 다마스크 침대보로 몸을 감싼 채 머핀 접시 앞에 앉았다.

"서재에 뜨뜻한 머핀이 있어요." 올랜도는 차를 마시며 (하지만 올랜도는 그 순한 액체를 싫어했다) 바살러뮤 부인이 정확한 런던 토박이 발음으로 말한 그 거친 런던 사투리를 점잔 빼며 따라 해봤다. 바로 이 방에서, 엘리자베스 여왕이 손에 큰 맥주병을 든 채 벽난로 옆에 두 다리를 쩍 벌리고 서 있다가 버글리 경이 눈치 없게 가정법 대신 명령법을 사용하자 갑자기 그 병을 탁자 위에 내리치며 "이봐, 이봐. 그게 여왕한테 쓸 만한 말투인가?"라며 타박했던 일이 떠올랐다(지금도 여왕의 목소리가 귀에 선했다). 그때 여왕이 맥주병을 내려놓을 때 난 자국이 아직도 남아 있었다.

올랜도는 그 위대한 여왕을 떠올리기만 해도 명령하는 소리가 들리는 것 같아 자리에서 벌떡 일어났다. 그러다 그만 침대보에 발이 걸리는 바람에 안락의자 위로 넘어지며 욕설을 내뱉었다. 내일은 검정 봄버진[73] 원단을 20야드 정도 사서 치마를 만들어야겠다는 생각이 들었다. 그다음엔 크리놀린을 하

---

[73] 비단, 무명, 털실 등으로 짠 능직으로 여성의 상복을 만드는 데 주로 쓰인다.

나 사고(여기서 올랜도는 얼굴을 붉혔다), 그러고 나선 아기 요람도 사고(올랜도는 여기서 또 얼굴을 붉혔다), 그다음엔 크리놀린을 또 하나 사고, 또……. 온갖 정숙함과 수치심이 절묘하게 교차하면서 그녀의 얼굴에 홍조가 생겨났다 사라졌다. 마치 시대정신이 한번은 뜨겁게, 한번은 차갑게, 그녀의 뺨에 입김을 부는 듯했다. 그런데 시대정신의 입김이 약간 불공평했던지, 그녀는 남편보다는 크리놀린 생각에 얼굴이 붉어졌다. 아마도 그녀의 모호한 위치와 지금까지의 불규칙한 생활이 그 이유가 될 수 있을 것이다(그녀는 성별조차 여전히 모호한 상태였다).

마침내 그녀의 안색이 원래대로 돌아왔다. 마치 시대정신이(그런 게 정말 있다면) 잠시 활동을 중단한 듯했다. 순간 올랜도는 셔츠 안에 로켓[74]이나 잃어버린 사랑의 유물 같은 것이 느껴졌다. 꺼내보니 그런 것은 없고, 바닷물에 젖었던 자국, 핏자국, 여행의 흔적이 묻은 두루마리가 나왔다. 바로 자신이 쓴 시, 「참나무」 원고였다. 이 원고는 지금까지 올랜도의 품 안에 너무나 오랫동안, 그리고 위험한 환경에 있었던 탓에 여러 곳이 오염되고 찢어져 있었다. 집시들과 지낼 때는 글을 쓸 종이가 없어서 어쩔 수 없이 여백에 끄적이고 겹쳐 쓰기도 했기 때문에, 원고는 마치 공들여 기운 누더기처럼 보였다. 올랜도는 첫 장을 펼쳐 서툰 필체로 적힌 날짜를 확인했다. 1586년. 거

---

[74] 사진을 넣을 수 있는 갑이 달린 목걸이.

의 3백 년 가까이 이 시를 쓰고 있는 것이었다. 그만 끝낼 때였다. 종이를 넘기고, 대충 살펴보고, 자세히 들여다보고, 건너뛰며 원고를 읽는 동안, 올랜도는 긴 세월 동안 자신이 별로 변하지 않았다는 생각이 들었다. 소년들이 대개 그렇듯 그녀는 우울했고, 죽음과 사랑에 빠져 있었다. 그런 다음에는 색과 화려함을 탐했고, 원기 왕성하게 풍자를 즐겼으며, 때로는 산문을 쓰고 가끔은 극본에도 도전했다. 하지만 이 모든 변화를 거치면서도 자신은 근본적으로 여전히 그대로라는 생각이 들었다. 음울하고 사색적인 성격도, 동물과 자연을 사랑하는 마음도, 전원생활과 사계절을 좋아하는 열정도.

"결국," 올랜도는 자리에서 일어나 창가로 가면서 생각했다. "변한 건 아무것도 없군. 집도, 정원도 예전과 똑같아. 의자 위치도 그대로고, 자질구레한 장신구도 뭐 하나 팔려나간 것 없이 그대로야. 산책로도 그대로고, 잔디밭도 그대로고, 나무들도 그대로고, 연못도 그대로고. 장담하는데 아마 그 안에 있는 잉어도 그대로일걸. 물론, 엘리자베스 여왕이 아니라 빅토리아 여왕이 왕좌에 있긴 하지만, 무슨 차이가 있나……."

생각이 형태를 갖추기 시작하자 마치 질책이라도 하듯 문이 확 열리면서 집사인 바스켓과 그 뒤로 바살러뮤 부인이 찻잔을 치우러 들어왔다. 막 펜을 잉크에 찍어 만물의 영원함을 시적으로 묘사하려던 올랜도는, 펜 주위로 얼룩이 멋대로 번지기 시작하자 짜증이 솟구쳤다. 깃펜이 낡아서 그런 거라고,

갈라지거나 더러워져서 그런 거라고, 올랜도는 생각했다. 다시 펜을 잉크에 담갔다 뺐다. 얼룩이 더 커졌다. 원래 쓰려던 글을 계속 써보려고 했지만 한 마디도 생각나지 않았다. 올랜도는 얼룩에 날개와 수염을 그려 꾸미기 시작했다. 그러자 얼룩은 박쥐와 웜뱃[75] 그 중간쯤 되어 보이는 둥근 머리의 괴물이 되었다. 바스켓과 바살러뮤 부인이 있는 방 안에서 시를 쓰는 일은 불가능했다. 그런데 놀랍고 두렵게도, 올랜도가 '불가능'이라는 말을 떠올리자마자 펜이 더없이 부드럽고 매끄럽게 곡선과 나선을 그리기 시작했다. 앞에 놓인 종이 위에는 살면서 읽어본 시 중 가장 지루한 시가 아주 깔끔한 이탤릭체로 적혀 있었다.

> 나 자신 인생의 지친 사슬 가운데
> 미천한 고리 하나에 불과하지만
> 신성한 말들을 해왔느니
> 오, 함부로 말하지 말라!
>
> 젊은 아가씨의 속삭임,
> 떠난 이들과 사랑하는 이들을 위한
> 달빛 아래 홀로 반짝이는

---

[75] 곰, 오소리처럼 생긴 동물.

눈물—

 바살러뮤 부인과 바스켓이 불을 살리고 머핀을 치우느라 툴툴거리고 끙끙거리며 방 안을 돌아다니는 동안 올랜도는 쉬지 않고 시를 써 내려갔다.
 그녀는 펜을 다시 적신 후 쓰기 시작했다.

 그녀는 너무나 변했네, 한때 그 뺨을 물들였던,
 장밋빛으로 빛나며 저녁 하늘에 걸려 있던
 부드러운 분홍색 구름은 창백하게 빛이 바래고,
 밝게 타오르는 홍조와 무덤의 횃불에 깨어져,

 하지만 여기까지 쓰다가 갑작스레 잉크를 엎지르는 바람에 이 시는 그녀의 바람과 달리 영원히 사람들의 눈에 띌 수 없게 되고 말았다. 올랜도는 몸이 부들부들 떨릴 정도로 애가 탔다. 이처럼 갑자기 폭포처럼 영감이 쏟아지는 와중에 잉크가 엎질러지는 것보다 불쾌한 일은 없을 것이다. 도대체 그녀에게 무슨 일이 있었던 걸까? 습기 탓인가, 바살러뮤 부인 때문인가, 바스켓 때문인가? 무엇 때문이지? 올랜도는 절박하게 물었다. 하지만 방은 텅 비어 있었다. 누구도 대답하지 않았다. 들리는 소리라고는 담쟁이덩굴에 떨어지는 빗소리뿐이었다.
 창가에 서 있던 올랜도는 몸 전체가 따끔거리고 가늘게

떨리는 기이한 느낌을 받았다. 마치 자신의 몸이 수많은 현으로 이루어져 있고, 그것을 바람이나 길 잃은 손가락이 제멋대로 연주하는 느낌이었다. 그러더니 이제는 발가락이, 그리고 뼛골이 따끔거렸다. 허벅지 뼈 주위에 기묘한 감각이 느껴졌다. 머리카락이 쭈뼛 섰다. 팔에서는 20년 후쯤 세상에 나올 전신선에서 들릴 법한 웡 하고 우는 소리가 들렸다. 하지만 이 모든 소란은 결국 그녀의 손으로 집중되었다. 처음에는 한쪽 손에, 그리고 나서는 한 손가락에, 그러고는 점점 더 좁아져 마침내 왼손 검지 주위에 떨리는 감각의 고리가 형성되었다. 왜 이런 감각이 느껴지는지 보려고 손을 들어봤지만, 아무것도 보이지 않았다. 그저 엘리자베스 여왕이 준 거대한 에메랄드만 눈에 들어올 뿐이었다. 그거면 충분하지 않은가? 올랜도는 자문했다. 그건 최상급 에메랄드였다. 적어도 1만 파운드의 가치를 지닌 보석이었다. 하지만 몸은 떨림을 통해 '아니'라고 대답하는 듯했다. 아주 이상한 방식이었다(하지만 우리는 지금 인간 정신의 극히 비밀스러운 징후를 다루고 있음을 기억하자). 게다가 이것, 이 중단, 이 이상한 착오가 무슨 의미인지 의문을 제기하는 듯 보였다. 결국 가엾은 올랜도는 이유도 모른 채 왼손 검지가 부끄러워졌다. 바로 그때 바살러뮤 부인이 들어와 저녁 만찬용으로 무슨 옷을 준비할지 물었다. 감각이 한층 예민해진 올랜도는 바살러뮤 부인의 왼손을 재빨리 훔쳐보았다. 그리고 전에는 전혀 눈치채지 못했던 사실을 알게 되었다. 그것은 바로, 자신은 아무것도 끼지 않은 세 번째 손가락에 부인이 다소 누리끼리한 굵은 반지를 끼고 있는 것이었다.

"반지 좀 보여줘, 바살러뮤." 올랜도가 손을 뻗으며 말했다.

올랜도의 이 행동에 바살러뮤 부인은 악당에게 가슴이라도 얻어맞은 사람처럼 두어 걸음 뒷걸음질 치며 주먹을 꽉 쥐고 뒤로 홱 잡아뺐다. 매우 고귀한 몸짓이었다. "안 돼요." 부인이 대답했다. 단호하고 위엄 있는 말투였다. 여주인이 원한다면 보여줄 수는 있지만, 결혼반지를 손에서 빼는 건 대주교도, 교황도, 왕좌에 있는 빅토리아 여왕도 강요할 수 없는 일이라고 했다. 그 반지는 부인의 남편인 토머스가 25년하고도 6개월 3주 전에 그녀의 손에 끼워준 것이었다. 그녀는 그 반지를 잘 때도, 일할 때도, 씻을 때도, 기도할 때도 꼈으며, 땅에 묻힐 때도 끼고 갈 거라고 했다. 부인은 격한 감정으로 말을 더듬거렸지만, 올랜도는 부인의 말을 이해했다. 그녀는 만일 자신이 천사들 사이에 있게 된다면 그건 바로 빛나는 결혼반지 덕분일 것이며, 만약 잠깐이라도 손가락에서 뺀다면 그 광채가 영원히 사라질 거라고 말했다.

"맙소사." 올랜도는 창가에 서서 비둘기들의 장난을 지켜보며 중얼거렸다. "우린 정말 멋진 세상에 살고 있군! 징말이지 멋진 세상이야!" 올랜도는 세상의 복잡함에 놀라움을 금할 수 없었다. 이제는 온 세상이 금반지에 둘러싸인 것처럼 느껴졌다. 만찬장에 가보니 결혼반지들이 넘쳐났고 교회에 가보니 어디에서나 결혼반지가 눈에 띄었다. 교외로 마차를 타고 나갔다. 가느다랗고, 굵고, 소박하고, 매끄러운 금 또는 도금 반지들이 모든 손에서 흐리멍덩하게 빛나고 있었다. 보석상마다 반지가 가득했다. 올랜도가 기억하는 반짝이는 인조 보석이나 다이아몬드가 아니라, 아무것도 박혀 있지 않은 수수한 반지였다.

그와 동시에, 올랜도는 도시 사람들의 새로운 습관이 눈에 들어오기 시작했다. 예전에는 산사나무 덤불 아래에서 소녀를 희롱하는 소년을 꽤 자주 만났다. 올랜도는 채찍 끝으로 남녀를 찰싹 건드린 후 웃으며 지나가는 일이 많았다. 그런데 지금은, 모든 것이 변했다. 남녀는 서로 뗄 수 없을 정도로 꼭 달라붙은 채 길 한가운데를 느린 걸음으로 터덜터덜 걸었다. 여자의 오른손은 언제나 남자의 왼손에 있었고, 여자의 손가락은 언제나 남자의 손가락에 꼭 붙들려 있었다. 지나가던 말들이 코를 들이밀어야 약간 움직이는 정도였고, 움직인다고 하더라도 꼭 붙어서 한 덩어리처럼 천천히 길가로 이동했다. 올랜도는 새로운 인종이 생겨난 모양이라고 생각할 수밖에 없었다. 어찌 된 일인지 그들은 쌍쌍이 붙어 다녔다. 하지만 누가, 언제 그렇게 만들었는지는 짐작이 가지 않았다. 조물주가 그런 것 같지는 않았다. 비둘기와 토끼, 엘크하운드만 보더라도 조물주가 최소한 엘리자베스 여왕 시대 이후로 자신의 방식을 바꾸거나 고쳤다는 증거를 찾을 수 없었다. 그녀의 눈에 띄는 짐승 중 떼어놓을 수 없는 결연 관계를 맺고 있는 모습은 보이지 않았다. 혹시 빅토리아 여왕이나 멜버른 경이 그런 걸까? 그들한테서 결혼이라는 엄청난 발견이 나온 걸까? 하지만 곰곰이 생각해보니 여왕은 개를 좋아했고, 멜버른 경은 여자를 좋아한다고 들었다. 이상한 일이었다. 불쾌하기 그지없었다. 실제로, 이 떼어놓을 수 없는 몸뚱이들에는 그녀의 체면과 위생 관념에 반하는 뭔가가 있었다. 그러나 깊이 생각하려 하면 문제의 손가락이 따끔거리고 찌릿해서 제대로 생각을 정리할 수가 없었다. 뒤죽박죽된 생각 속에서 그녀는 마치 터무니없는 공상에 빠진 하녀처럼 안달이 나서 곁눈질하고 있었다. 얼굴이 달아올랐다. 그런 못생긴 반지를 하나 사서 다른 사람들처럼 끼는 것 말고는 방법이 없었다. 그래서 올랜도는 그렇게 했다. 수치심에 휩싸인 채 커튼 뒤에서 몰래 자기 손가락에 끼웠다. 하지만 소용없었다. 따끔거리는 통증이 그 어느 때보다 격렬하고 극심하게 느껴졌다. 그날 밤 올랜도는 한숨도 자지 못했다. 다음 날 아침 글을 쓰기 위해 펜을 들자 아무 생각도 나지 않았다. 펜은 그저 커다란 눈물 자국 같은 얼룩만 계속 만들 뿐이었다. 그러다 갑자기, 놀랍도록 느긋한 필치로 이른 죽음과 부패에 관해 감미롭고 유창한 글을 써 내려갔다. 그것은 아예 아무 생각도 나지 않는 것보다 더 나빴다. 올랜도의 사례가 증명하듯이 글을 쓴다는 것이 손가락이 아니라 온몸으로 쓰는 행위처럼 느껴지기 때문이다. 펜을 지배하는 신경은 존재의 섬유 조직 하나하나를 휘감고, 심장을 꿰고, 간을 뚫는다. 문제가 있는 곳이 왼손 같았지만, 올랜도는 몸속 구석구석까지 독이 퍼진 것을 느낄 수 있었다. 결국 가장 절박한 해결 방안을 고려할 수밖에 없었다. 그것은 바로 시대정신에 전적으로 순순히 항복하고 남편을 얻는 것이었다.

이것이 그녀의 타고난 기질과 크게 다르다는 것은 이미 충분히 알 수 있는 사실이다. 대공의 마차 소리가 멀어져갈 때 그녀의 입에서 터져 나왔던 말은 "삶! 사랑!"이었지, "삶! 남편!"이 아니었고, 앞 장에서 이미 봤듯이 그녀가 도시로 떠나 세상을 돌아다닌 것도 바로 삶과 사랑을 찾기 위해서였지 남편을 찾으려는 게 아니었다. 시대정신은 그 불굴의 본성이 너무나 강해서 뜻을 굽히는 사람들보다 자기에게 맞서 저항하는 이들을 훨씬 더 철저하게 때려 부순다. 지금까지 올랜도는 엘리자베스 여왕 시절의 시대정신, 왕정복고 시대의 시대정신, 18세기의 시대정신으로 자연스럽게 마음이 기울었고, 그 결과 한 시대에서 다른 시대로의 변화를 거의 인지하지 못했다. 하지만 19세기의 시대정신은 그녀와 극도로 맞지 않았고, 따라서 시대정신은 그녀를 붙잡아 깨부수고 말았다. 올랜도는 그 손에 붙잡혀 전에는 한 번도 느껴보지 못한 패배감을 맛보았다. 어쩌면 인간의 정신은 그것과 맞는 시대가 따로 있는 듯하다. 그래서 어떤 사람들은 이 시대에 태어나고, 어떤 사람들은 저 시대에 태어나는 것이다. 올랜도는 지금 서른 남짓의 여성이었으므로 성격은 이미 굳어져 있었고 그것을 다른 방향으로 트는 것은 견딜 수 없는 일이었다.

그래서 올랜도는 순순히 받아들인 크리놀린의 무게에 짓눌린 채 슬픈 표정으로 응접실(바살러뮤 부인은 서재를 그렇게 불렀다) 창가에 섰다. 지금까지 입어본 그 어떤 드레스보다 칙칙하고 무거웠다. 움직임을 이토록 방해하는 드레스는 처음이었다. 더 이상 개들과 정원을 산책할 수 없었고, 높은 언덕으로 뛰어 올라가 참나무 아래에 털썩 앉을 수도 없었다. 치마에는 축축한 낙엽과 지푸라기가 달라붙었고, 깃털로 장식한 모자는 바람에 이리저리 뒤집혔다. 얇은 신발은 금세 젖어 진흙투성이가 되었다. 근육은 유연성을 잃어갔다. 벽 장식 뒤에 강도가 숨어 있을까 봐 두려워졌고, 난생처음으로 복도에 유령이 있을까 봐 겁이 났다. 이런 점들 때문에 올랜도는 점차 새로운 깨달음에 복종하게 되었다. 빅토리아 여왕이 발견했건 다른 누가 발견했건, 모든 남녀에게는 평생 정해진 짝이 있으며 죽을 때까지 서로 부양하고 부양받아야 한다는 것이었다. 누군가에게 기대고, 앉고, 누울 수 있다면, 그리고 절대, 절대, 절대 다시는 일어나지 않아도 된다면 편할 것 같았다. 과거 그녀가 지녔던 자존심에도 불구하고, 시대정신은 올랜도에게 영향을 끼쳤다. 그리고 올랜도가 감정의 눈금을 따라 이 느리고 낯선 자리까지 내려오는 동안, 그동안 그토록 심술궂고 끈질기게 붙잡고 늘어지던 따끔거림과 윙윙 울리는 진동이 더없이 감미로운 선율로 바뀌었다. 마치 천사가 하얀 손가락으로 하프의 현을 튕겨 그녀의 온몸을 그 지극히 행복한 화음으로 가득 채우는 듯했다.

하지만 누구에게 기댄단 말인가? 올랜도는 거친 가을바람에 물었다. 지금은 10월이었고, 공기는 언제나처럼 축축했다. 대공한테는 기댈 수 없었다. 그는 매우 지체 높은 귀부인과 결혼해 오래전부터 루마니아에서 토끼를 사냥하며 살고 있었다. M 씨도 불가능했다. 그는 가톨릭 신자가 되었다. C 후작도 마찬가지였다. 그는 보터니만에서 포대를 만들고 있었다. O 경도 마찬가지였다. 그는 물고기 밥이 된 지 오래였다. 이래저래 그녀의 오랜 친구들은 다 사라져버렸다. 드루어리 레인의 넬과 키티 무리는 그녀가 좋아하는 이들이긴 했지만 기댈 만한 사람들은 아니었다.

"대체 누구한테 의지한단 말인가?" 올랜도는 가련한 여성 그대로의 모습으로 창턱에 무릎을 꿇고 두 손을 모은 채 오가는 구름을 바라보며 물었다. 부지불식간에 말이 저절로 나오고, 손이 저절로 맞잡아졌다. 그녀의 펜이 저절로 글을 써 내려가던 것과 같았다. 지금 말하고 있는 사람은 올랜도가 아니었다. 시대정신이었다. 말한 게 뭐였든, 아무도 답하지 않았다. 가을의 보랏빛 구름 속에서 떼까마귀들이 무질서하게 날아다녔다. 어느새 비가 멎고 하늘에는 무지갯빛이 떠올랐다. 올랜도는 깃털로 장식한 모자와 끈 달린 작은 구두를 벗고 만찬 전에 산책하고 싶은 유혹을 느꼈다.

"나만 빼고 모두 짝이 있구나." 올랜도는 절망에 빠져 안뜰을 천천히 가로지르며 혼잣말로 중얼거렸다. 떼까마귀들, 엘크하운드인 카누트와 스패니얼인 피핀도, 일시적이지만 오늘 저녁만큼은 다 짝이 있는 듯했다. "반면에 이 모두의 주인인 나는 혼자로구나. 짝없이, 혼자야." 올랜도는 복도를 지나가며 화려하게 장식된 창문들을 바라보면서 생각했다.

전에는 이런 생각을 해본 적이 없었다. 그런데 지금은 그 생각들에 사로잡혀 빠져나올 수가 없었다. 그녀는 문을 밀어젖혀 여는 대신 장갑 낀 손으로 톡톡 두드리며 문지기가 열어주기를 기다렸다. 누군가에게, 설사 그게 문지기라 하더라도 누군가에게 의지하고 싶다고 그녀는 생각했다. 그리고 거기 머물며 그가 숯 양동이 위에서 고기 굽는 것을 돕고 싶은 마음이 조금 들었다. 하지만 용기가 나지 않아 말도 꺼내지 못했다. 그래서 그녀는 홀로 공원으로 걸어 나갔다. 혹시나 밀렵꾼이나 사냥터지기, 심부름꾼 소년이라도 나타나 귀부인이 혼자 걸어 다니는 모습을 이상하게 볼까 봐 망설여지고 걱정이 되었다.

걸음을 내디딜 때마다 올랜도는 혹시라도 어떤 남자가 가시금작화 덤불에 숨어 있지는 않을까, 어떤 미친 소가 나타나 뿔로 들이받지는 않을까, 두려움에 떨며 두리번거렸다. 하지만 주위에는 하늘을 어지럽게 날아다니는 떼까마귀들뿐이었다. 하늘에서 회청색 깃털 하나가 헤더[76]덤불 위로 떨어졌다. 올랜도는 들새의 깃털을 좋아했다. 소년이었을 때는 수집하기도 했을 정도였다. 올랜도는 깃털을 주워 모자에 꽂았다. 바람을 맞으니 정신이 조금 맑아지는 듯했다. 떼까마귀들이 머리 위에서 빙그르르 선회하고 깃털이 하나둘 보랏빛 대기 속으로 반짝이며 떨어졌다. 올랜도는 그것을 쫓아 긴 외투 자락을 휘날리며 황야 너머 언덕 위로 올라갔다. 그렇게 멀리까지 걸은 건 몇 년 만이었다. 올랜도가 풀밭에서 주운 깃털은 여섯 개였다. 그녀는 그것을 두 손가락 끝에 끼우고 입술을 간질이며 그 반짝이는 깃털의 감촉을 느꼈다. 그때, 산 중턱에 은빛 연못 하나가 빛나고 있는 것이 보였다. 베디비어 경이 아서 왕의 검을 던진 바로 그 호수처럼 신비로웠다. 깃털 하나가 가볍게 흔들리며 그 호수 한가운데로 떨어졌다. 순간, 기묘한 황홀감이 밀려들었다. 머리 위에서 떼까마귀들이 목쉰 소리로 까깍 울어대는 동안 새들을 따라 세상 끝까지 가서 푹신한 잔디 위에 벌렁 몸을 누이고 황홀한 기분으로 태만을 음미하고 싶다는 터무니없는 생각이 들었다. 올랜도는 걸음을 재촉했다. 그다음에는 달렸다. 그러다 발을 헛디뎠다. 헤더의 질긴 뿌리에 발이 걸려 넘어졌다. 발목이 부러졌다. 일어설 수가 없었다. 하지만 만족감을 느끼며 그대로 누워 있었다. 들버드나무와 조

---

76 자홍색 꽃이 피는 낮게 자라는 상록 관목.

팝나무의 향기가 느껴졌다. 떼까마귀들이 시끄럽게 울어대는 소리가 귀에 들려왔다.

"드디어 짝을 찾았어." 올랜도는 중얼거렸다. "그건 바로 야생의 땅이야. 나는 자연의 신부야." 올랜도는 외투를 두른 채 연못가의 움푹 팬 곳에 누워 잡초들의 부드러운 포옹에 몸을 맡긴 채 황홀감에 젖어 속삭였다. "나는 여기 누워 있을 거야(깃털 하나가 올랜도의 얼굴 위로 내려앉았다). 월계수보다 푸른 월계관을 찾았으니까. 내 이마는 늘 차가울 거야. 여기에는 들새들의 깃털도 있어. 올빼미와 쏙독새의 깃털이지. 난 야생의 꿈을 꿀 거야. 내 손에 결혼반지를 낄 일은 없어." 올랜도는 손가락에서 반지를 빼며 계속 이어서 말했다. "대신에 내 손가락에는 나무뿌리가 감기겠지. 아!" 올랜도는 푹신한 베개에 머리를 대듯 편안하게 고개를 누이며 탄식했다. "오랫동안 행복을 구했지만 찾지 못했고, 명성을 구했지만 놓쳐버렸고, 사랑을 구했지만, 알 수 없었어. 삶을 구했지만—자, 봐봐. 죽는 게 낫지. 수많은 남녀를 알았지만," 그녀는 말을 이었다. "나는 아무도 이해할 수 없었어. 여기 하늘 아래 평화롭게 누워 있는 편이 나아. 오래전 터키에서 집시가 말해준 것처럼." 그녀는 구름이 휘돌며 만들어내는 초자연적인 황금빛 바다를 똑바로 올려다보았다. 다음 순간, 그 안에 길 하나가 보이더니 험난한 사막에 낙타들이 붉은 먼지구름 사이로 줄지어 가는 모습이 보였다. 그러다 낙타들이 모두 지나가고 나자 깎아지

1840년경의 올랜도

른 듯 높고 계곡이 많은 뾰족한 바위산만 남았다. 올랜도는 그 산길에서 염소 방울 소리가 들리고 굴곡진 곳곳에는 아이리스와 용담초가 가득할 거라고 상상했다. 그렇게 하늘은 변해갔다. 올랜도의 시선이 서서히 아래로, 아래로 내려오다 비에 검게 젖은 땅에 닿았다. 그곳에는 사우스다운스[77]의 거대한 구릉이 해안을 따라 하나의 파도처럼 길게 펼쳐져 있었다. 땅이 갈라지는 곳에 바다가 있었고, 그 바다에는 배들이 오가고 있었다. 올랜도는 저 먼바다에서 총성이 들린다고 생각했다.

처음에는 "스페인 무적함대로구나"라고 생각했다가, 곧바로 "아니, 넬슨 제독이구나"라고 마음을 바꿨다. 하지만 곧 전쟁은 이미 끝났고, 저 배들은 분주한 상선이라는 사실이 기억났다. 구불구불 굽이치는 강 위에 보이는 것은 유람선들과 그 돛들이었다. 어두운 들판에 양과 소들이 간간이 흩어져 있는 모습이 보였다. 농가 창문에서 불빛이 왔다 갔다 하고, 양치기와 소치는 사람이 가축들 사이를 여기저기 돌아다니면서 들고 다니는 등불이 보였다. 그러더니 불이 꺼지고 별이 떴다. 별들은 하늘에서 어지럽게 뒤엉켰다. 사실 그녀는 얼굴에 젖은 깃털을 붙인 채 귀를 땅에 대고 잠에 빠져드는 중이었다. 그때, 땅속 깊숙한 곳에서 망치로 모루를 때리는 듯한 소리가 들렸다. 아니면 심장이 뛰는 소리인가? 뚝딱, 뚝딱, 그렇게 망

---

[77] 잉글랜드 남동부에서 동서로 뻗은 구릉지.

치가 모루를 때렸다. 그렇게 땅 중심에서 심장이 뛰었다. 계속 귀를 기울이고 있는데, 그 소리가 말발굽 소리로 바뀐 느낌이 들었다. 하나, 둘, 셋, 넷, 그녀는 숫자를 세었다. 그때, 비틀거리는 소리가 들렸다. 그러더니 소리가 점점 가까워지면서 나뭇가지 부러지는 소리, 말발굽이 축축한 진흙에 푹푹 빠지는 소리가 들려왔다. 말이 거의 바로 옆에 와 있었다. 올랜도는 똑바로 일어나 앉았다. 노란빛이 사선으로 깊이 벤 새벽하늘을 배경으로 말을 탄 남자의 검은 형상이 우뚝 솟아 있었다. 그 주위를 물떼새들이 오르락내리락 날아다녔다. 남자가 흠칫 놀랐다. 말이 멈춰 섰다.

"부인, 다치셨군요!" 남자가 말에서 뛰어내리며 외쳤다. 올랜도가 대답했다. "전 죽었답니다!"

몇 분 후, 두 사람은 약혼했다.

다음 날 아침, 아침 식탁에 앉았을 때 그가 자신의 이름을 말했다. 그의 이름은 마마듀크 본스롭 셸머딘으로, 향사[78]였다.

"그럴 줄 알았어요!" 올랜도가 말했다. 그에게는 그 야성적이고 검은 깃털이 달린 듯한 이름에 어울리는, 뭔가 낭만적

---

[78] 기사보다 한 단계 낮은 계급.

이고 정중하며 열정적이고 우울하면서도 단호한 느낌이 있었다(올랜도는 왠지 그가 회청색으로 빛나는 떼까마귀의 날개와 까악까악 울음소리, 은빛 연못에서 뱀처럼 구불구불 떨어져 내리던 깃털, 그리고 곧 설명할 천 가지 다른 것의 느낌을 품은 이름을 가지고 있을 거라고 생각했다).

"내 이름은 올랜도예요." 그녀가 말했다. 그도 이미 짐작하고 있었다. 그의 설명에 따르면, 태양 아래 한껏 돛을 펼치고 남태평양을 떠나 지중해까지 위풍당당하게 항해하는 배를 보면 당장 "올랜도!"라고 외치고 싶어질 것 같다고 했다.

사실 서로 알게 된 시간은 아주 짧았지만, 연인 사이가 대개 그렇듯 그들은 서로에 대해 가장 중요한 내용을 2초 만에 직감적으로 알아차렸다. 이제 남은 건 어디에 사는지, 가난뱅이인지 재력가인지 같은, 그다지 중요하지 않은 세부적인 내용뿐이었다. 그는 헤브리디스 제도에 성이 하나 있는데, 지금은 폐허가 되는 바람에 북양가마우지 같은 새들만 연회장에서 만찬을 즐기고 있다고 말했다. 그는 군인이었고 선원 생활도 해봤으며, 동양을 탐험하다가 지금은 팰머스에 있는 범선으로 돌아가는 중인데, 바람이 잦아드는 바람에 다시 남서쪽에서 강풍이 불어와야 다시 바다로 나갈 수 있다고 했다. 올랜도는 황급히 시선을 돌려 아침 식사 중인 식당 창문 밖 풍향계 위에 앉은 금색 표범을 바라보았다. 다행스럽게도 표범의 꼬리는 정확히 동쪽을 가리키며 바위처럼 꿈쩍도 하지 않았다. "오! 셸, 떠나지 말아요!" 올랜도는 큰 소리로 말했다. "난 당신을 정말 뜨겁게 사랑한단 말이에요." 그녀가 말했다. 그런데 그녀의 입에서 말이 떨어지기가 무섭게 두 사람의 마음속에 끔찍한 의혹이 동시에 떠올랐다.

"당신 여자였군요, 셸!" 올랜도가 외쳤다.

"당신 남자였군요, 올랜도!" 그가 외쳤다.

세상이 시작된 이래, 이때처럼 격한 항의와 설명이 이어진 적은 결코 없을 것이다. 언쟁이 끝나고 다시 자리에 앉으면서 올랜도가 셸에게 물었다. 남서쪽에서 불어오는 돌풍은 다 뭐고 그가 가고 있다는 곳은 어디냐고.

"케이프 혼으로 가려고 합니다." 그가 짧게 대답한 후 얼굴을 붉혔다(남자도 여자처럼 얼굴을 붉힌다. 이유는 다르지만). 올랜도는 절박한 나머지 직감적으로 그가 모험 중에서도 아주 위험하고 멋진 모험을 하면서 살았음을 알았다. 돌풍에 맞서 케이프 혼을 항해하는 그런 모험, 돛대가 부러져 날아가고, 돛은 갈기갈기 찢어지고(그는 올랜도의 재촉에 어쩔 수 없이 시인했다), 때로는 배가 가라앉기도 하고, 유일하게 살아남아 뗏목 위에서 비스킷으로 연명하는 그런 모험 말이다.

"요즘 남자가 할 수 있는 일은 이게 전부니까요." 그는 겸연쩍은 표정으로 이렇게 말하고는 숟가락으로 딸기잼을 듬뿍 떠서 입으로 가져갔다. 그러자 곧바로, 이 소년이(그는 아직 소년에 불과했다) 돛대가 날아가고 하늘의 별들이 빙글빙글 도는 중에 그냥 물속으로 떠내려가게 놔두라고 짧게 명령하고는 열심히 박하사탕을 빨아먹는 모습이 그려지면서, 올랜도의 눈에는 눈물이 고였다. 그 어느 때 흘린 눈물보다 감미로운 눈물이었다. "내가 마침내 여자가 됐어, 진짜 여자가." 올랜도는 뜻밖의 귀한 기쁨을 느끼게 해준 본스롭에게 깊이 감사했다. 왼발만 다치지 않았더라면 그의 무릎에 가서 앉고 싶을 정도였다.

"셸, 내 사랑." 올랜도가 다시 말을 시작했다. "듣고 싶어요……." 그렇게 그들은 두 시간이 넘도록 이야기를 나누었다. 케이프 혼 이야기였을 수도 있고, 어쩌면 전혀 다른 이야기였을 수도 있지만, 그들이 한 말을 여기에 적어둘 필요는 없을 것이다. 왜냐하면 두 사람은 서로를 너무 잘 알아서 무슨 말이든 할 수 있었고, 그것은 아무 말도 하지 않는 것과 마찬가지였으니까. 오믈렛 요리법이나 런던에서 제일가는 부츠 파는 곳 같은 바보 같고 지루한 이야기였어도 마찬가지일 것이다. 그런 이야기는 그 자리가 아닌 곳에서는 아무런 빛을 발하지 않지만, 그 자리에서는 놀랍도록 아름다운 광채를 발한다. 지혜로운 자연의 절약 정신 덕분에 우리의 현대적인 정신은 거의 언어가 필요 없기 때문이다. 어떤 표현도 충분하지 않으면 지극히 흔한 표현으로도 충분하다. 그래서 때로는 지극히 평범한 대화가 가장 시적인 대화가 되기도 하고, 가장 시적인 대화가 글로 적기 어려운 대화가 되기도 하는 것이다. 따라서 이 자리에는 큼지막하게 공백을 남겨두도록 하겠다. 그냥 이 공백이 충만하게 채워졌다고 간주하자.

며칠간 이런 대화를 더 나눈 후의 어느 날,

"올랜도, 내 사랑." 셸이 말을 시작하려는데, 밖에서 발을 질질 끌며 걷는 소리가 들리더니 집사인 바스켓이 들어와 아래층에 경관 두 명이 여왕이 보낸 위임장을 가지고 와 있다고 전했다.

"올라오라고 하게." 벽난로 앞에 서 있던 셸머딘이 마치 선미 갑판에 선 선장처럼 본능적으로 뒷짐을 지며 간단하게 대답했다. 진녹색 제복을 입고 허리에 곤봉을 찬 경관 두 명이 방 안으로 들어와 차렷 자세를 취했다. 형식적인 인사가 끝나자 그들은 지시받은 대로 올랜도의 손에 법률 문서를 넘겨주었다. 극히 중요한 문서임을 나타내는 밀랍 봉인과 리본, 서언 뭘급[79], 서명이 있는 것으로 보아 매우 인상적인 종류의 문서 같았다.

올랜도는 문서를 훑어본 후 오른손 검지로 짚어가며 사안과 가장 밀접한 관계가 있는 다음의 사실들을 소리 내어 읽었다.

"소송이 종결되었네요……." 올랜도는 계속 읽어 내려갔다. "몇몇 건은 나한테 유리하게 판결이 났고요, 예를 들면……, 다른 건들은 그렇지 못하네요. 터키에서 한 결혼은 무효래요(내가 콘스탄티노플에서 대사로 있었거든요. 셸). 아이들은 사생아라는 판결이 내려졌군요(내가 무희인 페피타와의 사이에서 아들

---

[79] 안에 들어 있는 내용이 법적으로 사실이며 효력이 있음을 알리는 문구.

셋을 낳았다고들 하더라고요). 그래서 그 애들은 상속을 받을 수 없대요. 다 잘됐네요……. 성별? 아! 성별은 어떻게 됐지? 내 성별."

그녀는 다소 엄숙하게 읽어나가기 시작했다.

"반론의 여지 없이, 그리고 추호의 의심도 없이(조금 전에 내가 뭐랬어요, 셸?), 여성이라고 판결 내려졌네요. 토지는 이제 영구히 가압류에서 해제되어 나의 직계 남자 상속인들에게 귀속되어 대대로 세습될 것이며, 만일 혼인 불이행 시……."

여기쯤 읽던 올랜도는 장황한 법률 용어에 짜증을 내며 말했다. "하지만 혼인 불이행은 없을 거고, 상속자 이야기도 필요 없으니, 나머지는 읽은 셈 쳐도 되겠네요." 올랜도는 파머스턴 경의 서명 아래 자신의 서명을 덧붙였다. 그 순간부터 작위와 저택, 토지에 대한 확실한 소유권을 갖게 되었다. 하지만 막대한 소송 비용 탓에 재산이 많이 줄어들어, 다시 한없이 고귀해진 동시에 심히 가난한 처지가 되었다.

소송 결과가 알려지자(소문을 대체하는 전보가 있었지만, 소문이 훨씬 빨랐다), 도시 전체가 기쁨으로 가득 찼다.

[어디 갈 일이 있는 것도 아닌데 사람들은 마차에 말을 매어 끌고 나왔다. 번화가에는 텅 빈 사륜마차와 랜도마차[80]들이 쉴 새 없이 오갔다. 사람들은 '황소'라는 술집에 모여 연설을

---

80   지붕이 앞뒤로 따로 접히는 사륜마차.

했고, '수사슴'이라는 술집도 그에 응수했다. 도시는 환한 불빛으로 가득 찼다. 금으로 만든 보석함들은 유리 진열장 안에 단단히 봉해졌고, 동전들은 돌 밑에 바르게 놓였다. 병원이 설립되었고, '쥐와 참새 클럽'[81]이 창설되었다. 시장에서는 터키 여자 인형 12개를 만들어 불태웠고, 입에 '나는 비열한 사기꾼입니다'라고 적힌 팻말을 건 수십 개의 소년 농부 인형도 함께 태웠다. 곧 여왕의 크림색 조랑말들이 빠른 걸음으로 진입로에 나타나, 바로 그날 밤 궁으로 들어와 저녁 만찬을 함께 하고 하룻밤 자고 가라는 여왕의 명령을 전했다. 그녀의 테이블에는 예전처럼 R 백작 부인과 레이디 Q, 레이디 파머스턴, P 후작 부인, W.E. 글래드스턴 부인 등이 보낸 초대장이 눈처럼 쌓였다. 그들은 모두 그들 가문과 올랜도 가문 사이의 오랜 친분을 상기시키며 가깝게 지내기를 간청하고 있었다.] 위의 내용을 대괄호 안에 넣은 이유는, 올랜도의 인생에 어떠한 중요성도 없는 삽입어구에 불과하기 때문이다. 올랜도는 글의 흐름을 위해 이 내용을 생략했다. 시장에서 모닥불이 활활 타오르고 있을 때, 정작 올랜도는 어두운 숲속에 셸머딘과 단둘이 있었다. 어찌나 날씨가 좋던지 그들의 머리 위로 뻗은 나뭇가지들은 미동조차 없었다. 붉은빛과 은빛을 띤 낙엽이라도 한 장 떨어질 때면 그 낙하 속도가 어찌나 느린지, 살랑거리며 내

---

[81] 남성과 농부들이 쥐와 참새라는 해충 문제를 없애려고 시도한 모임.

려오다 마침내 올랜도의 발에 떨어질 때까지 30분은 족히 지켜볼 수 있을 정도였다.

"말해줘요, 마." 올랜도는 말했다(여기서 밝혀둬야 할 것이 있다. 올랜도가 그의 이름을 첫음절만 따서 부른다는 건, 그녀가 꿈결처럼 몽롱하고, 사랑이 넘치며, 순종적인 기분인 데다, 가정적이고, 향신료를 입힌 장작이라도 타는 듯 나른한 상태라는 뜻이었다. 때는 저녁이었으나 옷을 차려입을 시간은 아니었다. 아마도 밖은 나뭇잎이 반짝일 정도로 젖어 있었을 테지만 진달래 사이에서는 나이팅게일이 노래했고 저 멀리 농장에서는 개 두세 마리가 짖어댔으며 수탉 한 마리가 울고 있었다. 독자는 이 모든 것을 그녀의 목소리에서 상상해야 한다). "말해줘요, 마." 그녀는 말했다. "케이프 혼에 대해서요." 그러자 셸머딘은 땅바닥에 나뭇가지와 낙엽, 빈 달팽이 껍데기 한두 개를 가지고 케이프 혼의 모형을 만들었다.

"여기가 북쪽입니다." 그가 말했다. "저기는 남쪽이고요. 바람은 이쪽에서 불어옵니다. 지금 배는 정확히 동쪽으로 항해하고 있어요. 우리는 지금 막 돛대 맨 꼭대기에 달린 뒤 돛대의 세로돛을 내렸어요. 자, 봐요. 여기, 풀이 조금 나 있는 여기에서 배는 해류에 들어서게 됩니다. 표시된 거 보일 거예요. 내 지도랑 나침반 어딨나, 갑판장? 아! 고맙네. 그거면 되겠어. 거기 달팽이 껍데기 있는 곳, 물살이 배 우현 쪽을 때리면, 지브붐[82]을 조작해야 합니다. 그러지 않으면 좌현 쪽으로

---

82 범선의 뱃머리 부분을 늘리는 데 사용되는 돛대.

떠밀려 갈 테니까요. 그러니까, 저기 너도밤나무잎이 있는 곳까지 말입니다. 이해할 수 있겠지요, 내 사랑?" 그는 그런 식으로 계속 설명했다. 올랜도는 한마디도 놓치지 않고 귀를 기울였다. 그가 굳이 설명하지 않아도 될 만큼 그의 말을 제대로 이해하기 위해서였다. 올랜도는 모두 이해했다. 물살의 푸른 빛과 돛대 밧줄에 매달려 달그락거리는 고드름, 그가 돌풍 속에서 돛대 꼭대기에 올라가고 거기서 인간의 운명에 대해 생각한 것, 돛대에서 내려와 소다수를 넣은 위스키를 마신 것, 해안에 갔다가 흑인 여자의 유혹에 넘어간 것, 다시 뉘우치고 해답을 찾으며, 파스칼을 읽고, 철학에 관해 글을 쓰기로 마음먹은 것, 원숭이를 산 것, 인생의 진정한 목적을 논한 것, 케이프 혼에 가기로 한 것 등, 이 모든 이야기와 수많은 다른 이야기들을. 그래서 그가 막 비스킷이 동이 났다고 말했을 때 그녀가 "맞아요, 흑인 여자들은 정말 매혹적이죠, 그렇지 않아요?"라고 대꾸하자 그는 깜짝 놀랐다. 그리고 그녀가 자신의 말뜻을 잘 이해하는 것을 보고 기뻤다.

"당신 남자 아닌 거 맞아요?" 그가 불안한 기색으로 물었다. 올랜도는 이렇게 받아쳤다. "당신이 여자 아닌 건 맞나요?" 두 사람은 정말 그런지 곧바로 확인해야 했다. 서로 상대의 빠른 공감에 놀랐기 때문이다. 게다가 여자도 남자처럼 관대하고 솔직할 수 있으며, 남자도 여자처럼 신비롭고 섬세할 수 있다는 엄청난 사실을 알게 되었다. 그 문제 또한 즉시 확인해야 했다.

그래서 그들은 계속 이야기를 나눴다. 아니, 계속 서로를 이해해나갔다. 언어의 발달이 생각에 비해 빈약해지는 시대에는 이해력이 중요한 대화 기술이다. 버클리 주교의 철학책을 열 번쯤 읽으면 비스킷이 동났다는 말이 어둠 속에서 흑인 여자와 키스한다는 뜻임을 알아들을 수 있다(이런 이유로 오직 문체에 통달한 대가들만 진실을 말할 수 있다는 논리가 성립한다. 순전히 한 음절로만 글을 쓰는 작가를 만나면, 전혀 의심할 것 없이 그 부족한 사람이 거짓말을 하고 있다고 결론 내려도 좋다).

그래서 그들은 계속 대화를 나눴다. 발 위에 알록달록한 가을 낙엽이 꽤 쌓였다. 올랜도는 달팽이 껍데기들 사이에 앉아 케이프 혼의 모형을 만들고 있는 본스롭을 그대로 내버려둔 채 자리에서 일어나 혼자 숲 한가운데로 걸어 들어가며 말했다. "본스롭, 나는 그만 갈게요." 그녀가 '본스롭'이라는 중간 이름으로 그를 불렀다는 건 그녀가 외로운 상태임을 독자들에게 암시하는 것이다. 더불어 두 사람이 사막의 작은 모래 알갱이처럼 느껴지고, 오직 홀로 죽음을 맞이하고 싶다는 뜻이기도 하다. 왜냐하면 사람들은 어차피 매일 죽으니까. 저녁을 먹다가도 죽고, 이렇게 가을 숲에 나와 있다가도 죽으니까. 게다가 모닥불이 활활 타오르고 레이디 파머스톤과 레이디 더비가 매일 밤 저녁 초대를 해대니 죽음에 대한 욕망을 이겨낼 수가 없었다. 본스롭이라는 말은 사실상 "난 죽었어요"라는 말이었다. 그녀는 한 영혼이 유령처럼 창백한 너도밤나무들을 지나 고독 속으로 깊숙이 걸어 들어가듯 앞으로 나아갔다. 마치 잠깐씩 스치던 소리와 움직임이 사라지고, 이제 자유롭게 갈 길만 가면 된다는 듯이. 독자는 그녀가 "본스롭"이라고 말했을 때 그녀의 목소리에서 이 모든 것을 들을 수 있어야 한다. 더 이해하기 쉽게 덧붙이자면, 불가사의하게도 이 단어는 그에게도 역시 헤어짐과 고독, 그리고 깊이를 헤아릴 수 없는 바다에서 범선의 갑판 위를 정처 없이 서성이는 것을 뜻했다.

그렇게 몇 시간을 죽어 있는데, 갑자기 어치[83] 한 마리가 "셸머딘" 하고 꽥 소리를 질렀다. 올랜도는 허리를 굽혀 가을 크로커스를 한 송이 꺾었다. 어떤 사람들에게는 바로 그 이름을 뜻하는 꽃이었다. 그리고 너도밤나무들 사이에 떨어져 있던 어치의 파란 깃털도 주워 함께 품에 넣었다. 그리고 "셸머딘"을 외쳤다. 그 말은 숲을 이리저리 가로질러 아까 그 풀밭에 앉아 달팽이 껍데기로 모형을 만들고 있던 그에게 가 닿았다. 그는 그녀를 보았다. 그리고 올랜도가 크로커스와 어치 깃털을 가슴에 품고 자신에게 오는 소리를 들었다. 그리고 "올랜도"라고 소리쳤다. 그 말에 처음에는 뭔가가 휙 지나가는 것처럼 고사리들이 휘고 흔들렸다(반드시 기억해야 할 것은, 파랑과 노랑 같은 밝은색들이 섞인 것을 보면 우리의 생각도 어느 정도 영향을 받는

---

[83] 까마귓과의 새.

다는 사실이다). 그러다 곧 돛을 한껏 펼친 배가 되었다. 그 배는 여름날 같은 날씨 속에서만 1년 내내 항해할 것처럼 꿈을 꾸듯이 바다 위를 넘실거리며 고귀하게 느긋하게 이리저리 들썩이다가, 물마루를 만나면 타고 넘고 파도가 꺼지면 가라앉았다. 그러다 갑자기 돛을 나부끼며 (조개껍데기 같은 작은 배를 타고 그 배를 올려다보는) 당신을 옆에서 지켜보는가 싶더니, 저런, 돛들이 갑판 위로 몽땅 쏟아져내렸다. 그리고 그때, 올랜도가 그의 옆 풀밭에 풀썩 쓰러졌다.

그렇게 여드레 또는 아흐레가 지나갔다. 하지만 열흘째 되던 10월 26일, 올랜도는 고사리들 사이에 누워 있고 셸머딘은 셸리의 작품들을 암송하고 있을 때(그는 셸리의 작품을 전부 외우고 있었다), 나무 꼭대기에 매달려 있던 나뭇잎 하나가 아주 천천히 떨어지더니 올랜도의 발을 톡 건드렸다. 그렇게 두 번째, 세 번째 나뭇잎이 그 뒤를 따랐다. 올랜도는 몸이 떨리고 얼굴이 창백해졌다. 바람이 불기 시작한 것이다. 셸머딘이 벌떡 일어났다(하지만 지금은 본스롭이라는 이름으로 부르는 게 더 적절할 것 같다).

"바람이다!" 그가 소리쳤다.

두 사람은 바람에 날려온 낙엽을 몸에 잔뜩 붙인 채 숲을 가로질러 달렸다. 넓은 안뜰을 지나 작은 안뜰까지 내달렸다. 놀란 하인들이 빗자루와 냄비를 내던지고 그들을 따라 예배당으로 달려갔다. 최대한 빨리 여기저기 촛불을 밝히는 동안 누구는 긴 의자를 쓰러트리고 누구는 점화에 썼던 촛불을 끄는 등 한바탕 법석이 일었다. 종소리가 울렸다. 사람들이 불려 왔다. 마침내 더퍼 씨가 도착해 흰색 타이 끄트머리를 붙잡고 기도서가 어디 있는지 물었다. 사람들이 그의 손에 메리 여왕의 기도서를 찔러주자, 그는 급히 책장을 펄럭펄럭 뒤적거리며 말했다.

"마마듀크 본스롭 셸머딘과 레이디 올랜도는 무릎을 꿇으십시오."

두 사람이 무릎을 꿇었다. 채색 유리창으로 일렁이며 들어오는 빛이 그들을 환히 비추기도 하고 그림자를 드리우기도 했다. 셀 수 없이 많은 문이 쾅쾅 닫히고 놋쇠 그릇 두드리는 소리가 들려오는 가운데, 오르간이 연주되었다. 그 우르릉거리는 소리는 커졌다 작아지기를 반복했다. 이제 아주 많이 늙어버린 더퍼 씨는 그 소란 속에서 목소리를 높여보았지만 열들리지 않았다. 그러다 한순간 모든 소음이 잦아들면서 딱 한 마디가 선명하게 들렸는데, 아마도 '죽음의 아가리'라고 한 것 같았다. 그러는 동안 영지의 모든 하인이 갈퀴와 채찍을 손에 쥔 채로 몰려들어 귀를 기울였다. 어떤 사람들은 큰소리로 노래했고, 또 어떤 사람들은 기도했다. 그러다 새 한 마리가 창에 날아와 부딪혔다. 천둥 치는 소리가 들려왔다. 그래서 '순종'이라는 주례사를 아무도 듣지 못했다. 금빛이 번쩍하는 것 말고는 반지가 손에서 손으로 건네지는 모습도 보지 못했다.

모두가 술렁거리고 혼란스러워했다. 그때 오르간 연주가 우렁차게 울렸다. 번갯불이 번쩍거리고 비가 퍼붓는 가운데 두 사람이 자리에서 일어났다. 손가락에 반지를 낀 레이디 올랜도는 얇은 드레스 차림으로 뜰로 나갔다. 그리고 남편이 올라탈 수 있도록 흔들거리는 등자를 붙잡았다. 재갈을 물고 굴레를 쓴 말은 여전히 옆구리에 비지땀을 흘리고 있었다. 그는 단번에 말에 올라탔다. 말이 갑자기 앞으로 내달리기 시작했다. 올랜도는 그대로 서서 소리쳤다. "마마듀크 본스롭 셸머딘!" 그러자 그가 대답했다. "올랜도!" 두 사람의 입에서 나온 말들이 함께 나는 야생 매처럼 종탑 사이를 빠르게 선회했다. 그리고 점점 더 높이, 점점 더 멀리, 점점 더 빨리 선회하더니 결국 서로 충돌해 산산조각이 난 부스러기가 되어 소나기처럼 땅으로 쏟아져내렸다. 그제야 올랜도는 안으로 들어갔다.

마마듀크 본스롭 셸머딘 형사

제6장

 올랜도는 안으로 들어왔다. 한없이 고요했다. 아주 조용했다. 잉크병이 보였다. 펜도 있었다. 영원함에 찬사를 바치다가 중단된 시 원고도 있었다. 변하는 건 아무것도 없다고 쓰려는데 바스켓과 바살러뮤 부인이 불쑥 차를 치우러 들어오는 바람에 중단됐던 원고였다. 그리고 나서 3초하고도 반 만에, 모든 것이 변해버렸다. 발목을 다쳤고, 사랑에 빠졌으며, 셸머딘과 결혼한 것이다.

 손가락에 끼고 있는 결혼반지가 그것을 증명하고 있었다. 셸머딘을 만나기 전 자신이 직접 손가락에 꼈던 것이지만, 그건 정말 쓸데없는 일이었다. 올랜도는 반지가 손가락 마디를 통과해 빠지지 않도록 조심하면서, 마치 미신이라도 믿는 듯 숭배하는 마음으로 반지를 빙글빙글 돌렸다.

"결혼반지는 왼손 세 번째 손가락에 껴야 해." 올랜도는 배운 내용을 꼼꼼하게 복습하는 아이처럼 말했다. "조금이라도 효과가 있으려면."

올랜도는 평소 습관보다 더 젠체하며 큰 목소리로 말했다. 마치 누군가 우연히 듣고 칭찬이라도 해주기를 바라는 듯했다. 마침내 생각을 정리할 수 있게 된 그녀는 자신의 행동이 시대정신에 미칠 효과를 염두에 두고 있었다. 셸머딘과 약혼하고 결혼하는 과정에서 자신이 취한 조치가 시대정신의 동의를 얻었는지 몹시 알고 싶었다. 올랜도는 확실히 전보다 편안했다. 손가락은 야생지에서 보낸 그 밤 이후 한 번도, 아니 전혀 따끔거리지 않았다. 하지만 의문이 생기는 건 부인할 수 없었다. 자신이 결혼한 건 사실이었다. 하지만 남편이 늘 케이프 혼 주변만 항해하고 있다면, 그걸 결혼이라고 할 수 있을까? 그 사람을 좋아한다고 해서 그걸 결혼이라고 할 수 있을까? 혹시 다른 사람을 좋아하게 되면, 그래도 결혼이라고 할 수 있을까? 그리고 마지막으로, 세상 그 무엇보다 여전히 시를 쓰고 싶다면, 그래도 결혼이라고 할 수 있을까? 올랜도는 궁금했다.

그래서 올랜도는 확인해보기로 했다. 그녀는 반지를 바라보고 또 잉크병을 바라보았다. 해볼 용기가 있나? 아니, 없었다. 하지만 용기를 내야 했다. 아니, 그럴 수 없었다. 그럼 어떻게 해야 하나? 할 수만 있다면 기절해버리는 게 최선이겠지. 하지만 지금 자신은 그 어느 때보다 의욕이 넘쳤다.

"제기랄!" 올랜도는 예전의 패기를 조금 되살려 외쳤다. "일단 해보자!"

올랜도는 펜대를 잉크에 깊숙이 담갔다. 놀랍게도 폭발 같은 건 일어나지 않았다. 그녀는 펜촉을 꺼내보았다. 잉크가 묻어 있기는 했지만 뚝뚝 흐르지는 않았다. 그녀는 글을 쓰기 시작했다. 쓸 말이 떠오르기까지 시간이 조금 걸렸지만 쓸 수는 있었다. 아! 그런데 말은 되나? 펜이 또 제멋대로 장난을 치는 건 아닌지 공포감이 밀려들었다. 그녀는 자신이 쓴 글을 읽어보았다.

> 그러고 나서 나는 들판으로 왔지. 새로 움트는 풀들이
> 프리틸라리아[84]에 매달린 꽃 잔에 가려 그 빛을 잃는 곳.
> 음울하고 이국적인, 뱀을 닮은 그 꽃은
> 탁한 보랏빛 스카프를 둘렀지, 이집트 소녀들처럼.

써 내려가는 동안 그녀는 마치 어떤 힘이 자신의 어깨 너

---

[84] 보라색의 종 모양 꽃이 피는 백합과 식물.

머에서 지켜보고 있다는 느낌을 받았다(우리는 지금 인간 정신의 극히 비밀스러운 현상을 다루고 있음을 기억하자). 그리고 그 힘은 그녀가 '이집트 소녀'라고 적었을 때 그만 쓰기를 명령했다. 그 힘은 마치 여자 가정 교사가 사용할 것 같은 자를 들고 처음으로 거슬러 올라가 '풀'은 괜찮다고 말했다. '프리틸라리아에 매달린 꽃 잔'이라―감탄스러워. '뱀을 닮은 꽃'은―여성의 펜 끝에서 나왔다기에는 강한 표현일 수 있지만, 워즈워스라면, 틀림없이, 괜찮다고 했을 거야. 하지만―'소녀들'? 그 단어가 꼭 필요할까? 남편이 케이프 혼에 있다고 했었나? 아, 뭐, 그럼 됐어.

그리고 그렇게 시대정신은 사라졌다.

올랜도는 자신의 시대정신에 마음속으로 감사를 표했다(이 모든 것이 마음속에서 일어난 일이므로). 간단하게 설명하자면, 여행 가방 한구석에 시가를 몰래 숨긴 여행자가 여행 가방 뚜껑에 흰 분필로 친절하게 통관 완료 표시를 써주는 세관원에게 느끼는 것과 똑같은 감정이었다. 만일 시대정신이 그녀의 마음속에 무엇이 들었는지 세심하게 살폈다면, 꽤 높은 벌금을 물릴 고가의 밀수품을 발견하지 못했을 리 없다는 생각이 강하게 들었다. 그녀는 가까스로 그 상황을 모면한 것뿐이었다. 시대정신에 교묘하게 경의를 표하고, 반지를 끼고 야생지에서 남자를 발견하고, 자연을 사랑하고, 풍자가나 냉소적인 사람, 심리학자가 되지 않음으로써 가까스로 시험을 통과한 것뿐이었다(이 중 뭐든 곧바로 발각될 수도 있는 일이었다). 그녀는 깊은 안도의 한숨을 내쉬었다. 사실, 작가와 시대정신 사이의 거래는 극도로 까다로워서, 작품의 운명 전체는 둘 사이의 합의가 얼마나 잘 이루어지느냐에 달려 있다. 올랜도는 그것을 아주 잘 정리했기 때문에, 지금 지극히 행복한 상태였다. 시대정신과 싸울 필요도, 그것에 복종할 필요도 없었다. 시대에 복종했지만, 자신을 잃지도 않았다. 따라서, 이제 그녀는 글을 쓸 수 있었다. 그래서 썼다. 쓰고, 쓰고, 또 썼다.

이제 11월이 되었다. 11월이 가면 12월이 온다. 그다음에는 1월, 2월, 3월, 4월이 오고 4월 다음에는 5월이 온다. 그 뒤를 6월, 7월, 8월이 따른다. 그다음은 9월이다. 그리고는 10월, 그러고 보니, 잠깐, 다시 11월이다. 한 해가 다 지나간 것이다.

전기를 쓰는 이런 방식은 나름의 장점이 있지만 내용은 조금 뻔하므로, 계속 이런 방식을 고수한다면 독자들은 달력은 혼자서도 얼마든지 읽어나갈 수 있다고 불평할 것이다. 호가스 출판사[85]에서 이 책의 값을 얼마로 매기든 그 값을 아낄 수 있다면서 말이다. 하지만 지금 올랜도처럼 전기의 주인공이 작가를 궁지에 몰아넣으면, 전기 작가로서 할 수 있는 일이 뭐란 말인가? 삶이 소설가나 전기 작가에게 적합한 유일한 주

---

[85] 울프 부부가 운영한 출판사.

제라는 건 참고할 만한 의견을 가진 이들이라면 누구나 동의한 바다. 또한 삶이란 의자에 가만히 앉아서 생각만 하는 것과 전혀 관계가 없다는 결론도 내렸다. 생각과 삶은 정반대라면서 말이다. 그러니까 의자에 앉아서 생각하는 것이 지금 올랜도가 하는 일이므로, 올랜도가 그걸 다 끝낼 때까지 우리는 달력이나 넘기고, 묵주를 굴리며 기도나 하고, 코나 풀고, 불씨나 뒤적거리고, 창밖이나 내다보는 수밖에 없다. 올랜도가 어찌나 꼼짝도 하지 않고 앉아 있는지 바늘 떨어지는 소리도 들을 수 있을 정도다. 제발, 바늘이라도 떨어진다면 얼마나 좋을까! 그러면 일종의 삶이 될 텐데. 아니면, 나비라도 한 마리 창으로 날아 들어와 그녀의 의자에 앉는다면, 그거라도 글로 쓸 수 있을 텐데. 아니면, 그녀가 벌떡 일어나 말벌이라도 죽인다면, 그럼 당장 펜을 꺼내 글을 쓸 텐데. 비록 말벌의 것이긴 해도 피가 낭자할 테니까. 피가 있는 곳이 비로 새이 있는 곳 아니던가. 물론 말벌을 죽이는 일은 사람을 죽이는 일에 비하면 지극히 하찮은 일이지만, 소설가나 전기 작가에게는 이렇게 부질없는 공상에 잠기거나, 생각에 빠지거나, 종일 담배와 종이 한 장, 펜과 잉크병을 앞에 놓고 의자에 앉아 있는 것보다는 훨씬 반가운 주제다. 그러니 (우리의 인내심도 바닥나고 있으므로) 주인공들이 전기 작가들의 사정을 조금 배려해주면 얼마나 좋을까! 하고 불평하게 되는 것이다. 수많은 시간과 공을 들인 주인공이 손아귀에서 완전히 빠져나가 제멋대로 하는 것을 지켜봐야 하는 것보다 더 짜증 나는 일이 뭐가 있겠는가? (그녀가 한숨을 쉬다가 헉 숨을 삼키고, 얼굴이 상기되었다가 창백해지고, 등불이라도 켠 듯 눈이 반짝이다가 새벽처럼 흐려지는 것을 보라). 그리고 이 모든 감정과 홍분의 무언극이 눈앞에서 펼쳐지는 것을 보는 것보다 더 굴욕적인 일이 뭐가 있겠는가? 게다가 그걸 일으킨 원인인 생각과 상상력이 정말이지 하나도 중요하지 않다는 걸 다 알면서도 그래야 한다면 말이다.

하지만 파머스턴 경이 막 입증한 바에 의하면 올랜도는 여자였다. 그리고 여인의 삶을 글로 쓸 때는, 행동을 요구하기보다는 사랑으로 그 자리를 대신하는 것이 합의된 바다. 시인도 노래했듯이 사랑은 여자의 존재 이유니까. 그리고 올랜도가 책상에 앉아 글 쓰는 모습을 잠깐 보면, 우리는 사랑하는 일에 그녀보다 적합한 사람은 결코 없으리라는 사실을 인정할 수밖에 없다. 그녀는 여인, 그것도 아름다운 여인인 데다 인생의 전성기에 있으므로, 분명 이렇게 글 쓰고 생각하는 척은 곧 중단하고 사냥터지기라도 그리워하기 시작할 게 분명하다(남자 생각을 하는 한, 아무도 여자가 생각하는 걸 막지 않는다). 그런 다음에는 그에게 짤막한 편지를 쓰고(짤막한 편지를 쓰는 한, 아무도 여자가 글 쓰는 것에 반대하지 않는다), 일요일 황혼 녘에 밀회 약속을 정하고, 일요일 황혼 녘이 오면 사냥터지기가 창문 아래에서 휘파람을 불 것이다. 이 모든 것이 바로 삶의 재료이자 소설에 쓰일 만한 유일한 주제가 아니던가. 분명 올랜도도 이 가운데 한 가지

쯤은 하지 않을까? 그러나 아아, 유감천만스럽게도, 올랜도는 이런 일을 단 한 가지도 하지 않았다. 그렇다면 올랜도는 아무도 사랑하지 않는 죄악의 괴물임을 인정해야 하는가? 그녀는 개들에게 친절했고, 친구들에게 충실했으며, 굶주리는 시인 열두 명에게는 관대했고, 시에 대한 열정을 지녔다. 하지만 사랑은(이 사랑은 남자 소설가들이 정의한 사랑이다. 그보다 더 큰 권위가 어디 있겠는가?) 다정함이나 충실함, 관대함 혹은 시하고는 아무런 관계가 없다. 사랑은 속치마를 벗는 것이고, 또……. 어쨌든 우리는 모두 사랑이 무엇인지 잘 안다. 올랜도도 그랬을까? 아니다, 올랜도는 사랑이 무엇인지 모른다. 이는 어쩔 수 없는 진실이다. 그러니 전기의 주인공이 사랑도, 살인도 하지 않고 오직 생각하고 상상하는 일에만 빠져 있다면, 우리는 그가 시체나 다름없다고 결론 내리고 그녀를 떠나버릴 수밖에 없다.

이제 우리에게 남은 유일한 대책은 창밖을 내다보는 것이다. 참새가 보인다. 찌르레기도 있다. 비둘기 수십 마리와 떼까마귀 한두 마리도 보인다. 모두 나름의 방식대로 분주하다. 어떤 새는 벌레를 찾아다니고, 또 어떤 새는 달팽이를 찾아다닌다. 어떤 새는 가지 위로 파닥거리며 날아가 앉고, 어떤 새는 잔디 위를 잠시 내달린다. 그때 하인 하나가 초록색 모직 앞치마를 두르고 안뜰을 지나간다. 아마도 식료품 저장실에 있는 하녀 하나와 은밀한 관계인 듯하다. 하지만 안뜰에는 눈에 보이는 증거가 없으므로, 우리로서는 그저 잘 되길 바라며 내버려둘 수밖에 없다. 구름이 얇게, 또 두텁게 지나가면서 아래 펼쳐진 풀밭에 다채로운 그늘이 진다. 해시계는 원래의 신비로운 방식 그대로 시간을 알려준다. 문득 마음속에서 늘 변함없이 똑같은 삶에 대한 의문이 하릴없이, 헛되이, 하나둘 떠오른다. 마음은 노래한다, 아니, 불판 위에 올려놓은 주전자처럼 으르렁거린다. 삶이여, 삶이여, 그대는 무엇인가? 빛인가, 어둠인가, 하인의 초록색 모직 앞치마인가, 아니면 풀밭에 앉은 찌르레기의 그림자인가?

이제, 모두가 자두꽃과 벌에 열광하는 이 여름날 아침에 탐험을 나서도록 하자. 그리고 노래를 흥얼거리며(종달새보다 사교적인) 찌르레기에게 물어보자, 나뭇가지 틈에서 부엌데기의 머리카락을 주워 물고 쓰레기통 가장자리에 앉아 무슨 생각을 하는지. 삶이란 무엇일까, 우리는 농가 안마당 문간에 기대어 묻는다. 삶, 삶, 삶! 마치 우리의 말을 듣기라도 한 듯 찌르레기가 소리친다. 마치 우리가 안에서나 밖에서나 질문을 해대는 이유, 그리고 작가들이 다음에 쓸 말이 없을 때 그러듯, 데이지꽃을 슬쩍 바라보다 꺾어버리는 그 성가신 습관의 의미를 정확히 안다는 듯이. 그러니 우리한테 와서 삶이 뭐냐고 묻는 거겠지요, 새들이 말한다, 삶, 삶, 삶!

우리는 황야에 난 오솔길을 따라 포도주색이 감도는 푸른 자줏빛 어두운 언덕 높은 꼭대기로 터덜터덜 걸어 올라간다. 그리고 거기에 털썩 몸을 던진 채, 거기서 꿈꾸고, 거기서 메뚜기가 지푸라기 하나를 물고 움푹 꺼진 곳에 있는 자기 집으로 돌아가는 모습을 본다. 메뚜기는(그 톱질하는 듯한 움직임을 성스럽고 애정 어린 언어로 해석하자면) 삶은 노동이라고 말하는 듯하다. 아니, 그것이 내는 먼지 가득한 그 울음소리를 우리가 그렇게 해석하는 것이다. 그러면 개미도 동의하고 벌들도 동의한다. 하지만 우리가 더 오래 누워 있다가 저녁에 헤더 꽃들 사이로 살며시 돌아다니는 나방들에게도 묻는다면, 그들은 눈보라 칠 때 전신선에서 들리는 것처럼 아무 의미 없는 소리를 우리 귀에 들려주며 말할 것이다. 호호, 우습다, 우스워!

사람과 새와 곤충에게 물어보고 질문한 까닭은, 초록 동굴에서 오랜 세월 홀로 살며 물고기의 말을 들어보려 했던 사람들이 말하길, 물고기는 설사 삶이 뭔지 알아도 절대, 절대 말하지 않는다고 해서였다. 하지만 그들도 알지 못했고, 우리는 더 현명해지기는커녕 더 늙고 냉정해진 상태가 되어(한때 우리는 삶의 의미라 맹세할 수 있을 만큼 어렵고 귀한 어떤 것을 한 권의 책으로 완성할 수 있게 해달라고 애타게 기도한 적이 있지 않았던가?), 삶이 무엇인지 듣기 위해 까치발로 기다리는 독자에게 이렇게 솔직히 말할 수밖에 없게 되었다. 아아, 우리도 모릅니다, 라고.

이대로 책이 사라질 위기에 처한 바로 그때, 마침내 올랜도가 의자를 박차고 일어나 팔을 쭉 뻗었다. 그리고 펜을 내려놓고 창가로 가며 외쳤다. "다 썼다!" 그녀는 눈앞에 보이는 놀라운 광경에 기절할 뻔했다. 정원에 새 몇 마리가 보였다. 세상이 평소처럼 돌아가고 있었다. 자신이 글을 쓰는 동안 세상은 계속 그렇게 굴러가고 있었던 것이다.

"내가 죽어도 똑같겠구나!" 올랜도는 소리쳤다.

그 감정이 어찌나 강렬했던지, 올랜도는 자신이 사라져버리는 상상마저 들었고 실제로 실신할 것 같은 상태가 되었다. 그녀는 잠시 서서 그 아름답고 무심한 광경을 바라보았다. 그러다 마침내 독특한 방식으로 다시 기운을 차렸다. 그녀의 품에 들어 있던 원고가 마치 살아 있는 생명체처럼 들썩거리며 움직이기 시작한 것이다. 더 이상한 일은 원고와 올랜도와의 사이에 꽤 깊은 공감이 느껴졌다는 점이었다. 올랜도는 고개를 기울이는 것만으로도 원고가 하려는 이야기를 알아들을 수 있었다. 원고는 사람들에게 읽히기를 원하고 있었다. 읽혀야 했다. 읽히지 않으면 올랜도의 품속에서 죽는다고 했다. 난생처음으로 올랜도는 자연의 섭리에 강렬하게 저항했다. 주위에는 엘크하운드도 여러 마리 있고 장미 덤불도 무성했지만, 엘크하운드나 장미는 글을 읽을 수가 없다. 이는 한 번도 생각해보지 못한 신의 안타까운 실수였다. 인간만이 그런 능력을 부여받은 것이다. 인간이 필요했다. 올랜도는 종을 울려 하인을 불렀다. 그리고 곧장 런던으로 갈 마차를 준비시켰다.

"11시 45분 기차 시간에 딱 맞춰 갈 수 있겠습니다, 마님." 바스켓이 말했다. 올랜도는 증기 기관차가 발명된 줄 아직 모르고 있었다. 하지만 자신만을 오롯이 의지하고 있는 존재의 고통에 너무 몰두한 나머지, 기차를 처음 보는데도 불구하고 객차에 자리를 잡고 앉아 무릎에 담요를 덮으면서도 '(역사학자들의 말에 따르면) 지난 20년간 유럽의 얼굴을 완전히 바꿔놓은(하지만 사실 이런 일은 역사학자들이 생각하는 것보다 훨씬 자주 일어난다) 이 엄청난 발명품'에 대해서는 생각도 하지 않았다. 올랜도가 주목한 건 그저 기차가 심하게 지저분하다는 것과 객차가 끔찍하게 흔들린다는 것, 그리고 창문이 열 수 없게 되어 있다는 사실이 전부였다. 올랜도는 생각에 잠긴 채 한 시간이 채 못 되어 순식간에 런던에 도착했고, 어디로 가야 할지도 모른 채 채링크로스 역 플랫폼에 섰다.

그녀가 18세기에 수없이 즐거운 날들을 보냈던 블랙프라이어스의 옛집은 이제 일부는 구세군에, 일부는 우산 공장에 팔렸다. 그녀는 위생적이고, 편리하며, 유행의 중심지인 메이페어에도 집을 한 채 더 샀지만, 과연 메이페어에서 그녀의 시가 바라는 걸 이룰 수 있을지 궁금했다. 그럴 리가, 거기 사람들은 책을 읽지 않는데! 올랜도는 귀부인들의 반짝이는 눈과 귀족 신사들의 균형 잡힌 다리를 떠올리며 생각했다. 그렇다면 정말 유감스러운 일이 될 터였다. 게다가 거기에는 레이디 R의 저택도 있었다. 그곳에선 여전히 똑같은 이야기를 하고 있을 거라고, 올랜도는 확신했다. 어쩌면 C 장군의 통풍이 왼쪽 다리에서 오른쪽 다리로 옮겨갔을 수도 있고, L 씨는 T 대신에 R과 열흘을 보냈을지 모른다. 그리고는 포프 씨가 들어올 것이고. 아! 포프 씨는 죽었지. 그렇다면 지금은 누가 재담을 도맡고 있을지 올랜도는 궁금했다. 하지만 짐꾼에게 물을 만한 질문은 아니었으므로, 그녀는 계속 걸었다. 그때 그녀의 귓가에 셀 수 없이 많은 종이, 셀 수 없이 많은 말의 머리에서 울리는 소리가 들려왔다. 바퀴가 달린, 기이한 작은 상자들이 보도 옆에 세워져 있었다. 올랜도는 스트랜드 거리로 걸어갔다. 그곳은 한층 더 소란스러웠다. 순종 말과 짐마차용 말이 끄는 온갖 크기의 탈것들이 마구 뒤엉켜 있었다. 어떤 것에는 노부인 혼자 타고 있었고, 또 어떤 것에는 구레나룻을 기르고 비단 모자를 쓴 남자들로 가득했다. 오랫동안 풀스캡[86] 판 종이만 들여다보고 있던 올랜도의 눈에 마차, 수레, 승합마차는 놀랍도록 낯설었다. 펜이 사각거리는 소리에만 익숙한 올랜도의 귀에 거리의 소음은 끔찍하고 소름 끼치는 불협화음이었다.

보도는 한 치의 틈도 없이 북적였다. 사람들의 행렬이 동서로 끊임없이 쏟아져 흘러갔다. 그들은 믿을 수 없을 만큼 민첩한 동작으로 서로의 몸과 느릿느릿 휘청거리는 차량 사이를 오갔다. 보도 가장자리에는 남자들이 장난감이 담긴 쟁반을 들고 서서 소리쳤고, 구석에는 여자들이 봄꽃들이 가득 담긴 커다란 바구니 옆에 앉아 소리쳤다. 남자아이들은 인쇄된 종

---

[86] 약 13×16인치 크기의 대형 인쇄용지.

이를 끌어안고 말들의 코 밑을 뛰어다니며 소리쳤다. 큰일 났어요! 큰일 났어요! 처음에 올랜도는 나라에 무슨 국가적인 위기라도 닥친 줄 알았다. 하지만 그게 좋은 건지 나쁜 건지 알 수 없었다. 그녀는 사람들의 얼굴을 불안한 시선으로 쳐다보았다. 하지만 더욱 혼란스러울 뿐이었다. 어떤 남자는 끔찍한 슬픔이라도 겪은 표정으로 절망에 빠진 채 중얼거리며 지나갔고, 어떤 뚱뚱한 남자는 행복한 표정으로 온 세상이 축제라는 듯 어깨로 사람들을 밀치다 아까 그 남자를 툭 치고 지나갔다. 사실상 올랜도는 그 어느 것도 이치에 맞거나 합리적이지 않다는 결론에 이르렀다. 남자도 여자도 모두 자기 일에 열중하고 있을 뿐이었다. 그렇다면 그녀는 어디로 가야 하나?

올랜도는 생각 없이 계속 걸었다. 그렇게 이 거리 저 거리를 오르내리다가, 어느 거대한 유리창 가에 손가방과 거울, 실내 가운과 꽃, 낚싯대와 점심 바구니가 가득 쌓여 있는 것을 보았다. 온갖 빛깔과 무늬, 다양한 두께의 물건들이 여기저기 주렁주렁 매달려 있었다. 그러다 조용한 저택들이 늘어선 거리를 지나게 되었는데, 그곳에는 1, 2, 3에서 시작해 2백이나 3백에 이르기까지 차례차례 숫자가 매겨져 있었다. 똑같이 생긴 그 저택들에는 하나같이 기둥 두 개와 계단 여섯 칸, 단정하게 늘어뜨린 커튼 두 쪽, 가족의 점심 식사가 차려진 식탁이 있었다. 어느 창문에서는 앵무새가 내다보았고, 또 어느 창문에서는 하인 하나가 내다보았다. 그녀는 결국 그 단조로움에 어지러움을 느꼈다. 그러다가 탁 트인 거대한 광장에 이르렀다. 중앙에는 단추를 꼭 채운 어느 뚱뚱한 남자의 검고 빛나는 조각상이 세워져 있었고, 주위에는 활보하는 군마들과 치솟은 기둥들, 물을 내뿜는 분수, 퍼덕거리는 비둘기들이 있었다. 그녀는 보도를 따라 저택들 사이를 걷고 또 걸었다. 그러다 무척 배가 고파졌다. 그때 심장 위에서 뭔가가 퍼덕거리며 다 잊었느냐고 질책했다. 바로 그녀 자신의 원고, 「참나무」였다.

그녀는 자신의 무심함에 당황해, 순간 그 자리에 멈춰 섰다. 마차를 잡고 싶었지만 보이지 않았다. 넓고 보기 좋은 길은 이상하게도 텅 비어 있었다. 나이 든 신사 한 사람이 다가오는 게 눈에 띌 뿐이었다. 그의 걸음걸이에는 어쩐지 낯익은 데가 있었다. 그가 가까워질수록 언젠가 만난 적이 있다는 확신이 들었다. 하지만 어디에서 말인가? 이토록 단정하고, 풍채 좋고, 부유해 보이는 데다, 손에는 지팡이를 들고, 단춧구멍에 꽃을 꽂은, 혈색 좋고 살집 있는 얼굴에 흰 수염을 멋지게 기른 이 신사는…… 설마? 세상에, 이럴 수가, 맞아! 그녀의 오래전, 아주 오래전 친구 닉 그린이었다!

그도 거의 동시에 그녀를 보았다. 그리고 그녀를 기억해 냈다.

"레이디 올랜도!" 그가 땅이라도 쓸 듯 비단 모자를 크게 휘두르며 소리쳤다.

"니컬러스 경!" 올랜도가 외쳤다. 그의 태도를 보니 왠지 엘리자베스 여왕 시절에는 올랜도 자신은 물론 다른 많은 이들을 풍자해대던 삼류 작가였던 그가, 지금은 출세해서 분명 기사 작위도 받고 그 밖에도 여러 가지 좋은 일이 있었으리라는 직감이 들었다. 그는 올랜도의 짐작이 옳았음을 인정하며 다시 한번 허리 숙여 인사했다. 그는 기사였고, 문학 박사였으며, 교수였다. 스무 권의 책을 쓴 작가이기도 했다. 간단히 말해서, 그는 빅토리아 시대 가장 영향력 있는 비평가였다.

오래전 자신에게 그토록 큰 고통을 안겼던 사람을 다시 만나니 격렬한 감정이 휘몰아쳤다. 이 사람이 정말 자신의 카펫에 담배 구멍을 내고, 이탈리아산 대리석 벽난로에 치즈를 구워 먹고, 말로와 그 외의 작가들에 관해 그토록 재미있는 일화를 들려주면서 열흘 중 아흐레를 해가 뜨는 걸 같이 봤던 바로 그 성가시고 부산스러웠던 사람이란 말인가? 그는 이제 회색 정장을 말쑥하게 차려입고, 단춧구멍에는 분홍색 꽃을 꽂았으며, 차림새에 잘 어울리는 회색 스웨이드 장갑까지 맞춰 끼고 있었다. 그녀가 놀라워하고 있는데, 그가 다시 한번 깊이 허리 굽혀 인사하면서 점심 식사를 함께할 영광을 허락해주겠느냐고 물어왔다. 그 인사는 조금 과장되어 보이기는 해도 교양 있는 척한 것치고는 훌륭했다. 올랜도는 경탄하며 그를 따라 최고급 레스토랑으로 들어갔다. 온통 붉은 고급 천에 테이블에는 하얀 테이블보가 깔려 있고 은제 양념통을 쓰는 곳이었다. 모래투성이 바닥에 나무로 된 벤치, 큰 그릇에 담긴 펀치와 초콜릿, 신문과 침 뱉는 그릇이 있는 옛 선술집이나 커피하우스와는 영 딴판이었다. 그는 장갑을 벗어 테이블 한쪽에 단정하게 올려놓았다. 그가 예전의 그 닉 그린과 동일인이라는 사실이 아직도 믿기지 않았다. 1인치는 되게 길었던 손톱은 말끔하게 정리되어 있었고, 검은 수염이 삐죽삐죽 났던 턱은 깔끔하게 면도가 되어 있었다. 수프 그릇에 빠지곤 하던 누더기 같은 옷자락에는 이제 금으로 된 커프스단추가 달려 있었다. 그가 세심하게 포도주를 주문하고 나서야 올랜도는 그가 오래전 맘지 포도주를 좋아했던 취향이 떠올라 같은 사람임을 확신할 수 있었다. "아!" 그가 작게 탄식했다. 하지만 여전히 편안해 보였다. "아! 부인, 문학이 위대한 시절은 끝났습니다. 말로, 셰익스피어, 벤 존슨, 그들은 위대했어요. 드라이든, 포프, 애디슨, 그들은 영웅이었지요. 지금은 다, 전부 다 죽어버렸지만 말입니다. 그런데 그들이 누구를 남겼게요? 테니슨, 브라우닝, 칼라일, 이런 자들입니다!" 그가 지독한 경멸이 담긴 목소리로 말했다. 그리고 자신의 잔에 포도주를 따르며 계속했다. "그것의 진실은, 우리 젊은 작가들이 모두 서적상을 위해 일하고 있다는 겁니다. 그들은 양복값만 지불할 수 있다면 쓰레기라도 막 써서 내놓습니다." 그가 전채요리를 먹으며 말했다. "지금은 대단한 발상과 터무니없는 실험이 특징인 시댑니다. 엘리자베스 시대 사람들은 한순간도 참지 못했을 것들이지요."

"그래요, 부인." 웨이터가 그의 결정을 구하기 위해 보여 준 가자미 그라탱[87]에 좋다는 신호를 보낸 후 말을 이었다. "위대한 시절은 끝났어요. 우리는 타락한 시대를 살고 있습니다. 그러니까 우린 과거를 간직해야 해요. 고대 작품을 모델로 삼아 글을 쓰는 작가들을 예우해야 합니다(아직도 있기는 해요). 그들은 돈벌이 때문이 아니라—" 여기서 올랜도는 자칫 "글로르!"라고 소리칠 뻔했다. 실제로 그녀는 3백 년 전 바로 그 똑같은 말을 그가 하는 것을 들은 적이 있다고 맹세할 수 있었다. 물론 그의 입에서 나오는 이름들은 달랐지만, 생각은 똑같았다. 기사 작위를 받았어도 닉 그린은 달라지지 않았다. 아니, 달라진 점이 있기는 했다. 그는 이제 애디슨을 자신의 모범으로 삼았고(올랜도가 기억하기로는, 원래 키케로였다), 펜을 종이에 대기 전에, 아침마다 침대에 누워(자신이 분기별로 지급하는 연금 덕분일 거란 생각에 올랜도는 자부심을 느꼈다) 한 시간씩 훌륭한 작가의 훌륭한 작품을 암송하며, 현대의 상스러움과 모국어의 개탄스러운 상태가 정화될 거라 믿었다(하지만 그녀가 알기로 그는 미국에서 오래 살았다). 3백 년 전의 그린과 거의 똑같은 방식으로 그가 이야기를 늘어놓는 동안, 올랜도는 그의 어디가 변한 걸까 자문했다. 살이 좀 붙었다. 하지만 거의 70세에 가까운 나이였다. 꽤 말쑥해졌다. 확실히 문학이 좋은 일거리인 모양이었

---

[87] 빵가루나 치즈를 씌워 오븐 등에서 노릇하게 살짝 익힌 요리.

다. 하지만 왠지 예전의 그 부산스럽고 거북했던 생동감이 사라졌다. 그가 늘어놓는 이야기들은 예전처럼 재기 넘쳤지만, 더 이상 자유분방하고 편안하게 느껴지지 않았다. 1초가 멀다 하고 '나의 소중한 친구 포프'와 '내 저명한 친구 애디슨'을 들먹였지만, 그의 존경할 만한 분위기에서는 어쩐지 우울함이 느껴졌고, 시인들의 추문을 이야기해 주기보다는 그녀의 친척들이 한 말과 행동을 알려주는 걸 더 좋아하는 것처럼 보였다.

올랜도는 형언할 수 없을 만큼 실망했다. 그 오랜 세월 동안 그녀는 문학이 바람처럼 거칠고 불처럼 뜨거우며 번개처럼 빠른 거라고, 뭔가 모험적이고 무궁무진하며 비약적인 거라고 생각했었다(아마도 그녀의 은둔 생활과 지위, 성별 때문일 것이다). 그런데 보라. 문학은 그저 회색 정장을 입고 공작 부인에 대해 떠드는 나이 지긋한 신사에 불과했다. 그녀가 느낀 환멸이 어찌나 컸던지, 드레스 상단의 단추인지 고리인지가 확 풀리면서 「참나무」 시 원고가 테이블 위로 툭 떨어졌다.

"아니, 원고로군요!" 니컬러스 경이 코안경을 걸치며 말했다. "정말 흥미롭군요! 정말 흥미로워요! 제가 좀 봐도 되겠습니까." 그렇게 3백 년이라는 세월을 건너 니컬러스 그린은 커피잔과 술잔 사이에 올랜도의 시를 내려놓고 다시 한번 읽기 시작했다. 하지만 그의 의견은 전과는 아주 달랐다. 페이지를 넘기면서 그는, 올랜도의 시가 애디슨의 「카토」를 떠올리게 한다고 했다. 심지어 톰슨의 「사계절」에도 견주었다. 그는 기뻐하며 말하기를, 올랜도의 시에는 근대정신이 없다고 했다. 오로지 진실과 자연, 그리고 인간의 마음이 요구하는 바에 관해서 쓰고 있으며, 그것은 원칙도 없고 기이한 것들이 판치는 지금 시대에는 그야말로 보기 드문 점이라는 것이었다. 즉시 출간되어야 함은 물론이었다.

사실 올랜도는 그가 무슨 말을 하는지 통 알 수 없었다. 자신은 그냥 늘 가슴에 원고를 품고 다녔을 뿐이었다. 그것을 니컬러스 경은 매우 재미있어했다.

"그런데 로열티는 어떻게 할까요?" 그가 물었다.

올랜도는 순간 버킹엄궁과 그곳에 우연히 머물게 된 음울한 통치자들이 떠올랐다.[88]

니컬러스 경은 올랜도의 반응에 무척 재미있어하면서, 자기 말인즉슨 이런저런 이들에게(여기서 그는 유명한 출판사들을 언급했다) 이 책을 출간 목록에 넣으라고 편지 한 줄 써 보내면 그쪽에서 매우 기뻐할 거라는 이야기였다고 설명했다. 그는 2천 부까지는 권당 10퍼센트로, 그 이상부터는 15퍼센트로 로열티를 조정할 수 있을 거라고 말했다. 서평에 대해서는 자신이 직접 가장 영향력 있는 '모' 씨에게 편지를 쓸 것이며, '모'의 편집자 부인 앞으로 시에 대한 찬사를 짧게 써서 보내는 것도 절대 해롭지 않다고 말했다. 그에게 한번 들르겠다면서 니컬러

---

88   '로열티(royalty)'에는 인세 외에 왕족이라는 뜻도 있다.

스 경은 그렇게 계속 말을 이어갔다. 올랜도는 이 모든 이야기를 하나도 이해할 수 없었다. 그리고 과거의 경험으로 볼 때, 그의 선의를 완전히 믿을 수도 없었다. 하지만 그의 확고한 바람과 시의 열망을 따르는 수밖에는 달리 방도가 없었다. 니컬러스 경은 핏자국이 남아 있는 그 원고 꾸러미를 반듯하게 펴서 외투의 모양이 망가지지 않도록 가슴 주머니에 잘 넣었다. 그리고 두 사람은 서로에게 한참 칭찬을 퍼붓다가 헤어졌다.

올랜도는 거리를 걸었다. 시가 없으니 늘 시를 갖고 다니던 품속이 텅 빈 것처럼 느껴졌다. 그녀는 자신이 좋아하는 것에 대해 생각하는 것 말고는 할 일이 없었다. 하지만 이것이 인간의 운명을 바꿀 엄청난 기회가 될지도 모르는 일이었다. 올랜도는 이제 손가락에 반지를 낀 기혼의 여성이 되어 세인트 제임스 거리에 섰다. 한때 커피하우스였던 곳은 이제 레스토랑으로 바뀌어 있었다. 오후 세 시가 조금 넘은 시간이었다. 햇볕이 내리쬐고 있었다. 비둘기 세 마리와 테리어 잡종 한 마리가 보였다. 이륜마차 두 대와 사륜 랜도마차도 한 대가 있었다. 그런데 대체 삶이란 뭘까? 그 생각이 올랜도의 머릿속을 맹렬히, 그리고 뜬금없이(옛 친구 그린이 원인을 제공한 걸 수도 있었다) 파고들었다. 올랜도는 뭐든 갑자기 격렬하게 머릿속에 떠오를 때마다 곧장 가장 가까운 전신국으로 가서(지금 케이프 혼에 있는) 남편에게 전보를 치곤 했는데, 이는 그녀와 남편과의 관계를 독자들이 어떻게 보느냐에 따라 부정적 혹은 긍정적으로 판단될 수 있겠다. 마침 근처에 전신국이 하나 있었다.

"세상에나, 셸." 그녀는 전보를 치기 시작했다. "인생 문학 그린 아첨꾼…" 여기서 올랜도는 암호 같은 말을 썼는데, 이는 전신국 직원이 알아채지 못하도록 하는 동시에 한두 마디 안에 복잡한 정신 상태를 최대로 전달하기 위해 두 사람이 고안한 것이었다. 그리고 그녀는 그 모든 내용이 정확하게 담긴 '래티건 글럼-포부Rattigan Glum-phoboo'라는 단어를 덧붙였다. 오전에 있었던 일들이 그녀에게 깊은 인상을 남겼을 뿐만 아니라 올랜도가 성장하고 있다는 것(그렇다고 꼭 더 나아졌다는 건 아니지만)을 독자들은 짐작할 수 있을 것이다. 그리고 '래티건 글럼-포부'라는 말은 매우 복잡한 정신 상태를 설명하는 말인데, 만일 독자 여러분이 모든 지적 능력을 쏟아붓는다면, 스스로 그 뜻을 알아낼 수 있을지도 모른다.

답장이 오려면 몇 시간은 기다려야 했다. 올랜도는 빠르게 흘러가는 구름을 바라보며 생각했다. 아마 지금 케이프 혼에 돌풍이 불어서 자신의 남편은 십중팔구 지금 돛대 꼭대기에 올라가 있을 거라고, 아니면 낡을 대로 낡은 목재를 잘라내고 있을 거라고, 또는 비스킷만 먹으며 혼자 보트를 타고 표류하고 있을지도 모른다고. 그녀는 전신국을 나와 애써 옆 상점으로 주의를 돌렸다. 지금은 워낙 흔해서 따로 설명이 필요하지 않지만, 그때 그녀의 눈에는 매우 이상해 보이는 곳이었다. 책을 파는 상점이었다. 올랜도는 평생 필사본만 읽어왔다. 그녀가 손에 쥐어본 건 스펜서가 작고 읽기 힘든 서체로 베껴 쓴 거친 갈색 종이들뿐이었다. 그녀는 그렇게 셰익스피어와 밀튼의 작품을 읽었다. 올랜도는 사실 4절지나 2절지로 된 필사본을 많이 갖고 있었다. 그중에는 그녀를 칭송하는 소네트도 있었고, 머리카락 한 뭉치가 들어 있는 것도 있었다. 하지만 작은 책들이 한가득 쌓여 있는 걸 본 그녀는 깜짝 놀랐다. 다 같은 밝은색에 다 같은 모양인 데다, 판지로 겉을 대고 휴지처럼 얇은 종이에 인쇄된 것이 한없이 약해 보였기 때문이다. 단돈 반 크라운이면 셰익스피어의 전 작품을 사서 주머니에 넣을 수도 있었다. 인쇄된 글자가 너무 작아서 읽기 힘들었지만, 그렇더라도 경이로웠다. '작품들', 그녀가 알거나 들어본 작가들뿐만 아니라 그 외 많은 다른 작가의 작품들이 기다란 서가 끝에서 끝까지 가득 채우고 있었다. 테이블에도, 의자에도, 더 많은 책이 쌓여 있거나 굴러다녔다. 한두 페이지 넘겨 보니 그것들은 니컬러스 경이 다른 작품에 관해 쓴 글이었고, 스무 권 정도 되는 다른 책들은, 잘은 모르겠지만 그 장정이나 인쇄 상태로 볼 때 매우 위대한 작가들의 글인 듯했다. 그래서 올랜도는 책방 주인에게 조금이라도 중요한 책은 전부 보내달라는 놀라운 주문을 하고 그곳을 떠났다.

올랜도는 하이드 파크로 접어들었다. 옛날부터 잘 아는 곳이었다(저 갈라진 나무 밑에서 해밀턴 공작이 모훈 경의 칼을 맞고 쓰러졌었지, 하고 올랜도는 떠올렸다). 올랜도는 전보로 보낸 내용을 의미 없는 노래로 만들어 부르기 시작했다(그녀의 입이 문제다).

"삶 문학 그린 아첨꾼 래티건 글럼포부." 그러자 몇몇 공원 관리인이 그녀를 의심스러운 눈초리로 바라보았다. 그러다 그녀의 목에 걸린 진주 목걸이를 보고는 정신이 온전한 상태인 모양이라고 생각을 바꿨다. 올랜도는 책방에서 갖고 나온 신문 한 뭉치와 비평 잡지들을 들고 있었다. 그녀는 드디어 나무 밑에 털썩 엎드려 팔꿈치를 괴고는 그것들을 주위에 펼쳐놓고 대가들이 쓴 산문이라는 그 고귀한 예술을 최선을 다해 이해해보려고 애썼다. 여전히 그녀는 뭐든 쉽게 믿었고, 주간 신문의 흐릿한 활자조차 그녀의 눈에는 성스러워 보였다. 그래서 그녀는 팔꿈치를 괴고 누운 채 니컬러스 경이 쓴 어떤 작가의 선집에 관한 글을 읽었다. 존 던이라고, 올랜도도 한때 알고 지냈던 작가였다. 하지만 올랜도가 누운 곳은 알고 보니 서펀타인 호수에서 그리 멀지 않은 곳이었다. 천 마리는 되는 것 같은 개 짖는 소리가 귓가에 들렸다. 마차 바퀴들이 원을 그리며 끊임없이 내달렸다. 머리 위에서는 나뭇잎들이 바람에 살랑였다. 몇 발짝 떨어진 곳에서는 실을 짜서 만든 치마와 꼭 끼는 진홍색 바지가 이따금 풀밭을 지나갔다. 한번은 커다란 고무공이 날아와 신문에 맞고 튕기기도 했다. 나뭇잎 틈새로 보라, 주황, 빨강, 파랑 빛이 뚫고 나와 손가락에 낀 에메랄드 반지에 비쳐 반짝였다. 올랜도는 한 문장 읽고 하늘 쳐다보고, 하늘 쳐다보다 다시 신문을 쳐다보았다. 삶이 뭘까? 문학은 뭘까? 삶에서 문학이 만들어진다고? 하지만 그건 얼마나 엄청나게 어려운 일일까! 그때 진홍색 바지 한 벌이 지나갔다. 애디슨이라면 저걸 어떻게 묘사할까? 이때 개 두 마리가 뒷다리로 춤을 추며 다가왔다. 램이라면 어떻게 묘사했을까? (주변을 둘러보느라 간간이) 니컬러스와 그의 친구들이 쓴 글을 읽는 동안, 올랜도는 그 글에서 사람은 결코, 절대, 생각을 말로 표현하면 안 된다는 인상을 받았다(여기서 그녀는 일어나 걷기 시작했다). 그건 매우 불편한 느낌이었다(올랜도는 서펀타인 호숫가 둑 위에 섰다. 호수는 청동빛이었다. 거미처럼 가늘고 긴 배들이 이쪽에서 저쪽으로 오가고 있었다). 그 글들을 읽고 있자니 언제나, 늘, 다른 사람들처럼 써야 할 것 같은 느낌이 들었다(그녀의 눈에 저절로 눈물이 고였다). 그녀는 작은 장난감 배를 발끝으로 밀면서, 자신은 도저히 그럴 수 없을 것 같다고 생각했다(이때, 비평이란 게 원래 그렇듯이, 니컬러스 경의 글을 읽은 지 10분 만에 그의 방과 그의 머리, 그의 고양이, 그의 책상, 그리고 그날 그 비평을 쓴 시간이 그의 모든 글과 함께 눈앞에 펼쳐졌다). 그의 관점에서 계속 생각해봐도, 자신은 도저히 그럴 수 없을 것 같았다. 종일 서재(아니, 서재가 아니라 곰팡이 낀 응접실 같은 곳)에 앉아 잘생긴 청년들에게 다른 데 가서 말하지 말라고 주의를 주며 터퍼[89]가 스마일스[90]에 대해 뭐라고 했는지 일화를

---

89 마틴 터퍼(Martin Tupper). 빅토리아 시대 영국 작가.
90 새뮤얼 스마일스(Samuel Smiles). 영국의 저술가이자 사회개혁가.

들려주는, 그런 일 따위는 할 수는 없었다. 그녀는 슬프게 흐느끼며 계속 생각했다. 그들은 다 남자가 아니던가, 나는 공작부인이 아주 싫다, 나는 케이크도 싫어한다, 나도 못된 마음을 먹고 나쁘게 굴 순 있지만 절대 저들만큼 악의적으로 굴 수는 없다. 그러니 내가 어떻게 비평가가 되고 이 시대 최고의 산문을 쓸 수 있겠는가? 빌어먹을! 그녀는 이렇게 소리치며 장난감 배를 물 쪽으로 밀었다. 어찌나 세게 밀었는지 그 작고 불쌍한 배는 하마터면 청동색 물결 속으로 가라앉을 뻔했다.

사실 사람의 마음이(간호사들이 말하는) 그런 상태가 되면, (올랜도처럼 눈에 여전히 눈물이 고여 있을 때는) 눈앞에 보이는 것이 실제보다 더 크고 더 중요한 어떤 것, 분명 같지만 다른 어떤 것이 된다. 이런 마음 상태에서 서펀타인 호수를 보면, 그 물결이 곧 대서양의 높은 파도처럼 보인다는 말이다. 작은 장난감 배와 원양 정기선을 구분할 수 없게 된다. 올랜도는 그 장난감 배를 남편의 범선으로 착각했다. 자신이 발로 밀어 만들어낸 물결은 케이프 혼의 태산 같은 파도로 보였고, 장난감 배가 물살을 타고 오르는 모습은 마치 남편 본스롭의 배가 유리 같은 파도의 벽을 타고 오르는 것처럼 보였다. 배는 계속해서 물살을 타고 위로 올라갔다. 그때 천 명의 목숨을 집어삼킨 하얀 물마루가 그 위를 덮쳤다. 배는 그 천 명의 죽음 속으로 사라져버렸다. "침몰했어!" 올랜도가 고통스러워하며 소리쳤다. 하지만 자세히 보니, 배는 아무렇지 않게 대서양 반대편 오리들 사이에서 다시 항해를 계속하고 있었다.

"황홀하다!" 그녀가 외쳤다. "황홀해! 우체국이 어디지?" 올랜도는 궁금했다. "당장 셸한테 전보를 쳐야겠어. 얼른 이야기해 줘야지……." 그리고 '서펀타인의 장난감 배'와 '황홀해'를 반복해서 읊조렸다. 그 둘은 서로 대체 가능했고, 정확히 같은 것을 의미했다. 올랜도는 서둘러 파크레인으로 향했다.

"장난감 배, 장난감 배, 장난감 배." 올랜도는 이 말을 계속 반복하며, 중요한 건 존 던에 대한 닉 그린의 비평도 아니고, 8시간 노동 법안이나 사회 계약, 공장법 같은 것도 아님을 스스로에게 상기시켰다. 중요한 건 쓸모없고, 갑작스럽고, 격렬한 것이다. 중요한 건 생명을 담보로 하는 것, 빨갛고, 파랗고, 자줏빛인 것이다. 중요한 건 분출하는 것, 물방울을 튀어 오르게 하는 것, 저 히아신스 같은 것이다(그녀는 아름다운 히아신스 꽃밭을 지나고 있었다). 중요한 건 오점과 의존, 인간성의 결함이나 자기 부류에 대한 관심으로부터 자유로운 것이다. 중요한 건 나의 히아신스, 그러니까 내 남편 본스롭처럼 무모하고 터무니없는 것이다. 바로 그거다. 서펀타인의 장난감 배, 황홀함. 중요한 건 황홀함이다. 그녀는 스탠호프 게이트에서 마차가 지나가기를 기다리며 큰 소리로 외쳤다. 바람이 가라앉을 때만 남편과 함께 살 수 있는 상황이, 올랜도를 파크레인에서 말도 안 되는 말을 큰 소리로 떠들게 만드는 결과로 몰고 간 것이다. 빅토리아 여왕의 권유대로 남편과 1년 내내 함께 살았다면 상황은 분명 달랐을 것이다. 하지만 사정이 그렇지 않았으므로, 그녀는 불쑥 남편이 떠오르곤 했다. 그러면 당장 반드시 그에게 이야기해야 할 것만 같았다. 그게 얼마나 말도 안 되는 생각인지, 그것이 이 전기의 서술에 어떤 혼란을 일으킬지는 조금도 신경 쓰지 않았다. 닉 그린의 비평은 그녀를 깊은 절망의 구렁텅이로 빠트렸다. 그리고 그 장난감 배는 그녀를 기쁨의 절정으로 끌어올렸다. 그래서 올랜도는 길을 건너려고 기다리는 동안 거듭 말했다. "황홀해, 정말 황홀했어."

하지만 그 봄날 오후에는 도로가 무척이나 붐볐다. 그래서 영국의 부자와 권력자들이 모자와 망토를 걸치고서 사두마차와 빅토리아 랜도마차, 4인승 랜도마차에 조각처럼 앉아 있는 동안, 그녀는 황홀해, 황홀하다, 또는 서펀타인의 장난감 배를 반복해서 중얼거리며 계속 기다리고 서 있어야 했다. 길은 마치 황금빛 덩어리로 가득한 황금빛 강이 파크레인을 가로질러 그대로 굳어버린 듯 멈춰 있었다. 귀부인들은 명함 통을 손가락 사이에 끼워 들고 있었고, 신사들은 가랑이 사이에 지팡이를 끼우고 앉아 있었다. 올랜도는 경이로움에 감탄하며 그 자리에 선 채 그들을 바라보았다. 그때 한 가지 생각이 불쑥 끼어들었다. 거대한 코끼리나 고래처럼 믿어지지 않을 정도로 큰 동물을 바라볼 때면 드는 익숙한 생각, 즉 이 대단한 괴물들은 분명 스트레스나 변화, 움직임을 무척 싫어할 텐데 어떻게 종족을 번식시키나, 하는 그런 생각 말이다. 올랜도는 그들의 고요한 얼굴을 우아하게 응시하며 생각했다. 어쩌면 저들의 번식기는 끝났을지도 모르겠다고. 지금 저 모습이 그 결과이자 그 정점이라고. 지금 그녀가 보고 있는 건 한 시대의 승리였다. 풍채 좋고 아름다운 모습, 바로 그들이 거기에 앉아 있었다. 그때 교통을 통제하고 있던 경관이 손을 내렸다. 굳어 있던 강물이 녹기 시작했다. 화려한 물체들로 이루어진 거대한 복합체가 움직이고 있었다. 그리고 피커딜리를 향해 흩어져 사라졌다.

올랜도는 파크레인을 건너 커즌에 있는 자신의 집으로 갔다. 조팝나무가 바람에 살랑거릴 때면 마도요의 지저귐과 총을 든 아주 늙은 남자가 떠오르는 집으로.

올랜도는 집으로 들어서면 체스터필드 경이 뭐라고 말했는지 기억날 줄 알았다. 하지만 기억이 나지 않았다. 한때는 체스터필드 경이 보기만 해도 즐거운 우아한 몸짓으로 모자는 여기에 외투는 저기에 벗어두는 모습을 볼 수 있었던 그녀의 고상한 18세기 풍 응접실은, 지금 소포들로 완전히 어지러운 상태였다. 그녀가 하이드 파크에 앉아 있는 동안 책방 주인이 그녀가 주문한 책들을 보낸 것이었다. 집 안은 회색 종이로 싸서 끈으로 단정하게 묶은 빅토리아 문학 작품 일체로 가득했다(심지어 계단에도 소포가 널브러져 있었다). 올랜도는 옮길 수 있는 만큼 최대한 들어서 방으로 가져갔다. 그리고 하인에게 나머지 책들을 가져다 달라고 부탁했다. 그리고 수많은 끈을 빠르게 자르기 시작했다. 그녀는 곧 셀 수없이 많은 책에 둘러싸였다.

얼마 안 되는 16, 17, 18세기의 문학에 익숙해져 있던 올랜도는 자신의 주문이 만들어낸 결과에 깜짝 놀랐다. 빅토리아 시대 사람들에게 있어서 빅토리아 문학이란, 그저 뚜렷이 구분되는 네 개의 위대한 이름[91]이 아니라, 무수한 알렉산더 스미스, 딕슨, 블랙, 밀먼, 버클, 테인, 페인, 터퍼, 제임슨들 틈에 끼이고 묻힌 네 개의 위대한 이름을 의미했다. 이들은 모두 목소리가 크고 시끄러워 눈에 잘 띄었고, 누구보다 관심을 요구했다. 그들 앞에서 인쇄물을 향한 올랜도의 숭배심은 큰 어려움에 봉착했다. 하지만 메이페어의 고층 집들 사이로 들어오는 빛을 조금이라도 더 받기 위해 의자를 창가로 옮기면서, 그녀는 어떻게든 결론을 내보려고 애썼다.

그리고 이제 빅토리아 문학에 대해 결론을 내리는 방법은 두 가지밖에 없음이 분명해졌다. 하나는 8절판 책 60권 분량으로 글을 쓰는 것이고, 다른 하나는 이 정도 길이의 문장으로 여섯 줄 안에 꽉꽉 눌러 담는 것이다. 시간이 부족하므로, 우리는 그 두 가지 방법 중 경제성을 따져 두 번째 방법을 택하기로 하겠다. 올랜도는(여섯 권 정도의 책을 들춰보다가) 매우 이상

---

[91] 로버트 브라우닝과 찰스 디킨스, 앨프리드 테니슨, 조지 엘리엇을 가리킨다.

하게도 귀족에 대한 헌사가 단 한 군데도 없다는 것을 알게 되었다. 그리고(방대하게 쌓인 회고록들을 뒤적거리다가) 여러 저자의 가계도가 자신의 가문에 비해 절반에도 미치지 않는다는 것을 알게 되었다. 그다음에는 크리스티나 로세티 양이 차를 마시러 와서 설탕 집게를 10파운드짜리 지폐로 감싼 것은 극도로 무분별한 행동이라는 결론에 이르렀다. (여섯 장 정도의 백 주년 기념 저녁 만찬 초대장이 온 걸 보고는) 이 만찬을 다 먹어치우니 문학은 아주 뚱뚱해질 게 틀림없다고 생각했고, 또(이것이 저것에 미치는 영향과 고전주의의 부활, 낭만주의의 유풍, 그 외에 똑같이 매력적인 주제를 다루는 20여 개의 강연에 초대된 후에는) 이런 강연을 다 들으니 문학은 재미없어지겠다는 결론에 이르렀다. (어느 귀족 여성이 개최한 연회에 참석하고 난 후에는) 문학은 그 많은 모피 목도리를 걸쳤으니 꽤 점잖아지겠다는 결론을 내렸으며, (첼시에 있는 칼라일의 방음실에 다녀온 후에는) 이렇게 애지중지해야 하니 천재는 매우 섬세하겠다는 결론에 이르렀다. 이렇게 그녀는 마침내 최종 결론에 이르렀는데, 그 중요성으로 따지자면 무엇보다 중요하지만 우리는 이미 여섯 줄이라는 한도를 훌쩍 넘었으므로 그만 생략하도록 하겠다.

이러한 결론에 이른 올랜도는 꽤 오랫동안 창밖을 내다보며 서 있었다. 결론에 이르렀다는 것은, 공을 네트 반대편으로 던져놓고는 보이지 않는 상대편이 다시 되받아쳐 주기를 기다리는 것과 같기 때문이다. 체스터필드 하우스 위로 펼쳐진 저 창백한 하늘로부터 다음에는 과연 무엇이 주어질지 올랜도는 궁금했다. 그리고 그렇게 궁금해하며 손을 가지런히 모은 채 꽤 오랜 시간을 서 있었다. 그러다 갑자기 올랜도는 흠칫 놀랐다(그리고 여기서 우리 전기 작가들이 바라는 것은 앞서와 마찬가지로 순수와 순결, 정숙의 여신 셋이 문을 활짝 열고 들어와 전기 작가로서 뭔가 섬세하게 마무리 지을만한 이야기를 생각해낼 수 있도록 틈을 마련해주는 것이다). 하지만 있을 수 없는 일! 알몸의 올랜도에게 흰 가운을 벗어던져주었으나 몇 인치 못 미쳐 바닥에 떨어져버리는 것을 본 후로, 이들은 오랫동안 올랜도와 일체의 교류를 끊었고, 지금은 다른 일로 바빴다.

그렇다면, 이 흐릿한 3월의 아침에, 뭐가 됐든 이 부인할 수 없는 사건을 진정시키고, 베일로 가려주며, 보이지 않게 덮어주고, 완전히 숨겨주고, 보호해줄 그 어떤 일도 일어나지 않는단 말인가? 왜냐하면 올랜도는 그렇게 갑자스럽게 회들픽 놀라……. 다행스럽게도 바로 그 순간, 밖에서 아주 약하고 높으며 부드럽고 맑으면서도 어쩐지 덜컥거리는 구식 손풍금 소리가 들려왔다. 지금도 가끔 뒷골목에서 이탈리아인 악사들이 연주하는 그런 풍금 소리였다. 빈약하긴 하지만 이 소리를 천체의 음악[91]으로 여기고 그 개입을 받아들이도록 하자. 그리고 부인할 수 없는 순간이 다가올 때까지 그 힘겨운 호흡과 소리로 이곳의 여백을 채워보도록 하자. 하인과 하녀들도 그 순간을 보았고, 독자들도 보게 될 것이다. 왜냐하면 올랜도 자신도 더는 그것을 모른 척할 수 없음이 분명하기 때문이다. 손풍금 소리를 들으며 생각이 이끄는 대로 실려 가보자. 생각은, 음악이 흐를 때는 더 이상 물살에 흔들리는 작은 배가 아니다. 모든 배 중에서도 가장 다루기 힘들고 가장 변덕스러운 것이다. 그 생각을 타고 지붕 꼭대기를 넘어 빨래가 널려 있는 뒤뜰을 지나면⋯⋯ 여긴 어딜까? 너른 풀밭과 중앙의 첨탑, 양쪽에 사자상이 있는 저 정문은 혹시? 아, 그렇구나, 큐 왕립 식물원이로구나! 큐 식물원, 좋지. 그럼, 오늘(3월 2일)은 여기 큐 왕립 식물원을 둘러보도록 하자. 자두나무 아래 무스카리와 크로커스가 보이고, 아몬드 나무에는 꽃망울도 돋았네. 그러니 그곳을 걸으며 10월에 땅에 묻어 둔 털 보송한 붉은 구근에서 지금 꽃이 피어나고 있음을 생각하자. 그리고 말할 수 있는 것 그 이상을 꿈꾸며, 담배 케이스에서 담배나 시가를 꺼내, (각운에 맞춰)[93] 참나무 아래 망토를 벗어 던지고 앉아 물총새를 기다리자. 어느 저녁엔가 둑에서 둑을 오가는 모습을 누가 본 적이 있다고 들었으니.

잠깐! 잠깐만! 물총새가 온다. 아니, 물총새는 오지 않는다.

하지만, 보라! 저 공장 굴뚝과 거기서 나오는 연기를. 외출복을 입고 휙 지나가는 도시의 사무원들을. 강아지를 산책

---

[92] 천체의 운행(運行)이 인간의 귀에 들리지 않는 음악을 만든다는 중세의 관념.

[93] 참나무의 'oak'와 망토의 'cloak'을 말한다.

시키는 노부인과 새로 산 모자를 비뚤게 쓴 하녀 아이를. 그들 모두를 보라. 하늘이 자비롭게도 모두의 가슴속 비밀이 감추어지도록 명한 덕분에 우리는 어쩌면 존재하지도 않는 것을 의심해 보고픈 유혹에서 영원히 벗어나지 못하지만, 우리는 담배 연기 속에서 타오르는 불꽃을 본다. 그리고 모자와 배, 시궁창 속 쥐에 대한 자연의 욕망이 멋지게 충족되는 것에 경의를 표한다. 한때 콘스탄티노플 근처의 뾰족탑을 배경으로 벌판이 활활 불에 타오르는 것을 봤을 때처럼(이처럼 마음이 컵받침 위로 흘러넘치고 손풍금 연주 소리가 들려올 때면 마음이 어쩌나 쿵쾅거리고 출렁이는지).

오라! 자연적 욕망이여! 오라! 신성한 행복이여! 그리고 온갖 즐거움이여. 꽃이여, 포도주여(꽃은 시들고 포도주는 취하게 만들지만). 일요일마다 런던 교외로 나가게 해주는 반 크라운짜리 차표여. 어두운 예배당에서 부르는 죽음에 대한 찬가여, 그리고 뭐가 됐든, 타자기 두드리는 소리와 편지 정리하는 일, 제국을 하나로 묶는 연결고리와 사슬 없애는 일을 방해하고 혼란스럽게 만드는 것들이여. (마치 큐피드가 휙 지나가다 빨간 잉크에 담근 엄지로 대충 표식을 남기기라도 한 것처럼) 대충 붉게 바른 판매원 소녀의 입술도 오라. 오라, 행복이여! 둑에서 둑으로 후드득 날아가는 물총새여, 그리고 남성 소설가들이 말하는 것이 이것인지는 몰라도, 자연스러운 욕망의 모든 충족이여. 혹은 기도여, 거절이여. 오라! 낯선 이여. 어떤 형태로 오든, 더 많은 형태로 오든. 시냇물에는 어둠이 흐르지만(꿈과 각운이 맞으니[94] 아마 정말일 것이다), 우리의 일상은 그보다 더 어둡고 끔찍한 것. 꿈은 없지만 살아 있다. 그것도 의기양양하고 능수능란하게, 습관적으로. 둑에서 둑으로 후드득 날아가 사라져버리는 새의 날개가 품은 푸른빛을 흠뻑 머금은 올리브그린 색 나무 그늘 밑에서 말이다.

오라, 행복이여. 하지만 행복이 지나고 찾아오는, 시골 여인숙의 얼룩진 거울처럼 선명한 얼굴을 달리 보이게 만드는 그런 꿈은 안녕. 우리를 분열시키고, 우리를 산산이 조각내며, 우리를 상처입히고, 우리가 잠든 밤에 우리를 갈라놓는 꿈은 안녕. 하지만 잠, 잠, 너무나 깊어 모든 형태가 곱게 갈리고 무한히 부드러운 먼지가 되고 헤아릴 수 없이 희미한 물이 되는, 그런 잠이여, 오라. 미라처럼 나방처럼 그 자리에 포개고 감춰 잠의 가장 깊은 밑바닥 모래밭 위에 누워 있게 하는 잠이여, 오라.

하지만 잠깐! 잠깐만 기다려보자! 우리가 이번에 가려는 곳은 눈먼 땅이 아니다. 눈 가장 깊은 안쪽에서 켠 성냥처럼 푸르디푸른 물총새가 난다, 불타오른다, 잠의 봉인을 터트린다. 이제 다시 붉고 진한 생명의 흐름이 조수처럼 되밀려온다. 거품이 일고, 물이 뚝뚝 방울져 떨어진다. 우리는 일어난다.

---

[94]   꿈은 'dream', 시냇물은 'stream'으로 각운이 같다.

우리의 눈이(죽음에서 삶으로 이어지는 불편한 전환을 무사히 넘기게 해 주니 운율이란 얼마나 편리한가[95]) 쏠리는 곳은…… (여기서 손풍금의 연주 소리가 갑자기 뚝 멈춘다).

"아주 잘생긴 아드님입니다, 마님." 산파인 밴팅 부인이 올랜도의 품에 그녀의 첫 아이를 안겨주며 말했다. 다시 말해, 올랜도는 3월 20일 목요일 오전 3시, 무사히 아들을 낳았다.

*
**

올랜도는 다시 한번 창가에 섰다. 하지만 독자들은 용기를 내도 좋다. 오늘은 그 같은 일은 일어나지 않을 테니까. 오늘은, 무슨 일이 있어도 같은 날이 아니다. 절대. 왜냐하면, 지금 올랜도처럼 창밖을 내다본다면 파크레인 자체가 상당히 달라졌음을 알 수 있을 것이기 때문이다. 사실 지금 올랜두는 10분 이상을 서 있어도 지나가는 4인승 랜도마차를 한 대도 볼 수 없었다. "저것 좀 봐!" 며칠 후, 말 한 마리 매여 있지 않은 터무니없이 짧은 마차가 혼자 저절로 굴러가는 모습을 본 올랜도가 소리쳤다. 말이 없는 마차라니! 그 말을 하는 순간 누가 불러서 잠시 자리를 떴던 올랜도는, 잠시 후 다시 돌아와 다시 창밖을 내다보았다. 요즘은 날씨가 이상했다. 그녀는 날

---

[95] 앞 문장의 '일어나고(rise)'와 다음 문장의 '눈(eyes)'를 가리킨다.

씨 자체가 변했다고 생각하지 않을 수 없었다. 에드워드 왕이 빅토리아 여왕의 뒤를 잇고 나니 하늘이 더 이상 그렇게 구름 자욱하지도, 그렇게 습기가 많지도, 그렇게 무지갯빛이 선명하지도 않았다(저기, 왕이 보인다. 그는 깔끔한 사륜마차에서 내려 건너편의 어떤 귀부인을 만나러 가는 중이다).

구름은 작아져 얇은 거즈처럼 변했고, 하늘은 마치 금속으로 만들어진 듯, 또는 금속이 안개 속에서 변하듯, 더운 날이면 녹청색이나 구리색, 주황색으로 변했다. 이런 변화는 조금 놀라웠다. 모든 것이 다 쪼그라든 것 같았다. 지난밤 버킹엄 궁전을 지나갈 때도, 영원할 줄 알았던 거대한 건축물들을 흔적도 찾을 수 없었다. 정장용 비단 모자와 미망인의 상복, 트럼펫, 망원경, 화관 같은 것들도 사라져 보도에 얼룩 하나 남지 않았고, 심지어 물웅덩이조차 모두 사라져버렸다. 하지만 변화가 가장 눈에 띄게 드러나는 건 바로 지금, 지금 이 저녁 시간이었다(그녀는 또 한 번 자리를 비웠다가 다시 돌아와 좋아하는 창가 자리에 섰다). 집집이 밝힌 불빛을 보라! 손만 닿아도 온 방 안이 환해졌다. 수백 개의 방에 불이 밝혀졌고, 모든 불은 하나같이 다 똑같았다. 사람들은 작은 사각형 상자 안을 모조리 볼 수 있었다. 사생활이란 게 없었다. 예전에 있던 어른거리는 그림자나 외딴 구석 같은 것도 없었다. 앞치마를 두른 채 흔들리는 등불을 들고 이 탁자 저 탁자 내려놓던 여인들도 보이지 않았다. 손만 닿아도 온 방 안이 밝았다. 하늘도 밤새도록 밝았다. 보도도 밝았다. 모든 게 밝았다.

한낮에 올랜도는 다시 그 자리에 와서 섰다. 요즘 여자들은 또 얼마나 날씬한지! 다들 똑같이 옥수숫대처럼 곧고 반짝거렸다. 남자들의 얼굴도 손바닥처럼 매끈했다. 건조한 대기 덕분에 모든 색이 선명하게 드러나 보였다. 하지만 양 볼의 근육은 뻣뻣해지는 듯했다. 이제는 울기도 힘들어졌다. 물은 2초면 뜨거워졌다. 담쟁이덩굴은 다 죽어 없어졌거나 건물에서 걷혔다. 식물들은 전보다 덜 무성하게 자랐다. 사람들은 자녀를 적게 낳았다. 커튼과 덮개는 바싹 말라 구겨졌고, 습기 없는 벽에는 거리나 우산, 사과 등 실제 사물을 그려 액자에 넣은 채색화나 목판화가 걸렸다. 18세기를 떠올리게 하는 확실하고 뚜렷한 시대적 분위기가 있었지만, 어쩐지 산만함과 절박함이 느껴졌다. 올랜도가 이런 생각을 하는 순간, 수백 년 동안 통과해 오고 있는 기나긴 터널이 넓어지면서 빛이 쏟아져 들어왔다. 올랜도의 생각들은 마치 피아노 조율사가 그녀의 등에 열쇠를 꽂고 신경을 팽팽하게 조이기라도 한 듯 이상하게 긴장되고 엄격해졌다. 동시에 귀도 예민해졌다. 방 안의 모든 속삭임과 우지직거리는 소음이 다 들렸고, 그러다 보니 벽난로 선반 위에서 시계가 재깍거리는 소리가 쾅쾅 때리는 망치 소리로 들렸다. 몇 초 동안 빛이 점점 더 밝아졌고, 모든 것이 점점 더 명확하게 보였다. 시계가 재깍거리는 소리도 점점 더 커졌다. 마침내 그녀의 귀에는 엄청난 폭발음으로 들렸다. 올랜도는 머리라도 세게 얻어맞은 듯 벌떡 일어났다. 그렇게 열 번을 얻어맞았다. 아침 10시였고, 10월 11일이었고, 1928년이었다. 바로 지금, 현재 순간이었다.

올랜도가 깜짝 놀라 가슴에 손을 얹고 얼굴이 창백해진 것은 당연한 일이었다. 지금이, 현재 순간이라는 사실보다 더 무서운 뜻밖의 사실이 뭐가 있을 수 있겠는가? 우리가 충격에서 살아남을 수 있는 것은 과거가 한쪽에서 우리를 보호해주고 다른 한쪽에서는 미래가 보호해주기 때문이다. 하지만 지금 우리에겐 그런 생각에 잠겨 있을 시간이 없다. 올랜도는 이미 몹시 늦었다. 그녀는 계단을 뛰어 내려가 자동차에 올라탔다. 그리고 시동을 켜고 출발했다. 거대한 푸른색 건물들이 블록을 이루어 하늘 높이 치솟아 있었다. 굴뚝에 씌워진 고깔 모양의 뚜껑들이 여기저기 눈에 띄었다. 도로는 은색으로 빛나는 못의 머리처럼 반짝거렸다. 조각 같은 하얀 얼굴의 운전사들이 운전하는 승합차들이 그녀를 향해 돌진해 왔다. 스펀지와 새장, 모조 에나멜가죽이 가득한 상자들이 눈에 보였다. 하지만 올랜도는 이런 광경이 자신의 마음에 조금이라도 들어오는 걸 허용하지 않았다. '현재'라는 좁은 널빤지 위를 아슬아슬 건너고 있는 지금, 자칫하면 그 밑에 맹렬히 흐르고 있는 급류에 빠질까 봐 두려웠다. "앞 좀 보고 다녀요…… 손 내미는 게 그렇게 힘들어요?" 그저 쏘아붙이듯이 이렇게 말하는 게 전부였다. 거리는 엄청나게 붐볐다. 사람들은 앞도 보지 않고 길을 건너다녔다. 그리고 빨간 불빛과 노란 광채가 들여다보이는 커다란 유리창 주위에 모여 윙윙거리고 웅성거렸다. 마치 꿀벌들 같았다. 하지만 그들이 꿀벌 같다는 생각을 애써 떨쳐내고 눈을 한 번 깜박여 원근감을 되찾고 나니, 그들이 다시 사람으로 보였다. "앞 좀 보고 다닐 수 없어요?" 그녀는 기분 나쁜 어조로 내뱉었다.

마침내 그녀는 마셜 앤드 스네글로브[96] 백화점에 차를 세우고 매장으로 들어갔다. 시원한 그늘과 향기가 그녀를 휘감았다. 데일 정도로 뜨거운 물방울 같던 '현재'가 그녀에게서 떨어져 나갔다. 여름바람에 살랑거리는 얇은 천처럼 빛이 위아래로 흔들거렸다. 올랜도는 가방에서 목록을 꺼내 기이하고 딱딱한 목소리로 읽기 시작했다.

남자아이 부츠, 목욕 소금, 정어리.

마치 색색의 물이 나오는 수도꼭지 밑에서 단어들을 들고 있기라도 한 듯한 목소리였다. 그녀는 빛이 닿자 글자들이 변하는 모습을 보았다. 목욕 소금과 부츠는 둔하고 무뎌졌고, 정어리는 톱처럼 톱니가 생겼다. 그녀는 마셜 앤드 스네글로브 백화점 1층에서 몇 초 동안 이쪽저쪽을 보고 이런저런 냄새를 맡았다. 그런 다음에는 문이 열려 있다는 아주 좋은 핑계로 승강기를 타고 미끄러지듯 위층으로 올라갔다. 그렇게 올라가면

---

[96] 당시 런던 옥스퍼드 스트리트에 있던 유명 백화점.

서, 올랜도는 지금 이 삶의 구조 자체가 마법 같다고 생각했다. 18세기에는 일들이 어떻게 돌아가는지 다 알 수 있었다. 하지만 지금은 몸이 허공으로 떠올랐다. 미국에서 건너오는 목소리를 들을 수 있었다. 사람들이 하늘을 날아다녔다. 하지만 어떻게 그럴 수 있는지는 궁금해할 생각조차 하지 못했다. 올랜도는 마법에 대한 믿음을 되찾았다. 승강기가 2층에 멈춰 서면서 약간 덜컹했다. 올랜도의 눈에, 이상한 냄새를 풍기는 미풍에 무수히 많은 색색의 물건들이 휘날리는 환상이 나타났다. 승강기가 멈추고 문이 열릴 때마다 또 다른 세계의 단면이 그 세계의 온갖 냄새와 함께 드러났다. 그녀는 엘리자베스 시대에 보물선과 상선이 정박하던 템스강의 와핑을 떠올렸다. 그곳의 냄새는 얼마나 풍부하고 특이했던가! 보물이 든 자루에 손을 넣었을 때 손가락 사이로 루비 원석이 흘러내리던 느낌은 또 얼마나 생생하게 기억나는지! 그때 수키(이름이 수키였나, 뭐였나)와 함께 누워 있다가 컴벌랜드 백작이 등불을 비추는 바람에 들켰었지! 컴벌랜드 부부는 지금 포틀랜드 플레이스에 집이 있어서, 올랜도는 일전에 한번 그들과 점심을 먹은 적이 있다. 쉰 로드에 있던 빈민 구호소에 대해 그 노인에게 농담처럼 건넸더니 그는 윙크로 응답했다. 이제 승강기는 더 올라갈 데가 없었다. 그녀는 어떤 매장으로 가야 할지 몰랐지만 내렸다. 올랜도는 잠시 서서 자신이 구매해야 할 물품 목록을 살펴보았다. 어디에든 목록에 나와 있는 목욕 소금이나 남자아이 부츠가 보인다면 감사할 노릇이었다. 사실 그녀는 아무것도 사지 않고 다시 아래층으로 내려갈 참이었다. 하지만 목록에서 본 마지막 물품의 이름이 입에서 자동으로 크게 나오는 바람에 아무것도 사지 않는 무례를 범하지 않을 수 있었다. 때마침 그 물건의 이름은 더블베드용 시트였다.

"더블베드용 시트요." 올랜도는 계산대에 있는 남자에게 말했다. 하늘의 섭리인지, 때마침 그 남자가 파는 물건이 시트였다. 그림스디치 부인에게 줄, 아니, 그림스디치 부인은 죽었다. 그럼 바살러뮤 부인에게, 아니, 바살러뮤 부인도 죽었다. 그렇다면 루이즈에게. 루이즈는 일전에 몹시 화가 나서 올랜도에게 온 적이 있었다. 왕실 사람들이 자는 침대 시트 맨 아랫부분에서 구멍을 발견했다는 것이다. 엘리자베스와 제임스, 찰스, 조지, 빅토리아, 에드워드 등 여러 왕과 왕비가 머물렀던 침대이니 구멍이 날 만도 했다. 하지만 루이즈는 누가 구멍을 냈는지 알고 있다고 확신했다. 그건 바로 여왕의 부군[97]이었다.

"더러운 독일놈!(Sale bosch)!" 올랜도가 말했다(전쟁이 또 한 번 일어나고 있었고, 이번에는 독일이 그 상대국이었다).

"더블베드용 시트요." 올랜도는 꿈꾸듯 다시 한번 말했다. 방 안에 은색 장식 침대보가 씌워진 그 더블베드를 위한

---

[97]   빅토리아 여왕의 부군인 앨버트 공은 독일 귀족 출신이었다.

시트였다. 지금 생각하니 온통 은색으로 꾸민 것은 다소 천박하다 싶은 취향이었지만, 그녀가 한창 은이라는 귀금속에 빠져 있을 때 꾸민 방이었다. 판매원이 더블베드용 시트를 가지러 간 사이에, 올랜도는 작은 손거울과 분첩을 꺼냈다. 그리고 무심히 얼굴에 분을 바르며, 자신이 처음 여자가 되어 '사랑에 빠진 귀부인' 호에 탔던 시절에 비해 살찐 여자들이 거의 없는 것 같다고 생각했다. 그녀는 자신의 피부색과 잘 맞는 색조를 세심하게 코에 발랐다. 볼에는 절대 손대지 않았다. 솔직히 말해서 올랜도는 지금 서른여섯 살이 되었지만, 과거와 비교해 하루도 더 나이 들어 보이지 않았다. 그녀는 템스강이 얼어붙어 그 위에서 스케이트를 탔던 그때 그 모습 그대로 뿌루퉁하고, 샐쭉하며, 잘생기고, (불을 백만 개는 밝힌 크리스마스트리 같다던 사샤의 말처럼) 혈색이 좋았다.

"최고급 아일랜드산 리넨입니다, 부인." 판매원이 계산대에 시트를 펼치며 말했다(순간 올랜도는 그 당시에 나뭇가지를 주워 모으던 늙은 아낙네가 떠올랐다). 올랜도가 멍하니 리넨을 만지작거리고 있는데, 매장들 틈에서 회전문 한쪽이 열리며 분홍색 양초에서 나는 듯한 밀랍 향이 잡화 매장 쪽에서 훅 끼쳐왔다. 그 향은 어느 젊고 호리호리하며 매혹적인 누군가를 외피처럼 감싸고 있었다(누구지? 남자인가, 여자인가?). 세상에! 모피와 진주를 걸치고, 러시아식 바지를 입은 부정한 여인, 올랜도를 배신했던 바로 그 부정한 여인이 아닌가!

"배신자!" 올랜도가 소리쳤다(판매원은 자리에 없었다). 순간 매장 전체가 누런 물로 요동치더니 저 멀리 바다에 떠 있는 러시아 배의 돛대가 보였다. 그 순간 기적처럼(아마도 문이 다시 열린 듯했다) 그 향이 이루고 있던 외피는 강단, 연단으로 바뀌더니 모피를 두른 뚱뚱한 여인이 걸어 나왔다. 그녀는 놀랍도록 젊고, 매혹적이며, 왕관을 쓴, 어떤 대공의 정부였다. 볼가강 둑에 기대어 샌드위치를 먹으며 물에 빠져 죽어가는 사람들을 지켜보던 그 여자, 그녀가 올랜도가 있는 매장을 향해 걸어오기 시작했다.

"이런, 사샤!" 올랜도가 소리쳤다. 실제로, 올랜도는 변한 그녀의 모습에 충격을 받았다. 너무 살이 찐 데다 너무 무기력해 보였다. 올랜도는, 모피를 두른 우중충한 이 여인과 러시아식 바지를 입은 여인, 밀랍 양초 냄새와 흰 꽃, 그리고 그것이 불러온 옛 배의 환영이 듯 뒤로 지나가버리길 비라며 리넨 위로 고개를 수그렸다.

"오늘은 냅킨이나 수건, 먼지떨이는 안 필요하신가요, 부인?" 판매원이 집요하게 물었다. 올랜도는 쇼핑 목록을 참고한 덕분에 이 세상에서 원하는 건 오직 하나, 목욕 소금이라고 태연하게 대답할 수 있었다. 목욕 소금은 다른 매장에 있었다.

하지만 다시 승강기를 타고 아래층으로 내려가는 동안(어떤 장면이든 반복하는 건 너무 교활하다), 올랜도는 다시 한번 '현재' 순간에서 한참 아래로 가라앉았다. 승강기가 1층에 닿는 순간,

냄비가 강둑에 부딪혀 깨지는 소리가 들리는 것 같았다. 그녀는 핸드백들 사이에 서서 어디가 됐든 자신이 가야 할 매장을 찾는 데 몰두했다. 검은 옷차림에 머리를 빗어넘긴 예의 바르고 활기 넘치는 판매원들이 이것저것 권했지만 귀담아듣지 않았다. 그들 역시, 아니 그들 중 일부는, 어쩌면 그녀처럼 똑같이, 오랜 과거에서부터 지금까지 자랑스럽게 살아오고 있으면서도 '현재'라고 하는, 아무것도 통과하지 못하는 차단막을 내리기로 하고 오늘날 마셜 앤드 스넬그로브의 판매원으로 나타난 것일지 몰랐다.

올랜도는 그곳에 머뭇거리며 서 있었다. 거대한 유리문을 통해 옥스퍼드 스트리트를 오가는 차들이 보였다. 승합 버스가 승합 버스 위에 포개졌다가 휙 떨어져 나가는 것처럼 보였다. 그날 템스강 위에서도 얼음덩어리들이 저렇게 요동쳤다. 모피 슬리퍼를 신은 늙은 귀족 하나가 그 얼음덩어리 중 하나에 다리를 벌리고 주저앉아 있었다. 그는 거기서 아일랜드 반군을 향해 저주를 퍼부으며 흘러갔다. 올랜도는 지금도 그의 모습을 볼 수 있었다. 자신의 차가 주차된 바로 그 자리에서 그는 물속에 빠져 죽었다.

"세월이 나를 스쳐 갔구나." 올랜도는 이렇게 생각하며 마음을 가라앉히려 애썼다. "중년이 시작되나 보다. 정말 이상해! 더 이상 어떤 것도 그것 하나가 전부가 아니야. 핸드백을 들면 배에 탄 채 강 속에 얼어붙어 있던 노파가 떠올라. 누군가가 분홍색 양초에 불을 붙이면 러시아 바지를 입은 여인이 보여. 지금처럼 문을 나서면," 그녀는 옥스퍼드 스트리트의 보도로 걸어 나갔다. "지금 느껴지는 이게 무슨 맛이지? 약초인가. 염소 방울 소리가 들려. 산도 보이고. 터키인가? 인도? 페르시아?" 그녀의 눈에 눈물이 차올랐다.

지금, 눈물을 글썽이며 페르시아 산의 환각에 빠진 상태로 차에 올라타려는 올랜도를 보는 독자들은 아마 그녀가 지금 '현재' 순간에서 조금 멀리 가 있다는 인상을 받을 것이다. 사실, 부정할 수 없는 사실이 하나 있다. 삶의 기술을 가장 성공적으로 실천하는, 대체로 이름이 알려지지 않은 이 사람들은, 모든 사람의 몸에서 동시에 고동치는 60~70개의 서로 다른 시간을 어떻게든 일치하게 만든다. 시계가 11시를 알리는 종을 치면 다른 시간도 일제히 11시를 치게 해 현재가 심하게 혼란스러워지거나 과거가 완전히 잊히지 않게 만드는 것이다. 어떤 이들은 그저 묘비에 적힌 대로 자신에게 주어진 68년이나 72년을 온전히 산다. 어떤 이들은 우리와 함께 걸어 다니고 있지만 죽어 있다. 어떤 이는 태어나지 않았어도 여러 삶을 겪는다. 어떤 이는 수백 년을 살았음에도 스스로 서른여섯 살이라 말한다. 『영국 인명사전』에 뭐라고 쓰여 있든, 사람 인생의 진정한 길이는 늘 논쟁의 대상이다. 시간을 잰다는 것은 어려운 일이기 때문이다. 게다가 예술을 접하면 시간은 더 빨리 혼란에 빠진다. 올랜도가 쇼핑 목록을 잃어버리는 바람에 정어리도, 목욕 소금도, 부츠도 사지 못하고 집으로 출발하게 된 이유도 아마 시를 향한 그녀의 사랑 탓인지 모른다. 올랜도는 지금 차 문에 손을 얹고 서 있었다. 그때 '현재'가 다시 그녀의 머리를 때렸다. 그 심한 타격은 그녀를 열한 번이나 강타했다.

"망할!" 올랜도가 소리쳤다. 시간을 알리는 종소리가 신경계에 엄청난 충격을 주었다. 이 시간부터 그녀에 대해 할 수 있는 말은, 그녀가 살짝 얼굴을 찡그린 채, 훌륭하게 기어를 바꾼 다음, 전처럼 "앞 좀 보고 다녀!", "자기가 자기 마음도 몰라?", "그럼 왜 그렇게 말하지 않았어?"라고 소리쳤다는 게 전부다. 능숙한 운전 실력 덕에 그녀의 자동차는 쏜살같이 달리고, 휙 돌고, 비집고 들어가며 미끄러지듯 리젠트 스트리트, 헤이마켓, 노넘벌랜드 애비뉴를 지나, 웨스트민스터 다리를 건너, 좌회전하고, 직진하고, 우회전한 다음, 다시 직진하면서 계속 내달렸다······.

1928년 10월 11일 목요일, 올드 켄트 로드는 매우 붐볐다. 보도에 사람들이 무더기로 쏟아져 나왔다. 여성들은 쇼핑백을 들고 있었고 아이들은 거리를 뛰어다녔다. 직물을 파는 상점에서 할인 판매를 하고 있었다. 길이 넓어졌다 좁아졌다를 반복했다. 길게 뻗은 길은 끝으로 갈수록 좁아지는 것처럼 보였다. 여기에는 시장, 저기에는 장례식장이 있었다. 이쪽에는 "Ra—Un[98]"라고 적힌 플래카드를 든 시위대가 보였다. 그 외에 또 무엇이 있을까? 고기가 아주 빨갛게 보였다. 정육점 주인들이 문간에 서 있었다. 이런 번잡함 속을 여자들이 힘겹게 지나다니고 있었다. 어느 집 현관에는 라틴어로 '사랑은 모든 것을—'[99]이라고 적혀 있었다. 한 여인이 깊은 사색에 잠긴 듯 꼼짝도 하지 않고 침실 창밖을 내다보고 있었다. '애플존', '애플베드 장의—'[100]라고 적힌 곳도 보였다. 어느 것 하나 제대로 보이거나 처음부터 끝까지 다 보이는 게 없었다. 마치 서로 길 반대편에 서서 막 만나려고 하는 두 사람의 모습처럼 시작만 보일 뿐 끝맺음이 보이지 않았다. 20분이 지나자 몸과 마음이 꼭 가방 밖으로 흩날리는 찢어진 종잇장처럼 너덜너덜해졌다. 사실, 차를 몰고 런던을 빠르게 빠져나가는 과정은 무의식, 그리고 어쩌면 죽음 그 자체보다 우선하는 정체성을 잘게 토막 내는 것과 너무나 흡사했다. 지금, 현재 순간 어떤 의미에서 올랜도가 존재했다고 말할 수 있을지는 미지수다. 사실상 우리는 올랜도를 완전히 해체된 인간으로 보고 포기했어야 맞다. 허나 드디어 초록색 차단막이 오른쪽에 펼쳐지면서 종잇장들이 떨어지는 속도가 느려졌고, 그다음에는 왼쪽에도 차

---

98 원문의 'Ra-Un'은 'Rally against Unemployment' 또는 'Rally of the Unemployed'를 쓰려고 한 것으로 추정되는데, 이는 실업 반대 시위를 뜻한다. 이 글을 쓰던 당시에는 이런 시위가 잦았다.

99 원문의 'Amor Vin—'은 'Amor Vincit Omnia'를 쓰다 만 것으로 추정된다. 이는 '사랑은 모든 것을 정복한다'라는 유명한 라틴어 경구로, 해당 현관이 있는 집은 사창가인 듯하다.

100 애플존, 애플베드는 장의사 이름이다.

단막이 펼쳐져 종잇장들이 떨어지는 걸 멈추고 허공에서 제각기 팔랑였다. 그렇게 녹색 차단막이 양쪽에서 계속 펼쳐진 덕분에 올랜도는 마음속에 사물을 간직하는 환상을 되찾을 수 있었고, 오두막과 농장, 네 마리의 소를 정확한 실제 크기로 볼 수 있게 되었다.

일이 이렇게 되자, 올랜도는 안도의 한숨을 쉬고 담배에 불을 붙인 후 말없이 연기를 내뿜었다. 그러다 잠시 후, 마치 찾는 사람이 없어지기라도 한 듯 주저하며 "올랜도?"라고 불렀다. 한 번에(가령) 76개의 서로 다른 시간대가 모두 동시에 재깍거린다면, 인간의 마음에 한 번쯤 머물렀던 사람들은(맙소사) 얼마나 많단 얘긴가? 2,052명이라고 말하는 사람도 있다. 그래서 혼자 있을 때(만일 그 사람의 이름이 올랜도라면) "올랜도?"라고 불러보는 것이 세상에서 가장 흔한 일이다. 이렇게 부르는 건, '제발 와줘, 와달라고! 나는 지금의 내가 지긋지긋해. 다른 내가 되고 싶어'라는 뜻이다. 이런 이유로 우리가 친구들에게서 놀라운 변화를 보게 되는 것이다. 하지만 전체적으로 순탄한 여정은 아니다. 올랜도가(전원으로 왔으니 아마도 다른 자아가 필요해져서) "올랜도?"라고 부른 것처럼 우리가 자신을 부른다고 해도, 바라는 자아가 오지 않을 수도 있기 때문이다. 마치 웨이터의 손에 산더미처럼 쌓인 접시들처럼 우리가 차곡차곡 쌓아 올린 이 자아들은, 어딘가 다른 데에 애착과 공감, 얼마간의 기질, 그리고 나름의 권리가 있어서, 당신이 뭐라고 부르든(이 자아들은 대개 이름이 없다) 어떤 자아는 비가 올 때만 찾아오고, 어떤 자아는 초록 커튼이 있는 방에만 찾아오고, 어떤 자아는 존스 부인이 없을 때만 찾아오며, 어떤 자아는 포도주 한잔을 약속할 때만 찾아오는 식이다. 모든 이들은 경험을 통해 여러 자아와의 조건을 다양하게 맺을 수 있는데, 그중에는 언급하기 힘들 정도로 말도 안 되는 것도 있다.

아무튼 올랜도는 헛간 옆 모퉁이에 서서 떠보듯 "올랜도?"를 부른 후 기다렸다. 하지만 그 올랜도는 오지 않았다.

"뭐, 괜찮아." 올랜도는 사람들이 이럴 때 보통 그러듯 그냥 기분 좋게 털어버리고는 다시 시도했다. 올랜도는 우리가 여기에 쓸 수 있는 것보다 훨씬 다양하고 많은 자아를 갖고 있었기 때문이다. 전기에서는 6~7개 정도의 자아만 묘사해도 충분하다고 여겨지지만, 사실 자아는 수천 개까지도 있을 수 있다. 그래서 우리가 묘사할 수 있는 자아만 선택하던 올랜도는 어쩌면 이제 흑인의 머리를 베던 옛날의 그 소년을 불러냈을 수도 있다. 머리통을 다시 매달아놓던 소년, 언덕에 앉아 있던 소년, 시인을 목격한 소년, 여왕에게 장미수를 건네던 소년을. 아니, 올랜도는 어쩌면 사샤와 사랑에 빠졌던 그 청년 시절의 자신을 불렀을 수도 있다. 궁정에서 일할 때의 자신, 대사로 있을 때의 자신, 군인으로 있을 때의 자신, 여행자로서의 자신을. 아니면 여인으로서의 자신이 오기를 바랐을 수도 있었다. 집시 여인, 우아한 귀부인, 은둔했던 여인, 삶을 사랑했던 여인, 문학을 후원했던 여인, (뜨거운 목욕과 저녁의 난롯불을 의미하는 이름이 된) '마', 또는 (가을 숲의 크로커스를 의미하는 이름이 된) '셸머딘', 또는 (우리가 매일 겪는 죽음을 의미하는 이름이 된) '본스롭', 또는 그 이름 셋을 한꺼번에 불렀던 여인(이름 세 개가 다 합쳐졌을 때의 그 엄청난 의미를 적기에는 지면이 모자란다). 이들은 모두 다 다른 자아이니, 올랜도는 이들 중 누구라도 불렀을 수 있다.

아마도 불렀을 것이다. 하지만 그녀가 필요로 하는 자아가 가장 오기를 꺼리고 있는 게 분명했다. 그녀가 하는 말을 들어보면, 차를 몰면서 빠르게 자아를 바꾸고 있었기 때문이다. 모퉁이를 돌 때마다 새로운 자아가 있었다. 이는, 이유는 알 수 없지만, 욕망하는 힘도 가지고 있고 자의식도 강한 가장 중요한 자아가 오직 자신만이 유일한 자아가 되기를 원할 때 일어나는 일이다. 이를 어떤 사람들은 진정한 자아라고 부른다. 우리 안에 있는 모든 자아의 집합체로서, 우두머리 자아, 핵심 자아의 명령과 통제를 받으며 나머지 모든 자아를 결합하고 지배한다. 그녀가 운전하면서 하는 말을 통해 독자들도 판단할 수 있듯이, 올랜도는 확실히 그런 자아를 찾고 있었다 (만일 그녀가 하는 말이 장황하고, 두서없으며, 일관성도 없고, 하찮은 데다, 때로는 알아듣기도 힘들다면, 그건 혼자 중얼거리는 여자의 말을 엿들은 독자의 잘못이다. 우리는 그저 그녀가 말하는 대로 받아적을 뿐, 그녀가 말하는 자아가 어떤 자아인지 짐작하여 괄호 안에 추가하긴 해도 틀릴 가능성이 크다).

"그렇다면 나는 뭔가? 그렇다면 나는 누구냐 말이야?" 올랜도는 말했다. "자동차를 몰고 있는, 서른여섯 살 먹은, 여자. 그래, 하지만 이거 말고도 백만 가지는 더 있지. 나는 속물인가? 복도에 걸린 가터 훈장? 표범들? 내 조상들? 그것들이 자랑스러운가? 그래! 그렇다면 나는 탐욕스럽고, 사치스럽고, 사악한 사람인가? 내가? (여기서 새로운 자아가 등장했다) 그렇다고 해도 상관없어. 그럼 진실한가? 이건 맞는 것 같아. 관대한가? 이건 중요하지 않아(여기서 또 새로운 자아가 등장했다). 아침에 부드러운 리넨 침구에 누워 비둘기 소리를 듣는 것, 은제 접시와 포도주, 하인과 하녀들, 이런 게 중요하지. 너무 철없는 소리인가? 어쩌면 그럴지도. 쓸데없는 게 너무 많아. 내 책도 그렇고(여기서 그녀는 50편의 고전 작품을 언급했다. 아마 앞서 찢어버린 초기 낭만주의 작품들을 의미하는 듯하다). 그것들은 너무 쉽고, 경박하고, 몽상적이지. (여기서 또 다른 자아가 등장했다) 뭐 하나 제대로 할 줄 모르고 어설퍼. 더없이 서투르기. 그린 네나가 —또—(여기서 그녀는 잠시 말하기를 망설였다. '사랑'이라고 하면 틀린 것일 수도 있겠지만, 분명 그녀는 웃으며 얼굴을 붉혔다. 그리고 외쳤다) 에메랄드로 장식한 두꺼비도 있었지! 해리 대공이 생각난다! 천장에 붙어 있던 금파리도! (여기서 또 다른 자아가 등장했다) 하지만 넬이나 키트, 사샤는?"(올랜도는 우울해졌다. 눈물이 고였다. 하지만 그녀는 안 운 지 오래였다).

"나무다." 그녀는 말했다(이때 새로운 자아가 또 등장했다). "저기서 천 년 동안 자라는 나무들이 마음에 들어(그녀는 이때 숲을 지나고 있었다). 그리고 헛간도(그녀는 길가에 금방이라도 허물어질 듯한 헛간을 지났다). 양치기 개들도(이때 한 마리가 빠르게 길을 건넜다. 그녀는 조심스럽게 그 개를 피했다). 밤도 좋아. 하지만 사람들(이때 또 다른 자아가 등장했다), 사람이라고? (그녀는 질문으로 바꿔 말을 반복했다) 잘 모르겠어. 수다스럽고, 악의적이고, 늘 거짓말을 늘어놓지(여기서 그녀는 자신이 태어난 동네인 하이 스트리트로 접어들었다. 장날이라 농부며 양치기들, 바구니에 닭을 담아 들고 다니는 늙은 여인네들로 북적이고 있었다). 농부들은 좋아. 나는 농작물도 잘 알거든. 하지만(이때 또 다른 자아가 마치 등대 불빛처럼 그녀의 마음을 문득 스쳐 지나갔다) 명성은! (그녀가 웃음을 터트렸다) 명성이라! 7쇄나 찍었고, 상도 받았지. 석간신문에 사진도 실렸고(여기서 그녀는 자신의 저서인 『참나무』와 그걸로 받은 '버뎃 쿠츠 기념상'을 넌지시 언급하고 있다. 여기서 나는 급히 공간을 할애해 이 책 전체가 지향해온 정점, 이 책의 결말에 와야 할 내용을 이런 식으로, 가볍게 대충 웃음거리로 내동댕이쳐야 하는 상황이 전기 작가인 내게 얼마나 당혹스러운 일인지를 언급하지 않을 수 없다. 하지만 사실, 여성에 대한 글을 쓸 때면 모든 게 흐트러진다. 정점과 결말은 물론이고, 강조해야 할 부분 또한 남자에 대한 글을 쓸 때와 달리 제때 강조되는 적이 없다). 명성 좋지!" 그녀는 반복했다. "시인은 사기꾼이야. 둘 다 우편물처럼 아침마다 꼬박꼬박 찾아와서는 먹고, 만나고, 만나고, 먹지. 명성, 명성이 뭐!"(여기서 그녀는 시장에 모인 사람들 사이를 지나가기 위해 속도를 줄여야 했다. 하지만 아무도 그녀에게 신경 쓰지 않았다. 상을 탔고, 원한다면 머리에 화관을 세 개는 겹쳐 쓸 수도 있는 여인보다 생선 가게의 알락돌고래가 훨씬 더 관심을 끌었다.) 아주 천천히 차를 몰면서, 올랜도는 마치 옛 노래 가사라도 되는 듯 흥얼거렸다.

"내 돈으로 꽃나무를 살 거야, 꽃나무, 꽃나무를. 그리고 그 꽃나무 사이를 걸어야지. 그리고 아들에게 명성이란 뭔지 이야기해줘야지." 그녀는 그렇게 흥얼거렸다. 그러자 이제 그녀가 한 말들이 전부 묵직한 구슬을 꿰어 만든 조잡한 목걸이처럼 여기저기 내걸리기 시작했다. "내 꽃나무들 사이를 걸으며," 그녀는 단어들을 강조하며 노래를 불렀다. "달이 천천히 떠오르는 모습과 마차가 지나가는 것을 봐야지……." 여기서 그녀는 잠시 노래를 멈추고, 자동차의 보닛을 뚫어지게 바라보며 사색에 잠겼다.

"그가 트위체트의 책상에 앉아 있었지." 올랜도가 혼잣말로 중얼거렸다. "더러운 주름 깃을 목에 두르고…… 혹시 목재를 측정하러 온 베이커 씨였을까? 아니면 셰—스—어?" (우리는 존경하는 사람의 이름을 언급할 때는 절대 전체를 다 말하지 않는다.) 그녀가 거의 10분간 앞만 바라보고 있는 동안 차가 거의 멈춰 섰다.

"뇌리에서 떠나질 않아!" 올랜도가 갑자기 가속 페달을 밟으며 소리쳤다. "머리에서 떨칠 수가 없어! 어릴 때부터 지금까지 줄곧. 저기 기러기가 날아간다. 저 창문을 지나 바다 쪽으로 날아가고 있어. 펄쩍 뛰어오르면(이 말을 하면서 그녀는 핸들을 더 꽉 움켜잡았다) 따라잡을 수 있을까. 하지만 너무 빨리 날아가는구나. 전에도 본 적이 있어. 여기서도—저기—저기서도—영국, 페르시아, 이탈리아에서. 늘 바다를 향해 빠르게 날아가지. 그럼 나는 항상 그 뒤에서 그물처럼 말을 던지고(이때 그녀는 팔을 밖으로 휙 뻗었다). 결국 해초만 걸린 채로 갑판 위에서 쪼글쪼글해진 그물처럼 말라버리지만. 그래도 가끔은 1인치 크기의 은 조각, 즉 여섯 단어 정도가 그물 바닥에 걸려 올라올 때도 있어. 산호초에 사는 큰 물고기는 절대 걸려들지 않지만." 여기서 그녀는 고개를 푹 수그리고 곰곰이 생각하기 시작했다.

바로 그때였다. 그녀가 부르길 중단한 그 '올랜도'가, 뭔가 다른 것들을 생각하느라 묻혀버렸던 그 '올랜도'가 제 발로 등장했다. 그녀에게 생긴 변화가 그것을 증명하고 있었다(올랜도는 시골 저택의 문을 통과해 정원으로 들어가고 있었다).

그녀는 전체적으로 차분해지고 안정되었다. 마치 겉에 포일을 입히면 표면이 더 둥글고 단단해지는 것처럼, 얕은 것이 깊어지고 가까운 것이 멀어지는 것처럼, 그리고 물이 우물 안에 담기듯 모든 게 그 안에 담긴 것처럼. 그렇게 그녀는 이제 차분하고 고요했다. 그 새로 등장한 올랜도가 더해지면서, 좋든 나쁘든, 소위 말하는 하나의 자아, 진정한 자아가 되었다. 그리고 긴 침묵에 빠졌다. 사람들이 큰 소리로 떠들 때는(어쩌면 2천 개가 넘을 수도 있는) 자아들이 서로 분리되어 있음을 자각하고 서로 소통하려고 애쓰기 때문에 그러는 것이다. 하지만 소통이 이루어지면, 그때는 모두 조용해진다.

올랜도는 능숙하고 빠르게 차를 몰았다. 올랜도의 차는 느릅나무와 참나무들 사이의 굽은 길을 따라 빛이 바래기 시작한 잔디밭을 지났다. 빛바램은 아주 심하지는 않아서, 만일 그것이 물이었다면 온 해안을 부드러운 초록빛 파도로 물들이고도 남았을 것 같았다. 이곳에는 너도밤나무와 참나무들이 근엄하게 무리 지어 서 있었다. 그 사이로 사슴들이 돌아다니고 있었다. 한 마리는 눈처럼 하얗고, 또 한 마리는 뿔이 철망에 걸려 머리가 한쪽으로 기울어져 있었다. 이 모든 것, 나무와 사슴과 잔디를, 올랜도는 한없이 만족스러운 눈으로 바라보았다. 마음이 마치 물처럼 사물 주위를 휘돌며 그것들을 완전히 에워싼 기분이었다. 그다음 순간, 올랜도는 안뜰로 들어가 차를 세웠다. 수백 년 동안 말을 타고서, 혹은 육두마차를 타고서, 말을 탄 남자를 앞뒤로 거느린 채 오갔던 곳이었다. 바로 이곳에서 깃털들이 나뒹굴고, 횃불이 타오르고, 지금 낙엽이 지고 있는 바로 그 꽃나무들이 꽃잎을 떨구었다. 이제 그녀는 혼자였다. 가을 낙엽이 지고 있었다. 문지기가 커다란 문을 열어주었다.

"안녕, 제임스." 그녀가 말했다. "차에 뭐가 좀 있어. 들여놔주겠어?" 아름답지도, 흥미롭지도, 의미심장하지도 않은 말이었지만, 지금은 의미로 가득 차올라 마치 잘 익은 견과가 나무에서 떨어지듯 떨어져내렸다. 그렇게 일상의 주름진 허물이라도 의미가 가득 차면 놀랍도록 감성을 만족시킨다는 것을 증명했다. 비록 평범하긴 해도 지금 올랜도가 하는 모든 움직임과 행동도 여기에 해당했다. 그래서 올랜도가 3분도 채 지나지 않아 치마를 벗고 능직 반바지와 가죽 재킷으로 갈아입는 모습은 마치 발레의 정수를 선보이는 마담 로포코바처럼 우아하고 아름다운 동작으로 보는 사람을 황홀하게 만들었다. 그런 다음 그녀는 식당으로 걸어 들어갔다. 그곳에는 옛 친구인 드라이든과 포프, 스위프트, 애디슨이 처음에는 '저기 수상자가 들어오시는군!'이라고 말하듯 점잔 빼며 앉아서 그녀를 바라보다가, 2백 기니가 걸린 문제임을 떠올리고는 그제야 인정하듯 고개를 끄덕였다. '2백 기니라니!' 그들이 말하는 소리가 들리는 듯했다. 2백 기니는 비웃을 만한 액수가 아니었다. 올랜도는 손수 빵과 햄을 잘라 그 둘을 하나로 합쳐 들고는 방 안을 돌아다니며 먹기 시작했다. 생각할 것도 없이 순식간에 사교의 관습을 내던져버린 것이다. 그렇게 방 안을 대여섯 번 돌고 나서는, 스페인산 적포도주 한 잔을 단숨에 마셔버리고 다시 또 한 잔을 따라 들고 긴 복도와 열두 개의 응접실을 걸어 다녔다. 올랜도는 그렇게 집 안을 천천히 둘러보기 시작했다. 엘크하운드와 스패니얼이 그 뒤를 따랐다.

이것도 전부 그날의 일상이었다. 집에 왔다가 돌아보지도 않고 떠나는 것은, 집에 왔다가 할머니에게 입맞춤도 하지 않고 떠나는 것과 마찬가지였다. 그녀가 들어서자 방 안이 환해지는 것 같았다. 마치 그녀가 없는 동안 졸고 있던 방이, 그녀가 들어서자 깜짝 놀라 눈을 뜬 것 같았다. 수백 수천 번을 봐왔지만, 똑같아 보인 적은 한 번도 없었다. 마치 오랜 삶만큼이나 무수한 분위기를 저장해놓고 있어서, 겨울과 여름, 좋은 날씨와 흐린 날씨, 그녀 자신의 운과 그곳을 방문하는 사람들의 성격에 따라 바뀌는 것 같았다. 방들은 낯선 이들에게 늘 예의 바르면서도 약간 경계하는 느낌이 있었다. 하지만 올랜도와 함께 있을 때는 완전히 마음을 열고 편안히 대했다. 왜 그러지 않겠는가? 이제 그들은 거의 4백 년 가까이 친분을 쌓은 사이였다. 서로 숨길 게 하나도 없었다. 올랜도는 그들의 슬픔과 기쁨을 잘 알았다. 올랜도는 그들 각 부분의 묵은 햇수와 비밀도 알고 있었다. 감춰진 서랍과 벽장, 또는 보수되었거나 추가된 부분 같은 결함까지도. 방들 또한 올랜도의 기분과 변천사를 다 알고 있었다. 그녀는 그들에게 아무것도 숨기지 않았다. 소년으로서, 또 여인으로서 그들에게 왔고, 울고 춤췄으며, 화내고 기뻐했다. 이곳 창틀에서 첫 시를 썼고, 이곳 예배당에서 결혼했다. 그리고 여기에 묻히게 되겠지, 그녀는 긴 갤러리 복도의 창틀에 무릎을 꿇고 앉아 스페인산 포도주를 홀짝이며 생각했다. 그녀로서는 상상조차 가지 않는 일이었다. 훗날 그녀의 시신이 조상들 사이에 놓일 때, 문장 속 표범은 바닥에 노란빛 웅덩이를 만들 터였다. 그녀는 불멸을 믿지 않았지만, 자신의 영혼이 붉은색 판자, 초록색 소파와 함께 영원히 이곳을 오고 가리라 느끼지 않을 수 없었다. 대사의 침실로 들어가 보니, 방 안이 마치 수백 년 동안 바다 밑바닥에 누워 물살에 부딪혀 껍질을 만들고 백만 가지 색조를 얻은 조개처럼 장밋빛과 노랑, 초록과 모래색으로 빛났다. 그것은 조개처럼 연약하고, 보는 각도에 따라 색이 달라 보였으며, 속은 텅 비어 있었다. 앞으로는 어떤 대사도 여기에 와서 잘 일은 없을 터였다. 아, 하지만 올랜도는 집의 심장이 여전히 뛰고 있는 곳이 어딘지 알고 있었다. 조심스럽게 문을 열고, (그녀가 생각하기에) 방이 자신을 볼 수 없도록 문간에 서서, 끊임없이 불어오는 미풍에 태피스트리가 들썩이는 모습을 지켜보았다. 바람은 어김없이 태피스트리를 흔들어댔다. 사냥꾼은 여전히 말을 달리고 있었고, 다프네도 여전히 날아다니고 있었다. 집의 심장이, 이 거대한 저택의 노쇠했지만 굴하지 않는 심장이, 아무리 희미하고 아무리 침잠되어 있어도 여전히 뛰고 있다고, 그녀는 생각했다.

올랜도는 개들을 불러 모아 참나무를 통째로 반으로 갈라 바닥을 깐 갤러리를 지났다. 벨벳 커버가 다 바랜 의자들이 벽에 줄지어 놓인 채 엘리자베스를 향해, 제임스를 향해, 아마도 셰익스피어를 향해, 그리고 한 번도 오지 않은 세실을 향해 양팔을 내밀고 있었다. 그 광경을 보고 있으니 올랜도는 우울한 기분이 들었다. 그녀는 의자에 둘러쳐진 밧줄을 풀고 여왕의 의자에 앉았다. 레이디 베티의 책상에 놓인 필사본을 펼쳐보았다. 오래된 장미 꽃잎들 사이에 손가락을 넣고 저어보았다. 제임스 왕의 은제 빗으로 짧은 머리를 빗어보았다. 그리고 그의 침대 위에서 껑충껑충 뛰어보았다(루이스가 새 시트로 갈아놓았지만, 왕들이 다시 와서 자는 일은 없을 터였다). 그리고 그 위를 덮고 있는 낡은 은색 장식용 침대보에 뺨을 대보았다. 하지만 나방을 쫓기 위한 작은 라벤더 주머니와 '만지지 마시오.'라고 적힌 안내문이 사방에 있어서, 자신이 해놓은 것임에도 불구하고 마치 자신을 꾸짖는 듯 느껴졌다. 저택은 더 이상 완전히 그녀의 소유가 아니었다. 그녀는 한숨을 쉬었다. 저택은 이제 시간의 것이자 역사의 것이었다. 살아 있는 자의 손길과 통제에서 벗어나 있었다. 이제는 여기에 누가 맥주를 쏟을 일도, 깔개에 담배 구멍을 낼 일도 다시는 없을 거라고(그녀는 지금 예전에 닉 그린이 묵었던 침실에 들어와 있다) 올랜도는 생각했다. 2백 명이나 되는 하인들이 침대를 데울 다리미와 커다란 벽난로에 넣을 큰 장작을 들고 복도를 뛰어다니며 야단법석을 떠는 일도 다시는 없을 터였다. 저택 외곽에 있는 작업장에서 맥주를 주조하거나 양초를 만들거나 말안장을 만들거나 돌을 깎는 일도 다신 없을 터였다. 지금은 쇠망치 소리도, 나무망치 소리도 들리지 않았다. 의자도 침대도 비어 있었다. 은과 금으로 만든 큰 잔들도 유리 상자 안으로 옮겨졌다. 침묵의 거대한 날개가 텅 빈 저택 안에서 위아래로 퍼덕이고 있었다.

그래서 올랜도는 갤러리 끝에 놓인 엘리자베스 여왕이 앉았던 딱딱한 팔걸이의자에 앉았다. 개들이 그 주위에 웅크리고 앉았다. 갤러리는 그 끝에 빛이 거의 보이지 않을 정도로 멀리, 길게 뻗어 있었다. 마치 과거를 향해 깊숙이 뚫린 터널 같았다. 그곳을 가만히 바라보고 있자니 사람들이 웃고 떠드는 모습이 보이는 것만 같았다. 그녀가 알고 지냈던 위대한 이들, 드라이든과 스위프트, 포프. 그리고 대화를 나누는 정치인들과 창가에서 장난치는 연인들, 긴 식탁에 앉아 먹고 마시는 사람들, 그리고 그들의 머리 위를 감돌며 재채기와 기침을 일으키던 장작 연기까지도. 더 깊숙이 들어가 보니 카드리유를 추기 위해 대형을 갖춘 화려한 무희들이 보였다. 부드럽고 맑은, 여리면서도 위풍당당한 곡이 연주되었다. 오르간이 울려 퍼졌다. 관 하나가 예배당에 안치되었다. 그곳에서 결혼식 행렬이 나왔다. 투구를 쓰고 무장한 남자들이 전쟁터를 향해 떠났다. 그들은 플로든과 푸아티에에서 깃발을 가져와 벽에 걸었다. 긴 갤러리가 이렇게 채워졌다. 그런데 더 멀리 들여다보니, 엘리자베스 1세 시대와 튜더 왕조 시대를 지나 더 오래되고 더 멀고 더 어두웠던 시대, 두건 달린 망토를 뒤집어쓴 엄한 수도사 같은 인물이 보이는 듯했다. 두 손으로 책을 꽉 움켜잡고 뭔가를 중얼거리는…….

그때 천둥처럼, 마구간 시계가 4시를 알리는 종을 울렸다. 어떤 지진도 이렇게 온 마을을 뒤흔든 적은 없었다. 갤러리와 그 안을 채우고 있던 모든 것들이 허물어져 가루로 변했다. 터널을 응시하는 동안 어둡고 침울했던 그녀의 얼굴이 화약이라도 터진 것처럼 환해졌다. 그 빛에, 그녀 가까이에 있는 모든 것들이 아주 뚜렷하게 모습을 드러냈다. 두 마리의 금파리가 빙빙 날고 있었다. 몸체의 푸른 광택이 눈에 들어왔다. 발밑 나무 바닥의 옹이와 개가 귀를 쫑긋거리는 모습이 보였다. 그와 동시에, 정원에서 나뭇가지 삐걱거리는 소리와 공원에서 양이 기침하는 소리, 칼새가 날카로운 소리를 내며 창문을 지나가는 소리가 들렸다. 그녀는 마치 갑자기 지독한 혹한 속에 벌거벗고 선 듯 몸이 떨리고 따끔거렸다. 하지만 런던에서 10시를 맞닥트렸을 때와는 달리 완벽하게 평정심을 유지했다(그녀는 이제 하나이자 전체였으며, 시간의 충격을 더 넓은 폭으로 받아내고 있었다). 그녀는 자리에서 일어났다. 하지만 서두르지 않고 개들을 불러 단호하면서도 매우 민첩하게 계단을 내려가 정원으로 나갔다. 식물의 그림자가 경이로울 정도로 뚜렷하게 보였다. 마치 눈에 현미경이라도 가져다 댄 듯 화단의 흙 알갱이가 하나하나 분리되어 보였다. 나무마다 복잡하게 얽힌 잔가지들도 다 보였고, 풀잎 하나하나가 뚜렷이 구분되었으며, 잎맥과 꽃잎의 무늬까지 선명했다. 정원사인 스터브스가 오솔길을 따라 걸어오는 모습도 보였다. 각반[01]의 단추 하나하나가 선명히 보였고, 짐마차를 끄는 말 베티와 프린스도 보였다. 베티의 이마에 있는 하얀 별 모양과 프린스의 꼬리에 나머지 털보다 길

현재의 올랜도

게 늘어진 세 가닥의 긴 털이 이렇게 선명하게 보인 적은 처음이었다. 사각형 안뜰에서 본 저택의 오래된 회색 벽이 표면이 긁혀 상처가 난, 새로 찍은 사진처럼 보였다. 테라스에 있는 스피커에서, 붉은 벨벳이 깔린 빈의 오페라 하우스에서 사람들이 귀 기울여 듣던 춤곡이 크게 흘러나왔다. 현재 순간에 매달려 버티고 있는 그녀는 이상하게도 두려운 기분이 들었다. 마치 시간의 심연이 입을 떡 벌리고 1초씩 내보낼 때마다 알 수 없는 위험이 함께 튀어나올 것 같았다. 그 긴장감이 얼마나 끈질기고 혹독한지 불편해서 견딜 수가 없었다. 올랜도는 일부러 더 씩씩하게 정원을 지나 공원으로 걸어 나갔다. 다리가 저절로 움직이는 느낌이었다. 그러다 억지로 목수의 작업장에 들러 조 스터브스가 수레바퀴 만드는 모습을 꼼짝도 하지 않고 서서 지켜보았다.

그녀가 그의 손을 뚫어지게 바라보고 있을 때, 시계가 15분을 알렸다. 그 소리는 마치 너무 뜨거워서 아무도 잡을 수 없는 유성처럼 그녀를 관통했다. 조의 오른손 엄지에 손톱이 없고 손톱이 있어야 할 자리에 분홍색 살이 불룩 솟아 있는 것이 올랜도의 눈에 구역질 나도록 생생하게 보였다. 그 광경이 너무 역겨워서 그녀는 한순간 기절할 뻔했다. 하지만 눈앞이 깜깜해진 그 순간 눈을 깜박이자, 그녀를 짓누르고 있던 현재

---

101   신발과 바지 밑단을 보호하기 위해 발목 부분에 차는 보호대의 일종.

의 압박감이 스르르 물러났다. 그녀가 눈을 깜박임으로써 물리친 그 어둠 속에는 뭔가 기묘한 것이 있었다. 현재에는 늘 존재하지 않는(그래서 두렵고 뭐라 특징지을 수 없는) 어떤 것, 하나의 이름으로 규정하고 아름다움이라 부르기 두려운 그런 것이었다. 왜냐하면 그것은 실체가 없고, 본질도 특징도 없는 그림자 같지만, 무엇에 달라붙든 그것을 바꿀 힘을 갖고 있기 때문이다. 이 그림자는 지금 올랜도가 목수의 작업장에서 현기증을 느끼며 눈을 깜박이는 동안 몰래 빠져나와, 그녀가 보고 있었던 무수한 광경에 달라붙어서 그것들을 견딜 만하고 이해할 수 있는 무언가로 가다듬고 있었다. 올랜도의 마음이 바다처럼 출렁이기 시작했다. 그녀는 작업장을 나와 언덕에 오르며 깊은 안도의 한숨을 내쉬면서 생각했다. 그래, 난 다시 삶을 시작할 수 있어. 나는 서펀타인 호숫가에 있고, 작은 배는 천 개의 목숨으로 이루어진 흰 파도의 아치를 오르는 중이야. 이제 이해할 수 있을 것 같아······.

그녀는 꽤 분명하게 그 말을 내뱉었지만, 지금 우리가 숨길 수 없는 사실은, 그녀가 지금 자신의 눈앞에 놓인 진실에 매우 무심한 목격자이며, 양을 소로 착각하고 스미스라는 노인 또한 그와 전혀 상관없는 존스라는 사람으로 착각했을 수도 있다는 것이다. 왜냐하면 손톱 없는 엄지손가락이 드리운 현기증의 그림자가 이제(눈에서 가장 멀리 떨어진) 그녀의 뇌 뒤쪽에 더욱 짙게 드리워져, 모든 게 우리가 알 수 없는 아주 깊은 어둠 속에 잠긴 웅덩이가 되었기 때문이다. 이제 그녀는 모든 걸 되비치고 있는 그 웅덩이인지 바다인지를 내려다보았다. 실제로, 어떤 사람들은 우리의 격렬한 열정과 예술, 종교 전부가, 가시적인 세상이 잠시 모호해질 때 우리 머리 뒤쪽의 어두운 구멍에 비친 그림자라고 한다. 지금 그녀는 그곳을 오랫동안, 깊이, 간절히, 가까이 들여다보았다. 그녀가 걷고 있던 고사리 무성한 언덕길이 길뿐만 아니라 서펀타인 연못으로 변하는 것이 보였다. 산사나무 덤불 일부는 명함 케이스와 금을 박아 장식한 지팡이를 든 귀부인과 신사들로 변했다. 양들 일부는 메이페어의 높이 솟은 저택들로 변했다. 모든 것이 일부는 다른 존재가 되었다. 마치 그녀의 마음이 여기저기 공터가 있는 숲이 된 듯했다. 사물들은 더 가까워지고 더 멀어졌으며, 섞이고 분리되었다. 그리고 빛과 그림자가 교차하는 가운데 매우 기묘하게 결합되고 조합되었다. 그러다 엘크하운드인 카누트가 토끼를 쫓는 모습에 그녀는 지금이 4시 30분쯤 되었으리라는 생각이 퍼뜩 들었다(실은 6시 23분 전이었다). 시간을 잊은 것이었다.

고사리 무성한 길은 수많은 굽잇길을 지나 점점 높은 곳으로 이어지다가 마침내 참나무가 있는 꼭대기에 다다랐다. 나무는 1588년쯤 처음 본 이후로 더 커지고, 단단해지고, 옹이도 많아졌지만, 여전히 한창때였다. 가지마다 선명하게 주름이 진 자그마한 이파리들이 빽빽하게 매달려 흔들리고 있었다. 나무 아래 털썩 앉는데, 척추에서 뻗어 나온 갈비뼈처럼 이리저리 튀어나온 나무의 뿌리가 아래에서 느껴졌다. 그녀는 자신이 세상의 등에 올라타 있다는 생각이 들었다. 뭔가 단단한 것에 몸을 붙이고 있으니 좋았다. 벌렁 드러눕다가 그만 가죽 재킷 가슴께에서 붉은 천으로 장정한 작은 정사각형의 책이 떨어졌다. 올랜도의 시「참나무」였다.

"삽이라도 가져올걸." 그녀는 생각했다. 뿌리 위에 덮인 흙더미가 너무 얕아서, 마음먹은 대로 책을 여기에 묻을 수 있을지 확신이 서지 않았다. 게다가 개들이 파낼 수도 있었다. 원래 이런 상징적인 기념식에는 운이 따르지 않는 모양이라고 그녀는 생각했다. 그렇다면 기념식 없이 하는 것도 괜찮을 것이었다. 올랜도는 책을 묻으면서 하고 싶었던 연설이 혀끝에서 맴돌았다(이 책은 저자와 삽화가의 서명이 들어간 초판본이었다). "이 땅이 내게 준 것에 대한 보답으로 나는 이것을 그 땅에 묻노라." 올랜도는 이렇게 말하려고 했다. 하지만 맙소사, 소리 내서 말하기 시작하자마자 어찌나 우스꽝스럽게 들리던지! 일전에 옛 친구 그린이 연단에 서서 자신을 밀턴과 비교하며(그가 맹인이었다는 사실은 제외하고) 그녀에게 2백 기니 수표를 건네준 일이 떠올랐다. 그때 그녀는 여기 언덕 위의 참나무를 생각하며 그것이 이것과 무슨 관계가 있을까 의아해했었다. 찬사와 명성이 시와 무슨 상관이 있단 말인가? (자그마치) 7쇄나 팔렸다는 게 이 책의 가치와 무슨 관계가 있단 말인가? 시를 쓴다는 건 비밀스러운 과정, 목소리에 응답하는 목소리가 아니었던가? 그러니, 이 모든 수다와 찬사와 비난, 그리고 자신을 감탄스러운 눈으로 보는 사람들과 그렇지 않은 사람들을 만나는 것은 시, 즉 목소리에 응답하는 목소리 그 자체와는 잘 어울리지 않는 일이 아닌가. 숲과 농장, 출입구에 목을 맞대고 선 갈색 말들, 대장간과 주방, 그리고 힘들게 밀과 순무, 풀을 길러내는 들판, 아이리스와 프리틸라리아가 한들거리는 정원이 부르는 오랜 노래에 그녀가 그 오랜 세월 더듬거리며 응답한 대답보다 그 무엇이 더 비밀스럽고, 더 느긋하며, 연인들이 나누는 대화 같을 것인가? 하고 그녀는 생각했다.

그래서 그녀는 자신의 책을 땅에 묻지 않고 땅 위에 그냥 대충 던져두었다. 태양 빛에 환해지고 그림자에 어두워지며 변화무쌍한 깊은 바닷속 풍경 같은 그날 저녁의 광활한 전망을 바라보았다. 느릅나무 사이로 마을과 교회 탑이 보였다. 공원에서는 회색 둥근 원형 지붕이 있는 영주의 저택이 보였다. 유리 온실에 반사되어 번쩍이는 빛줄기도 보였고, 누런 옥수수 더미가 쌓여 있는 농장 마당도 보였다. 들판에는 드문드문 검은 숲이 보였고, 그 너머에는 광활한 삼림지대가 길게 펼쳐져 있었다. 어슴푸레하게 보이는 강을 지나면 다시 언덕이 시작되었다. 저 멀리 스노든산의 험준한 바위들이 구름 사이로 하얗게 모습을 드러냈다. 스코틀랜드의 산들과 헤브리디스 제도 주변에서 거칠게 소용돌이치는 파도도 보였다. 바다에서 총소리가 나는 것 같았다. 아니, 그건 그저 바람 소리였다. 지금은 전쟁이 없었다. 드레이크도 떠났고, 넬슨도 떠나고 없었다. "그리고 저기," 그녀는 먼 곳을 바라보고 있던 시선을 다시 떨구어 아래쪽을 내려다보며 생각했다. "저기도 한때는 내 땅이었지. 저기 저 언덕 사이의 성도, 거의 바다까지 이어지는 저 황야도 내 것이었는데." 이때, 풍경이 흔들리고 솟아오르면서(희미해진 빛 때문에 착각한 게 분명했다), 천막처럼 늘어진 측면으로 그 위에 있던 집과 성과 숲들이 전부 흘러내렸다. 터키의 민둥산들이 보였다. 타는 듯 뜨거운 정오였다. 올랜도는 햇볕에 달궈진 산비탈을 바라보았다. 염소들이 그녀 발치의 모래밭에 난 풀을 뜯어 먹고 있었다. 머리 위에는 독수리 한 마리가 날아다녔다. 늙은 집시 루스툼의 걸걸한 목소리가 귓가에 울렸다. "이것과 비교하면 유구하다는 당신 집안이나 인종, 재산이 다 뭐란 말인가? 4백 개나 되는 침실과 접시마다 덮인 은제 뚜껑, 먼지 터는 하녀가 대체 왜 필요하지?"

그 순간, 어느 교회에서 시간을 알리는 종소리가 계곡에서 울려 퍼졌다. 천막처럼 솟았던 풍경이 와르르 무너졌다. '현재'가 다시 한번 그녀의 머리 위로 비 오듯 쏟아져내렸다. 하지만 빛이 전보다 희미하고 약해서 세세한 것, 작은 것은 하나도 보이지 않았다. 오직 안개 낀 들판과 불이 켜진 오두막, 잠든 숲, 그리고 오솔길을 따라 어둠을 몰아내고 있는 부채 모양의 빛만이 보였다. 종소리가 아홉 번이었는지, 열 번이었는지, 열한 번이었는지, 그녀는 알지 못했다. 밤이 왔다. 지금껏 그녀가 사랑해온 밤, 마음속 어두운 웅덩이에 비친 것들이 낮보다 더 선명하게 빛나는 밤이. 이제는 사물이 스스로 형체를 갖추는 어둠을 깊이 들여다보기 위해 기절할 필요가 없었다. 마음의 웅덩이에서 셰익스피어와 러시아식 바지를 입은 여인, 서펀타인 연못의 장난감 배, 그리고 엄청난 태풍이 케이프 혼 옆으로 거대한 파도를 일으키는 대서양을 보기 위해 기절할 필요가 없었다. 올랜도는 어둠 속을 들여다보았다. 파도 위로 솟아오르는 남편의 범선이 보였다! 배는 위로, 점점 더 위로 솟았다. 그 앞으로 천 명의 목숨을 앗아간 하얀 아치 모양의 파도가 솟구쳐 올랐다. 아, 경솔한 남자. 아, 바보 같은 남자. 쓸데없이 케이프 혼 주변을 항해하더니 결국 폭풍을 만나는구나! 하지만 그의 범선은 아치를 통과해 그 반대편으로 나아갔다, 마침내 안전해질 것이다!

"황홀하다!" 그녀가 외쳤다. "황홀해!" 그러자 바람이 잦아들면서 파도가 가라앉았다. 달빛 아래 파도가 잔잔하게 물결치는 모습이 보였다.

"마마듀크 본스롭 셸머딘!" 올랜도는 참나무 옆에 서서 소리쳤다.

그 아름답고 반짝이는 이름이 마치 청회색 깃털처럼 하늘에서 떨어져내렸다. 올랜도는 그 이름이 마치 천천히 떨어지는 화살처럼 이리저리 방향을 바꾸며 짙은 공기를 아름답게 가르며 내려오는 모습을 지켜보았다. 그가 오는 순간은 언제나 그랬듯이 죽음처럼 고요했다. 파도가 일렁이고, 알록달록한 가을 숲의 잎사귀들이 올랜도의 발등 위로 천천히 떨어져 쌓였다. 표범도 움직이지 않았다. 물 위에는 달빛이 비치고 있었다. 하늘과 바다 사이, 모든 것이 움직임을 멈췄다. 그때, 그가 왔다.

이제 모든 것이 고요했다. 자정이 가까웠다. 광야 위로 천천히 달이 떠오르며, 땅 위에 환영 같은 성 하나를 세워놓았다. 창들이 모두 은빛으로 빛났다. 벽이나 실체는 없었다. 모든 것이 다 환영이었다. 모든 것이 고요했다. 모든 것이 마치 죽은 여왕을 맞이하듯 환하게 불을 밝히고 있었다. 다시 시선을 아래쪽으로 돌리니, 안뜰에서 검은 깃털들이 휙휙 움직이는 모습, 햇불이 흔들리는 모습, 그림자들이 무릎 꿇는 모습이 보였다. 여왕이 다시 한번 마차에서 내렸다.

"편히 모시겠습니다, 여왕 폐하." 올랜도가 깊이 허리 숙여 절하며 외쳤다. "변한 건 아무것도 없습니다. 고인이 되신 저의 아버지, 영주께서 안으로 모실 겁니다."

그 말을 하는 동안, 자정을 알리는 첫 번째 종이 울렸다. 현재의 차가운 바람이 토해낸 두려움의 가느다란 숨결이 올랜도의 얼굴을 쓸고 지나갔다. 올랜도는 불안해하며 하늘을 바라보았다. 하늘은 지금 구름으로 덮여 어두웠다. 바람이 요란한 소리를 내며 귓가를 스쳤다. 하지만 그 바람의 그 요란한 소리 속에서 점점 더 가까이 다가오는 비행기의 요란한 소리가 들려왔다.

"여기예요! 셸! 여기요!" 올랜도가 (이제 환히 빛나는) 달을 향해 가슴을 활짝 드러내며 소리쳤다. 그녀의 진주알이 마치 거대한 달 모양의 거미알처럼 빛났다. 비행기가 빠르게 구름을 뚫고 나와 그녀의 머리 위에 멈췄다. 그리고 그 상태로 그대로 허공에 떠 있었다. 어둠 속에서 그녀의 진주알이 인광[102] 처럼 환하게 빛을 발했다.

근사한 선장이 된 셸머딘이 건강하고 혈색 좋고 기민한 모습으로 땅으로 껑충 뛰어내렸다. 그의 머리 위로 들새 한 마리가 하늘로 솟구쳐 날아올랐다.

"기러기다!" 올랜도가 소리쳤다. "기러기……."

바로 그때, 자정을 알리는 열두 번째 종소리가 들려왔다. 1928년 10월 11일 목요일, 열두 시를 알리는 종소리였다.

---

[102] 물체에 빛을 조사한 후 빛을 제거해도 발광이 지속되는 현상 또는 그 빛.

옮긴이의 말

"문학사상 가장 길고
가장 아름다운 러브레터"

"『올랜도』라니, 제목부터 거슬렸다. 장난삼아 쓴 소설이거나 지인들을 위해 농담처럼 쓴 소설일 거라고 생각했다. 개인의 사생활을 소재로 삼다니, 정말 마음에 들지 않았다."

작가 엘리자베스 보엔Elizabeth Bowen[1]이 『올랜도』 출간 당시 받은 충격을 나중에 밝히면서 쓴 문장이다. 『등대로』가 출간되고 그다음 해인 1928년에 『올랜도』가 세상에 나왔을 때, 버지니아 울프의 작품을 사랑하던 많은 사람은 엘리자베스 보엔 못지않게 충격을 받았다. 그만큼 『올랜도』는 당시에 발표되던 소설들과 비교했을 때 내용이나 형식 면에서 파격적이었다.

엘리자베스 보엔의 말처럼, 『올랜도』는 버지니아 울프의 친구이자 동성 연인이었던 비타 색빌-웨스트Vita Sackville-West라는 실존 인물을 모델로 삼은 소설이다. 비타 색빌-웨스트는 버지니아 울프의 연인이자 『올랜도』의 모델로 알려졌지만, 사실 그녀는 유서 깊은 귀족 가문 출신으로 소설과 시, 에세이 등 여러 장르에서 왕성한 활동을 하며 큰 성공을 거둔 당대 인기 작가였다. 그녀는 10대 시절부터 많은 여성과 연인 관계를 유지했던 것으로 유명했는데, 그 가운데 한 사람이 바로 버지니아 울프였다.

두 사람은 1922년에 처음 만났다. 비타의 남편인 해럴드 니컬슨Harold Nicolson이 버지니아와 친분을 맺으면서 자기 아내를 소개한 것이다. 처음 만난 순간부터 두 사람은 서로에게 매료되었다. 비타는 버지니아의 지성과 문필가로서의 재능에, 버지니아는 비타의 강렬한 성격과 아름다운 외모, 귀족적인 아우라에 특별한 감정을 느꼈다. 긴밀한 우정과 함께 깊은 감

---

1 엘리자베스 보엔(Elizabeth Bowen, 1899~1973). 아일랜드 출신 영국 소설가.

옮긴이의 말

정적 교류가 시작되는 순간이었다.

두 사람은 1935년까지 관계를 지속하며 서로의 창작 활동에 격려와 자극을 아끼지 않았다. 특히 친구이자 연인으로서의 열정적 관계는 1925년부터 1928년 사이에 절정에 달했다. 『올랜도』는 바로 이 시기, 두 사람의 관계가 절정에 달했을 무렵 집필하기 시작한 소설이다. 막 『등대로』를 끝낸 버지니아는 머리를 식힐 겸 재미 삼아 가벼운 글을 쓰길 원했다. 늘 비타와 엘리자베스 1세 시대에 끌렸던 버지니아는 곧 소설 한 편을 시작했다. 그리고 비타에게 편지로 그 사실을 알렸다.

"어제 아침은 정말 절망스러웠어……. 단어를 하나도 쥐어짜 낼 수가 없었거든. 그래서 두 손에 얼굴을 파묻고 있다가 펜을 잉크에 적시고 깨끗한 종이 위에 받아쓰기 하듯 적었어. '올랜도: 전기 Orlando: A biography'라고. 그런데 이걸 쓰자마자 갑자기 황홀해지면서 머릿속에 아이디어가 넘쳐흐르는 거야. 난 열두 시가 다 되도록 쉬지도 않고 빠르게 써 내려갔어……. 올랜도가 비타라는 사실이 밝혀지면 어떻게 될까. 이건 전부 당신과 당신 육체의 욕망, 당신 마음의 유혹에 관한 거야……. 괜찮겠어? 괜찮으면 괜찮다고, 아니면 아니라고 대답해 줘……. 만일 당신이 괜찮다고 하면, 나는 이걸 세상에 내놓고 일이 어떻게 되어가는지 지켜볼까 해."[2]

이 편지를 받은 비타는 다음과 같은 답장을 보냈다. "세상에, 버지니아. 올랜도에 내 모습이 투영된다니 겁이 나면서도 설레. 당신이 얼마나 재미있어할까. 나는 또 얼마나 재미있을까. 나한테 어떤 복수가 하고 싶은지 모르지만, 이건 전적으로 당신 손에 달린 일이야……. 나는 완전히 괜찮아…… 뭘 해도 좋아. 하지만 그 작품을 꼭 당신의 희생자에게 헌정해줘."[3]

이렇게 『올랜도』는 일종의 장난처럼, 재미로 시작되었다. 버지니아는 이 소설을 아주 빠른 속도로 써 내려갔다. 너무 몰두해서 다른 일은 생각할 수도 없을 정도였다. 쓰는 과정을 편지로 비타에게 공유했고, 여러 상황에 대한 자세한 설명과 책에 넣을 사진을 부탁했다. 그리고 3만 단어 정도의 아주 작은 책이 될 것이며, 크리스마스까지는 완성될 계획임을 밝혔다.

하지만 계획은 버지니아의 생각처럼 되지 않았다. 가볍게 시작했던 글이 시간이 갈수록 점점 진지해졌다. 집필을 끝낼

[2] 1927년 10월 9일, 버지니아가 비타에게 보낸 편지 내용.
[3] 1927년 10월 11일, 비타가 버지니아에게 보낸 편지.

예정이었던 크리스마스 즈음 버지니아는 『올랜도』의 3장을 쓰느라 고전했고, 따라서 봄으로 계획해두었던 인쇄도 무산되었다. 당시의 일기에는 '내 의지와 상관없이 작품 자체의 힘이 강하며, 마치 태어나기 위해 주위의 모든 것을 밀쳐내는 듯하다'[4]고 적혀 있다. 버지니아는 마지막 장을 마무리할 때까지 스스로를 채찍질하며 이 소설이 너무 길고 공허하지는 않은지, 그리고 농담치고는 너무 길고 진지한 책치고는 너무 경박한 것은 아닌지 고민했다.

하지만 작품 자체가 '변덕'이었다고 생각한 버지니아와는 달리, 호가스 출판사를 함께 운영하던 버지니아의 남편 레너드 울프는 이 책을 꽤 진지하게 받아들였다. 소재가 더 재미있고 인생에 대해 더 큰 애착을 담고 있으며, 관심의 폭이 넓다는 이유로 『등대로』보다도 낫다고 평가했다. 버지니아는 장난으로 시작했기 살수록 진지해지는 바람에 통일성이 부족하나고 지적했지만, 그는 오히려 그래서 독창적이라고 생각했다.

출간 전 서점들의 초기 반응은 신통치 않았다. 제목에 들어간 '전기'라는 단어 때문에 소설임에도 불구하고 전기물 취급을 받았고, 전기는 아무도 읽으려 하지 않는다는 이유로 주문량도 적었다. 버지니아는 이 사태를 다음과 같이 일기에 적고 있다.

---

[4]   1927년 12월 20일, 버지니아의 일기.

"『올랜도』 소식은 암울하다. 출간되기 전에 『등대로』 판매량의 3분의 1이나 팔릴지 모르겠다. 서점에서는 여섯 권이나 열두 권씩밖에 사려고 하지 않는다. 아무도 전기 따위는 읽고 싶어 하지 않으니 어쩔 수 없는 노릇이라는 것이다……. 출판 비용도 건지기 어려울 것 같다. 이 책에 '전기'라는 제목을 붙여놓고 재미있어했던 대가를 비싸게 치르고 있다. 이 소설이 내 작품 중에서 가장 대중적이라고 정말 확신했는데!"[5]

하지만 결국 『올랜도』는 상업적으로 성공한다. 기대 이상의 판매고를 올렸고, 울프 부부에게 경제적 자유를 가져다주었다. 이때 버지니아는 결혼 이후 처음으로 돈을 쓰는 기분이라고 일기[6]에 썼다. 『올랜도』는 『댈러웨이 부인』이나 『등대로』처럼 대중적이고 광범위한 인기를 끌었다고 보기는 어려웠지만, 버지니아의 문학적 위상을 높여준 작품이었다.

무엇보다 『올랜도』는 비타와의 관계에서 중요한 의미가 있었다. 이 소설을 집필하기 시작했을 당시 두 사람의 관계는 한동안 절정으로 치달았다가 막 저물기 시작한 상태였다. 비

---

5   1928년 9월 22일, 버지니아의 일기.
6   1929년 12월 18일, 버지니아의 일기.

타는 버지니아와 장기적 연애 관계를 유지하는 일이 어렵다는 사실을 깨닫고, 버지니아와의 관계를 충실히 유지하면서도 다른 여자들과의 관계를 통해 안정적인 친밀감을 확보하고자 했다. 당시 비타에게 보낸 편지 내용은, 버지니아가 이에 질투를 느끼고 『올랜도』를 통해 비타를 찬양하면서도 동시에 통제하고 소유하고자 했던 것은 아닌지 추측하게 한다.

> "만일 당신이 캠벨에게 자신을 내준 게 사실이라면, 나는 이제부터 당신과 무관한 사람이니까 『올랜도』 안에 솔직하게 다 써서 온 세상이 읽게 할 거야."[7]

> "당신은 어떤 사람일까? 실제로 존재하는 사람? 아니면 내가 만들어낸 사람?"[8]

이에 비타는 다음과 같은 답장을 보내 반발한다.

> "당신의 말에 난 완전히 겁에 질렸어. '당신은 어떤 사람일까? 실제로 존재하는 사람? 아니면 내가 만들어

---

7   1927년 10월 14일, 버지니아가 비타에게 보낸 편지.
8   1928년 3월 20일, 버지니아가 비타에게 보낸 편지.

낸 사람?'이라니……. 나는 허구가 될 생각 없어. 환상 속에서만, 버지니아가 만들어낸 세계 안에서만 사랑받지는 않을 거야. 그러니 빨리 편지를 써서 내가 여전히 진짜라고 말해, 지금 당장. 난 지금 진짜 살아 있다고 느끼니까. 새조개와 홍합처럼 생생하게."[9]

하지만 어쨌든 버지니아는 소설 속에서 비타가 그토록 원했던 '놀Knole'의 소유권을 되찾아주었다. 놀은 16세기에 엘리자베스 1세가 색빌 일가에 하사한 저택으로, 비타에게는 어린 시절의 추억이 담긴 상상력의 원천이었다. 하지만 비타는 여자라는 이유로 영지와 저택을 상속받을 수 없었고, 오직 버지니아의 『올랜도』에서만 놀의 과거와 미래를 소유할 수 있었다. 그렇게 '놀'은 소설 속에서 올랜도의 소유가 되었다.

버지니아는 놀뿐만 아니라 비타의 다른 것들도 소설 속에 녹여넣었다. 영어와 프랑스어를 모국어처럼 능숙하게 구사하는 비타의 탁월한 언어 능력이 올랜도에 그대로 투영되었고, 비타의 어린 시절 습관은 올랜도의 소년 시절에 그대로 녹아들었다. 비타의 '수사슴 혹은 경주마' 같은 멋진 다리는 올랜도의 근사한 다리가 되었다(올랜도의 다리는 소설 전체에 걸쳐 과하다 싶을 정도로 자주 언급되는데, 버지니아는 비타를 처음 만났을 때부터 그녀의

---

[9] 1928년 4월 3일, 비타가 버지니아에게 보낸 편지.

길고 쭉 뻗은 다리를 칭찬하곤 했다).

소설에 투영된 실재 인물은 비타만이 아니었다. 올랜도와 사랑을 나누는, 무모하고 위험한 기질을 가진 유혹적인 러시아 여인 사샤의 모델은 '바이올렛 트레퓨시스'[10]라는 인물로, 비타의 실제 옛 연인이었다. 둘의 관계에 대해 비타의 남편인 해럴드는 바이올렛을 만날 때 비타가 마치 "코카인에 중독된 해파리" 같은 상태가 된다며, 그녀를 "깊은 곳에서 희미한 빛을 발하며 냄새를 피우다가 아침이 되면 죽음에 이르는 달콤한 향기를 산들바람에 실어 보내는 위험한 난초"[11]처럼 사악하다고 평했다. 소설 속 사샤의 모습, 그리고 사샤에게 매료되어 어쩔 줄 모르는 올랜도의 모습과 겹쳐 보이는 부분이다. 해리엇 대공비이자 대공으로 등장해 바보 같은 웃음을 흘리는 인물의 실제 모델은 헨리 래슬스 경Henry George Charles Lasce-lles이다. 그는 한때 비타에게 구혼했던 영국 귀족으로, 1922년 조지 5세의 딸인 메리 공주와 결혼했다. 소설 속에서 나중에 올랜도와 결혼하는 탐험가 마마듀크 본스롭 셸머딘의 실제 모델은

---

10 바이올렛 트레퓨시스(Violet Trefusis, 1894년 6월 6일~1972년 2월 29일). 영국의 사교계 명사이자 작가. 결혼 후에도 비타와 오랜 연인 관계를 유지했다.

11 세라 그리스트우드, 『비타와 버지니아』, 심혜경 옮김, 뮤진트리, 2020, 106쪽.

비타의 남편인 해럴드로, 실제보다 돋보이는 모습으로 그려졌다. 비타와 해럴드의 부부생활은 상당히 개방적이고 독특했던 것으로 알려져 있는데, 여자가 된 올랜도가 '남자처럼 관대하고 자유분방한' 모습으로, 올랜도의 남편이 된 마마듀크 본스롭 셸머딘이 '여자 같은 면을 가진 정체불명의 묘한' 남자로 묘사된 것과 무관치 않을 것이다.

소설에는 여러 가지 사실 또한 투영되었다. 17세기의 올랜도가 콘스탄티노플 대사로 파견되는 장면은 비타가 남편을 따라 페르시아에서 지냈던 시기를 반영한 것이자, 비타의 이국적 혈통을 암시하는 것이었다(비타의 할머니인 페피타는 집시의 피를 이어받은 에스파냐인 무희였다). 소설 속에서 올랜도는 자신의 피부색이 어두운 이유를 추측하고, 무희와 혼인해 자녀를 두고, 집시들과 어울려 지내기도 하는데, 이 모든 것은 다 비타와 실제로 관련이 있는 요소들이었다. 비타가 목걸이에서 진주를 뜯어내어 여비로 쓰는 장면들은, 유산 문제로 비타가 자신의 어머니와 다툼이 일었을 때 자신이 준 보석을 다 돌려달라는 어머니의 말에 화가 나 목에 걸고 있던 진주 목걸이를 뜯어 진주알 절반을 내주었던 일화를 떠올리게 한다. 이 정도로 버지니아는 올랜도라는 인물에 비타의 모든 것을 충실히, 그리고 세세하게 담고자 했다.

사실 비타는 비밀스럽고 내밀한 성격이었다. 어머니의 스페인계 혈통과 아버지의 영국계 혈통을 모두 물려받아 뜨겁고 열정적이면서도 차갑고 고독한 양면적인 면을 다 갖고 있었다. 버지니아는 비타가 내면에 여러 자아를 품고 있다고 느꼈다. 그리고 이 느낌은 올랜도라는 변화무쌍한 인물을 창조하는 데 영감을 주었다. 버지니아는 비타의 이런 성격적인 특성이 다양한 정체성을 가진 올랜도와 잘 어울린다고 생각했다. 그리고 한 사람의 정체성이란 성적인 취향을 비롯해 다채롭고 변화하는 것이며, 사회가 한 사람의 정체성을 함부로 규정하고 재단하는 것은 존재의 자유를 억압하는 것이라고 보았다. '존재의 본질은 자유'라는 것이었다. 결국 버지니아는 비타를 모델로 삼아, 성별의 경계를 넘나드는 '올랜도'라는 주인공을 탄생시켰다.

이렇게 『올랜도』는 비타와의 관계를 넘어 버지니아 자신이 갖고 있는 세계관, 성별에 대한 탐구, 그리고 더 넓은 사회적, 개인적 의미를 표현하는 과정이었다. 버지니아는 『올랜도』를 통해 성적 정체성이란 정해진 것이 아닌 남성성과 여성성 사이를 유동적으로 오가는 것이며, 이는 모든 인간에게 자연스러운 일임을 암시했다. 모든 인간이 정체성과 성에 있어 다양하고 복잡한 가능성을 경험한다는 것이다.

한 귀족의 4세기에 걸친 삶을 독특한 전기 형식으로 풀어낸 이 올랜도 이야기는 1928년 10월 11일에 끝으로 막을 내린다. 이 날짜는 책의 출간일이기도 했다. 버지니아는 8월에 비타에게 편지로 이 날짜를 밝히며 "그날이 우리의 연애가 끝나는 날이 될지도 몰라. 그렇다면 우리에게 남은 시간이 정말 짧다는 의미겠지!"[12]라고 썼다. 계속 연인으로 지낼 수 없음을 두 사람 모두 알고 있었던 것으로 짐작되는 대목이다. 그리고 『올랜도』가 불안한 상태로 유지되고 있던 두 사람의 역학 관계에 어떤 변화를 가져오게 될지도.

『올랜도』의 출간일에 맞춰 버지니아는 비타의 머리글자를 새긴 특별 헌정본과 원고를 비타에게 보낸다. 책을 받은 비타는 넋이 나갈 정도로 감동받았으며 지금까지 읽은 책 중에서 가장 사랑스러운 소설이라고 열광적인 어조로 감사를 표한다.

> "이렇게 못난 옷걸이에 어떻게 그런 근사한 옷을 입혀주었어…… 당신이 놀을 묘사한 단락들을 읽는데 눈물이 났어. 나쁜 사람."[13]

> "『올랜도』를 읽을 때마다 눈시울이 뜨거워지는 거, 알아? 믿든 안 믿든 사실이야. 어떨 땐 정말로 눈물이 나.

[12] 1928년 8월 9일, 버지니아가 비타에게 보낸 편지.
[13] 1928년 10월 11일, 비타가 버지니아에게 보낸 편지.

옮긴이의 말

그냥 책이 아름다워서 그런 건지, 당신 때문인지, 아니면 놀 때문인지 모르겠어. 어쩌면 이 셋 다 이유일 수도 있겠지. 어쨌든, 당신은 사실을 좋아하니까, 사실을 하나 말해줄게. 내가 지금까지 이렇게 넋을 잃고 감동한 책은 이 책이 처음이야. (…) 나중에 늙어 죽을 때 『올랜도』를 소리 내어 읽어달라고 할까 봐."[14]

하지만 두 사람의 관계는 그때부터 조금씩, 아주 조금씩 멀어지기 시작했다. 사실 『올랜도』의 내용은 집필이 끝날 때까지 비밀이었기 때문에, 비타는 버지니아에게서 헌정본을 받고 나서야 자신이 어떻게 묘사되었는지 자세히 알 수 있었다. 비타는 사적으로나 공적으로나 충만한 삶을 살았지만, 비타와 해럴드의 결혼 생활은 현대적 기준으로 봐도 무척 파격적이었던 탓에 늘 사람들의 호기심과 억측을 불러일으켰다. 비타는 어떤 방식으로든, 심지어 자신의 글을 통해서조차 사생활이 노출되지 않도록 극히 조심했으며, 관습과 편견을 잣대로 개인의 삶을 평가하는 이들을 무척 싫어했다. 따라서 버지니아가 그런 자신의 사적인 모습을 소설이라는 형식을 빌려 전기 작가의 시선으로 만천하에 드러낸 것에 대해 불편한 감정을

---

[14] 1929년 2월 5일, 비타가 버지니아에게 보낸 편지.

느꼈을 가능성이 있다. 또한 비타의 귀족적 배경과 사회적 특권을 풍자적으로 조롱하듯 묘사한 것에 갈등의 소지가 있었던 것으로 보는 견해도 있다. 또는 뛰어난 원예가이기도 했던 비타가 시싱허스트[15]를 가꾸는 일에 헌신하면서 시 한 편 쓰지 않고 책에는 관심도 없이 개와 꽃, 집에만 열을 올리는 것에 대해 버지니아가 실망했기 때문이라고 보기도 한다.

하지만 두 사람은 예전처럼 친밀한 관계는 아니더라도 여전히 서로를 존경했고, 서로의 작품 활동을 응원했다. 비타는 『올랜도』에 대한 농담조의 화답으로 『에드워디언The Edwardians』(1930)을 집필했으며, 연이어 『사라진 모든 열정All Passion Spent』(1931)까지 울프 부부가 운영하는 호가스 출판사에 출판을 의뢰함으로써 출판사의 재정에 큰 도움을 주기도 했다. 이들의 우정 관계는 버지니아가 1941년 우즈 강가로 산책을 나갔다가 돌아오지 않은 그날까지 이어졌다.

버지니아 울프는 우울증과 편두통에 시달리면서도 자신보다 훨씬 오래 산 다른 작가들보다 많은 글을 썼다. 아홉 편의 소설과 백 편이 넘는 에세이, 여섯 권에 달하는 편지와 다

---

[15] 시싱허스트 캐슬 가든(Sissinghurst Castle Garden). 비타가 남편과 함께 켄트주에 위치한 폐허 같은 저택을 사들여 개조하고 가꾼 곳이다. 시싱허스트 정원은 연간 20만 명이 방문하는 영국의 명소가 되었으며 세계의 가드너들이 가장 사랑하는 정원이 되었다. 지금은 내셔널 트러스트(국민 환경 기금)가 관리하고 있다.

섯 권의 일기까지. 이 모든 글은 놀랍도록 독특한 형식과 기법으로 쓰였다. 특히 '의식의 흐름'이라는 실험적 기법은 줄거리나 인물 설명 등의 외적인 요소를 거의 무시하고 '내적인 삶'에 모든 중심을 두는 새로운 기법으로, 기승전결 없이 어느 시점, 어느 장소에 놓인 인물의 마음속으로 순식간에 들어가 독자가 눈치껏 따라가게 만든다. 한마디로 '밖'이 아닌 '안'으로 들어가 보이지도, 들리지도 않는 인물의 마음속 느낌과 생각을 포착하는 것이다. 따라서 그녀의 작품은 쉽게 읽히지 않고 난해하다.

이 의식의 흐름 기법은 『올랜도』에서도 곳곳에 나타난다. 하지만 버지니아는 이 소설을 가능한 한 평이한 문체로, 사람들이 단어 하나하나를 모두 이해할 수 있도록 평이하게 쓰고자 했다. "캔버스 위에 물감을 뿌려놓은 것처럼 깊이가 없다"고 말하면서도 이런 분명하고 평이한 문장이나 기분 전환으로 시도해본 '전기'라는 양식을 무척 마음에 들어 했다. 그리고 책 자체가 농담이고 다른 어떤 책보다 빨리 썼으니 독자들도 즐겁게 빨리 읽을 수 있으리라고 생각했다.[16]

장난으로 시작한 휴일 같은 작품이라고 버지니아 자신은 말했지만, 사실 이 작품은 다른 작품들 못지않은 진지한 질문

---

16   1928년 3월 18일, 버지니아의 일기.

들을 던진다. 남성과 여성의 차이, 지나간 시대와 지금 시대의 차이, 과거의 유산이 갖는 의미와 삶의 경험을 통해 얻는 것의 의미 등을 섬세한 시선으로 풀어낸다. 과거와 현재, 현실과 환상, 여성과 남성의 경계를 과감하게 넘나들며, 매 순간 재치와 유머가 빛난다. 버지니아 스스로도 "나 자신을 가장 자유롭게 표현한 것 같다"고 일기에 밝힐 정도로 성 정체성에 대한 유연함과 시간의 흐름에 대한 자유로운 관점이 눈에 띈다. 16세기에서 20세기에 이르기까지 소년에서 청년, 절정기의 여인을 거쳐 아이를 출산하고 어머니가 되는 과정에서 올랜도가 보이는 의식의 변화는, 성 정체성의 변화 못지않게 인간 존재와 사회적 역할에 대한 질문을 이끌어낸다.

특히 두 번의 긴 잠은 이 작품에서 중요한 전환점으로 보인다. 첫 번째 잠은 사랑에서 문학으로, 두 번째 잠은 문학에 이어 다시 사랑으로 (여자가 된) 올랜도의 탐구 대상을 바꾸어 놓는다. 그 오랜 세월을 거쳐 올랜도가 도달하는 지점은 결국 자아의 진정성과 자유로운 사랑의 본질을 깨닫는 순간이다. 그녀는 더 이상 사랑과 문학을 서로 대립적인 개념으로 보지 않고 하나의 통합된 경험으로 이해하며, 더 이상 고정된 형태의 사랑이나 규범에 얽매이지 않는다. 자신만의 방식으로 세상을 탐구하는, 진정한 자유에 이르는 것이다.

비타의 아들 나이절 니컬슨은 버지니아의 전기에서 이 소설을 "문학 사상 가장 길고 가장 아름다운 러브레터"라 평한 바 있다. 그의 말대로 러브레터라면, 과연 누구를 향한, 무엇을 향한 러브레터일까? 비단 비타만을 향한 것이었을까? 소설 속에서 올랜도가 외친 것처럼 "삶과 사랑", 바로 그 "삶과 사랑"을 향한 러브레터는 아니었을까?

고전은 대개 어렵다고들 한다. 그래서 고전을 앞에 둔 독자는 종종 불안하다. 자신이 제대로 읽고 있는 게 맞는지, 뭔가 놓치는 건 아닌지 의심이 든다. 이 책, 그것도 의식의 흐름 기법으로 유명하고 만만치 않기로 정평이 난 버지니아 울프의 작품을 고른 독자들도 어쩌면 그런 불안감을 안고 이 책의 첫 장을 펼쳤을지 모르겠다.

하지만 이런 불안감은 역자가 그랬듯 책을 읽어가며 점차 풀릴 것이다. 버지니아 울프의 작품은 단순히 이해의 문제를 넘어서는, 독자에게 새로운 시각과 감각을 선사하는 일종의 경험이기 때문이다. 처음에는 복잡하고 난해하게 느껴지지만, 페이지를 넘길수록 자기만의 속도와 방식으로 이야기에 몰입할 수 있는 지점이 열린다. 고전이 단순한 과거의 유산이 아니라 여전히 살아 있는 매개체인 이유가 여기에 있다.

버지니아의 작품은 지금, 이 시대에도 여전히 우리에게 깊은 질문을 던지고, 인간 존재와 감정에 대한 보편적인 통찰을 제공한다. 과거의 작품으로서의 의미를 넘어, 오늘날에도 여전히 우리에게 중요한 메시지를 전달하는 살아 있는 대화인 것이다.

원작의 진정성과 맥락을 유지하면서 저자의 미묘한 뉘앙스와 위트를 최대한 가깝게 전하기 위해 고민이 많았다. 모쪼록 『올랜도』의 매력이 독자에게 잘 전해지기를 바란다.

2025년 봄

신혜연

올랜도

초판 1쇄 인쇄 2025년 4월 28일
초판 1쇄 발행 2025년 5월 28일

지은이 버지니아 울프
옮긴이 신혜연

대표 장선희 **총괄** 이영철
책임편집 현미나 **기획편집** 정시아, 안미성, 오향림
표지 디자인 별을 잡는 그물 양미정 **본문 디자인** 양혜민 **디자인** 최승은
마케팅 김성현, 유효주, 이은진, 박예은
경영관리 전선애

펴낸곳 서사원 **출판등록** 제2023-000199호
주소 서울시 마포구 성암로 330 DMC첨단산업센터 713호
전화 02-898-8778 **팩스** 02-6008-1673 **이메일** cr@seosawon.com

홈페이지

인스타그램

ⓒ 서사원(주), 2025

ISBN 979-11-6822-415-5 04800
      979-11-6822-411-7 (세트)

• 이 책은 저작권법에 따라 보호를 받는 저작물이므로 무단 전재와 무단 복제를 금지합니다.
• 이 책 내용의 전부 또는 일부를 이용하려면 반드시 저작권자와 서사원 주식회사의 서면 동의를 받아야 합니다.
• 잘못된 책은 구입하신 서점에서 바꿔 드립니다.   • 책값은 뒤표지에 있습니다.

서사원은 독자 여러분의 책에 관한 아이디어와 원고 투고를 설레는 마음으로 기다리고 있습니다.
책으로 엮기를 원하는 아이디어가 있는 분은 서사원 홈페이지의 '출간 문의'로
원고와 출간 기획서를 보내주세요. 고민을 멈추고 실행해보세요. 꿈이 이루어집니다.